U0134853

TOPIK
韓語測驗

獨一無二的韓檢高級閱讀應考用書

高級
閱讀

金載英（韓）趙春會 李 浩・編著

文字復興有限公司 印行

序 言

致正在學習韓國語的各位朋友：

首先，身爲一個韓國人，我想先向對韓國抱有極大興趣，並努力學習韓國語的各位表示由衷的感謝！

2007 年，我與外研社的孫艷杰副主任攜手爲準備韓國語能力考試的學生編寫並出版了《韓國語能力考試模擬試卷》初級、中級和高級，得到了廣大學生的一致好評。在此基礎上又出版了《趣味韓國語俗語和慣用語 1500》。2010 年初，我在授課期間收集的資料和以往的出版經驗的基礎上，再次與外研社攜手出版了《TOPIK 韓語測驗》閱讀系列。爲滿足不同階段學生的需求，此教材分爲初級、中級和高級三冊，本冊是高級。在編寫此書的過程中，我一直在思考「學生們想知道什麼」，我也一直爲給學生們編寫更易理解的教材而不懈努力。但是編寫完成後總會留有遺憾，因爲我認爲自己還可以編寫出更好的書。

身處韓國語教育第一線，我在此借用一句古話叮囑諸位：「書山有路勤爲徑，學海無涯苦作舟。」對所有人來說，學習外語除了努力之外，沒有其他的方法。但是，如果了解了那個國家語言的特徵、理解了它的文化之後再學習那個國家的語言，就會變得輕鬆起來。

韓國語不同於中文，它不是表意文字，而是表音文字。所以，一句話的終結詞尾不同，意思也會有很大的不同。因此，學習韓國語的時候，語感非常重要。韓國語中有句俗語「아 不同，어 也不同」。

另一方面，積極地學習韓國文化是有必要的。不了解一個國家的文化就去學習那個國家的語言，是一種本末倒置的行爲。雖然難以一句話說清楚，但大家都知道，在學習韓國語的學生中，了解韓國文化的學生與其他學生之間必然存在差異。

最後，關於如何學好一門外語，我還想說一點，那就是要摒棄透過母語學習外語的習慣。也就是說，要用韓國語的思維來理解韓國語。大家在讀或聽一個長句時，不要用中文思考一一地分析這句話，而要用韓國語的思考方式去理解。

在此，我要感謝在本書編寫過程中給予我幫助的外研社的孫艷杰副主任，以及在翻譯上給予我幫助的考利安韓國語教室總經理趙春會和山東師範大學的李浩老師。

金載英

翻開此書之前……

　　本書針對韓國語能力考試中的閱讀題而編寫，分為初級、中級和高級。本冊是其中的高級分冊，由 PART-I 和 PART-II 兩部分構成。PART-I 是從第 1 課到第 7 課，文章比較短，每篇文章後面有一個問題。PART-II 是從第 8 課到第 12 課，文章篇幅比 PART-I 要長，每篇文章後面有兩三個問題。每課都是按照考題分析、模擬練習的順序編寫的，而且兩部分都設有綜合練習，以便對前面的知識進行複習。綜合練習部分也是按照考題分析、模擬練習的順序編寫的。為給今後參加韓國語能力考試的學生們以實質性的幫助，本書中選取的文章比考題中的文章要長，單字也比較難。

　　在韓國語能力考試中，做閱讀題時要求在最短的時間內閱讀最多的內容，這點很重要。因為考試的時候時間很緊，閱讀量很大。希望同學們在快速閱讀所給文章的同時，找出文章的主旨、掌握文章的整體意思。掌握文章的整體脈絡對解題很有幫助。找出每個句子的主語和述語，同時透過連接詞掌握句子的前後內容。

　　眾所周知，要想做好閱讀題最重要的是要累積大量的單字。但是不能因為文章中出現了幾個陌生的單字就放棄解題，要結合前後文，憑藉語感來推測單字的意思。而且不要把每個句子都一一翻譯成中文，要養成用韓國語的思考方式來理解文章的習慣。只有這樣，才能有效利用考試時間。

　　考試中一半以上的題目是關於文章主旨的。此類題型多數以「掌握文章主旨」、「掌握作者的寫作理由」、「確定題目」、「掌握作者的心情」等形式出現。所有這些形式都和掌握文章主旨是一樣的，所以需要訓練快速掌握文章主旨的能力。此訓練方法在本書中有詳細的說明，學習本書的時候希望大家一一掌握。此外，本書中還有其他題型，同樣希望大家認真學習。

　　最後，本書的每道題都有詳細的中文說明，按部就班地學習就可以掌握韓國語能力考試中閱讀題的出題趨勢，同時自己的閱讀程度也會在不知不覺中得到提升。

　　希望本書能給各位準備韓國語能力考試的學生帶來更多的幫助。謝謝。

金載英

目　錄

第一單元　一篇短文一個問題

第二單元　一篇長文兩三個問題

第一單元　一篇短文一個問題

第1課
根據標題推論新聞報導的內容

1　提示句

다음은 신문 기사의 제목입니다. 가장 잘 설명한 것을 고르십시오.

2　出題類型介紹

　　此類題目要求根據新聞報導的標題推測報導內容。在日常生活中，看到新聞標題，即使不讀報導也能推測出內容。所以新聞的標題是把想要告知讀者的內容進行了壓縮。從選項中找出最能說明新聞主旨的一項即可。而且因為報導的標題是用幾個中心單字或俗語等進行的概括，所以正確掌握關鍵字和俗語的意思，是非常重要的。如果掌握了韓國人什麼時候使用什麼表達的話，解題就會更加簡單。如果能夠推測出新聞報導的標題中省略的單字，就能更輕易地找出答案。

3　考題解析

다음은 신문 기사의 제목입니다. 가장 잘 설명한 것을 고르십시오. <16회 기출문제>

> 독감 급속한 확산에 정부 대책 마련 부심

① 독감이 서서히 퍼져 정부가 대책을 세울 수 있다.
② 독감이 서서히 퍼져 정부가 대책을 세울 필요가 없다.
③ 독감이 아주 빨리 퍼져 정부가 대책을 세울 시간이 거의 없다.
④ 독감이 아주 빨리 퍼져 정부가 대책을 세우는 데 힘쓰고 있다.

答案：④

<說明>

新聞報導的標題是급속한 확산，所以在選項③和④中，有一個是正確答案。應該注意這裡的부심(腐心)。韓國人通常在描述為了想出解決某問題的方案而勞神時使用부심(腐心)。與此意思相同的是選項④。

다음은 신문 기사의 제목입니다. 가장 잘 설명한 것을 고르십시오. <14회 고급 기출문제>

> 직장인, 업무 아닌 상사 때문에 퇴사 충동

① 지나친 업무에 시달리는 직장인들이 많다.
② 충동적으로 회사를 그만두는 직장인들이 많다.
③ 직장 생활에 적응하지 못하는 회사원들이 많다.
④ 윗사람 때문에 직장을 떠나고 싶어하는 직장인들이 많다.

答案：④

 <說明>

如果能準確理解상사(上司)這個單字的話，就差不多能解出此題了。상사(上司)的意思是比自己官職或地位高的人，換一個單字來表達就是윗사람。而且퇴사(退社)충동(衝動)的意思不是辭職，而是有想要辭職的念頭。충동(衝動)－衝動(瞬間想進行某個行為時的內心狀態)。正確答案是④。

4 考題深度分析

다음은 신문 기사의 제목입니다. 가장 잘 설명한 것을 고르십시오. <12회 고급 기출문제>

> 취업하려면 눈높이 낮춰야

① 취업을 하려면 원하는 직업에 필요한 것을 파악해야 한다.
② 직장 생활에서는 무엇보다 자신을 낮추는 태도가 중요하다.
③ 직장을 구할 때는 독창적인 아이디어를 갖는 것이 중요하다.
④ 직장을 구하려면 너무 좋은 조건만을 고집해서는 안 된다.

答案：④

<說明>

句子的關鍵字是눈높이，所以如果能正確理解눈높이的意思和用法的話，就能輕鬆解出此題。눈높이的意思是：觀察某一事物或認識某一情況的眼光。句中的취업하려면 (취업에 대한) 눈높이 낮춰야省略了취업에 대한這句話，所以취업에 대한 눈높이的意思是：對工作的要求(月薪、獎金、工作環境等)。눈높이를 낮추다的意思是：降低自身的要求。正確答案是④。

詞彙：

눈和눈높이的補充說明

1. 눈이 높다─①眼光高。例句그 여자는 눈이 높아 웬만한 남자는 거들떠보지도 않는다.─那個女人的眼光很高，對一般的男人根本不理睬。②眼力好。例句부인은 보석을 보는 눈이 높으시군요. 그럼 한번 괜찮은 것을 보여 드리지요.─夫人看寶石眞是好眼力啊！那麼我給您看一款不錯的吧(對寶石的造詣很深，知道如何正確分辨優劣)。

2. 눈높이가 다르다/눈이 다르다─觀察事物的水準不同。例句그와 나는 골동품을 보는 눈높이가 다르다/눈이 다르다.─他和我看古董的眼光不同。

3. 눈높이를 맞추다─符合某一水準。例句아버지는 아들의 눈높이에 맞춰서 이야기를 쉽고 재미있게 했다.─爸爸照顧到兒子的理解能力，談話談得輕鬆有趣(符合兒子的理解能力，能讓他聽明白)。

4. 눈높이 학습─符合學生程度的學習，主要用於補習班的廣告上。例句우리 학원은 개개인 학생들의 눈높이에 맞춘 1 : 1 눈높이 학습을 실시하고 있습니다.─本補習班對每個學生實施一對一的針對性教育(針對學生的程度，爲學生量身訂做教學計劃)。

다음은 신문 기사의 제목입니다. 가장 잘 설명한 것을 고르십시오. <10회 고급 기출문제>

> **경기도, 도라산 평화 공원 역사적인 첫 삽**

① 경기도는 도라산 평화 공원의 건설을 시작했다.
② 경기도가 주관한 도라산 평화 공원이 문을 열었다.
③ 경기도는 도라산에 평화 공원을 만드는 안을 검토 중이다.
④ 경기도의 도라산 평화 공원이 역사적인 관광지로 개발되었다.

答案：①

 <說明>

첫 삽是中心詞。삽(錘)作爲名詞，是「鐵鍬」的意思。첫 삽即「掘第一鍬」，指「開始某項工程」之意。첫 삽을 뜨다/첫 삽을 들다也是同樣的意思。如果能夠正確理解첫 삽的意思就能輕鬆找出正確答案。正確答案是①。

詞彙：

삽的意思及各種表達方式

삽－①鐵鍬。例句시멘트를 삽으로 개다./삽과 곡괭이로 구덩이를 파고 김장독을 묻었다.－用鍬調勻水泥。/用鍬和鎬頭挖窖，埋泡菜缸。②用在表示數量的詞後，用鍬來盛土或沙子等，作爲計算其分量的單位。例句시멘트 두 삽/흙 한 삽/그는 부드러운 흙을 몇 삽 조심스럽게 뿌렸다.－兩鍬水泥/一鍬土/他小心地撒了幾鍬鬆土。

삽 한 자루－一把鍬，자루是量詞「把」。

첫 삽을 뜨다/들다－工程開工或比喻某事的開始。例句고속 철도 건설의 첫 삽을 뜨다.－高速鐵路破土動工。

삽질－名詞，表示用鍬掘地或挖土。例句삽질이 제법 능란하다.－揮鍬很熟練。

<新名詞>삽질하다－포클레인 앞에서 삽질한다.＝공자 앞에서 문자 쓴다.－白費力氣，用於表示自己努力做沒用的事。意思是힘든 일 한다，用於貶義。例如：某人認爲自己做的某件事情完全沒有意義，就可以用삽질한다表示。例句삽질하지 마라./삽질 계속 해 봤자 아무런 소용이 없다.－別白費力氣了／總想做點什麼，結果毫無用處(總是白費勁，什麼用都沒有)。不過，這只是現在的年輕人常用的表達方式，並非標準用語。

다음은 신문 기사의 제목입니다. 가장 잘 설명한 것을 고르십시오. <11회 고급 기출문제>

> 제주도 외국인 관광객 유치 목표 45만 달성
>
> 청신호

① 제주도를 찾은 외국인 관광객이 45만을 넘어섰다.
② 제주도를 찾는 외국인의 수가 45만 명을 무난히 넘을 것이다.
③ 제주도의 관광객을 45만 명까지 유치하기 위해 노력할 것이다.
④ 제주도를 찾은 관광객은 외국인을 포함하여 45만 명이 넘었다.

答案：②

<說明>

此新聞報導標題的關鍵字是청신호。청신호（綠燈）比喻某事今後有好的發展預期，所以句中目標 45만 달성 청신호的意思是沒有困難地達到目標。

詞彙：

猜測未來或展望將來情況的表達方式

1. 청신호／파란불－比喻預期某事今後有好的發展。例句실업률도 내리고 물가도 잡혀 가는 것이 경제 안정의 중요한 청신호(파란불)로 해석되고 있다.－失業率下降，物價也穩定，這

可以解釋成經濟穩定的重要信號。

2. 적신호／빨간불－比喻告知某人或某事處於危險情況的各種信號。例句 고혈압은 건강의 적신호(빨간불)이다.－高血壓是健康的紅燈。

3. 전망이 밝다－前景看好、前途光明。例句 요즘 전망이 밝은 사업은 첨단 과학 분야이다.／정부는 내년 경제에 대한 전망을 밝게 보고 있다.－最近高科技領域被看好。／政府看好明年的經濟。

4. 전망이 어둡다－前景黯淡、希望渺茫。例句 이번 경기에서 지는 바람에 우리 팀이 결승전에 올라갈 전망이 어두워졌다.／내년에도 여전히 경제에 대한 전망은 어둡다.－由於輸掉了這場比賽，所以我們隊挺進決賽的希望很渺茫。／明年經濟前景依然黯淡。

5. 전망이 없다－沒有前途、沒有希望。例句 요즘 삐삐 사업은 아무런 전망이 없다.／지금 내게는 어떤 희망도 전망도 없다.－最近傳呼機事業沒有任何前途。／現在對我來說，沒有任何希望和前途。

다음은 신문 기사의 제목입니다. 가장 잘 설명한 것을 고르십시오. <13회 고급 기출문제>

> **한겨울 극장가, 때 아닌 공포물 인기**

① 공포 영화는 한 겨울에 봐야 재미있다.
② 겨울인데도 공포 영화가 인기를 끌고 있다.
③ 추울수록 사람들은 공포 영화를 자주 본다.
④ 여름에 개봉 못한 공포 영화가 겨울에 개봉되었다.

答案：②

 <說明>

句子中公怖物的意思的공포 영화(恐怖電影)。句子的中心詞是때 아닌。原本恐怖電影主要是為了在夏天讓人們忘記炎熱，然而在這裡，恐怖電影在冬天也很受歡迎，所以使用了때 아닌。這裡때的意思是好的機會或合適的時機，所以때 아닌的意思是：冬天原本不是恐怖電影最受歡迎的時候。正確答案是②。

詞彙：

名詞때的各種表現

1. 때(가) 이르다－為時尚早，提前。例句 올해는 장마가 때 이르게 찾아왔다.－今年梅雨提前到來了。

2. 때(가) 늦다－時機晚。例句 지금 들판에는 때늦은 코스모스가 활짝 피어 있다.－現在田野裡滿是盛開的晚波斯菊。

3. 때(가) 아니다－時機不對、不是時候。例句 아직은 이 사실을 말할 때가 아니다.／한겨울

에 때 아닌 폭우가 쏟아졌다. —還不是公開事實的時候。／在嚴冬裡暴雨不期而至。

4. 때를 기다리다—等待時機、等待機會。例句때를 기다리다 보면 언젠가는 좋은 날이 올 것이다. —等待時機，好日子總會到來的。

5. 때를 놓치다—錯過時機、錯過機會。例句그는 동생들을 공부시키느라 결혼할 때를 놓치고 말았다. —他為了供弟弟妹妹上學而耽誤了自己的婚事。

6. 때가 왔다—時機到了、機會來了。例句이제 우리가 공격할 때가 왔다. —現在我們進攻的機會來了。

7. 때가 있다—有合宜的時機、有合宜的機會。例句공부하는 것도 다 때가 있는 법이다. —學習也是有適當的時機的。

다음은 신문 기사의 제목입니다. 가장 잘 설명한 것을 고르십시오. <15회 고급 기출문제>

> ### 새 대통령, 갈 길 험난할 듯

① 새 대통령이 할 일은 줄어들 것이다.
② 새 대통령을 뽑는 일은 무척 힘들 것이다.
③ 새 대통령은 앞으로 어려움이 많을 것이다.
④ 새 대통령과 함께 일을 하기가 쉬울 것이다.

答案：③

 <說明>
應該知道句子中的갈 길이 험난하다是比喻用法。這裡的갈 길的意思不是가야할 길(路)，而是以某一身份或資格擔任某一職務或擔當某一任務的過程。本句的意思是，作為新任總統，要面對的困難很多。正確答案是③。

詞彙：

名詞길的各種表現

1. 갈 길이 멀다—今後要走的路很長或要達成的目標很遠。例句갈 길은 먼데 벌써 해가 져 버렸다./이제 막 취직을 했으니 앞으로 돈을 벌어서 집을 사려면 갈 길이 멀다. —要走的路還很長，可是太陽已經下山了。/現在剛開始工作，以後想要掙錢買房子的話，路還長著呢。

2. 길(을) 뚫다—找方法、找門路。例句그는 살아갈 길을 뚫어 보려고 무척 애를 썼다. —他花費了很多心思來尋找生活之路。

3. 길을 재촉하다—趕路。例句해 뜨기 전에 집을 나선 김 선생님은 얼마만큼 길을 재촉했을 때 해는 솟기 시작했다. —日出之前出門的金老師趕了一段路，太陽就開始升起來了。

4. 길이 늦다 = 길이 더디다—出發後到達目的地的時間晚了。例句이렇게 자꾸 길이 늦으면

(더디면) 물과 식량이 모자라겠어./아이를 데리고 가느라 훨씬 길이 더뎠다.－總是這樣延長行程的話，水和食物會不夠的。／為了帶上孩子們一起去，所以遲到了。

5. 길(이) 닿다－為了做某事而建立關係。 例句 그는 큰 회사의 구매 담당자와 길이 닿아 그 회사에 납품을 할 수 있게 되었다.－他和大公司的採購負責人搭上了關係，所以可以給那個公司送貨。

6. 갈 길(이) 바쁘다－因為某事，必須盡快到達目的地。 例句 저는 갈 길이 바빠서 이만 먼저 실례하겠습니다.－我有急事，要先走一步了。

5 考題綜合練習

1. 다음은 신문 기사의 제목입니다. 가장 잘 설명한 것을 고르십시오. <7회 5급 기출문제>

> 방송사들, 자사 드라마 띄우기 해도 너무 해

① 방송사들이 해도 너무 해 라는 드라마를 적극적으로 홍보하고 있다.
② 방송사들이 프로그램에서 자기 회사 드라마를 지나치게 홍보하고 있다.
③ 방송사들이 자기 회사 프로그램까지도 지나치게 상업적이라고 비판하고 있다.
④ 방송사들이 자기 회사를 소재로 한 드라마를 만들어 적극적으로 홍보하고 있다.

<說明>
文章中的 자사 드라마 띄우기 是核心語句。자사(自社)的意思是本公司，띄우기是 띄우다(比喻不平靜、不安靜)的使動態。表示誇大或過分稱讚的意思。所以句子的意思是廣電公司過分稱讚(宣傳)本公司製作的電視劇。

答案：②

2. 다음은 신문 기사의 제목입니다. 가장 잘 설명한 것을 고르십시오. <13회 고급 기출문제>

> 한국 연구진, 노화의 수수께끼 풀다

① 한국의 학자들이 노화의 원인을 밝혀냈다.
② 노화 연구는 수수께끼를 푸는 것과 비슷하다.
③ 연구진이 한국인을 대상으로 한 노화 연구에 성공했다.
④ 노화 원인에 대한 연구는 한국에서 제일 먼저 시작됐다.

<說明>

句子的意思就是한국의 연구진이 노화에 대한 수수께끼를 풀다（韓國的研究人員破解了衰老之謎）。노화의 수수께끼（老化之謎）可以說成是노화의 원인(老化的原因)，수수께끼를 풀다(解開謎語)也可以用원인을 밝혀내다(發現原因)來表示。

答案：①

3. 다음은 신문 기사의 제목입니다. 가장 잘 설명한 것을 고르십시오. <12회 고급 기출문제>

> 부산시, 영화제 개최로 세계 영화 교류의 징검다리 되겠다

① 부산시가 영화제에서 징검다리라는 영화를 상영할 예정이다.
② 부산시에서 영화제를 개최하여 부산이 세계적으로 유명해졌다.
③ 부산시가 영화제 개최를 기념하며 교류의 징검다리를 건설하였다.
④ 부산시에서 영화제를 개최하여 세계 영화의 교류를 도울 것이다.

 <說明>

징검다리是關鍵字，징검다리表示在中間連接兩邊的媒介或橋梁。 例句 나는 그 두 사람 사이의 징검다리 역할을 하고 있다./자식이란 부부의 애정을 되살리는 화해의 징검다리이다.—我在那兩個人中間扮演橋梁作用。/子女是調解父母關係，重新激發其愛情的媒介。

答案：④

4. 다음은 신문 기사의 제목입니다. 가장 잘 설명한 것을 고르십시오. <9회 5급 기출문제>

> 박민수 선두…60승 눈앞

① 박민수가 1위를 차지하면 60번째 승리가 될 것이다.
② 박민수가 1위를 차지해 60번째 승리가 멀지 않았다.
③ 박민수가 1위를 차지해 60번째 승리를 할 수 있었다.
④ 박민수가 1위를 차지해 안타깝게 60번째 승리를 놓쳤다.

 <說明>

눈앞(眼前)是核心單字。곧 이루어진다(即將實現)的意思可以表達為눈앞에 두고 있다(就在眼前)，在這裡將其簡化為눈앞了。句子中60승 눈앞的意思是60승을 눈

앞에 두고 있다，用另一種說法來表達的話就是60승이 얼마 안 남았다。

答案：②

5. 다음은 신문 기사의 제목입니다. 가장 잘 설명한 것을 고르십시오. <15회 고급 기출문제>

> 심각한 겨울 가뭄에 눈꽃 축제 무산 위기

① 날이 너무 추워서 눈꽃 축제가 취소됐다.
② 겨울이 따뜻해져서 눈꽃 축제를 하기 어렵다.
③ 손님이 별로 없어서 눈꽃 축제가 위기를 맞고 있다.
④ 눈이 거의 안 와서 눈꽃 축제가 열리지 않을 수 있다.

 <說明>
夏天乾旱的意思是不下雨，冬天乾旱的意思是不下雪。可以將句子的意思解釋為심각한 겨울 가뭄 때문에 눈이 오지 않아 눈꽃 축제가 무산될 위기에 놓여 있다(由於冬季嚴重的乾旱，沒有下雪，雪花節恐怕要泡湯)。選項④與此句的意思相同。

答案：④

6. 다음은 신문 기사의 제목입니다. 가장 잘 설명한 것을 고르십시오. <7회 5급 기출문제>

> 불황 속 여름휴가"기간은 늘고 돈은 줄고"

① 날씨가 더워서 휴가 기간은 길어졌지만 돈은 많이 쓰지 않았다.
② 제품의 생산 주문이 밀려서 회사원들의 여름휴가 사정이 어렵다.
③ 경기의 악화로 기업체의 휴가 기간이 길어지고 휴가비는 적어졌다.
④ 여름휴가 기간이어서 제품 생산 시간은 길어진 반면 수입은 줄었다.

 <說明>
句子中기간的意思是휴가 기간，돈的意思是휴가비。所以句子的意思是경제 불황 때문에 휴가 기간은 늘었으나 휴가비는 줄었다(由於經濟不景氣，雖然假期延長了，但是休假補貼減少了)。正確答案是③。

答案：③

7. 다음은 신문 기사의 제목입니다. 가장 잘 설명한 것을 고르십시오. <8회 5급 기출문제>

> 놀 틈 어디 있나요? 휴가 절반도 못 써

① 휴가를 즐길 만한 적당한 장소가 없다.
② 휴가를 즐길 만한 경제적인 여유가 없다.
③ 바쁜 직장일로 휴가를 제대로 쓰지 못한다.
④ 직장인 절반 정도가 휴가를 제대로 못 쓴다.

 <說明>

句子中틈的意思是시간或여유。놀 틈 어디 있나요?是反問句，意思是휴가를 즐길 시간적인 여유가 없어요(沒有休假的空閒時間)。휴가를 쓰다的意思是休假時間全部用完。那麼，휴가 절반도 못 써的意思是連一半的休假時間都沒能用完。所以選項②中沒有多餘的錢，是錯的。選項④乍看之下像是對的，其實並不對，不是人數的一半，而是休假時間利用率不足一半。正確答案是③。

答案：③

8. 다음은 신문 기사의 제목입니다. 가장 잘 설명한 것을 고르십시오. <14회 고급 기출문제>

> 한국, 수비 전략 변경으로 압도적 승리

① 한국이 전과 다른 수비 작전을 사용해 크게 이겼다.
② 상대팀이 수비 작전을 바꿔서 한국이 질 뻔했다.
③ 한국의 수비 작전이 바뀌어서 상대팀이 당황했다.
④ 상대팀의 수비수가 많이 바뀌어서 한국이 쉽게 이겼다.

 <說明>

此題很簡單。句子的意思是한국이 예전과 다른 수비 전략으로 상대팀을 크게 이겼다(韓國採用與以往不同的防守戰略，大勝對手)，選項①與句子意思相同。

答案：①

6　模擬練習

1. 다음은 신문 기사의 제목입니다. 가장 잘 설명한 것을 고르십시오.

> 재건축 아파트 값, 일반 아파트 2배

① 기존의 아파트를 재건축하려면 일반 아파트보다 두 배의 공사비가 든다.
② 재건축 아파트는 낡았지만 살기가 편해 일반 아파트보다 두 배 비싸다.
③ 최근 재건축 아파트의 값이 뛰면서 일반 아파트의 두 배 정도 비싸졌다.
④ 일반 아파트가 최근 들어 많아지면서 재건축 아파트보다 두 배 정도 싸졌다.

<說明>

재건축(再建築) 아파트는 指需要拆遷重建的公寓。這種公寓由於建築年代久遠,所以一般比新建的公寓位置要好,而把這種公寓拆遷重建的話,其價格相當高,幾乎相當於新建公寓兩倍的價格。因此,以房地產投機為目的購買這種公寓的人很多。正確答案是③。

答案 : ③

2. 다음은 신문 기사의 제목입니다. 가장 잘 설명한 것을 고르십시오.

> 급증하는 선진국형 암 대장암

① 주로 육식을 많이 하는 서양의 선진국에서 대장암의 발생 빈도가 증가하고 있다.
② 선진국에서 많이 발생하는 대장암 환자가 우리나라에서도 급격히 증가하고 있다.
③ 대장암은 치료하는 데에 치료비가 굉장히 많이 들므로 선진국형 암이라고 부른다.
④ 대장암은 한 번 걸리면 병이 급속하게 빨리 진행되어서 선진국형 암이라고 부른다.

<說明>

선진국형的意思是주로 선진국에서 ～ 한다,所以선진국형 대장암(大腸癌)的意思是多發生在先進國家的大腸癌。句子的意思是주로 선진국에서 많이 발생하여 선진국형 암이라 불리는 대장암이 우리 사회에서도 급증하고 있다,所以正確答案是②。在韓國語中,句子中常常省略關於自己的描述。句中也是省略了우리 사회或우리나라。

答案 : ②

3. 다음은 신문 기사의 제목입니다. 가장 잘 설명한 것을 고르십시오.

> 건강 지킴이 숨쉬기 운동

① 건강을 잘 지키려면 운동할 때 숨쉬기 운동부터 하는 것이 좋다.
② 누구나 하는 숨쉬기 운동이 건강을 지키는 데 가장 좋은 방법이다.
③ 숨쉬기 운동을 운동으로 생각하지 않는 사람이 많아서 건강을 못 지킨다.
④ 간단한 숨쉬기 운동으로 건강을 지킬 수 있다는 생각은 잘못된 생각이다.

 <說明>
지킴이原來的意思是守護一個家、村莊或其他共同區域的神，現在也用於人或其他地方。所以句子中的건강 지킴이說的是守護健康的人或物品。句子的意思是숨쉬기 운동이 건강을 지켜 주는 지킴이다，所以選項②與其意思相同。

答案：②

4. 다음은 신문 기사의 제목입니다. 가장 잘 설명한 것을 고르십시오.

> 10억짜리 대박 영화, 얼마든지 가능하다

① 제작비 10억 원 이하로 만든 영화가 흥행에 성공할 가능성은 충분하다.
② 영화가 흥행에 성공하면 10억 원 정도의 이익은 얼마든지 남길 수 있다.
③ 제작비 10억 원 정도만 있으면 원하는 영화는 무엇이라도 만들 수 있다.
④ 10억 원 정도의 제작비를 투자하여 만든 영화는 반드시 흥행에 성공한다.

 <說明>
弄清대박的意思很重要，雖然字典裡沒有대박，但這卻是人們經常使用的單字。대박中的대(大)是大的意思，박作為韓國語的固有詞，是「葫蘆」的意思。韓國傳統寓言故事《흥부전(興夫傳)》中，興夫給燕子治腿，然後從燕子那裡得到了葫蘆種子，葫蘆長大後裡面生出了很多金銀財寶。所以대박的本意是大葫蘆，寓意是大獲成功。句子中的대박 영화的意思是票房收入很高的、很成功的電影，所以句子整體意思是有成為這樣的電影的可能性。正確答案是①。在韓國，一部電影的基本製作費用大約需要10億韓元（約合新台幣2700萬元），當然也有很多電影的製作費用是數百億韓元。10億韓元製作的電影叫做저예산(低預算) 영화。所以句子中用10억짜리 대박 영화 , 反而襯托出該影片的效益之高。

答案：①

5. 다음은 신문 기사의 제목입니다. 가장 잘 설명한 것을 고르십시오.

> 자전거 도로 설치했다 철거했다… 줄줄 새는 예산

① 금방 만든 자전거 도로를 다시 철거하자 예산을 낭비한다는 비난을 받고
　있다.
② 자전거 도로는 1년에 한 번씩 다시 만들어야 하므로 예산이 많이 들어간다.
③ 설치된 자전거 도로를 철거해야 하는 데 예산이 부족해서 애를 먹고 있다.
④ 자전거 도로를 만들 때는 미리 철거를 대비해서 예산을 책정해야 한다.

 <說明>
動詞새다有很多意思，在本句中的意思是流失了一定數量的錢或財產。例句 회사
공금이 외부로 새기 때문에 회사 경영이 엉망이다.－由於公司的公款外流嚴重，
所以公司的經營混亂。줄줄 샌다的意思是自來水漏水很嚴重，所以줄줄 새는 예산
可以理解為예산의 낭비가 심하다。正確答案是①。

答案：①

6. 다음은 신문 기사의 제목입니다. 가장 잘 설명한 것을 고르십시오.

> 한 치 앞도 내다볼 수 없는 내일이 버거워……

① 매일 저축을 하여 살림살이를 조금씩 늘려 나가야 한다.
② 앞을 예측할 수 없을 정도로 현재의 살림살이가 곤란하다.
③ 현재의 살림살이가 곤란하지만 노력하면 미래는 좋아질 것이다.
④ 지금은 괜찮지만 내일은 살림살이가 어떻게 될지 몰라 불안하다.

 <說明>
選項中都是關於살림살이的內容，所以能夠推測標題內容是關於生活或經濟狀況
的。對於韓國人來說，即使不看選項也能明白句子內容是什麼的，但是外國人理解
起來還是有一定難度的。首先，버겁다的意思是管理、解決起來很吃力。
例句 짐이 무거워 혼자 들기에 버겁다.－行李很重，自己提起來很吃力。所以한
치 앞도 내다볼 수 없는 내일的意思是明天沒有保障，即現在的生活(經濟狀況)非
常不安定。所以句子的意思是현재의 살림살이가 매우 불안하여 내일을 맞이하기
가 부담스럽다。正確答案是②。

答案：②

7. 다음은 신문 기사의 제목입니다. 가장 잘 설명한 것을 고르십시오.

> 강도 잡은 대단한 장인과 사위

① 사위와 장인 집을 동시에 턴 대단한 강도가 잡혔다.
② 사위와 강도가 힘을 합쳐서 대단한 강도짓을 했다.
③ 강도인 사위를 잡은 대단한 장인이 있어 화제다.
④ 장인과 사위가 함께 힘을 합쳐 강도를 붙잡았다.

 <說明>
此題非常簡單，讀句子就能知道正確答案。選項④和강도를 잡은 대단한 장인과 사위的意思相同。

答案：④

8. 다음은 신문 기사의 제목입니다. 가장 잘 설명한 것을 고르십시오.

> 백혈병 완치 돼도 공무원은 할 수 없다?

① 공무원이 백혈병에 걸리면 완치되기 전까지는 공무원 생활을 못한다.
② 백혈병에 걸린 사람은 완치가 되어도 공무원 생활을 못할 수도 있다.
③ 백혈병은 아주 무서운 병이므로 공무원뿐 아니라 다른 직업도 가질 수 없다.
④ 백혈병에 걸렸다가 완치된 사람이 왜 공무원이 될 수 없는지 이해가 안 간다.

 <說明>
標題是疑問句的形式。如果想想新聞報導中何時會出現疑問句的話，就能輕鬆解出此題。在新聞報導中，當作者認為內容很荒唐或不符合常識，或者作者已經知道問題的答案或確信不是事實時，會採用疑問句形式，向讀者提出反問。標題的意思是完全治癒的白血病患者和正常人一樣，可是卻不能當公務員，這合理嗎？ 選項④與此句意思相同。

答案：④

9. 다음은 신문 기사의 제목입니다. 가장 잘 설명한 것을 고르십시오.

> 부유층엔 제값, 저소득층엔 무료 진료

① 가진 자들에게 돈을 다 받기 때문에 없는 자들이 주로 이 병원을 이용한다.
② 이 병원은 부유층만 진료를 하며 저소득층에게는 하루만 무료 진료를 한다.

③ 가진 자들에게는 진료비를 다 받지만 없는 자들에게는 공짜인 병원이 있다.
④ 이 병원은 부유층 환자에게 저소득층 환자의 진료비까지 모두 받고 있다.

 <說明>

부유층(富裕層)和가진 자(者)的意思相同。同樣，저소득층(低所得層)和없는 자
(者)的意思相同。標題中沒有選項②中只診療富裕層和只給低收入層免費診療一天
的意思。正確答案是③。

答案：③

10. 다음은 신문 기사의 제목입니다. 가장 잘 설명한 것을 고르십시오.

> 공무원 불친절, 막말에 분통

① 민원인이 공무원에게 불친절하게 막말을 해도 공무원은 참을 수밖에 없다.
② 민원인에게 거리낌 없이 막말을 하는 공무원 때문에 굉장히 화가 났다.
③ 공무원들은 민원인들에게 막말을 하면 안 되며 불천절해도 안 된다.
④ 민원인과 공무원이 서로 막말을 하는 것을 보고 기분이 안 좋았다.

 <說明>

在句子中補充上省略的内容，即공무원의 불친절과 막말에 민원인은 분통(憤痛)이
터진다。選項②與此句意思相同。

答案：②

第2課
找出短文的寫作目的和選擇短文的類型

1 提示句

다음 글을 쓴 목적으로 가장 알맞은 것을 고르십시오.
다음은 어떤 종류의 글인지 고르십시오.

2 出題類型介紹

問題的提問形式主要有兩種，即提問短文的寫作目的和提問短文類型。

爲了更好地應對這類問題，應該準確掌握短文的脈絡。高級和初中級不同，不是針對短小文章的簡單提問，而是要求考生在整體理解文章內容的基礎上回答問題，所以掌握短文的脈絡非常重要。而且透過短文的脈絡來找出短文的文章主旨也很重要。文章主旨在短文中是用一句話來表現的 從選項中找出與文章主旨相同的內容即可。爲了更準確地掌握短文的脈絡，需要考生站在作者的立場上去理解內容。另外需要強調的是，正確答案大多都在原文中。希望考生根據原文內容作出客觀推斷，切忌脫離原文內容，主觀臆測答案。

3 考題解析

다음 글을 쓴 목적으로 가장 알맞은 것을 고르십시오. <16회 고급 기출문제>

신경숙의 장편소설 "엄마를 부탁해"는 우리 어머니들의 삶과 사랑을 슬프고도 아름답게 그려 낸다. 작가는 늘 배경으로 묻혔던 엄마의 삶을 누군가의 아내나 어머니이기 전에 한 여자로서의 삶으로 그리고자 하였으며 독자 스스로 어머니는 어떤 존재일까라는 질문을 던지게 하고 있다.

① 작품의 배경을 설명하기 위해
② 작품의 줄거리를 알리기 위해
③ 작품의 의도를 보여주기 위해
④ 작품의 주인공을 소개하기 위해

答案：③

 <說明>

短文中的作가는 ~ 여자로서의 삶을 그리고자 하였으며是作品的意圖。選項①、②、④的內容在短文中都沒有出現，所以應重視從原文中找出答案。

다음은 어떤 종류의 글인지 고르십시오. <11회 고급 기출문제>

> 　지난 8월에 25번째 개인전을 연 화가 황정현. 그는 세월전이라는 이번 전시회를 계기로 세 번째 산문집"세월"을 냈다. 그림을 제대로 감상하려면 여러 번 봐야 알 수 있듯이 지금까지 펴낸 그의 산문들도 여러 번 읽어야 그 뜻을 짐작할 수 있었다. 그러나 그도 세월의 흐름은 어쩔 수 없는 모양인지 이번 산문집에서는 한결 간결하고 쉬운 필체로 독자들에게 가까이 다가온다.

① 책 소개문　　　　　　② 독서 감상문
③ 전시회 소개문　　　　④ 미술 작품 해설

答案：①

 <說明>

短文中的화가 황정현，세월전，산문집 세월等內容是為了干擾考生的判斷而設計的，而且短文中出現그림和산문(=산문집)。應該根據短文的脈絡判斷短文的主要內容是什麼。그림을 제대로 감상하려면 여러 번 봐야 알 수 있듯이是修飾成分，所以其中的그림不是短文的主要內容。而산문집에서는 한결 간결하고 쉬운 필체로 독자들에게 가까이 다가온다才是作者想要表達的重點。所以正確答案是①。

④ 考題深度分析

다음 글을 쓴 목적으로 가장 알맞은 것을 고르십시오. <15회 고급 기출문제>

기업은 자기소개서를 통해 지원자의 ㉠다양한 면을 파악한 후 채용 여부를 결정한다. 가정 환경과 성장 과정을 통해서는 개인의 성격이나 가치관을 파악하고 지원 동기와 입사 후의 목표를 통해서는 지원자의 장래성을 파악한다. 문장의 표현력이나 논리적인 구성 능력 등도 지원자를 평가하는 요소가 된다.

① 자기소개서의 형식 소개
② 자기소개서의 필요성 강조
③ 자기소개서의 평가 내용 설명
④ 자기소개서의 작성 순서 안내

答案：③

<說明>
從短文中的가치관을 파악、장래성을 파악、평가하는 요소等語句中可以知道短文是介紹選項③的內容。而沒有出現選項①、②、④的內容。所以再次印證了從原文中尋找正確答案的重要性。

詞彙：

자기소개서－自薦信
지원자－申請人
채용－錄用 相似詞 등용　相反詞 해임/해직/면직/해고
여부－與否、能否
가치관－價值觀
동기－動機 相似詞 원인/계기/요인
논리－邏輯 相似詞 이치/조리
구성－構成 相似詞 구도/구상
요소－要素 相似詞 요건/요인/조건

練習題─아래 문장의 (　　)속에 알맞은 단어를 보기에서 골라 넣으시오.

보기 : 자기소개서/지원자/채용/여부/가치관/동기/논리/구성/요소

1. 교사는 학생들이 올바른 (　　　)을 형성할 수 있도록 도와 주어야 한다.
2. 이 문제의 핵심적 (　　)는 집합에 대한 정의를 제대로 알고 있느냐는 것이다.
3. 먼저 도착한 사람들은 가족들의 이름을 부르며 생사 (　　)를 알려고 아우성쳤다.
4. 무조건 길게만 쓴 (　　　)는 좋다고 말할 수 없다.
5. 국회는 헌법 기관의 (　　)에 대한 동의권을 가지고 있다.
6. 그 사건은 처음에는 아주 단순한 (　　)에서 시작되었다.
7. 우리 회사는 (　　)에서 학연이나 학력보다 창의성과 업무 수행 능력이 중시된다.
8. 1명을 뽑는 공무원 모집에 1,000명 이상의 (　　　　)가 몰렸다.
9. 그와 같은 (　　)의 전개에는 많은 모순이 있다.

答案 : 1. 가치관　　2. 요소　　3. 여부　　4. 자기소개서　　5. 구성　　6. 동기　　7.채용
　　　8. 지원자　　9. 논리

文法:

~을/를 통하여/통해─「透過……」。例句 이번 사건을 통해 많은 것을 배웠다./경찰은 현장에 남겨진 조그만 사진 한 조각을 통해 범인이 누구인지를 알 수 있었다.─透過這次事件，(我)學到了很多東西。/警察透過遺落在現場的照片的一角，得知了誰是犯人。

相關問題: 본문에서 ㉠의 다양한 면에 해당하는 것을 고르십시오.
① 문장의 표현력이나 논리적인 구성 능력
② 지원 동기와 입사 후의 목표
③ 개인의 성격이나 가치관
④ 가정환경과 성장 과정

答案 : ③

다음은 어떤 종류의 글인지 고르십시오. <10회 고급 기출문제>

> 그 집에는 삼룡이라는 벙어리 하인이 하나 있었으니, 키는 본시 크지 못하여 땅딸보라 불렸고, 고개는 빼지 못하여 몸뚱이에 대강이를 갖다가 붙인 것 같다. 거기다 ㉠얼굴이 몹시 얽고 입이 크다.

① 대상을 평가하는 글
② 주장을 내세우는 글
③ 체험과 감상을 쓴 글
④ 대상을 묘사하는 글

答案：④

 <說明>

高級中出現的短文有非常多樣化的內容。本文是節選自羅稻香在1926年發表的短篇小說《啞巴三龍》。句子키는 본시 크지 못하여 ~後面的部分都是在描寫벙어리 삼룡이的身體特徵，所以本短文是描寫삼룡이的。正確答案是④。

詞彙：

벙어리－啞巴　相似詞　귀머거리/농아－聾子/聾啞
하인－下人、僕人、奴僕　相似詞　종　相反詞　상전
본시－原來、本來　相似詞　본디/본래/원래
땅딸보－矮胖子　相似詞　땅딸이　相反詞　키다리/꺽다리
고개－後頸、後脖頸　相似詞　목
빼다－伸長
대강이－「頭」的俗稱　相似詞　대가리－動物的頭。대가리也經常作爲「頭」的俗稱。
例句　저 녀석은 행동은 느린데 대가리 하나는 참 좋다.－那個傢伙動作很慢，但是頭腦很好。
얽다－麻(臉)，臉上有凹陷的天花疤痕

練習題－아래 문장의 (　　)속에 알맞은 단어를 보기에서 골라 넣으시오.

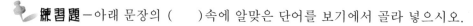

보기：벙어리/하인/본시/땅딸보/고개/뺐다/대강이/얽은

1. 어릴 적 그는 키가 남들보다 유달리 작아서 별명이 (　　　　)였다.
2. 주인 양반은 항상 (　　　)들을 거느리고 산보를 나갔다.
3. 야! (　　　) 좀 감아라. 더러워 죽겠다.
4. 그녀는 (　　　) 얼굴을 감추려고 짙은 화장을 한다.
5. 그는 이번 일을 아무에게도 말을 못하고 그저 (　　　　) 냉가슴 앓듯 하고 있다.
6. (　　　)를 뒤로 젖히고 푸른 하늘을 올려 보았다.
7. 설날이 다가와서 미리 가래떡을 (　　　).
8. 그는 (　　　)부터 고집이 세고 게으름뱅이였다.

答案：1. 땅딸보　　2. 하인　　3. 대강이　　4. 얽은　　5. 벙어리　　6. 고개　　7. 뺐다　　8. 본시

文法：

~으니：連接語尾，先陳述某一事實，接下來陳述與此相關的其他事實。 例句 그는 불행한 천재였으니 나이 겨우 서른 남짓에 세상을 떠났다./이 아이는 키가 제일 작으니 1미터도 채 안 됐다.─他是個不幸的天才，才三十多歲就離開了人世。/這個孩子個子最矮，連一公尺都不到。

相關問題：㉠과 같이 얼굴이 몹시 얽은 사람을 무엇이라고 부릅니까?

① 땅딸보
② 느림보
③ 먹보
④ 곰보

答案：④

다음은 어떤 종류의 글인지 가장 적절한 것을 고르십시오. <12회 고급 기출 문제>

> 제3조 (할부 구입)
>
> 1. 회원은 카드사가 따로 정하는 ㉠바에 의하여 할부 구입을 할 수 있다.
>
> 2. 할부 기간은 회원이 카드를 이용할 때 카드사가 정한 기간 중에서 지정할 수 있다.
>
> 3. 회원이 할부로 구입한 물품을 반품하였을 경우 반품 대금은 회원님의 은행 계좌로 추후 정산됩니다.

① 백화점의 할부 판매를 알리는 글
② 신용카드 이용 규정을 알리는 글
③ 카드 회원 가입 방법을 설명하는 글
④ 소비자에게 환불 규칙을 설명하는 글

答案：②

<說明>
　　這樣的文體屬於說明文，即客戶須知(이용약관)，本文是其中的一部分。客戶須

21

知(이용약관)多數是關於某種규정(規定)的，所以只看文章的脈絡就能找出正確答案。可以從~ 바에 의하여 할부 구입을 할 수 있다, ~ 때 지정할 수 있다等內容中得知這是一篇關於客戶須知的文章。

詞彙：

할부－分期付款 相似詞 분할

카드사(Card社)－信用卡公司 相似詞 카드회사

바－表示前面所說內容的情形或事情的種類

지정하다－指定 相似詞 정하다

반품－退貨、退換

대금－錢 相似詞 돈

계좌－계정계좌，예금 계좌的縮略語，銀行帳戶

추후－事後、以後 相似詞 후/나중/차후

정산－結算、精確計算

練習題－아래 문장의 (　　)속에 알맞은 단어를 보기에서 골라 넣으시오.

> 보기 : 할부/카드사/바/지정하였다/반품/대금/계좌/추후/정산

1. 화장품 세트를 6개월 무이자 (　　)로 물건을 구입했다.
2. 부모님께서는 매달 나의 생활비를 나의 은행 (　　)로 보내 주신다.
3. 정부는 작년에 출토된 왕릉을 올해 국보로 (　　　　).
4. (　　)들의 경쟁으로 인해 신용카드가 남발되어 많은 부작용이 우려된다.
5. 이번 달에 사용한 카드 (　　)이 지난달보다 무려 두 배나 많았다.
6. 종합 소득세 (　　)은 보통 연말에 한다.
7. (　　)으로 들어온 물건들은 대개 폐기 처분된다.
8. 이 문제는 (　　)에 다시 논의하기로 하였다.
9. 그는 세계 대회에 여러 차례 출전한 (　　) 있다.

答案：1. 할부　　2. 계좌　　3. 지정하였다　　4. 카드사　　5. 대금　　6. 정산　　7. 반품
　　　8. 추후　　9. 바

文法：

~에 의한/의하면/의하여－依據/根據……。 例句 노동에 의한 소득./들리는 소문에 의하면 사업에 실패했다고 한다./상대 국가의 사정에 의하여 회의가 무기한 연기되었다.－勞動所得。/據傳聞講，（那個人）破產了。/根據對方國家的情況，會議被無限期推遲。

相關問題：㉠의 바와 같은 용법으로 사용된 문장을 고르십시오.

① 평소에 느낀 바를 말해라.

② 미안해서 몸 둘 바를 모르겠다.
③ 어차피 매를 맞을 바에는 먼저 맞겠다.
④ 우리는 우리의 굳건한 의지를 내외에 천명하는 바이다.

答案：①

 <說明>

選項①表示前面說的內容的情形或事情的種類。選項②表示事情的方法或途徑。選項③表示前面出現的事情的機會或變成那樣的情況。選項④表示強調自己的主張。

다음 글을 쓴 목적으로 가장 알맞은 것을 고르십시오. <14회 고급 기출문제>

> 겨울 산행은 다른 계절보다 위험하기 때문에 계획을 잘 세워야 하고 복장과 장비도 완벽하게 준비해야 한다. 특히 초보자는 경험이 많은 사람과 동행하는 것이 좋고 여러 명이 함께 올라야 위험에 대처할 수 있다. 무엇보다 겨울 산행은 평소보다 두 배 이상의 시간이 걸릴 수 있으며 오후 3~4시면 해가 진다는 사실을 기억해야 한다.

① 겨울 산행에서 주의할 사항 설명
② 겨울 산행에 걸리는 평균 시간 안내
③ 겨울 산행에 필요한 최소 인원 제안
④ 겨울 산행에서 갖추어야 할 장비 소개

答案：①

 <說明>

全文是對注意事項的說明。也可以從~ 완벽하게 준비해야 한다、동행하는 것이 좋고、~ 사실을 기억해야 한다等語句中得知。

詞彙：

산행－登山
완벽－完美 相似詞 완전/완전무결/온전 相反詞 미비/허술
초보자－初學者、新手、生手 相似詞 신출내기 相反詞 달인/전문가/전문인/고수
동행－同行 相似詞 동반

대처-對付、應付 相似詞 조치/대비/대응
무엇보다-最重要的（是）

🧷 **練習題**-아래 문장의 (　　)속에 알맞은 단어를 보기에서 골라 넣으시오.

보기 : 산행/완벽/초보자/동행/대처/무엇보다

1. 그 방법은 전문가나 사용해야지 (　　)가 사용하다가는 큰 낭패를 보기 쉽다.
2. (　　) 중요한 답은 왜 사는가가 아니라 어떻게 살아야 하는가에 대한 답이다.
3. 형은 다른 사람들의 (　　)을 마다하고 혼자 길을 나섰다.
4. 다음 주말에 한국어 동아리와 중국어 동아리가 함께 (　　)을 하기로 했다.
5. 세계의 정상들은 앞으로 일어나는 테러에 대해서 강력히 (　　)하기로 결의했다.
6. 그의 한국어는 너무 (　　)하여 처음 만나는 사람들은 모두 그가 한국인인 줄 알았다.

答案 : 1. 초보자　　2. 무엇보다　　3. 동행　　4. 산행　　5. 대처　　6. 완벽

🧷 **詞彙** :
~아야/어야/여야 하다-表示一定要那樣做的必要性。 例句 그는 언제라도 배고프면 먹어야 하고, 졸리면 자야 하고, 하고 싶은 말이 있으면 반드시 해야(하여야) 하는 사람이다.-他是一個不管什麼時候餓了就要吃、睏了就要睡、想說的話就一定要說出口的人。

🧷 **相關問題** : 위 글의 내용과 <u>다른</u> 것을 고르십시오.
① 겨울 산행은 다른 계절보다 준비할 것이 많아서 위험하다.
② 겨울 산행에 초보자는 다른 사람들과 함께 가는 것이 좋다.
③ 겨울 산행은 다른 계절보다 산행 시간이 갑절 이상 걸린다.
④ 겨울 산행은 장비와 복장의 준비 외에 일몰 시간도 생각해야 한다.

答案 : ①

다음은 어떤 종류의 글인지 가장 알맞은 것을 고르십시오. <13회 고급 기출문제>

> 주민들의 편의를 위해 개방해 온 구청 주차장의 운영 방침이 다음과 같이 변경되었음을 알려 드립니다. 올해부터 일반인의 차량은 승용차요 일제 참여 차량에 한해 무료로 주차할 수 있습니다. 그 외에는 10분당 2,000원의 요금이 부과

> 됩니다. 단, 장애인 차량은 무료이며 오후 6시
> 이후에는 작년과 마찬가지로 주차장을 무료로
> 개방합니다.

① 주차 요금 인상을 안내하는 글
② 주차장 이용 시간을 안내하는 글
③ 주차장 이용 규정을 안내하는 글
④ 장애인 차량의 주차 방법을 안내하는 글

答案：③

＜說明＞
短文的主要內容是주차장의 운영 방침이 다음과 같이 변경。在此之後的內容都是對主要內容的說明，所以可以知道正確答案是③이용 규정을 안내하는 글。

【參考】 在韓國，由於嚴重的交通堵塞而推行了以下政策。其中一部分曾經試行過，一部分現在暫時不用，但是以後在需要的時候會再實行。

1. 승용차(＝자가용)요일제－指定的轎車在指定的星期幾能行駛或不能行駛的制度。
2. 승용차(＝자가용)10부제－轎車的尾號和那天的日子重合的話就不能行駛。例如：某個轎車的號碼是3826的話，它的尾號就是6。那麼這輛車在每個月的6號、16號、26號就不能行駛。
3. 승용차(＝자가용)홀짝수제－轎車的尾號是雙數的話，就只能在雙數的日子使用；尾號是單數的話，就只能在單數日子使用。這樣，轎車在兩天內只能使用一天。

詞彙：
편의－方便
구청(區廳)－區政府
방침－方針 相似詞 계획
부과－徵稅
장애인－殘障人士 相似詞 불구자

練習題－아래 문장의 (　　)속에 알맞은 단어를 보기에서 골라 넣으시오.

보기 : 편의/구청/방침/부과/장애인

1. 반대 의견이 많지만 기존 (　　)대로 추진할 계획이다.
2. 정부는 (　　) 복지를 위한 여러 가지 정책을 내놓고 있다.
3. 정부는 생필품의 수출입에는 관세의 (　　)를 없앨 예정이다.
4. 나의 딱한 사정을 들은 공무원이 최대한 (　　)를 봐주어 이번 일을 무사히 처리할 수 있었다.

5. 우리 외삼촌은 (　　　)에서 말단 직원으로 일하고 있다.

答案：1. 방침　　2. 장애인　　3. 부과　　4. 편의　　5. 구청

文法：

~에 한해/한하여/한정하여/한해서만/대해서만 —「限定/限⋯⋯」。例句 성인에 한하여 관람이 허용된 영화다./한국어능력시험에서 고급을 취득한 자에 대해서만 이 대학에 유학 갈 자격이 주어진다. — 僅限成人觀看的電影。/僅給予在韓國語能力考試中獲得高級的學生去這所大學留學的資格。

相關問題： 위 글의 내용과 같은 것을 고르십시오.
① 작년에도 야간에는 무료 주차를 할 수 있었다.
② 승용차요일제에 참여하지 않으면 주차를 할 수 없다.
③ 장애인 차량을 제외한 모든 차량은 주차요금을 내야 한다.
④ 일반인의 차량은 금년부터 구청 주차장 이용을 할 수 없다.

答案：①

5 考題綜合練習

1. 다음은 어떤 종류의 글인지 고르십시오. <11회 고급 기출문제>

> 이번 어린이날에 풍선에 꽃씨를 담아 날리는 행사를 한다는 기사를 보았다. 행사 주최자는 풍선이 천연 소재로 만들어져 자연에서 분해되므로 걱정이 없다고 말한다. 그런데 환경부에 문의해 보니, 풍선이 썩는 데는 최소 100년 이상이 걸린다고 한다. 꽃씨를 심기 위해 꽃씨 값보다 해 싸고, 썩는 데 그토록 오랜 시간이 걸리는 풍선을 하늘에 날려 보내는 이러한 행사는 하지 않는 것이 바람직하다고 생각한다.

① 대상을 평가하는 글
② 주장을 내세우는 글
③ 대상을 설명하는 글
④ 체험과 감상을 쓴 글

<說明>

在此類短文中，作者想要表達的文章主旨往往都出現在文章的開頭或結尾處。考生可以從本文最後部分的值得嚮往 (바람직하다고) 生去相信 (생각한다) 中，推論出作者想要表達的主張。
투고(投稿)－撰稿人將自己撰寫的稿子寄往報社或雜誌社並要求刊登。

答案：②

2. 다음은 어떤 종류의 글인지 가장 알맞은 것을 고르십시오. <13회 고급 기출문제>

> 문화관광부는 이번 우수 축제 선발 대회에서 지난해 개최된 전국의 축제를 대상으로 다양한 부분을 평가했다. 관광객 수와 축제 프로그램 운영 실태, 주민 참여도 등을 중점적으로 평가했으며 축제가 각 지방 경제에 미치는 효과도 중요하게 보았다. 또한 외국인 관광객의 참여도나 앞으로의 발전 가능성도 살폈다.

① 우수 축제 개최를 홍보하는 글
② 우수 축제 선정 기준을 설명하는 글
③ 우수 축제의 경제 효과를 보여주는 글
④ 우수 축제 선정의 문제점을 비판하는 글

 <說明>

概括第一句的內容就是우수 축제 선발 대회에서 다양한 부분을 평가했다，也可以說這是短文的文章主旨。關於다양한 부분的羅列及說明在短文中也出現了，而且關於다양한 부분的羅列及說明就是선정 항목과 기준的內容。正確答案是②。

答案：②

3. 다음 글을 쓴 목적으로 가장 알맞은 것을 고르십시오. <15회 고급 기출문제>

> 다르다는 말을 써야 할 곳에 틀리다를 사용하는 사람들이 많다. 그러나 다르다와 틀리다는 완전히 구별된다. 다르다의 반대말이 같다이고 틀리다의 반대말이 맞다, 옳다인 것

만 봐도 알 수 있다. 그럼에도 두 단어를 구별하지 못하는 것은 다른 것=틀린 것이라는 흑백 논리가 사람들의 의식을 지배하고 있기 때문일 것이다.

① 두 단어의 어원 분석
② 두 단어의 사용법 비교
③ 두 단어를 구분하는 방법 안내
④ 두 단어를 뒤섞어 사용하는 원인 제시

 <說明>
將短文的最後一句進行概括就是두 단어를 구별하지 못하는 것은 흑백 논리가 사람들의 의식을 지배하고 있기 때문일 것이다，也可以說是文章主旨。這裡的~ 때문是表示原因或理由的。綜上所述，正確答案是④。

答案：④

4. 다음은 어떤 종류의 글인지 고르십시오. <10회 고급 기출문제>

　　모처럼 듣는 소풍이라는 말이 참 좋다. 소풍이라고 소리를 내보는 것만으로도 싱그러운 바람이 얼굴을 씻어 주는 듯하다. 가까운 곳 어디라도 가고 싶다. 소설가 김민지는 그러라고 한다."소풍"은 월급쟁이 생활을 그만두고 작가가 이곳저곳 소풍을 다니며 맛본 음식 자랑을 지역별로 엮어 놓은 것이다.

① 영화평
② 책 소개문
③ 연주회 안내문
④ 미술 작품 해설

 <說明>
可以從文中的소설가、엮어 놓은 것이다中推論出正確答案。短文的最後一句是文章主旨。這裡的엮어 놓은 것이다的意思是엮어서 책으로 펴 낸 것이다。出版書籍

的時候，書的封面上會寫有作者的名字。在韓國，多使用×××엮음/지음/씀等。
正確答案是②。

答案：②

5. 다음은 어떤 종류의 글인지 가장 적절한 것을 고르십시오. <12회 고급 기
출문제>

> 충무 선착장에 내려 공사 중인 터미널 앞길을 걸어 시내
> 로 들어갔다. 충무의 시가지는 거미줄처럼 얽힌 작은 골목길
> 로 이루어져 있었는데, 길은 승용차 두 대가 동시에 지나가
> 는 것도 불가능해 많은 골목길들이 일방통행 표지를 달고 있
> 었다. 그러나 골목 안길은 온갖 상표의 가게들이 대도시 못
> 지않게 들어서 있어 대단히 붐비고 번화했다. 작은 항구의
> 풍경을 기대했던 나는 여느 도시의 모습과 별반 다르지 않은
> 모습이 못내 실망스러웠다.

① 대상을 비판한 글
② 경험과 감상을 쓴 글
③ 주장을 내세운 글
④ 대상의 구조를 설명한 글

 <說明>
可以從短文的整體脈絡中知道文章寫的是關於經驗(선착장에 내려、시내로 들어
갔다)和感想(실망스러웠다)的。有些同學也許會根據실망스러웠다判斷選項①비
판(批判)是正確答案，然而비판(批判)是在判斷或闡明事物是非對錯的時候使用的
詞語。本文並不是在闡述對錯，只是作者表達自己的感想，所以選項①不是正確
答案。【參考】충무(忠武)－位於慶尚道的一座城市，這座城市有港口，現在被改
稱為통영시(統營市)。但是現在仍然有很多人稱之為충무或충무시。

答案：②

6. 다음은 어떤 종류의 글인지 고르십시오. <7회 5급 기출문제>

> 　　영화 《텔 미 섬딩》은 화가인 아버지에게 성폭행을 당했던 딸이 아버지를 비롯한 주변 인물을 연쇄 살인한다는 내용의 영화이다. 여기에는 중요한 역할을 하는 명화 두 점이 등장하는데 그 중 하나가 영국 화가 존 에버릿 밀레이의 《오필리아》이다. 이 그림은 물에 빠져 죽어가는 햄릿의 연인을 그린 것으로 보티첼리의 《비너스 탄생》을 표본으로 했으며 이를 그리기 위해 라파엘전파의 화가들이 모두 동원되었다고 한다.

① 영화평
② 책 안내
③ 독서 감상문
④ 미술 작품 해설

<說明>
此題有些難度。短文中的영화(映畵)和명화(名畵)/그림是關鍵字，知道了關鍵字是什麼就能輕鬆解出此題。文章中談及영화(映畵)目的在於引出그림，因此，真正的核心詞是그림。文章只是對영화(映畵)進行了簡單地描寫，並沒有仔細地說明，也沒有表達作者的思想。但是對그림的說明卻是很詳細。由此可知正確答案是④。

答案：④

7. 다음 글을 쓴 목적으로 가장 알맞은 것을 고르십시오. <14회 고급 기출문제>

> 　　장애 아동을 수용하고 있는 국립재활원이 여러분의 도움을 필요로 합니다. 특히 몸이 불편한 아이들의 외출을 도와줄 사람이 많이 부족한 실정입니다. 아이들을 밖으로 데리고 나가 함께 놀아 주는 일이 힘들기는 하지만 여러분에게 돈을

주고도 살 수 없는 기쁨과 보람을 느끼게 해 드릴 것입니다.

관심 있는 분들의 많은 참여를 부탁드립니다.

① 재활원 제도의 필요성 강조
② 재활원을 위한 경제적 지원 요청
③ 재활원에서 일할 자원 봉사자 모집
④ 재활원에 놀이 시설이 부족한 이유 설명

<說明>

可以從短文中的 도와줄 사람이 많이 부족한 실정、많은 참여를 부탁드립니다 中得知本文的內容是需要 자원 봉사자。文章中沒有選項② 경제적 지원 的內容。考生切忌從主觀想象出發解題。正確答案是③。

答案：③

8. 다음은 어떤 종류의 글인지 고르십시오. <8회 5급 기출문제>

방망이는 나무를 둥글고 길게 깎아서 무엇을 두드리거나 다듬는 데 쓰이는 몽둥이이고, 홍두깨는 다듬이질 하는 데 쓰이는 길고 굵직한 몽둥이이다. 가는 방망이, 오는 홍두깨 라는 속담은 작은 다듬이 방망이로 남을 때렸는데, 저쪽에서 방망이보다 몇 갑절이나 길고 큰 것으로 앙갚음을 한다는 뜻 으로, 다시 말하면 내가 남에게 조금 잘못하면 나에게는 더 큰 해가 돌아올 수도 있다는 뜻이다.

① 대상을 평가하는 글
② 주장을 내세우는 글
③ 대상을 설명하는 글
④ 체험과 감상을 쓴 글

<說明>

短文前半部分是對 방망이 和 홍두깨 的說明，後半部分是舉例，幫助理解 방망이 和 홍두깨 的區別。正確答案是③。

答案：③

9. 다음 글을 쓴 목적으로 가장 알맞은 것을 고르십시오. <16회 고급 기출 문제>

> 지구 온난화의 영향으로 평균 기온이 상승하면서 전체 강수량이 증가한 가운데 계절에 따른 강수량의 차이가 뚜렷해졌다. 실제로 최근 10년간 평균 기온은 과거보다 0.6도 상승했고 강수량은 약 9.1% 증가했다. 특히 강수량의 경우 겨울철에는 11.5% 감소한 반면 여름철에는 12.9% 증가한 것으로 나타났다. 이러한 강수량의 차이로 인해 여름에는 홍수가, 겨울에는 가뭄이 빈번하게 발생하고 있다.

① 최근 강수량의 변화 추이 설명
② 지구 온난화로 인한 기후 변화 설명
③ 강수량 증가에 따른 영향 분석
④ 지구 온난화를 불러일으킨 원인 분석

 <說明>

短文的第一句是文章主旨，其餘部分是對第一句的詳細說明。概括第一句的內容就是지구 온난화로 기후 변화가 뚜렷해졌다。而且後面部分出現了對此句的說明，所以正確答案是②。文章中沒有關於選項④원인 분석的內容。

答案：②

10. 다음은 어떤 종류의 글인지 고르십시오. <9회 5급 기출문제>

> 생명은 그 자체로 본질적인 의미를 가지고 있다. 인간의 생명은 안락하고 행복한 삶을 위한 도구나 사회적 이익을 위한 도구가 아니다. 살아 있는 생명은 어떠한 상태에 있든지 생명이 없는 죽음보다는 낫다. 그러므로 인간의 생명권은 인간의 가장 기본적인 권리로서 어떠한 상황 속에서도, 그 누구에 의해서도 함부로 다뤄질 수 없는 신성한 권리이다. 이

러한 생명을 빼앗는 안락사는 생명의 존엄성을 무시하는 것으로서, 절대로 정당화될 수 없는 것이다.

① 대상을 논리적으로 분석한 글
② 자신의 주장을 내세우는 글
③ 대상을 자세하게 설명하는 글
④ 자신의 체험이나 감상을 쓴 글

<說明>

全文都是在表達作者自己的主張。從細節內容上來看，의미를 가지고 있다、도구가 아니다、죽음보다는 낫다、신성한 권리이다、정당화될 수 없는 것이다都是在表達作者自己的主張。【參考】안락사(安樂死)─按照遭受極大痛苦的、患有不治之症的患者本人及其家屬的要求，為減輕患者的痛苦，結束其生命的行為。

答案：②

6 模擬練習

1. 다음은 어떤 종류의 글인지 고르십시오.

웬만한 나이의 어른이면 누구나 학창시절 방학의 추억이 꽤 서려 있을 것이다. 여름방학엔 냇가에서 가재 잡고 물장구치느라 하루가 어떻게 가는 줄 몰랐고, 겨울이면 빈 논에서 축구와 자치기를 하면서 놀다가 어머니의 부름이 있고서야 아쉬움을 달래곤 했다. 동네 뒷골목에서도 여학생들의 고무줄놀이로 노래가 그칠 줄 모르기는 마찬가지였다. 방학은 이렇게 아이들로 하여금 자연과 호흡하게 하고, 놀이를 통해 규칙과 어울림을 배웠던 것이다.

① 예전과 다른 지금의 방학에 대한 글
② 방학 때 놀았던 놀이에 대한 글
③ 학창시절 때 방학을 기다린 글
④ 어린 시절 방학을 회상하는 글

<說明>

短文的主要素材是학창시절 방학의 추억。回憶的内容就是가재 잡기、물장구치기、축구、자치기、고무줄놀이等，所以和文章主旨相關的語句就是正確答案。文章中的추억(追憶)和選項中的회상(回想)意思相同。

【參考】자치기─孩子們玩的一種遊戲。根據遊戲的順序，以各種方法用長木棍抽打小木塊，根據木塊被打飛的距離來決定勝負。

答案：④

2. 다음 글을 쓴 목적으로 가장 알맞은 것을 고르십시오.

> 장애인, 사회복지시설 아동, 저소득층 노인 등은 올해부터 신청하면 무료로 국립공원의 생태관광을 할 수 있다. 환경부는 사회적 취약계층을 위한 생태관광 무료체험 제도를 올해부터 본격 실시한다고 8일 밝혔다. 그리고 한 대기업이 매달 5천만 원을 후원함에 따라 올해 상반기 1천600명이 자연생태, 자연복원, 문화, 참살이 등 생태관광 프로그램을 체험할 수 있게 된다.

① 사실의 결과를 예측하는 글
② 사실을 알리기 위해 설명한 글
③ 사실에 대한 평가를 내리는 글
④ 사실에 대한 주장을 내세우는 글

 <說明>

短文的第一句是文章主旨，也是文章的寫作目的。即올해부터 무료로 국립공원을 관광할 수 있다。後面的内容是對此句的詳細説明。所以正確答案是②。

【參考】참살이=웰빙(well-being)─意思是「追求身心的安寧和幸福」，是在2003年8月出現的新字。起初沒有與英語相對應的韓國語，所以只能用音譯웰빙來表示。後來被譯為참살이。

答案：②

3. 다음은 어떤 종류의 글인지 고르십시오.

> 　　지난해 세계적인 경제위기로 주춤했던 눈꽃열차 등 단체
> 관광이 최근 다시 활성화되면서 지난 한 달 태백산 입장객은
> 29만 4천여 명으로, 작년 같은 기간 17만 3천여 명에 비해
> 70%나 증가했다. 태백산 등산 인파는 오는 설 연휴는 물론,
> 남쪽지방에서 봄꽃 소식이 전해지는 내달 초까지 이어질 것
> 으로 예상하고 있다. 태백시는 이 같은 추세라면 올해 태백
> 산 총 입장객이 60만 명을 훌쩍 넘어설 것으로 기대하고 있
> 다. 태백시 관계자는 "등산객들이 연일 쇄도하면서 주차장,
> 민박촌, 눈썰매장 등 경영 수익 사업도 수입이 많이 늘어나
> 고 있다"라고 말했다.

① 태백산 관광 수익을 늘리기 위한 글
② 태백산을 찾는 관광객 수를 예상한 글
③ 활기를 되찾은 태백산 관광 사업에 대한 글
④ 태백산 광광이 절정에 달할 시기를 말하는 글

<說明>
讀懂文章的整體脈絡很重要。全文以 세계적인 경제위기로 주춤했던 단체관광이
최근 다시 활성화되면서為前提，後面是對此內容的詳細說明。所以可以說第一句
是短文的主要內容。所以正確答案是③。활성화되면서即활기를 되찾으면서。

答案：③

4. 다음 글을 쓴 목적으로 가장 알맞은 것을 고르십시오.

> 　　청소년들에게 올바른 인성과 가치관을 지니게 하려면 사
> 회의 역할이 중요하다. 현재 우리 사회에는 제대로 걸러지지
> 않은 퇴폐 문화 및 각종 불법 청소년 유해물이 난무하고 있
> 다. 그중 대표적인 예가 스포츠신문 등 각종 일간지에 성인
> 광고 등 불법 유해 광고물이 무분별하게 게재되어 있는 것이
> 다. 속옷만 입은 채 적나라하게 묘사되어 있는 모델 및 청소

년들의 호기심을 불러일으키는 표현 등이 아무런 제한 없이 광고되고 있다. 이로 인해 청소년들은 무분별하게 퇴폐 문화를 받아들이게 되고 그로 인하여 각종 청소년 범죄가 사회적 문제로 대두하고 있다. 생각하는 힘을 길러주는 신문에 불법 유해 광고물이 난무하도록 해서야 되겠는가?

① 광고에 대한 표현의 자유
② 각종 일간지의 성인 광고 제한
③ 청소년들의 올바른 인성과 가치관
④ 사회적 문제로 대두된 청소년 범죄

 <說明>

文章的寫作目的和文章的寫作理由是一樣的。概括全文的中心句是무분별한 불법 유해 광고(성인 광고)가 청소년에게 미치는 영향이 심각하므로 이를 제한할 필요가 있다。短文的最後一句불법 유해 광고물이 난무하도록 해서야 되겠는가?以疑問句的形式主張限制非法廣告。據此可以推斷正確答案是②。

答案：②

5. 다음은 어떤 종류의 글인지 고르십시오.

여느 날처럼 걷기 위해 운동복을 입고 아파트 출입구를 나섰다. 누가 이사를 갔는지 가구들이 많이 버려져 있었다. 그들 중 내 눈길을 끄는 서랍장이 하나 있었다. 몇 군데 긁히긴 했지만 나무 서랍장이어서 촉감도 좋았다. 집에 있는 아들에게 전화를 했다. "아들, 누가 가구를 버렸는데 쓸 만해서 집에 가져가게 내려올래?" 네, 하고 달려와 가구를 옮겨 주고 아들은 속으로 감동을 받겠지. 그리고 자신도 훌륭한 엄마의 근검 정신을 배워야겠다고 다짐할 거야라고 짐작했던 나의 기대는 산산조각이 났다. "엄마, 다른 사람이 버린 것을 왜 주워 와요?" 기가 막혔다. 버린 것은 다 쓰레기로 취급하는 아들의 말투였다.

① 절약이 생활화 된 어머니에 대해 자랑한 글
② 멀쩡한 것을 버리는 이웃에 대해 비난한 글
③ 절약을 모르는 아들에 대해 실망한 글
④ 서랍장을 버린 것에 대한 안타까운 글

＜說明＞

作者的態度出現在短文的後面部分。即나의 기대는 산산조각이 났다、기가 막혔다。根據作者的這樣的描述就可以推論文章的主旨。正確答案是③。

答案：③

6. 다음 글을 쓴 목적으로 가장 알맞은 것을 고르십시오.

> 　고졸 이하 취업 준비생은 대졸 학력자들보다 취업시장 진입이 힘든 것으로 조사됐다. 임금은 대졸자의 75% 수준에 불과하지만 주당 노동시간은 20% 가량 많은 것으로 드러났다. 지난달 정부의 고졸 이하 청년층 노동시장 분석에 따르면, 첫 일자리를 얻는 기간은 평균 7.3개월이었다. 전문대와 대졸 취업자는 각각 4개월과 4.4개월인 반면 고졸은 9.8개월, 중졸은 20.2개월 만에 첫 직장에 입사할 수 있었다. 고졸 이하 취업자들은 전문대졸 이상 취업자들보다 첫 직장에 입사하는데 2~5배 시간이 더 걸려 그만큼 취업시장 진입에 어려움을 겪는 것이다.

① 저학력자들이 취업에 걸리는 기간
② 고학력자들이 취업에 걸리는 기간
③ 저학력자들의 취업난
④ 고학력자들의 취업난

＜說明＞

首先應該判斷저학력자和고학력자中哪個是主要內容。文章的內容是以저학력자為主的，고학력자只不過是用比較的方法幫助讀者理解저학력자。其次要判斷취업에 걸리는 기간和취업난哪個在文章中占的比率大。可以知道취업시장 진입이 힘든 것=취업난，所以正確答案是③。

答案：③

7. 다음은 어떤 종류의 글인지 고르십시오.

> 흔히들 세상에 가장 무서운 것이 자식들의 눈이라고 한다. 이 드라마는 그것의 확장판으로서 아이들의 순수한 눈으로 세상을 들여다본다. 이것은 동화의 힘이다. 그 순수한 세계를 읽을 때마다 나이든 우리가 현실 속에서도 자꾸만 잃어버렸던 어떤 것을 찾게 되는 것은 그 힘이 우리 마음을 흔들어 놓기 때문이다. 참으로 지긋지긋한 어른들의 세상 속에서 우리는 어쩌면 동화를 꿈꾸는지도 모르겠다. 별을 따다줘, 이 아이 같은 제목을 가진 드라마가 힘을 발하는 것은 거꾸로 이 각박한 세상의 어른스러움을 말해주는 건 아닐까?

① 드라마 평론
② 드라마 배경
③ 드라마 의도
④ 드라마 줄거리

<說明>
此題有一定的難度。首先，在選項평론、배경、의도、줄거리中，有一項與其他三項不同。寫關於배경、의도、줄거리的文章時，應該以客觀事實為基礎，不能加入自己的主張。也就是說，應該根據電視劇的內容來寫文章，不能增添自己的想法。但是평론不同，應該包含作者對作品的看法。那麼究竟哪個是正確答案呢？可以從文章흔들어 놓기 때문이다、꿈꾸는지도 모르겠다、말해주는 건 아닐까等句中推斷出是涉及到作者觀點的。正確答案是①。

答案：①

8. 다음 글을 쓴 목적으로 가장 알맞은 것을 고르십시오.

> 건강검진을 받으면 우리 몸의 질병을 다 찾아낼 수 있고 몸이 불편한 원인을 모두 알 수 있을 것으로 생각하는데 이는 잘못된 기대다. 건강검진에서 시행하는 검사는 수많은 의학적 검사 중 극히 일부다. 이들은 암, 고혈압, 당뇨병, 고지

혈증 등 어른에게서 흔한 생활 습관병의 조기 발견을 목적으로 구성돼 있다. 따라서 검사한 부위 이외의 질환에 대해서는 알 수 없다.

① 건강검진 때 검사하는 항목
② 건강검진을 받아야 할 필요성
③ 건강검진에 대한 정확한 이해
④ 건강검진과 성인병의 조기발견

 <說明>

作者的寫作目的出現在短文的第一句。此句的內容與選項③相同。

答案：③

9. 다음은 어떤 종류의 글인지 고르십시오.

이왕 떠나는 여행이라면 가능하면 혼자 떠나보는 것도 좋으리라 생각된다. 혼자서 떠나는 여행은 외롭고 쓸쓸하고 때로 무료하다. 여행지에서 누군가를 만나겠다는 기대 따위를 완전히 접어두면 더욱 그러하다. 하지만 혼자 여행지에서 그렇게 텅 빈 시간과 맞닥트리게 되면 어느 순간 모든 것이 분명해진다. 내가 가장 사랑하는 것, 내가 가장 보고 싶은 것 내가 가장 되고 싶은 것이 순서대로 떠오르며 잊고 있던 삶의 가치를 되새길 수 있게 되는 놀라운 경험을 하게 된다. 그러니 사람들이여, 올 여름은 혼자서 떠나라, 떠나서 자기를 만나라.

① 단독 여행을 권하는 글
② 단독 여행을 소개하는 글
③ 단독 여행의 묘미를 말하는 글
④ 단독 여행의 장점을 말하는 글

<說明>

文章主旨出現在短文的第一句和最後一句。可以從第一句中的혼자 떠나보는 것도 좋으리라 생각된다和最後一句中的올 여름은 혼자서 떠나라, 떠나서 자기를 만나라知道作者主張獨自旅行。

答案：①

10. 다음 글을 쓴 목적으로 가장 알맞은 것을 고르십시오.

> 사람들이 무공해 콩으로 만든 간장을 사는 이유는 그것이 친환경의 콘셉트(가치와 개념)를 지향하기 때문이다. 특정 브랜드의 운동화를 선호하는 이유는 그 운동화가 질기고 튼튼해서가 아니라 그 운동화가 어떤 디자이너의 작품이란 의미다. 이렇게 제품의 효능과 효용보다 그것의 가치와 지향이 소비를 결정짓는 상황은, 분명 이전의 시대와는 분명히 다른 모습이다. 핸드폰 광고가 "잘 터지고 고장 안 나는 튼튼한 핸드폰"이라고 하지 않고 "사람을 향합니다. 마음을 이어 줍니"다라 광고하는 것도, 결국은 간장이나 운동화와 같은 맥락이다.

① 광고가 매출에 미치는 영향 분석
② 예전과 달라진 광고의 초점과 기법
③ 광고를 잘못한 제품들에 대한 설명
④ 제품의 효능과 효용에 부합하는 광고

<說明>

文章中提到消費者對간장和운동화的選擇標準不同了。消費者在選擇醬油的時候也會選擇有機醬油。選擇運動鞋時，以前人們只要鞋子結實耐穿就可以，現在卻重視是否由特定設計師製作。廣告也因此改變了宣傳的重心和手段。以前廣告宣傳的重心和手段主要是對제품의 효능과 효용進行宣傳，而現在變成了對그것의(제품의) 가치와 지향進行宣傳。文中以手機廣告為例，說明宣傳重心和宣傳手段的變化。正確答案是②。

答案：②

第 3 課
選擇主題句

1 提示句

다음 글의 주제문으로 가장 알맞은 것을 고르십시오.
다음 글의 주제문을 고르십시오.

2 出題類型介紹

在本課中，要學習怎樣找出文章的主旨(中心內容)。首先，大多數問題由4個句子組成，在這4個句子中，作者最想要表達的內容就是主題句。在多數情況下，可以透過觀察句子的文體判斷哪句是作者的主張。

其次，應該想想作者把主題句放在哪個位置才能讓讀者最容易理解。作者的思想出現在文章的開頭部分，叫做頭括式，說明文中主要採用這種形式。文章主旨出現在文章的中間，叫做中括式；文章主旨出現在文章的後部，叫做尾括式，議論文主要採用尾括式。不過，也有文章在前後強調兩次文章主旨，叫做兩括式。一般情況下，頭括式和尾括式的文章在考試中出現的頻率很高。本課的文章只由 4 個句子組成，但也脫離不了這幾種結構。

判斷主題句的另一個方法就是：如果在文章的後部，出現따라서、그래서等連接詞，那這個句子很有可能就是文章的主題句。因為前面部分出現的是緒論，後面部分才會用따라서、그래서等這樣的連接詞來下結論。

最後，觀察文章各句話的主從關係。如果一個句子是對某個句子的補充說明或者是對某個內容的舉例說明的話，那麼這個句子就是從屬句，在多數情況下，從屬句不能作為主題句。相反，如果一個句子在文章中是被補充說明或舉例說明的主要句子，那麼這個句子很可能是主題句。

3 考題解析

다음 글의 주제문으로 가장 알맞은 것을 고르십시오. <16회 고급 기출문제>

　　㉠한국말에는 유난히 떡과 관련된 재미있는 표현이 많다. ㉡떡 줄 사람은 꿈도 안 꾸는데 김칫국부터 마신다, 떡 본 김에 제사 지낸다 등의 속담이 그것이다. ㉢그리고 갑자기 기분 좋은 일이 생기거나 행운이 따르면 이게 웬 떡이냐는 말을 하기도 한다. ㉣이런 표현들의 존재는 바로 떡이 오랜 세월 한국인의 생활에 밀착된 뿌리 깊은 음식임을 말해 주는 것이다.

① ㉠　　② ㉡　　③ ㉢　　④ ㉣

答案：④

 ＜說明＞

因為選項㉡和㉢是舉例說明的句子，所以不能成為主題句。㉠和㉣中有一個是主題句，仔細觀察㉠的話，就會知道這句話不是單純地表達한국말에 떡과 관련된 재미있는 표현이 많다。㉣中說了이런 표현，所以這是對前面說明的整理。而且從말해 주는 것이다可以知道這句話是結論，是尾括式的文章。如果文章中沒有㉣的話，㉠就可以成為主題句，但是因為有㉣，所以㉠不能成為主題句。所以正確答案是④。此外，因為㉣中有이런 표현들의這樣的語句，雖然是不能獨立使用的句子，但是由於使用了副詞바로，在文章的後面部分加入了作者主張的內容，所以可以成為主題句。即使將이런 표현들의 존재는用그래서、따라서來替換，也不會改變句子的意思。

다음 글의 주제문을 고르십시오. <11회 고급 기출문제>

> ㉠최근 어느 학자는 걷는다는 것은 단순한 이동이 아니라 마음가짐의 표현이며 건강의 지표라고 주장하였다. ㉡걷기는 뇌와 밀접한 관계가 있어서, 뇌기능의 퇴화를 막아 주고 행복 지수도 높여 준다고 한다. ㉢따라서 걷는 것도 이제는 과학적이어야 한다. ㉣올바른 걷기는 몸의 건강뿐 아니라 정신 건강에까지 유익한 영향을 미치기 때문이다.

① ㉠　　② ㉡　　③ ㉢　　④ ㉣

答案：③

 <說明>

㉠和㉡是引用其他學者的主張，㉢中以連接詞따라서引出結論。㉣是得出結論㉢的理由，是對㉢的補充説明。㉣是㉢的從屬句。

【參考】如果句子中有~때문이다的話，那麼多數情況下可以將其視為從屬句。

4 考題深度分析

다음 글의 주제문으로 가장 알맞은 것을 고르십시오. <15회 고급 기출문제>

> ㉠사람들은 지방이 무조건 몸에 해롭다고 생각하는 경향이 있다. ㉡물론 지나친 동물성 지방 섭취는 성인병을 유발할 수 있다. ㉢하지만 식물성 지방은 신체 발달과 건강 유지에 없어서

는 안 되는 영양소이다. ㉣식물성 지방이 부족

하면 피부가 거칠어질 뿐만 아니라 두뇌 발달도

원활하게 이루어지지 않는다.

① ㉠　　② ㉡　　③ ㉢　　④ ㉣

答案：③

 ＜說明＞

因為㉡使用了副詞물론，所以㉡是㉠的從屬句。如果沒有㉠，㉡就不能單獨使用。
即使文章中沒有㉡，也不會改變文章的意思。所以㉡不能成為主題句。在文章中，
作者在㉢中表達了對㉠的主張的反對意見。㉣是對㉢的補充說明。所以主題句是
㉢，正確答案是③。

詞彙：

지방－脂肪 相似詞 기름/기름기
경향－傾向 相似詞 성향
섭취－攝取、攝入 相似詞 흡수
유발－誘發、引發
유지－維持、保持 相似詞 지탱
거칠다－粗糙 相反詞 곱다/부드럽다
원활－順暢、協調

練習題－아래 문장의 (　　)속에 알맞은 단어를 보기에서 골라 넣으시오.

보기：지방/경향/섭취/유발/유지/거친/원활하다

1. 식생활 수준이 향상됨에 따라 동물성 단백질의 (　　)가 급격하게 증가하고 있다.
2. (　　) 나무를 대패로 말끔하게 다듬었다.
3. 그 약을 장기 복용하면 암을 (　　)할 수도 있다.
4. 당국은 물자 수급의 (　　)을 기하기 위해 규제를 없애겠다고 약속하였다.
5. 건제품을 만들 때에는 (　　) 함량이 적을수록 건조가 잘된다.
6. 이 상태로 나가다가는 현상 (　　)도 어려울 것 같다.
7. 평균 혼인 연령이 과거에 비해 높아지는 (　　)을 보인다.

答案：1. 섭취　　2. 거친　　3. 유발　　4. 원활　　5. 지방　　6. 유지　　7.경향

文法：類似的表達

식물성 지방은 신체 발달과 건강 유지에 없어서는 안 되는 영양소이다.

=식물성 지방은 신체 발달과 건강 유지에 (반드시) 있어야만 하는 영양소이다.

=식물성 지방은 신체 발달과 건강 유지에 꼭 필요한 영양소이다.

=식물성 지방은 신체 발달과 건강 유지에 필수 불가결한 영양소이다.

相關問題：ⓒ의 문장과 <u>다른</u> 뜻을 고르십시오.

① 몸에 동물성 지방이 너무 많으면 성인병에 걸릴 수도 있다.

② 동물성 지방을 과도하게 섭취하면 성인병에 걸릴 위험이 있다.

③ 몸에 동물성 지방이 너무 많다는 것은 이미 성인병에 걸린 것이다.

④ 동물성 지방을 많이 섭취한다고 해서 다 성인병에 걸리는 건 아니다.

答案：③

다음 글의 주제문을 고르십시오. <10회 고급 기출문제>

> ㉠우리는 이 세상 모든 사람을 만나 볼 수도 없을 뿐더러 그들의 삶을 다 살아볼 수도 없다. ㉡그러나 문학은 그 모든 삶을 두루 체험하게 한다. ㉢수학 공부가 우리에게 두뇌의 회전을 가르치듯이 문학은 우리에게 삶을 설계하는 방식을 일러 준다. ㉣그래서 문학은 역사요 철학이며, 삶의 지침서의 역할을 하는 것이다.

① ㉠　　② ㉡　　③ ㉢　　④ ㉣

答案：④

<說明>

本文是典型的尾括式的文章。㉣中使用連接詞그래서來下結論。

詞彙：

두루－一一地 [相似詞] 빠짐없이/골고루/여러모로

체험－體驗 [相似詞] 경험/체득

두뇌－頭腦 [相似詞] 뇌/머리

일러 주다-告知、告訴 相似詞 알려 주다/말해 주다/가르쳐 주다

지침서-指南

역할-作用 相似詞 구실

🐾 練習題-아래 문장의 (　　)속에 알맞은 단어를 보기에서 골라 넣으시오.

보기 : 두루/체험/두뇌/일러 주었다/지침서/역할

1. 아내는 회사에서 경리뿐만 아니라 비서의 (　　)까지 수행한다.
2. 우리나라의 명승고적을 정리해 놓은 이 책은 여행가에게 좋은 (　　)가 될 것이다.
3. 이곳은 농촌 생활을 (　　)하기 위한 곳으로 지어진 농장이다.
4. 이 대학은 세계에서 (　　)가 좋은 석학들이 아주 많이 다니고 있다.
5. 나는 아이들에게 내가 알고 있는 것을 모두 (　　　　).
6. 그는 여러 가지 조건을 (　　) 갖춘 신랑감이다.

答案 : 1. 역할　　2. 지침서　　3. 체험　　4. 두뇌　　5. 일러 주었다　　6. 두루

🐾 文法 : 類似的表達

우리는 세상 사람을 다 만나 볼 수도 없을 뿐더러 그들의 삶을 다 살아볼 수도 없다.

=우리는 세상 사람을 다 만나 볼 수도 없을 뿐만 아니라 그들의 삶을 다 살아볼 수도 없다.

=우리는 세상 사람을 다 만나 볼 수도 없는데다가 그들의 삶을 다 살아볼 수도 없다.

=우리는 세상 사람을 다 만나 볼 수도 없지만 그들의 삶을 다 살아볼 수도 없다.

=우리는 세상 사람을 다 만나 볼 수도 없는 거지만 그들의 삶을 다 살아볼 수도 없다.(거지만=것이지만)

🐾 相關問題 : 밑줄 친 지침서와 같은 뜻을 고르십시오.

① 길라잡이
② 마구잡이
③ 멱살잡이
④ 양손잡이

答案 : ①

다음 글의 주제문을 고르십시오. <12회 고급 기출문제>

㉠한국의 경제 발전 과정에서 제조업은 가장 중요한 산업이었다. ㉡그럼에도 불구하고 현재 제조업은 산업화 시대의 유물로 간주되어 중요

성을 잃어가고 있다. ㉢그러나 현 시대에서 빼 놓고는 상상할 수 없는 컴퓨터나 휴대 전화와 같은 (　　) 모두 제조업에 의해 생산, 공급될 수밖에 없다. ㉣국가 경제의 뿌리를 튼튼하게 유지하기 위해서는 제조업의 경쟁력을 강화해야 할 것이다.

① ㉠　　② ㉡　　③ ㉢　　④ ㉣

答案：④

<說明>

本文是尾括式的文章。從文章的脈絡來看，這是一篇議論文。結論句㉣제조업의 경쟁력을 강화해야 할 것的理由在前面進行了說明，最後一句下結論。

詞彙：

제조업－製造業
불구하다－不顧、不管 [相似詞] 무릅쓰다/거리끼지 않다/얽매이지 않다/구애되지 않다
유물－遺物
간주－看作、當作
경쟁력－競爭力
강화－強化 [相反詞] 약화

練習題－아래 문장의 (　　)속에 알맞은 단어를 보기에서 골라 넣으시오.

보기：제조업/불구하고/유물/간주/경쟁력/강화

1. 기술 집약적 제품 개발로 국제 시장에서 (　　)을 키워 나갔다.
2. 그렇게 말렸는데도 (　　) 말을 듣지 않고 일을 저질렀다.
3. 봉건사상은 이미 구시대의 (　　)이다.
4. 한국은 이제 반도체 (　　) 분야에서 세계에서 첫 번째다.
5. 이의가 없으면 동의한 것으로 (　　)하겠습니다.
6. 탈영병이 시내로 잠입했다는 정보를 들은 경찰은 검문검색을 더욱 (　　)하였다.

答案：1. 경쟁력　　2. 불구하고　　3. 유물　　4. 제조업　　5. 간주　　6. 강화

文法：類似的表達

현 시대에서 빼놓고는 상상할 수 없는 컴퓨터도 제조업에 의해 생산되었다.

=현 시대에서 제외하고는 상상할 수 없는 컴퓨터도 제조업에 의해 생산되었다.

=현 시대에서 제쳐 두고는 상상할 수 없는 컴퓨터도 제조업에 의해 생산되었다.

=현 시대에서 없어서는 안 되는 컴퓨터도 제조업에 의해 생산되었다.

相關問題： (　　) 속에 들어갈 알맞은 것을 고르십시오.

① 정보 기기라 할지라도

② 정보 기기일 뿐더러

③ 정보 기기조차도

④ 정보 기기까지는

答案：③

다음 글의 주제문으로 가장 알맞은 것을 고르십시오. <14회 고급 기출문제>

㉠아이들은 누구나 공부를 잘하고 싶어 한다. ㉡문제는 부모가 아이들의 학습 본능을 긍정적으로 자극하지 못한다는 데 있다. ㉢부모는 학습 태도가 형성되는 초등학교 때 아이들이 공부하는 재미를 느끼도록 도와 줄 필요가 있다. ㉢왜냐하면 즐거운 학습 경험은 아이가 스스로 공부할 수 있는 능력을 발달시켜 주기 때문이다.

① ㉠　　② ㉡　　③ ㉢　　④ ㉢

答案：③

<說明>

㉢是對㉠和㉡下的結論，得出此結論的理由是㉢。正確答案是③。㉢可以視為㉢的從屬句。

🌱 **詞彙：**

본능－本能

자극－刺激

형성－形成

능력－能力 相似詞 역량/재능 相反詞 무능력

🌱 **練習題**－아래 문장의 (　　)속에 알맞은 단어를 보기에서 골라 넣으시오.

보기 : 본능/자극/형성/능력

1. 열심히 일을 했어도 그 대가가 돌아오지 않는다면 그것은 내 (　　) 밖의 일이다.
2. 그는 열심히 노력하는 친구에게 (　　)을 받아 열심히 공부하게 되었다.
3. 모든 동물은 종족을 보전하려는 (　　)을 가지고 있다.
4. 나의 박사 학위 논문 제목은 조선의 (　　)과 그 시기의 문학에 대한 연구이다.

答案：1. 능력　　2. 자극　　3. 본능　　4. 형성

🌱 **文法：** 데的隔寫

데有時作爲詞尾使用，有時作爲依存名詞使用。如果데作詞尾，應該和－ㄴ/는/은/던合寫；如果데作依存名詞，應該和定詞形－ㄴ/는/은/던隔寫。例如：집에 가는 데 눈이 왔다 中~ㄴ데是詞尾；그 책을 다 읽는 데 삼 일이 걸렸다中데是依存名詞。所以가는 데應該合寫，읽는 데應該隔寫。簡單歸納起來，데以~ㄴ데/는데/은데/던데的形式使用的時候，表示「對某種情況的事先說明或對過去的回想」，屬於詞尾，應該合寫；데表示地點、場所、事件、物件、情況的時候，屬於依存名詞，應該隔寫。 例句 내가 TV를 보고 있었는데 전화가 울렸다.－我正在看電視的時候電話響了。/그 사람이 갈 데도 없는 사람이다.－他是個舉目無親、無家可歸的人。

🌱 **相關問題：** ㉠의 문장과 <u>다른</u> 뜻을 고르십시오.

① 공부를 못하고 싶은 아이들은 없다.
② 아무나 공부를 잘하는 것은 아니다.
③ 누구나 공부를 잘하는 것이 소원이다.
④ 공부를 못해서 기분 좋은 아이는 없다.

答案：②

다음은 어떤 종류의 글인지 가장 알맞은 것을 고르십시오. <13회 고급 기출문제>

> ㉠담배를 피우는 청소년이 증가하면서 청소년의 건강이 심각하게 위협을 받고 있다. ㉡따라서 청소년의 성공적인 금연을 위해서 학교는 금연 교육을 실시해야 한다. ㉢실제로 금연 교육을 받느냐 받지 않느냐에 따라 학생들의 흡연율에 큰 차이가 나는 것으로 드러났다. ㉣금연 교육을 통해 담배의 유해성을 인식한 학생들은 훨씬 쉽게 담배를 끊을 수 있기 때문이다.

① ㉠　　② ㉡　　③ ㉢　　④ ㉣

答案：②

<說明>
㉡中使用連接詞따라서明確地下結論，所以此句是主題句。因為㉣中有~때문이다，所以㉣是㉢的從屬句。

詞彙：

심각하다－嚴重

위협－威脅

실시－實施 相似詞 실행/시행

흡연율－吸煙率

드러나다－顯露、出現 相似詞 나타나다 相反詞 사라지다/없어지다

유해성－有害的

練習題－아래 문장의 (　　)속에 알맞은 단어를 보기에서 골라 넣으시오.

보기：심각하게/위협/실시/흡연율/드러나/유해성

1. 달포 전에 전국적으로 국민투표가 (　　)되었다.
2. 도시의 자연 환경은 극심한 공해로 생존의 (　　)을 받고 있다.

3. 창백해진 얼굴에 기미가 더 (　　) 보였다.
4. 어린 아이들의 조기 유학은 (　　) 생각한 후 결정해야 한다.
5. 후진국일수록 (　　)이 높다는 UN의 조사 결과가 발표되었다.
6. 전자파의 (　　) 문제가 논란이 되고 있다.

答案：1. 실시　　2. 위협　　3. 드러나　　4. 심각하게　　5. 흡연율　　6. 유해성

文法：接尾詞율和률

~율(律)－接尾詞，用在沒有收音或以ㄴ爲收音的名詞後面，表示「規律、法則」的意思。

例句 교환율/반사율/인과율.－交換律/反射比/因果法則

~률(律)－接尾詞，用在除ㄴ以外的、有收音的名詞後面，表示「規律、法則」的意思。

例句 결합률/도덕률/희석률－結合律/道德規範/稀釋律

~율(率)－接尾詞，用在沒有收音或以ㄴ爲收音的名詞後面，表示「比率」的意思。

例句 감소율/소화율/할인율.－減少率/消化率/折扣率

~률(率)－接尾詞，用在除ㄴ以外的、有收音的名詞後面，表示「比率」的意思。

例句 경쟁률/사망률/입학률/출생률/취업률－競爭率/死亡率/入學率/出生率/就業率

相關問題： 위 글의 내용과 같은 것을 고르십시오.
① 흡연 청소년들은 모두 건강이 안 좋다.
② 금연 교육을 받으면 흡연율이 낮아진다.
③ 학교는 이미 금연 교육을 실시하고 있다.
④ 담배가 몸에 해로운 걸 알아야 담배를 끊을 수 있다.

答案：②

5　考題綜合練習

1. 다음 글의 주제문을 고르십시오. <11회 고급 기출문제>

> ㉠요즘 과학의 발달 수준은 어느 정도 올라갔음에도 불구하고 과학과 대중 사이를 연결하는 대중 과학은 거의 발달하지 못하고 있다. ㉡그러나 과학은 대중과 떼려야 뗄 수 없는 관계에 있다. ㉢과학은 다른 모든 분야의 문화 활동과 마찬가지로 대중의 뒷받침 없이는 유지될 수 없기 때문이다. ㉣과학이 그 인재를 대중으로부터 얻어 성장하는 것에서 그 예를 찾아볼 수 있다.

①㉠　　②㉡　　③㉢　　④㉣

<說明>
㉡中用連接詞그러나對㉠的內容進行轉折，並且得出結論。㉢是㉡的從屬句。㉣本身沒有主張的內容。正確答案是②。

答案：②

2. 다음은 어떤 종류의 글인지 가장 알맞은 것을 고르십시오. <13회 고급 기출문제>

> ㉠수사관의 작업은 증거물을 찾고 이를 분석하여 사건을 해결하는 것이다. ㉡역사가의 작업은 역사적 사실을 중심으로 시작하여 그에 대한 해석의 문제로 나아간다는 점에서 수사관의 작업과 유사하다. ㉢수사관이 범죄를 감추거나 왜곡시켜서는 안 되는 것처럼 역사가도 역사적 사실을 과장하거나 꾸며서는 안 된다. ㉣조작된 사실이나 사건은 그에 대한 해석을 잘못된 방향으로 이끌기 때문이다.

①㉠　　②㉡　　③㉢　　④㉣

<說明>
㉠和㉡是對수사관和역사가的具體說明，㉢中得出結論。㉣是㉢的從屬句。㉠和㉡也是㉢的從屬句。正確答案是③。

答案：③

3. 다음 글의 주제문으로 가장 알맞은 것을 고르십시오. <15회 고급 기출문제>

> ㉠한국의 전통 건축물은 재료가 대부분 소나무라서 흰개미의 피해를 입을 수 있다. ㉡흰개미들이 소나무의 내부를 갉아먹으면 겉으로는 표시가 나지 않지만 건물 기둥은 손상된다. ㉢국가의 중요한 전통 문화재가 무너질 우려가 커지는

것이다. ㉐더 이상 흰개미로 인해 건축물이 훼손되지 않도록

막아야 한다.

①㉠　　②㉡　　③㉢　　④㉐

 <說明>
文章的結構是尾括式。㉠、㉡、㉢都是一般的陳述句，而㉐막아야 한다=꼭 막아
야 된다具有強調的意思，比其他句子語感更強烈。㉐最適合作為作者的主張。

答案：④

4. 다음 글의 주제문을 고르십시오. <10회 고급 기출문제>

㉠의자는 책상의 부속물이라는 생각을 가지고 의자를 대
충 고른다면 큰 화를 입을지도 모른다. ㉡의자와 앉는 자세
가 허리 건강에 미치는 영향은 절대적이다. ㉢실제 서 있을
때보다 앉아 있을 때 허리 부담은 더 커진다. ㉐상체의 무게
를 아래로 전달하지 못하고 고스란히 척추가 지지해야 하기
때문이다.

①㉠　　②㉡　　③㉢　　④㉐

<說明>
㉠是主題句，屬於頭括式的文章。㉡中的절대적이다也可以用절대적이기 때문이
다來替換。所以㉡是㉠的從屬句，㉐是㉢的從屬句。因為㉢中有실제，所以此句不
能單獨使用，其前面應該出現其他內容。

答案：①

5. 다음 글의 주제문을 고르십시오. <12회 고급 기출문제>

㉠근육은 크게 속근섬유와 지근섬유 두 종류로 구분한다.

㉡속근섬유는 매우 빠른 속도로 수축하면서 강한 힘을 낸다.

ⓒ반면, 지근섬유는 힘이 강하지 않지만 오랫동안 수축 운동을 해도 피로를 덜 느끼는 특성이 있다. ②또한, 속근섬유는 운동을 통해 굵게 만들 수 있지만 지근섬유는 굵기가 크게 변하지 않는다.

① ㉠　② ㉡　③ ㉢　④ ㉣

<說明>

文章的構成形式是頭括式。㉠是對肌肉的説明。㉡説的是肌肉中的속근섬유。㉢説的是肌肉的지근섬유。因為②中有또한，所以不能單獨使用。正確答案是①。

答案：①

6. 다음 글의 주제문을 고르십시오. <7회 6급 기출문제>

㉠참사랑은 고통 받는 이웃과 함께 꿈과 아픔을 나누는 것이어야 한다. ㉡자기를 위한 사랑이라면 그것은 욕심일 수는 있어도 참사랑은 아니다. ㉢이것은 새를 새장 안에 가두어 두고, 내가 너를 사랑하기에 너를 보호하기 위해 이 새장 안에 가두어 둔다고 하는 것과 같다. ②이웃에 대한 사랑도 자기만족을 위한 사랑으로 끝나서는 안 된다. ㉤그들이 가진 꿈과 그들이 느끼는 아픔을 이해할 수 있어야 한다.

① ㉠　② ㉡　③ ㉢　④ ②

<說明>

㉠是對참사랑下的定義。其餘各句都是對主題句㉠的補充説明。文章的構成形式是頭括式。

答案：①

7. 다음 글의 주제문으로 가장 알맞은 것을 고르십시오. <14회 고급 기출문제>

> ㉠사람들은 근거가 부족함에도 불구하고 흔히 다른 사람의 말을 빌려 자기주장을 합리화하려 한다. ㉡어떤 사람이 이렇게 말했으니 자신의 말도 옳다는 식이다. ㉢하지만 남의 말은 남의 말일 뿐 그것이 옳고 그른지는 알 수가 없다. ㉣합리적 근거는 객관적 사실이나 과학적 법칙에 있지 결코 다른 사람의 말에 있지 않다.

　①㉠　　②㉡　　③㉢　　④㉣

<說明>

㉠和㉣中有一個是主題句。因為其餘各句中都沒有作者主張的內容。㉢中用하지만對㉡的內容進行轉折，所以不能成為主題句。㉣中用表示強調的副詞결코來突顯作者主張的內容，所以此句就是主題句。

答案：④

8. 다음 글의 주제문을 고르십시오. <8회 6급 기출문제>

> ㉠주인을 충실히 따르기로 유명한 진돗개는 용맹스럽기로 이름이 높다. ㉡어떤 상대라도 한 번 물면 놓지 않으며 산 속에서 멧돼지 같은 동물을 만나더라도 겁을 먹지 않고 덤벼든다. ㉢자신의 몸집보다 훨씬 큰 개와 맞붙어도 한 치도 물러서는 법이 없다. ㉣일단 싸움이 붙으면 특유의 몸놀림과 근성을 발휘하여 상대 개는 대개 꼬리를 내리고 도망가기 일쑤이다.

　①㉠　　②㉡　　③㉢　　④㉣

<說明>

文章的結構是頭括式，㉠是主題句。其餘各句都是對진돗개의 용맹스러움的補充說明。而且㉣中含有副詞단일，所以此句不能單獨使用。【參考】진돗개－珍島犬。韓國全羅南道的珍島上特有的犬種，被指定為第50號天然紀念物。

答案：①

9. 다음 글의 주제문으로 가장 알맞은 것을 고르십시오. <16회 고급 기출문제>

> ㉠투표의 기본은 가장 필요하면서도 현실성 있는 공약을 내세우는 후보를 지지하는 데 있다. ㉡그럼에도 후보자들의 출신이나 학벌, 외모 등을 보고 투표하는 경우가 여전히 많은 것 같다. ㉢이번 지방 선거에서만큼은 각 후보자의 공약을 철저히 검토하고 투표해야 할 것이다. ㉣좋은 후보의 선택이 곧 지역의 발전과 직결되기 때문이다.

①㉠　　②㉡　　③㉢　　④㉣

<說明>

㉡的內容是對㉠的轉折，在㉢中下結論。㉣是㉢的原因，也是對㉢的補充說明。正確答案是③。

答案：③

10. 다음 글의 주제문을 고르십시오. <9회 6급 기출문제>

> ㉠어린이들의 그림에서 나타나는 색은 감정을 엿볼 수 있는 단서가 된다. ㉡한두 가지 색을 집중적으로 사용하는 어린이는 슬픈 감정에 빠져 있는 경우가 많다. ㉢여러 색을 풍부하게 사용할수록 밝고 명랑한 성격일 가능성이 높다. ㉣어린이들은 자기를 편안하게 해 주는 사람은 편안한 색으로, 위압적이거나 거리감을 주는 사람은 어둡고 강한 색으로 그린다.

①㉠　　②㉡　　③㉢　　④㉣

<說明>

文章的結構是頭括式，㉡、㉢、㉣都是對단서的補充説明。正確答案是①。

答案：①

6 模擬練習

1. 다음 글의 주제문을 고르십시오.

> ㉠주택 가격이 올해 들어 서울 강남지역을 중심으로 심상찮게 오르기 시작하더니 급기야 수도권으로까지 확산되었다. ㉡그런데도 정부는 일부 지역의 일시적인 현상이라며 사실상 손을 놓고 있다. ㉢해마다 되풀이되는 주택 가격의 상승은 정부의 주택정책 실패 탓이 크다. ㉣장기적으로 주택 가격을 안정시키려면 공공임대주택 확대 등 근원적인 처방을 해야 한다.

① ㉠　　② ㉡　　③ ㉢　　④ ㉣

 <說明>

文章的結構是尾括式。㉠、㉡敘述的是客觀事實。㉢是㉣的原因，文章最後一句的근원적인 처방을 해야 한다表達了作者的主張。而且，也可以將文章最後一句看作是前面省略了連接詞그래서。正確答案是④。

答案：④

2. 다음 글의 주제문으로 가장 알맞은 것을 고르십시오.

> ㉠TV 채널을 돌리다가 어느 방송사의 과학 프로그램에 눈길이 멈췄다. ㉡앞으로 몇 십 년 후에는 눈•심장•뼈 같은 신체 부위를 주문 생산하는 시대가 열린단다. ㉢과학의 발전 속도로 미루어 나는 이것이 언젠가 현실이 될 수도 있겠다는 상상을 했다. ㉣백 년 전 과학자들이 오늘날 첨단 휴대 전화의 출현을 누가 상상이나 했겠는가?

① ㉠　　② ㉡　　③ ㉢　　④ ㉣

 <說明>

此題看上去讓人有些摸不著頭腦，因為文章中沒有明確表示文章主旨的句子。從結論來看的話，主題句是㉢。因為用눈·심장·뼈 같은 신체 부위를 주문 생산하는 시대가 열린다來代替이것이的話，文章讀起來比較通順。為了使主題句㉢更加簡潔，使用了指示代詞이것。

答案：③

3. 다음 글의 주제문을 고르십시오.

> ㉠왜 다들 음식의 가격과 양에만 관심이 있고 음식 쓰레기엔 관심들이 없는 걸까? ㉡먹고 사는 게 힘들어서 환경이나 음식 낭비에 신경 쓸 겨를이 없다고? ㉢그러면 환경에 신경을 매우 많이 쓰는 환경 운동가들은 먹고 살기가 편해서 음식 쓰레기에 관심을 쓰는 것일까? ㉣난 환경 운동하는 사람 치고 먹고 사는 거 편한 사람 한 명도 못 봤다.

① ㉠　　② ㉡　　③ ㉢　　④ ㉣

 <說明>

㉠、㉡、㉢都是反問句。把㉠換一種說法就是음식 쓰레기에 관심을 가지자的意思。㉠後面各句不過是為了強調㉠的主張。

答案：①

4. 다음 글의 주제문으로 가장 알맞은 것을 고르십시오.

> ㉠우리 대학원이 30년 전부터 배출해 현장에서 일하는 통역사들이 공통으로 하는 말이 있다. ㉡우리나라 사람들이 우리말을 제대로 못한다는 비판이다. ㉢논리가 분명치 않은 연설을 하는 우리 연사를 만나면 외국인들을 설득할 수 있는 통역을 하다가 정말 통역사들은 그런 연사를 만날까봐 무서

위한다. ㉣외국인 청중이 연사와 통역사 중 하나는 엉터리라는 결론을 내릴까 두려워지는 까닭이다.

① ㉠　　② ㉡　　③ ㉢　　④ ㉣

 <說明>

實際上，文章中的㉡就相當於結論句。㉠是引起下文的部分，㉢和㉣是對㉡的補充說明。

答案：②

5. 다음 글의 주제문을 고르십시오.

㉠고등학교 때는 대학교 가는 것이 인생의 전부처럼 보였으나 대학교에 오니 그렇지 않았다. ㉡대학은 또다시 성적으로 순위가 매겨지고 회사에 취직하는 것이 인생의 전부인, 고등학생과 다를 것이 없다 생각되었다. ㉢3학년이 되어 내가 하는 공부가 어떤 공부인지 알겠고 재미가 붙다보니 이제 어느덧 4학년이 되었다. ㉣1, 2학년 때 진심으로 공부해 보지 못한 것에 대한 후회가 물밀듯 밀려온다.

① ㉠　　② ㉡　　③ ㉢　　④ ㉣

<說明>

很容易就能判斷出文章的結構是尾括式。因為最後一句的후회가 물밀듯 밀려온다是文章的主題。

答案：④

6. 다음 글의 주제문으로 가장 알맞은 것을 고르십시오.

㉠우리가 받는 우편물에는 우표가 붙어 있지 않아 요즘 주변에서 우표를 구경하기가 쉽지 않다. ㉡우편업무 처리의 효

율성을 높인다는 이유로 우편물의 대부분은 우표를 붙이지
않는 방식으로 처리되어 배달되고 있는 것이다. ⓒ편지 봉투
에는 으레 우표가 붙어 있다는 우리의 인식이 우리도 모르는
사이에 바뀐 것이다. ⓔ그러나 우표가 없는 우편물을 볼라치
면 어쩐지 허전하고 운치가 없어 보인다.

① ㉠　　② ㉡　　③ ㉢　　④ ㉣

<說明>

文章的結構是尾括式。㉠、㉡、㉢敘述的都是客觀事實(쉽지 않다、있는 것
이다、바뀐 것이다)，㉣中的어쩐지 허전하고 운치가 없어 보인다才是作者的
想法。

答案：④

7. 다음 글의 주제문으로 가장 알맞은 것을 고르십시오.

㉠얼마 전 우리나라의 인터넷 속도가 세계에서 가장 빠른
것으로 조사되었다. ㉡원래 빨랐던 데다 속도 증가율마저 높
았기 때문이다. ㉢또 초고속 인터넷 사용 비율도 1위를 차지
하였다. ㉣이런 결과는 경제 위기 이후 한국 경제가 IT분야에
꾸준한 투자를 해 왔기 때문이다.

① ㉠　　② ㉡　　③ ㉢　　④ ㉣

<說明>

本文體裁屬於新聞報導。這類文章大多數都是頭括式的文章。㉠之後的內容都是對
㉠的補充說明。

答案：①

8. 다음 글의 주제문으로 가장 알맞은 것을 고르십시오.

> ㉠제사라는 것이 사전적으로는 조상의 음덕을 기리고 공경하는 것이라고 되어 있다. ㉡그러나 제사를 지내는 기본 이유는 사실 산 사람을 위한 것이라는 게 내 생각이다. ㉢후손들이 모여서 음식을 나누어 먹고 가족 간의 단란하고 화목한 모습을 조상님께 보여드리면 되는 것이라고 본다. ㉣한편 조상님이 내려다보면 흐뭇해하시겠지 하는 마음으로 차려야 하는 것이라고 본다.

① ㉠　② ㉡　③ ㉢　④ ㉣

<說明>

㉡中的그러나是對㉠的內容進行轉折，所以㉠不能成為主題句。㉡中的내 생각이다表明這才是作者的觀點。所以㉡就是主題句。㉢和㉣是對㉡的補充說明。

答案：②

9. 다음 글의 주제문을 고르십시오.

> ㉠너무는 일정한 정도나 한계에 지나쳐서 좋지 않다는 의미와 어울린다. ㉡그런데 요즘에는 너무가 매우, 무척 등의 긍정적인 뜻에도 쓰임을 볼 수 있다. ㉢우리가 단어를 구사할 때에는 그 뜻에 알맞은 단어를 찾아 써야 함이 마땅하다. ㉣너무 좋다, 너무 맛있다라고 말하면 매우 좋아서 싫다, 무척 맛있어서 안 좋다는 이상한 말이 되어 버리기 때문이다.

① ㉠　② ㉡　③ ㉢　④ ㉣

<說明>
　　㉢中的 함이 마땅하다表明這是作者的觀點，所以㉢是主題句。㉣是㉢的理由，
㉠、㉡的作用是引出下文。

答案：③

10. 다음 글의 주제문으로 가장 알맞은 것을 고르십시오.

> 　　㉠일회용 교통카드를 사용하는 정책이 실행된 지 4개월이
> 지났는데, 여전히 많은 문제점이 발견되고 있다. ㉡나이 드
> 신 분들 등 기계 작동에 서투른 사람들은 젊은이들에게 도움
> 을 요청하기 일쑤다. ㉢기계 작동법을 몰라서 일회용 교통카
> 드를 발급받지 못하는 경우가 많기 때문이다. ㉣또한 수중에
> 잔돈이 없으면 일회용 교통카드를 사지도 못한다.

　　① ㉠　　② ㉡　　③ ㉢　　④ ㉣

 <說明>
　　文章的結構是頭括式，㉡、㉢、㉣是對㉠많은 문제점的補充說明。

答案：①

第4課
找出文章的主題和擬定題目

1 提示句

다음 글의 주제로 가장 알맞은 것을 고르십시오.
다음 글의 제목으로 가장 알맞은 것을 고르십시오.

2 出題類型介紹

「找出文章主題」是在第 10 回韓國語能力考試之後才出現的,而「擬定題目」則在第 10 回韓國語能力考試之前就有了。

找出文章主題:這類題目與第 3 課中的選擇主題句雖然相似,但並不是從文中找主題句,而是要閱讀文章,自己總結主題。在這裡,首先要掌握前面第 3 課提及的文章的結構,即頭括式、中括式、尾括式和兩括式;然後,再從文章中尋找含有主題的內容。接下來總結涉及主題的內容,在選項中尋找正確答案。還要特別注意的是,由於所選文章較短,有時候主題句也可能隱藏在文中。

擬定題目:這類題目事實上和找文章主題是相同的思路。只要運用和找文章主題相同的方式解題即可。

3 考題解析

다음 글의 주제로 가장 알맞은 것을 고르십시오. <16회 고급 기출문제>

> 인생은 선택의 연속이다. 지금 자신의 모습은 과거의 수많은 선택의 결과이며 미래의 모습은 현재의 선택에 의해 결정된다. 신중하지 못한 선택은 미래의 자신을 불행하게 만든다. 구체적인 계획에 따라 최선의 선택을 할 때 비로소 자신의 삶

을 변화시킬 수 있다. 먼 훗날 자신의 선택을 후회
하지 않기 위해서는 선택에 앞서 깊이 생각하고
계획을 세워야 한다.

① 사람들은 최고의 선택을 하고 싶어 한다.
② 사람들은 매 순간 선택을 하며 살아간다.
③ 계획을 세우고 선택을 해야 좋은 결과를 얻는다.
④ 한번 선택한 것에 대해서는 후회하지 않는 것이 좋다.

答案：③

<說明>

本文屬於尾括式的結構。文章的最後一句話就是作者想要表達的文章主旨，即主題。正確答案是③。

다음 글의 제목으로 가장 알맞은 것을 고르십시오. <8회 6급 기출문제>

　　일할 때, 또 그 일로 인한 스트레스를 풀 때, 심
지어 공부할 때도 사람들은 대중가요를 듣고 흥얼
거린다. 이렇게 대중가요가 많이 불리고 사랑받는
이유는 대중가요 속에 사람들의 정서가 잘 반영되
어 있기 때문일 것이다.

　　그러나 현재의 대중가요는 청소년에게만 지나
치게 편중되어 성인을 소외시키고 세대 간의 단절
을 부추기고 있다. 이에 따라 대중가요 속에 반영
된 정서도 다른 세대로부터 큰 호응을 받기 어려
울 뿐만 아니라 외면을 당하기 쉽다.

　　이러한 폐해를 막기 위해서는 세대를 초월한 열

린 무대를 자주 마련하는 것이 필요하다. 이는 청
소년에게는 성인의 가요를, 성인에게는 청소년의
가요를 이해하도록 하는 좋은 기회가 될 것이다.

① 대중가요의 미래
② 청소년과 대중가요
③ 대중가요의 편중과 그 대책
④ 청소년과 성인의 세대 차이

答案：③

<說明>
本文由三個自然段構成。最後一段是主題段落，屬於尾括式。與第三段具有相近意
思的是選項③。

4　考題深度分析

다음 글의 주제로 가장 알맞은 것을 고르십시오. <15회 고급 기출문제>

아니요라고 말하는 데는 용기가 필요하다. 대
인 관계에서는 상대에 대한 배려도 필요하지만,
동시에 자기를 주장하는 용기가 있어야 한다. 상
대방을 거스를까 두려워 내 생각을 굽혀 버리는
태도는 지나친 배려와 부족한 용기 탓이다. 이런
태도는 승-승이 아니라 한 사람은 이기고 한 사
람은 지는 승-패 관계를 만들어 낸다.

① 배려와 용기의 균형이 중요하다.
② 자기 생각을 버리면 패배하게 된다.
③ 거절은 대인 관계를 약화시키기 쉽다.
④ 상대방과 승-패 관계를 만들 필요가 있다.

答案：①

<說明>
　文章的第二句話即是主題句。與這句話具有相近意思的是選項①。

詞彙：

용기－勇氣 相似詞 담력/기개 相反詞 겁/비겁

대인 관계－人際關係

배려－照顧、關懷 相似詞 염려

거스르다－抗拒 相似詞 거역하다

승(勝)－승(勝)－雙贏。新名詞，源自外來語윈－윈(win－win)，即雙方都獲利（成功）的意思。

練習題－아래 문장의 ( )속에 알맞은 단어를 보기에서 골라 넣으시오.

┌───┐
│ 보기：용기/대인 관계/배려/거스르고/승－승(＝윈－윈) │
└───┘

1. 나는 자고로 하늘 뜻 ( ) 온전한 사람을 본 적이 없다.

2. 저항할 ( )가 없는 사람은 모두 물러서라.

3. 그 당시 등록금이 없었던 그는 스승의 ( )로 공부를 계속할 수 있었다.

4. 그 사람은 성격이 좋아 ( )가 원만하다.

5. 양 기업은 서로 ( )하기 위해 서로 합병하기로 하였다.

答案：1. 거스르고　　2. 용기　　3. 배려　　4. 대인 관계　　5. 승－승/윈－윈

文法：탓和덕분的用法

1. 탓－歸咎於，主要用於否定和不好的情況。 例句 어머니가 다치신 건 아버지 탓이 아닙니다./안되면 조상 탓만 한다.－媽媽受傷並不是爸爸的錯。/不順只會怨祖宗。

2. 덕분－托福，主要用於肯定和好的情況。 例句 선생님 덕분에 대학 생활을 무사히 마칠 수 있었습니다./그동안 걱정해 준 덕분에 잘 지냈습니다.－多虧老師，我的大學生活才可以順利結束。/那期間多虧您惦念，我過得很好。

相關問題：본문의 내용과 같은 것을 고르십시오.

① 때에 따라서는 아니요라고 대답해야 한다.

② 아니요라고 대답하면 무조건 안 된다.

③ 아니요라고 무조건 대답해야 한다.

④ 그냥 아무 말도 하지 말아야 한다.

答案：①

다음 글의 제목으로 가장 알맞은 것을 고르십시오. <9회 6급 기출문제>

> 　개인적으로 영상물을 즐겨 보든 그렇지 않든,
> 많은 사람들의 행동 양식은 그것을 통해서 얻는
> 시청각적 정보에 따라 <u>영향을 받는다</u>.
> 　이러한 현상은 영상물을 보지 않는 사람에게
> 도 보편적인 기준이나 가치로서 영향을 미친다.
> 영상의 대중화가 몰고 온 무비판적 의식이 사회
> 의 보편적인 가치나 행동 양식의 기준으로 이용
> 될 수 있기 때문이다. 유행 상품이 바뀌는 경우,
> 이는 옷을 입는 사람의 자발적 판단이라기보다
> 는 영화나 텔레비전 드라마의 주인공이 옷 입는
> 모습에 따라 집단적으로 반응함으로써 나타난
> 결과라고 할 수 있다.

① 영상의 대중화 과정
② 영상의 다양한 정보성
③ 영상의 발달과 가치 변화
④ 영상의 사회 문화적 영향력

答案：④

<說明>
　主題出現在短文的第一句話裡，本文屬於頭括式。短文先抽象地提出主題，再針對主題句進行相應說明。再看短文的最後一句話，很好地說明了主題句，因此在這裡可以找出正確的答案。正確答案為④。

詞彙：
영상물－對透過電影、視訊、電視等影音媒體進行創作的作品通稱
양식－明智，良知 [相似詞] 식견/교양
보편적－普遍的 [相似詞] 일반적 [相反詞] 특수적

의식 – 意識 [相似詞] 인식/판단/분별
자발적 – 自發的 [相反詞] 수동적/피동적
집단적 – 集體的 [相反詞] 개인적
반응 – 反應

練習題 – 아래 문장의 (　　)속에 알맞은 단어를 보기에서 골라 넣으시오.

> 보기 : 영상물/양식/보편적/의식/자발적/집단적/반응

1. 그는 부모에 대한 이야기가 나오면 이상하리만치 민감한 (　　)을 보인다.
2. 감독의 지시가 없었는데도 모든 선수들은 일과 후에 (　　)으로 개인 훈련을 했다.
3. 최근 들어 자연환경을 보존하려는 (　　)이 높아 가고 있다.
4. 1970년대에는 전화가 귀해 부모님께 (　　)으로 편지를 썼다.
5. (　　)이 있는 사람이라면 한밤중에 전화를 걸겠니?
6. 조그만 일에도 손해를 보지 않으려고 그들은 항상 (　　)으로 행동을 했다.
7. 오늘날에는 각종 미디어가 급속히 발달해 (　　)의 홍수 시대가 되어 버렸다.

答案 : 1. 반응　　2. 자발적　　3. 의식　　4. 보편적　　5. 양식　　6. 집단적　　7. 영상물

文法 : 로서和로써的差異

1. ~로서/으로서 – 是表示地位、身份、資格的格助詞。[例句] 그것은 교사로서 할 일이 아니다./의장으로서 한마디 하겠습니다. – 這不是作爲教師應該做的事情。/以議長身份發言。
2. ~로써/으로써 – ①表示構成物體的材料或原料的格助詞。比~로/으로的意思更加明確。[例句] 쌀로써 떡을 만든다./그가 하는 말이라면 콩으로써 메주를 쑨다고 해도 믿지 않는다. – 用米做糕。/他的話絕對不可信。②表示做某事的手段或工具的格助詞。比~로/으로的意思更加明確。[例句] 꿀로써 단맛을 낸다./그들은 엄격한 매로써 아이들의 잘못을 바로잡아 주었다. – 用蜂蜜增加甜味。/他們用嚴屬的棍棒矯正孩子們的錯誤。③計算時間時表示界限的格助詞。比~로/으로的意思更加明確。[例句] 고향을 떠난 지 올해로써 20년이 된다./운전면허 시험에 떨어진 것이 이번으로써 세 번째다. – 離開故鄉，連今年已經20年了。/駕駛執照考試沒過，連這次已經是第三次了。

※ 1. ~로써/으로써比~로/으로具有更加鮮明的意思。在可以用~로/으로和~로써/으로써的地方，先用~로/으로，如果通順的話就可以使用~로써/으로써，如果不通順就只能使用~로/으로了。

2. ~로서/으로서和~로써/으로써之前一般都是名詞（體言）。但有時也可以是動詞、形容詞的名詞形式。這時幾乎全用~로써/으로써。[例句] 지도 속에 담긴 정보들을 읽어 냄으로써 그 시대 사람들의 생각을 이해할 수 있다./개인은 고용 상태를 유지함으로써 꾸준하게 소득을 올려야 한다. – 閱讀地圖當中所包含的訊息，可以理解那個時代人們的思想。/透過保持被雇用的狀態，個人收入應該會不斷地增加。

相關問題： 밑줄 친 부분과 같은 뜻을 고르십시오.

① 영향을 잡친다
② 영향을 끼친다
③ 영향을 설친다
④ 영향을 족친다

答案：②

다음 글의 주제로 가장 적절한 것을 고르십시오. <12회 고급 기출문제>

> ㉠나무는 분수에 만족할 줄을 안다. 나무로 태어난 것을 탓하지 아니하고, 왜 여기 놓이고 저기 놓이지 않았는가 하고 불평을 하지 아니한다. 등성이에 서면 햇빛이 따사로울까, 골짜기에 내려서면 좋을까 하여, 새로운 자리를 엿보는 일도 없다. 물과 흙과 태양의 아들로, 물과 흙과 태양이 주는 대로 받고, 불만족을 말하지 아니한다. 이웃 친구의 처지를 부러워하는 일도 없다. 소나무는 소나무대로 스스로 만족하고, 진달래는 진달래대로 만족한다.

① 주어진 상황에 만족하며 살아야 한다.
② 자신에게 없는 것을 얻기 위해 노력해야 한다.
③ 인간은 자연 속에서, 자연과 함께 살아야 한다.
④ 자신의 상황에 대해 반성하며 사는 것이 필요하다.

答案：①

<說明>
點明文章整體內容的就是文章的第一句話。屬於頭括式。本文以樹來比喻人。找出和文章的第一句話相同意思的選項即可。正確答案是①。

詞彙：

분수－分寸，深淺

불평－不滿、牢騷 相似詞 탓/투정/원망/불만/불평불만

등성이－脊梁，山脊 相似詞 산등성이/능선 相反詞 골/골짜기/계곡

엿보다－偷看、窺視，覷覰

처지－處境 相似詞 상황/ 경우/환경

練習題－아래 문장의 (　　)속에 알맞은 단어를 보기에서 골라 넣으시오.

보기 : 분수/불평/등성이/엿보고/처지

1. 동병상련이라고 그와 나는 (　　)가 같아 쉽게 친해졌다.
2. 왕의 눈에는 모두 다 왕의 자리를 (　　) 나라를 좀먹게 하는 신하들만 뵈었다.
3. 주면 주는 대로 먹고 하라면 하라는 대로 할 것이지 웬 (　　)이 그리 많은지.
4. 산을 몇이나 넘었는지 모른다. 또다시 (　　)에 이르렀을 때 해가 지고 있었다.
5. 사치스러운 생활을 하지 말고 (　　)에 맞는 생활을 해야 한다.

答案：1. 처지　　2. 엿보고　　3. 불평　　4. 등성이　　5. 분수

文法： 助詞~대로和依存名詞 대로

1. 助詞~대로－由於是助詞，所以一定要用在體言後。 例句 처벌하려면 법대로 해라./너는 너 대로 나는 나대로 서로 상관 말고 살자.－想要處罰要依法行事。/你走你的陽關道，我過我的 獨木橋。

2. 依存名詞대로－用在語尾後。主要以~ㄴ 대로、~는 대로、~ㄹ 대로、~을 대로的形式使 用。 例句 본 대로/느낀 대로/그린 대로/들은 대로 이야기했다./닥치는 대로 먹어 치웠다./그 둘의 애정은 식을 대로 식었다.－依照看到的/依照感覺到的/依照所畫的/依照所聽到的說。/處 理遇到的事情。/他們兩個人的愛情之火就這樣熄滅了。

※대로作為助詞使用的時候應該合寫，作為依存名詞使用的時候應該分寫。

相關問題： ㉠과 뜻이 다른 것을 고르십시오.

① 나무는 불필요한 욕심을 내지 않는다.
② 나무는 주어진 환경에서 살아간다.
③ 나무는 다른 평계를 대지 않는다.
④ 나무의 처지가 별로 좋지 않다.

答案：④

다음 글의 제목으로 가장 알맞은 것을 고르십시오. <7회 6급 기출문제>

> 도덕은 개인을 지배하는 습관이나 풍속 가운데에서 비판 정신에 비추어 그른 것은 버리고 (㉠)은 따르려고 할 때 생겨나는 것이다. 법은 질서 유지에 필수 불가결한 최소한의 도덕이라고 볼 수 있다. 도덕은 개인의 주관적 양심에 따라 지켜지지만 법은 외부로부터의 (㉡)인 힘에 의해서 지켜지도록 강요된다. 이렇듯 개인의 행동을 조절하여 사회 질서를 유지하기 위해서 도덕과 법이 함께 필요한 것이다.

① 도덕과 법의 의미
② 도덕과 법의 필요성
③ 도덕과 법의 공통점
④ 도덕과 법의 차이점

答案：②

<說明>

文章由四個句子構成。第一句對도덕의 의미、第二句對법의 의미、第三句對법과 도덕의 차이점分別進行了論述。第四句則綜合了前面的四句內容得出結論。因此屬於尾括式。由於作者在文章的最後部分得出도덕과 법이 함께 필요한 것이다這樣的結論，所以正確答案是②。

 詞彙：

지배－支配 相似詞 감독/관리/처리/컨트롤(control)
풍속－風俗 相似詞 풍습
비추다－按照、參照、比照
질서－秩序 相似詞 차례/순서 相反詞 무질서/혼돈/혼란
불가결－不可缺少、不可或缺 相似詞 필수
강요－強制
조절－調節 相似詞 조정

🎈 **練習題**－아래 문장의 (　　)속에 알맞은 단어를 보기에서 골라 넣으시오.

보기 : 지배/풍속/비추어/질서/불가결/강요/조절

1. 동물의 세계에도 엄격한 (　　)가 있다.
2. 혼수를 심하게 따지는 결혼 (　　)은 사라져야 한다.
3. 너에게는 식사량 (　　)과 적절한 운동 등 체중 관리가 필요하다.
4. 청소년기에 부모의 (　　)가 지나치면 문제가 생길 수 있다.
5. 상식에 (　　) 생각해 보면 네 행동은 지나친 감이 있다.
6. 사람은 환경의 (　　)를 받는다.
7. 남성과 여성은 상대적인 (　　)의 요소를 구비한 공존공영의 두 바퀴다.

答案 : 1. 질서　　2. 풍속　　3. 조절　　4. 강요　　5. 비추어　　6. 지배　　7. 불가결

🎈 **文法** : 類似的表達

내 경험에 비추어 볼 때 이 사업은 성공하기가 어렵다.
=내 경험에 견주어 볼 때 이 사업은 성공하기가 어렵다.
=내 경험에 의하면 이 사업은 성공하기가 어렵다.
=내 경험에 따르면 이 사업은 성공하기가 어렵다.
=내 경험으로 볼 때 이 사업은 성공하기가 어렵다.

🎈 **相關問題** : ㉠과 ㉡에 알맞은 것을 고르십시오.

① ㉠－옳은 것　　㉡－객관적
② ㉠－옳은 것　　㉡－보편적
③ ㉠－좋은 것　　㉡－객관적
④ ㉠－좋은 것　　㉡－보편적

答案 : ①

다음 글의 주제로 가장 적절한 것을 고르십시오. <11회 고급 기출문제>

산에 오르다 보면 많은 사람들이 전쟁을 치르듯 산행하는 것을 종종 볼 수 있다. 자신의 체력적인 한계를 고려하지 않고 다른 사람들을 쫓아가는 이들은 결국 얼마 가지 않아 ㉠결국 등산을 포기하고 하산하곤 한다. 자신의 속

도는 무시한 채 다른 사람만을 쫓아가는 사람들은 자신의 눈앞에 펼쳐진 절경을 볼 수 없다. 이들에게는 앞 사람의 뒤꿈치만 보일 뿐이다. 우리들이 자신만의 보폭, 자신만의 눈으로 세상을 볼 때 우리의 삶은 더욱 풍요로워지지 않을까.

① 등산과 전쟁의 유사점
② 산악 대장의 희생정신
③ 산악 등반 시 주의할 점
④ 자기 속도를 지키는 삶

答案：④

＜說明＞
這篇短文屬於典型的尾括式。以登山作為例子進行說明，在文章的末尾作者表明了自己的觀點。因此關於山的選項絕不可能是主題。選項中①、②、③都是關於山的敘述，只有④不是，因此④是正確答案。也可以按照所學的方法，文章的最後一句是主題句，因此找出與之具有相同意思的選項即可，因此④是正確答案。

詞彙：
한계－界限、限度　相似詞　한도
고려－考慮　相似詞　생각/참작/참고
쫓아가다－追、追趕、追上去　相似詞　좇아가다/뒤따라가다/따라가다
펼쳐지다－展開、展現
절경－絕景、佳景　相似詞　비경
뒤꿈치－腳後跟　相似詞　발뒤꿈치
보폭－步幅、步伐大小、步伐

練習題－아래 문장의 (　　)속에 알맞은 단어를 보기에서 골라 넣으시오.

보기：한계/고려/쫓아가고/펼쳐진/절경/뒤꿈치/보폭

1. 좌우에 (　　) 논과 밭이 실로 광대하였다.
2. 저 친구 키는 작은데 걸을 때 보면 (　　)이 넓어 보기보다 빨리 걷는다.
3. 그 문제는 아직도 심각하게 (　　) 중이다.

4. 꼬마가 물살에 떠내려가는 꽃신을 정신없이 (　　) 있었다.

5. 어릴 때 살림이 곤란해 해어진 양말 (　　)를 꿰매어 신고 다녔다.

6. 거대한 조직 사회 안에서 개인의 힘이란 (　　)가 있기 마련이다.

7. 누구나 금강산에 오르면 만이천봉이 이루는 (　　)에 감탄을 자아낸다.

答案：1. 펼쳐진　　2. 보폭　　3. 고려　　4. 쫓아가고　　5. 뒤꿈치　　6. 한계　　7. 절경

文法：語尾~듯、副詞듯和依存名詞듯

1. 語尾 ~듯/듯이表示「……似的」。─例句땀이 비 오듯 쏟아졌다./그는 물 쓰듯이 돈을 쓴다.─汗如雨下。/他花錢如流水。

2. 副詞 듯/듯이─例句아기는 아버지를 빼다 박은 듯 닮았다./꼬마는 잘 모르겠다는 듯 눈만 껌벅이고 있었다.─孩子和爸爸像從一個模子裡刻出來似的。/小朋友像不知道似的，只是眨著眼睛。

3. 依存名詞 듯─듯作爲依存名詞使用時，一定要以~ㄴ/은 듯 만 듯、~는 듯 마는 듯、~ㄹ/을 듯 말 듯的形式使用。例句잠을 잔 듯 만 듯 정신이 하나도 없다./그는 신문을 보는 듯 마는 듯 뒤적거리고만 있다./돌탑이 무너질 듯 말 듯 위태로워 보인다.─似睡非睡，一點兒精神都沒有。/他好像在看報紙又好像沒看，只是一個勁地亂翻。/石塔似倒非倒，看起來很危險。

※듯 作爲語尾使用時要合寫，作爲副詞或依存名詞使用時要分寫。

相關問題：㉠과 뜻이 다른 것을 고르십시오.

① 급기야
② 마침내
③ 끝내는
④ 도리어

答案：④

5 考題綜合練習

1. 다음 글의 주제로 가장 적절한 것을 고르십시오. <10회 고급 기출문제>

우리는 이제 인터넷을 비롯한 다양한 정보 통신 기술 덕분에 수많은 정보를 손쉽게 얻을 수 있다. 그렇지만 어떤 정보를 얻었다고 해서 우리가 가지고 있는 문제가 저절로 해결되는 것은 아니다. 구슬이 서 말이라도 꿰어야 보배라는 말이 있듯이 정보 사용자인 우리가 인터넷을 통해 얻은 정보를 잘

판단하여 우리 주변의 여러 가지 문제를 해결하는 데 이용해야 한다.

① 사람들은 상품 구매에 인터넷을 가장 많이 사용한다.
② 인터넷을 통해 얻은 정보를 잘 활용하는 것이 중요하다.
③ 인터넷에서 얻는 정보는 문제 해결에 큰 도움이 된다.
④ 인터넷을 비롯한 정보 통신 기술 덕분에 생활이 많이 편리해졌다.

 <說明>
　　在文章的三個句子中，最後一句話是文章的主題。這句話概括後與選項②相符。

答案：②

2. 다음 글의 주제로 가장 알맞은 것을 고르십시오. <13회 고급 기출문제>

한국의 전통 주택인 한옥은 구조가 복잡하고 오르내림이 많다. 그렇지만 이러한 구조 덕분에 한옥에 살면 자신도 모르는 사이에 몸을 많이 움직이게 된다. 그렇다고 해서 몸이 피곤하거나 아플 정도는 아니다. 마당에서 올라와 마루에 앉았다가 문을 열고 방으로 들어갔다가 다시 나오는 과정을 반복하다 보면 스트레칭을 한 것처럼 혈액 순환이 좋아진다.

① 한옥에 살면 운동을 한 것 같은 효과가 있다.
② 한옥의 구조는 복잡하지만 생활하기에는 편하다.
③ 한옥에서 생활하려면 의식적으로 많이 움직여야 한다.
④ 한옥은 마당에서 바로 방으로 들어갈 수 있게 되어 있다.

 <說明>
　　第二句話才是真正的主題句。第一句話不是主題句，因為第二句話中的그렇지만對第一句話進行了否定。與第二句話具有相同意思的是選項①。

答案：①

3. 다음 글의 주제로 가장 알맞은 것을 고르십시오. <14회 고급 기출문제>

> 일반인들은 흔히 방언을 체계가 없는 언어라고 오해하는 경향이 있다. 그러나 방언이 표준어보다 언어학적으로 더 열등하다고 말할 수는 없다. 방언도 다 나름대로 훌륭한 체계를 갖춘 언어이다. 다만 정치, 사회, 문화 등의 중심지에서 사용되는 방언이 영향력이 크고 보급이 쉬워서 표준어의 자격을 얻게 된 것뿐이다.

① 표준어는 방언보다 보급하기 쉬운 언어이다.
② 방언의 언어 체계는 표준어에 비해 뒤지지 않는다.
③ 표준어를 사용해야 정치적, 사회적 영향력을 갖게 된다.
④ 방언도 체계가 완벽하게 갖추어지면 표준어가 될 수 있다.

 <說明>
第三句話是主題句。與此句具有相同意思的是選項②。

答案：②

4. 다음 글의 주제로 가장 알맞은 것을 고르십시오. <15회 고급 기출문제>

> 지도는 그것이 제작된 시대의 사람들이 자신들이 살아가는 공간을 어떻게 인식하였는지 보여준다. 옛날 지도에는 산과 강이 실제보다 훨씬 크게, 그리고 실제보다 훨씬 더 가깝게 그려져 있는 경우가 많다. 그것은 사람들이 그 산과 강을 자신들의 삶에서 아주 중요한 것으로 인식했음을 나타낸다. 따라서 지도 속에 담긴 정보들을 읽어 냄으로써 그 시대 사람들의 생각을 이해할 수 있다. 이런 점에서 지도는 사람들의 세계관을 파악하는 창이 될 수 있다.

① 지도를 제작할 때는 그 시대를 반영해야 한다.

② 지도 속에 가능한 한 많은 정보들을 담아야 한다.
③ 지도 속의 정보를 통해 그 지역의 역사를 알 수 있다.
④ 지도를 보면 지도를 만든 사람들의 사고를 이해할 수 있다.

<說明>

文章的最後一句話是文章主旨，屬尾括式。與此具有相同意思的是選項④。同時要好好掌握最後一句話中的이런 점具體所指。

答案：④

5. 다음 글의 주제로 가장 적절한 것을 고르십시오. <12회 고급 기출문제>

> 지금과 마찬가지로 조선 시대에도 여성 의사가 있었다. 그렇지만 그 당시 여의사의 사회적인 위치와 대우는 지금과는 차이가 있었다. 조선 시대에는 남녀 간의 내외법이 엄격하여 여자들이 남자 의원에게 치료받기를 꺼려했기 때문에 가볍게 고칠 수 있는 병으로 죽는 경우가 많았다. 여성 의사인 의녀는 이러한 문제를 해결하기 위하여 양성되었다. 그러나 조선 시대는 신분제도가 엄격했기 때문에 여자이면서 노비 출신인 의녀들에 대한 전문적인 훈련 과정이 부족했다. 결국 의녀들은 전문적인 의사로서 대우를 받기보다는 보조 역할을 담당하는 경우가 많았다.

① 조선 시대에는 여자들이 남자 의원에게 치료받기를 꺼려했다.
② 조선 시대에는 노비 출신들에게 제대로 대우를 해 주지 않았다.
③ 의녀들은 사회적인 신분 때문에 전문 의사로서 대우를 받지 못했다.
④ 조선 시대는 의료 기술 수준이 낮아 병을 못 고치는 경우가 많았다.

<說明>

文章的最後一句話中用결국下了結論，屬於尾括式。與最後一句話具有相同意思的是選項③。

答案：③

6. 다음 글의 제목으로 가장 알맞은 것을 고르십시오. <7회 6급 기출문제>

> 인간은 노동을 통해 인간성의 의미를 획득한다. 또 그것이 없다면 인간은 더 이상 생존할 수 없다. 노동과 더불어 인간의 언어 활동, 사고 활동이 생겨나고, 또 그것으로 인간과 동물이 구별되기도 한다. 그러므로 노동은 인간성을 형성하고 인간성을 표현하는 고차원적 활동이다.

① 노동의 방법
② 노동의 의의
③ 노동의 역사
④ 인간과 동물의 차이

<說明>
第一句話即為主題句，屬於頭括式。概括第一句話即노동의 의의。

答案：②

7. 다음 글의 주제로 가장 알맞은 것을 고르십시오. <16회 고급 기출문제>

> 수면 장애는 현대인의 건강을 해치는 주된 요인 중의 하나이다. 실제로 불면증에 시달리는 사람들이 점점 늘어나고 있으며 건강을 유지하기 위해서는 숙면이 중요하다는 점이 강조되고 있다. 이에 따라 병원에서 치료 목적으로 사용되던 수면 용품들이 상품화되었고 이 외에도 다양한 제품들이 개발되었다. 숙면 유도 팔찌, 코골이 방지 팔찌, 수면 양말 등이 등장하였으며, 특히 수면 양말은 작년 한 해 무려 5만 켤레가 팔릴 정도로 인기가 높다.

① 최근 불면증 환자들이 많아지고 있다.
② 자신에게 맞는 수면 관련 제품을 사용해야 한다.

③ 잠의 중요성이 인식되면서 관련 산업이 성장했다.

④ 수면 용품을 이용하면 쉽게 숙면을 취할 수 있다.

 <說明>

短文中的이에 따라 ~是主題句。與這一部分具有相同意思的是選項③。

答案：③

8. 다음 글의 제목으로 가장 알맞은 것을 고르십시오. <8회 6급 기출문제>

> 민담은 역사적 사실이 아니고, 모든 화자나 청자가 진실이라고 믿지 않는다는 점에서 전설과 같다. 그러나 전설은 어떤 공동체나 자연물의 내력을 배경으로 하고 있는데 반해 민담은 그렇지 않다는 점에서 구분된다. 또, 민담은 흥미와 재미를 위주로 하기 때문에 허구적인 성격이 강하다.
>
> 민담은 대개 선과 악의 대립으로 전개된다. 그 대립은 대체로 선의 승리로 끝나고, 착한 사람이 부를 누리고 행복해지도록 되어 있다. 내용 전개에서 주인공에게는 대개 세 가지의 시험을 통과한다든가, 세 가지 수수께끼를 풀어야 한다든가 하는 조건이 제시된다. 또한 이야기가 "옛날 옛적에"로 시작해서 "그렇게 하여 그들은 오래도록 행복하게 잘 살았다더라"라고 끝나는 형식을 따른다.

① 민담의 주인공

② 민담의 성격과 유형

③ 민담의 형식적 분류

④ 민담과 전설의 차이점

 <說明>

短文由兩個段落構成。第一段是關於민담의 성격的內容（從第一段末尾的허구적인 성격이 강하다可知），第二段是關於민담의 형식的內容（從第二段末尾的형식을 따른다可知）。因此正確答案是②。형식=유형

答案：②

9. 다음 글의 주제로 가장 적절한 것을 고르십시오. <11회 고급 기출문제>

> 많은 사람들이 약이란 몸에 좋은 것이며 안 먹는 것보다 먹는 것이 더 낫다는 인식을 갖고 있다. 그러나 약이란 쓰기에 따라 독이 될 수도 있는 강력한 화학 물질이다. 사람들이 가지고 있는 약에 대한 기존의 고정 관념은 오랜 세월에 걸쳐 쌓인 것이라 단번에 쉽게 깨뜨리기가 어렵다.

① 약을 남용하는 것은 좋지 않다.
② 오래된 인식을 바꾸는 것은 쉽지 않다.
③ 약은 몸뿐만 아니라 정신 건강에도 이롭다.
④ 아플 때는 약을 안 먹는 것보다 먹는 것이 더 낫다.

 <說明>
第二句話中有그러나，所以第一句話不是主題句。用排除法可得知答案。同時文章的第三句話中약에 대한 기존의 고정 관념對說明對象進行了確定。因此正確答案是①。

答案：①

10. 다음 글의 주제로 가장 적절한 것을 고르십시오. <10회 고급 기출문제>

> 오랜만에 기차를 타러 갔다가 역에서 월간 잡지 <쉼터>를 구입하게 되었다. 꽃 사진이며 유명한 연예인의 얼굴이 대문짝만 하게 실린 잡지들 사이에서 <쉼터>는 잘 눈에 띄지 않았다. 화려한 겉포장의 여러 다른 잡지들 속에서 흔들리지 않고 자신만의 색깔을 추구하는 것도 좋지만 더 많은 사람들에게 읽히기 위해서는 우선 표지가 독자들의 눈에 잘 띌 수 있어야 하지 않을까?

① 자신만의 색깔을 추구하는 잡지가 되었으면 좋겠다.
② 잡지에 유명 연예인의 글을 많이 싣는 것은 좋지 않다.

③ 한 달에 한번 좋은 글로 생활에 활력을 주어서 고맙다.
④ 잡지의 표지가 좀 더 사람들의 시선을 끌 수 있었으면 한다.

 <說明>
　　最後一句話是主題句。概括這句話，可知答案為選項④。

答案：④

6　模擬練習

1. 다음 글의 주제로 가장 알맞은 것을 고르십시오.

> 　　풀 한 포기 나무 한 그루도 깊이 아는 이가 보면 거기서 세상의 이치를 다 알아챌 수도 있다. 그렇듯이 글을 볼 줄 아는 이가 보면 그 글의 내용은 물론이요 그가 어느 마디에서 어떻게 힘을 주고 어디서 머무적거리는가를 볼 수 있으며, 나아가서 글쓴이의 체취나 품격, 기호와 성향, 그리고 그가 살았던 시대의 모습까지도 알아낼 수 있다.

① 자연에서 세상의 이치를 알아 낼 수 있다.
② 글 속에는 글쓴이의 모든 것이 담겨 있다.
③ 글을 볼 줄 아는 사람이 자연을 이해한다.
④ 자연에 대한 글을 쓸 때 훌륭한 글이 나온다.

 <說明>
　　本文由兩句話組成。第一句話是鋪墊，第二句話是主題句。答案是選項②。

答案：②

2. 다음 글의 제목으로 가장 알맞은 것을 고르십시오.

> 　　역사는 인간의 과거 삶 그 자체이면서, 동시에 그에 대한 오늘을 사는 우리의 평가이다. 우리는 과거 인간의 삶을 완전하게 재구성 할 수는 없다. 아마 그럴 필요도 없을 것이다. 우리에게 중요한 것은 과거 인간들이 무엇을 가치 있게 생각

하였는지 알아보고 그것이 우리에게 남겨준 문화와 유산에는 어떻게 남아 있는지, 아니 좀 더 구체적으로 말하면 오늘날 우리가 가치 있다고 생각하는 것들은 얼마만큼 역사의 유산인가를 되짚어보는 일이다.

① 역사의 계승
② 역사의 해석
③ 역사의 의미
④ 역사의 유산

 <說明>
本文的主題句是文章的第一句話。因為第一句話中已經用역사는 ~이다下了定義。
正確答案是選項③。

答案：③

3. 다음 글의 주제로 가장 알맞은 것을 고르십시오.

너 자신을 알라는 말을 들으면 우리는 소크라테스 (Socrates, 469BC?~399BC)의 이름을 제일 먼저 연상하면서 소크라테스가 다른 사람들의 무지를 질타한 것처럼 생각한다. 그러나 그는 결코 다른 사람들에게 지식을 직접 가르치려 하지 않았다. 오히려 대화를 통해서 진리에 접근하게 하려 했다. 그리고 대화를 시작할 때 전제는 너가 아니라 나였다. 즉 나는 내가 무지하다는 것을 안다는 것이었다.

① 자신의 무지를 아는 소크라테스
② 소크라테스의 명언 너 자신을 알라
③ 다른 사람의 무지를 질타한 소크라테스
④ 소크라테스의 새로운 진리에 대한 접근법

<説明>
文中그러나之後是文章的主旨。與此意思相同的是選項①。

答案：①

4. 다음 글의 제목으로 가장 알맞은 것을 고르십시오.

> 나는 이 가을에 몇 권의 책을 읽을 것이다. 술술 읽히는 책
> 말고 읽다가 자꾸만 덮어지는 그런 책을 골라 읽을 것이다.
> 좋은 책이란 물론 거침없이 읽히는 책이다. 그러나 진짜 양
> 서는 읽다가 지꾸 덮이는 책이다. 한두 구절이 우리에게 많
> 은 생각을 주기 때문이다. 그 구절들을 통해서 나 자신을 읽
> 을 수 있기 때문이다. 이렇듯 양서란 거울 같은 것이어야 한
> 다. 그래서 그 한 권의 책이 때로는 번쩍 내 눈을 뜨게 하고,
> 안이해지려는 내 일상을 깨우쳐준다. 그와 같은 책은 지식이
> 나 문자로 쓰인 게 아니라, 우주의 입김 같은 것에 의해 쓰였
> 을 것 같다. 그런 책을 읽을 때 우리는 좋은 친구를 만나 즐
> 거울 때처럼 시간 밖에서 온전히 쉴 수가 있다.

① 가을에 책을 많이 읽자
② 내가 양서를 읽는 이유
③ 양서가 될 수 있는 기준
④ 좋은 책과 양서와의 차이

<説明>
文章的主旨在第二句話。읽다가 자꾸만 덮어지는 그런 책即양서。後面都是説明
想讀良書（好書）的理由。因此正確答案是②。

答案：②

5. 다음 글의 주제로 가장 알맞은 것을 고르십시오.

> 말이 많으면 쓸 말이 별로 없다는 것이 우리들의 경험이다. 하루하루 나 자신의 입에서 토해지는 말을 홀로 있는 시간에 달아보면 대부분 하잘것없는 소음인 것이다. 사람이 해야 할 말이란 꼭 필요한 말이거나 참말이어야 할 텐데 불필요한 말과 거짓말이 태반인 것을 보면 우울하다. 시시한 말을 하고 나면 내 안에 있는 빛이 조금씩 새어 나가버리는 것 같아 말끝이 늘 허전해진다.

① 말만 잘하면 어려운 일이나 불가능한 일도 해결된다.
② 마땅히 할 말은 해야 속이 시원하다.
③ 말이 많으면 오히려 효과가 적다.
④ 말 한 마디 한 마디가 중요하다.

<說明>
文章的主題句是第一句話，屬於頭括式。選項①與俗語中的말 한마디에 천 냥 빚도 갚는다意思相同。選項②與俗語中的말은 해야 맛이고 고기는 씹어야 맛이다意思相同。選項③與俗語中的말이 많으면 쓸 말이 적다意思相同。選項④與俗語中的말 한마디에 천금이 오르내린다意思相同。因此正確答案是③。

答案：③

6. 다음 글의 제목으로 가장 알맞은 것을 고르십시오.

> 인간의 역사는 어떻게 보면 소유사처럼 느껴진다. 보다 많은 자기네 몫을 위해 끊임없이 싸우고 있는 것 같다. 소유욕에는 한정도 없고 휴일도 없다. 그저 하나라도 더 많이 갖고자 하는 일념으로 출렁거리고 있는 것이다. 물건만으로는 성에 차질 않아 사람까지 소유하려 든다. 그 사람이 제 뜻대로 되지 않을 경우는 끔찍한 비극도 불사하면서, 제 정신도 갖지 못한 처지에 남을 가지려 하는 것이다.

① 정신적인 탐욕과 물질적인 탐욕
② 탐욕만으로 소유할 수 없는 것
③ 탐욕을 그칠 줄 모르는 인간
④ 소유욕과 인간의 역사

 <說明>

文章中沒有出現主題句。從文章的整體意義上得出主題，正確答案是選項③。

答案：③

7. 다음 글의 주제로 가장 알맞은 것을 고르십시오.

> 1970년대 후반기에 그 때 내가 강의하던 학교의 식품가공
> 학과 교수 한 분이 서울의 어느 대학에 박사학위논문을 내었
> 다. 지도교수가 그 논문을 보고서 하는 말이 "자네 논문은 한
> 자가 많다. 누가 번역해 주지도 않을 것이고 하니 국문과에
> 가서 말을 좀 다듬어 보라"더라는 것이다. 그래서 나에게 가
> 지고 왔는데 보니, 우리 간장의 맛 분석에 관한 것이었다. 甘
> 味, 鹽味, 苦味 따위의 말도 있어서 그는 이를 감미, 염미, 고
> 미 등으로 고치자니 이상하다는 것이다. 내가 단 맛, 짠 맛,
> 쓴 맛으로 고치면 다 해결될 것이 아니냐고 했더니, 그의 말
> 이 가관이었다. "어찌 일반인이 쓰는 말을 논문에 써서 학문
> 의 품격을 떨어뜨리려느냐?"고 하면서 내가 나쁜 마음을 지
> 닌 듯이 감정적으로 대드는 것이었다. 그 얼굴을 보고서 내
> 마음이 매우 착잡했었다.

① 한국어로 번역이 불가능한 한자어가 많다.
② 박사학위논문에는 격식을 갖춘 한자어를 써야 한다.
③ 쉬운 말을 쓴다고 학문의 격이 떨어지는 건 아니다.
④ 한국어로 이상하게 번역할 바엔 한자어를 쓰는 게 낫다.

85

8. 다음 글의 제목으로 가장 알맞은 것을 고르십시오.

> 자기가 아끼던 물건을 도둑맞았거나 잃어버렸을 때 그는 괴로워한다. 소유관념이란 게 얼마나 지독한 집착인가를 비로소 체험하는 것이다. 그래서 대개의 사람들은 물건을 잃으면 마음까지 잃는 이중의 손해를 치르게 된다. 이런 경우 집착의 얽힘에서 벗어나 한 생각 돌이키는 회심의 작업은 정신 위생상 마땅히 있음직한 일이다.
>
> 따지고 보면, 본질적으로 내 소유란 있을 수 없다. 내가 태어날 때부터 가지고 온 물건이 아닌 바에야 내 것이란 없다. 어떤 인연으로 해서 내게 왔다가 그 인연이 다하면 가버리는 것이다. 더 극단적으로 말한다면, 나의 실체도 없는데 그 밖에 내 소유가 어디 있겠는가. 그저 한동안 내가 맡아 있을 뿐이다.

① 나의 것이란 원래부터 없다.
② 소유한 것이 많으면 좋지 않다.
③ 물건을 잃어버리면 누구나 괴로워한다.
④ 물건을 잃어버리면 손해가 이중으로 난다.

9. 다음 글의 주제로 가장 알맞은 것을 고르십시오.

> 죽음이 우리를 슬프게 하는 것은 영원한 이별이기에 앞서, 단 하나뿐인 목숨을 여의는 일이기 때문이다. 그러니까 생명은 그 자체가 존귀한 목적인 것이다. 따라서 생명을 수단으로 다룰 때 그것은 돌이킬 수 없는 악이다. 그 어떠한 대의 명분에서 일지라도 전쟁이 용서 못할 악인 것은 하나뿐인 목숨을 서로가 아무런 가책도 없이 마구 죽이고 있기 때문이다.
>
> 살아남은 사람들끼리는 더욱 아끼고 보살펴야 할 것이다. 언제 어디서 어떻게 자기 차례를 맞이할지 모를 인생이 아닌가. 살아남은 자인 우리는 채 못 살고 가 버린 이웃들의 몫까지도 대신 살아주어야 할 것 같다. 그러니까 나의 현 존재가 남은 자로서의 구실을 하고 있느냐가 항시 조명되어야 한다는 말이다.

① 지금은 살아 있지만 언제 죽을지 모르는 게 인생이다.
② 아무런 가책 없이 마구 죽이는 전쟁은 없어야 한다.
③ 생명은 귀하므로 제 역할을 다하며 살아야 한다.
④ 누구나 죽음 앞에서 슬퍼하지 않을 수는 없다.

 <說明>
　　第一段的主題句是생명은 그 자체가 존귀한 목적인 것이다，第二段的主題句是나의 현 존재가 남은 자로서의 구실을 하고 있느냐가 항시 조명되어야 한다。將這兩個主題句合為一體即選項③。

答案：③

10. 다음 글의 제목으로 가장 알맞은 것을 고르십시오.

> 　　우리의 경우는 글자의 제작이 500여 년 전으로 일본과 몽고와 중국 만주에 뒤떨어져 있고, 문학과 역사의 기록도 역시 그러하다. 고유의 종교 경전이 없음은 물론, 외국의 종교도 그 경전의 한글로의 번역은 극히 최근의 일인 바, 불교와 기독교를 놓고 볼 때 종교 신자의 해당 종교의 교리에 대한 이해도는 그 경전 번역의 순서와 완성도에 비례하는 것이 아닌가 생각될 정도이다. 온 겨레가 대중가요를 즐겨 가요무대라는 프로그램이 교포가 있는 외국의 곳곳마다 불티나게 팔린다고 하는데, 고유의 종교가 없는 곳에 이것이 겨레의 경전 구실을 하는 것이 아닌가 여겨지기도 한다.

① 문자 역사와 경전 번역 완성도의 비례
② 불티나게 팔린 가요무대 프로그램
③ 짧은 문자 역사를 가진 우리
④ 종교 신자와 해당 종교의 교리

<說明>

屬於頭括式。第一句話即為主題句。其他內容都是對第一句話，即文字的歷史短所造成的影響或結果的敘述。正確答案是③。

答案：③

第 5 課
插入段落

1 提示句

다음 글에서 <보기>의 문장이 들어가기에 가장 알맞은 곳을 고르십시오.
다음 글에서 <보기>의 문장을 넣을 수 있는 곳을 고르십시오.

2 出題類型介紹

遇到這種類型的題目時，首先要讀一下選項中所給的內容。然後將選項與文章進行對照，找出適當的位置插入選項所給的句子。讀文章時要注意掌握文脈，尤其要注意連接詞。另一方面，在文章或選項中，如果有指示代名詞的話，一定要弄清楚其具體指代。

3 考題解析

다음 글에서 <보기>의 문장이 들어가기에 가장 알맞은 곳을 고르십시오. <16회 고급 기출문제>

> 학부제는 전공 선택의 다양화와 학과 간 경쟁을 통한 발전이라는 장점 때문에 도입되었다. (㉠) 그러나 학부제는 도입 취지와는 달리 특정 전공으로의 편중 현상을 불러일으켰다. (㉡) 반면에 취업과는 거리가 있는 순수 학문을 연구하는 분야는 학생 수의 급감으로 존립 자체에 위협을 받게 되었다. (㉢) 최근에는 이러한 문제 해결의 방편으로

학과제로의 재전환을 검토하고 있는 대학이 점차

증가하고 있다. (ㄹ)

<보 기>

취업에 유리한 몇몇 전공에만 학생들이 몰린 것

이다.

① ㄱ　　② ㄴ　　③ ㄷ　　④ ㄹ

答案：②

<說明>

例句是關於文章中特정 전공으로의 편중 현상的內容。即對特정 전공으로의 편중 현상的補充説明。而且ㄴ後的반면에決定了把例句放在ㄴ處最為恰當。

다음 글에서 <보기>의 문장을 넣을 수 있는 곳을 고르십시오. <10회 고급 기출 문제>

　　10년 동안 정성껏 키우던 난을 쓰레기통에 버린 적이 있다. (ㄱ) 제때에 물을 주고 아무리 정성을 기울여도 꽃 한 번 피우지 않는 게 너무나 밉고 야속했기 때문이다. (ㄴ) 어쩌면 나는 꽃을 피우지 않는 난을 실패한 삶을 산다고 생각되는 나 자신과 동일시했는지도 모른다. (ㄷ) 그러나 나는 곧 깨닫게 되었다. (ㄹ) 비록 눈에 보이는 꽃은 피우지 않았지만 건강한 생명력을 지니고 있

는 것만으로도 난은 성공한 삶을 살고 있었던

것이다.

<보 기>

10년 동안 죽지 않고 내 곁에 살아 있었다는 그

자체가 바로 한 송이 꽃을 피운 것과 다름없는 것

이었다.

① ㄱ　　② ㄴ　　③ ㄷ　　④ ㄹ

答案：④

 <說明>

例句是關於나는 곧 깨닫게 되었다的具體內容。因此將其放在ㄹ處最為恰當。

4　考題深度分析

다음 글에서 <보기>의 문장이 들어가기에 가장 알맞은 곳을 고르십시오. <14회 고급 기출문제>

한국의 전통 무예인 태껸은 몸의 좌우를 균등

하게 사용하도록 해 준다. (ㄱ) 관절에 무리를

주지 않고 곡선을 그리며 유연하게 움직이는 태

껸의 동작은 한국인의 몸에 잘 어울린다. (ㄴ)

또한 태껸은 공격할 때 발바닥이나 발등을 주로

사용하고 상대를 넘어뜨릴 때도 목을 받쳐 다

치지 않게 한다. (ⓒ) 서로 겨루면서 힘을 기르

고 즐기는 것이지 공격적이지는 않다는 점에서

태껸에는 한국 민족 특유의 정서가 서려 있다.

(ⓔ)

<보 기>

　이는 한국인의 입맛에 맞는 김치나 된장찌개

같은 운동인 것이다.

① ㉠　　② ㉡　　③ ㉢　　④ ㉣

答案：②

 <說明>

例句中的이는是指跆拳。由於是對ⓛ前面的태껸의 동작은 한국인의 몸에 잘 어울린다的補充說明，把태껸比喻為김치찌개와 된장찌개。因此例句放在ⓛ處最為恰當。

【參考】 跆拳道和跤拳——人們普遍認為韓國的傳統武藝是跆拳道，這是不正確的。跆拳道是在韓國固有的傳統武藝的基礎上形成的一種運動。但跤拳是韓國固有的傳統武藝之一，是一種運用柔軟的動作、瞬間用手或腳的動作來牽制對方的防身術。目前，跤拳已被指定為韓國重要的無形文化遺產第76號。

詞彙：

무예－武藝 相似詞 무술
균등－均等 相反詞 차등
관절－關節
유연하다－柔軟 相似詞 부드럽다/연하다
겨루다－較量、互鬥、交鋒 相似詞 대결하다

練習題－아래 문장의 (　　)속에 알맞은 단어를 보기에서 골라 넣으시오.

보기：무예/균등/관절/유연하다/겨루게

1. 누구에게나 (　　)한 교육 기회를 주어야 한다.

2. 왼쪽 무릎 (　　)에 염증이 생겨 쑤신다.
3. 산악 지대에 살던 사람들은 사냥을 좋아하고, (　　)를 숭상하였다.
4. 올림픽에서 세계 각국의 선수들은 기량을 (　　) 된다.
5. 평소에 운동을 자주하면 몸도 (　　) 마음도 즐거워진다.

答案 : 1. 균등　　2. 관절　　3. 무예　　4. 겨루게　　5. 유연해지고

文法 : 類似的表現－서려 있다/배어 있다/묻어 있다/띠고 있다/나타나 있다
태견에는 한국 민족 특유의 정서가 서려 있다.
=태견에는 한국 민족 특유의 정서가 깃들어 있다.
=태견에는 한국 민족 특유의 정서가 배어 있다.
=태견에는 한국 민족 특유의 정서가 묻어 있다.
=태견에는 한국 민족 특유의 정서가 나타나 있다.
=태견에는 한국 민족 특유의 정서를 띠고 있다.

相關問題 : 본문의 한국 민족 특유의 정서는 본문에서 무엇을 가리킵니까?
① 김치찌개와 된장찌개를 좋아하는 정서
② 전통 무예 태견을 사랑하는 정서
③ 태견의 동작을 좋아하는 정서
④ 평화를 사랑하는 정서

答案 : ④

다음 글에서 <보기>의 문장이 들어가기에 가장 알맞은 곳을 고르십시오. <15회 고급 기출문제>

지난 천 년 동안의 미술 기법 중에서 <u>최고로 꼽히는 것은</u> 무엇일까? (㉠) 미술학자들은 그 영광의 자리에 원근법을 올려놓았다. (㉡) 원근법은 가까운 것은 크게 보이고, 먼 것은 작게 보인다는 원리를 바탕으로 한다. (㉢) 이 때문에 원근법은 입체적인 자연의 모습을 평면적인 종이 위에 재현하는 가장 효과적인 방법으로 각광을 받았다. (㉣)

<보 기>

3차원 세계를 2차원의 종이 위에 재현하는 기법인 것이다.

①㉠　　②㉡　　③㉢　　④㉣

答案：③

 <說明>

文章中㉢後面的指示代名詞이指代的是例句中的기법。因此例句放在㉢處最為合適。

詞彙：

기법－技法、手段、技巧 相似詞 기술/수법/방법

원근법－透視畫法 相似詞 원근 화법

바탕－基礎 相似詞 밑바탕/기반/기초

재현－再現

각광－注目（脚光－直譯）相似詞 주목/주시 慣用句 각광을 받다=주목을 받다

練習題－아래 문장의 (　　)속에 알맞은 단어를 보기에서 골라 넣으시오.

보기：기법/원근법/바탕/재현/각광

1. 석유 자원의 고갈로 인해 차세대 자동차인 전기자동차가 (　　)을 받고 있다.

2. 고려청자의 비취색은 오늘날의 기술로도 (　　)이 거의 불가능에 가깝다.

3. 초등학교 4학년 미술시간 때 (　　)에 대해서 배운 기억이 난다.

4. 상감 청자는 상감법이라는 독특한 (　　)으로 만들어졌다.

5. 그는 기존 공식을 (　　)으로 삼아 새로운 이론을 내놓았다.

答案：1. 각광　　2. 재현　　3. 원근법　　4. 기법　　5. 바탕

文法：類似的表現－바탕으로 하다/두다/삼다、바탕으로 하고/두고/삼고 있다

원근법은 가까운 것은 크게, 먼 것은 작게 보이는 원리를 바탕으로 한다/둔다/삼는다.

=원근법은 가까운 것은 크게, 먼 것은 작게 보이는 원리를 바탕으로 하고/두고/삼고 있다.

=원근법은 가까운 것은 크게, 먼 것은 작게 보이는 원리에 바탕을 둔다/삼는다. 한다(✕)

=원근법은 가까운 것은 크게, 먼 것은 작게 보이는 원리에 바탕을 하고/두고/삼고 있다.

相關問題: 밑줄 친 부분과 같은 뜻을 고르십시오.

① 최고로 셈하여 주는 것은

② 최고로 만들어 주는 것은

③ 최고로 돌봐 주는 것은

④ 최고로 쳐 주는 것은

答案：④

다음 글에서 <보기>의 문장이 들어가기에 가장 알맞은 곳을 고르십시오. <13회 고급 기출문제>

> 　　암은 인류의 역사만큼이나 오래된 질병이다.
> (㉠) 사람들은 온갖 질병들을 극복해 냈지만 <u>암</u>
> <u>은 여전히 치료하기 힘든 병으로 남아 있다.</u>
> (㉡) 그래서 많은 사람들이 지금도 암의 완전한
> 치료법을 찾기 위해 밤을 새워 연구하고 있을
> 것이다. (㉢) 암에 대한 인식을 바꿔야 한다는
> 것이다. (㉣) 실제로 암에 대한 최근의 연구는 치
> 료보다는 검사와 예방에 중점을 두고 있다.

> <보 기>
>
> 　　하지만 과학자들은 이제 우리에게 암은 정복
> 이 아니라 관리의 대상이라고 말한다.

① ㉠　　② ㉡　　③ ㉢　　④ ㉣

答案：③

<説明>

　　例句的第一個單字是連接詞하지만。因此例句要放在文章中與其意思相反的句子後面。例句的內容和文章中지금도 암의 완전한 치료법을 찾기 위해 연구하고 있을 것이다的內容相反。因此放在㉢處最恰當。

詞彙：

암－癌症 [相似詞] 악성종양

극복－克服

인식－認識 [相似詞] 의식/지각/판단

예방－預防 [相似詞] 방지/방비

중점－重點

練習題－아래 문장의 (　　)속에 알맞은 단어를 보기에서 골라 넣으시오.

보기 : 암/극복/인식/예방/중점

1. 전염병 (　　)을 위해 물은 꼭 끓여 마셨다.
2. 새로 부임한 감독은 수비보다 공격에 (　　)을 두었다.
3. 어른들은 청소년들에게 올바른 가치관에 대한 (　　)을 심어 주어야 한다.
4. 요즘은 (　　)에 걸려도 생존확률이 거의 90%에 육박한다.
5. 경제적인 낙후성 (　　) 방안을 마련해야 한다.

答案 : 1. 예방　　2. 중점　　3. 인식　　4. 암　　5. 극복

文法：助詞~만큼和依存名詞~만큼

1. 助詞~만큼－用在體言後面。表示與前文具有相同程度或限度的格助詞。 [例句] 집을 대궐 만큼 크게 지었다./나도 당신만큼은 할 수 있다.－家建得像宮殿一樣大。/我也像你一樣可以做到。

2. 依存名詞만큼－①主要用在語尾－은、－는、－을之後，表示與前文具有相當的數量或程度。 [例句] 노력한 만큼 대가를 얻다./방 안은 숨소리가 들릴 만큼 조용했다.－努力多少就能得到多少回報。/房間裡靜得聽得見呼吸聲。②主要用在語尾－은、－는、－던之後，表示後面內容的原因或根據。 [例句] 어른이 심하게 다그친 만큼 그의 행동도 달라져 있었다./까다롭게 검사하는 만큼 준비를 철저히 해야 한다.－在大人嚴厲的督促下，他的行爲也產生了變化。/因爲審查得比較嚴格，所以要準備得充分一些。

※만큼作爲助詞使用時要合寫，作爲依存名詞使用時要分寫。

相關問題：밑줄 친 부분과 뜻이 다른 것을 고르십시오.

① 암은 아직도 완치가 어려운 병이다
② 암은 아직도 치료가 불가능한 병이다
③ 암은 여전히 치료하기 까다로운 병이다
④ 암은 여전히 치료가 잘 안 되는 병이다

答案 : ②

다음 글에서 <보기>의 문장을 넣을 수 있는 곳을 고르십시오. <12회 고급 기출 문제>

사람은 태어나서 사는 동안에 기쁜 일을 여러 번 맞게 된다. (㉠) 출생, 생일, 혼인, 회갑 같은 인생의 경사에는 크건 작건 잔치를 벌인다. (㉡) 이런 경사 때에 즐겨 먹는 음식으로 떡을 빼놓을 수 없다. (㉢) 아이일 때에는 대개 백설기, 수수팥떡, 송편 등을 하고, 어른이 되어 치르는 혼인, 회갑, 진갑에는 각색편, 인절미, 절편 등을 주로 한다. (㉣)

<보 기>

그런데 경사 떡은 아이와 어른의 경우가 다르다.

① ㉠　　② ㉡　　③ ㉢　　④ ㉣

答案：③

<說明>
　　例句的開頭有連接詞그런데。因此例句的內容和前面的句子內容相反或意思轉換。文章中的경사 때에 즐겨 먹는 음식으로 떡을 빼놓을 수 없다和例句可以形成對立的關係。並且例句中關於아이와 어른의 경우的具體說明在㉢後面的아이일 때에는、어른이 되어中出現。因此例句應放在㉢處最合適。

詞彙 :
회갑－花甲 相似詞 환갑
경사－喜事 相似詞 좋은 일/기쁜 일
잔치－筵席 相似詞 파티

대개-大體上 相似詞 대부분
진갑-花甲第二年生日、進甲日

練習題-아래 문장의 (　　)속에 알맞은 단어를 보기에서 골라 넣으시오.

보기 : 회갑/경사/잔치/대개/진갑

1. 낮이 짧은 겨울엔 늦은 아침밥을 먹은 뒤 (　　) 점심 끼니를 건너뛰었다.
2. 즐거운 (　　)가 벌어지면 우리는 좋은 음식과 함께 음주가무를 즐긴다.
3. 환갑 (　　) 다 지난 노인들이 마을의 노인정에 모여 매일 장기를 두고 있었다.
4. 다음 주에 교수님의 (　　) 기념 논문집이 나올 예정이다.
5. 작년에 손자를 보더니 올해 또 손녀를 얻었으니 (　　)가 겹쳤다.

答案 : 1. 대개　　2. 잔치　　3. 진갑　　4. 회갑　　5. 경사

文法: 類似的表現
인생의 경사에는 크건 작건 잔치를 벌인다.
=인생의 경사에는 크거나 작거나 잔치를 벌인다.
=인생의 경사에는 크든 작든 잔치를 벌인다.
=인생의 경사에는 크든지 작든지 잔치를 벌인다.

相關問題 : 밑줄 친 벌인다와 같은 뜻의 동사를 본문에서 찾아 알맞은 형태로 바꿔 쓰십시오.

(　　　　　　　　　　　)

答案 : 치른다 (잔치를 벌인다=잔치를 치른다)

다음 글에서 <보기>의 문장을 넣을 수 있는 곳을 고르십시오. <11회 고급 기출문제>

어린 시절에 접하는 자연이야말로 끊임없이 자극을 주는 주된 원천이며 감각을 충분히 사용하지 않을 수 없는 장소다. (㉠) 어린이는 만지고, 듣고, 보고, 냄새 맡고, 심지어 먹기도 하는 등 자연에 온 신경을 집중하게 된다. (㉡) 이와

같은 풍부한 경험들은 두뇌에 복잡한 구조를 만들어 다양한 사고를 할 수 있게 한다. (ⓒ) 밖에서 놀 시간과 공간이 줄어들면서 어린이들은 힘들이지 않고도 많은 것을 배울 수 있는 살아 있는 교육 현장인 자연을 잃을 위험에 <u>처해 있다</u>. (ⓔ)

<보 기>

그렇지만 교육 현장에서는 어린이들이 가장 좋아하고 교육면에서도 매우 중요한 경험이 되는 쉬는 시간을 단축하는 일이 흔하다.

① ㉠　　② ㉡　　③ ㉢　　④ ㉣

答案：③

<說明>

　　例句的第一個詞是그렇지만。因此只要在文章中找出和例句內容相反的句子即可。例句的主題是시간을 단축하는 일이 흔하다，而文章從開始到ㄷ的前面部分包含了與之不同的內容。文章ㄷ後面的部分中놀 시간과 공간이 줄어들면서是和例句的쉬는 시간을 단축하는 일이 흔해서相同的意思。由此可知例句應該放在ㄷ處。

詞彙：

접하다—交往 相似詞 만나다

원천—源泉 相似詞 근원/밑바탕/근본

집중—集中 相反詞 분산

처하다—處於

단축—縮短 相反詞 연장

練習題－아래 문장의 (　　)속에 알맞은 단어를 보기에서 골라 넣으시오.

보기 : 접할／원천／집중／처한／단축

1. 공사 기간의 (　　)에만 신경을 쓰다가는 부실공사가 되기 쉽다.
2. 곤경에 (　　) 사람을 도와 주는 것은 당연한 것이다.
3. 분위기가 산만해서 (　　)이 되지 않는다.
4. 요즘 그와 (　　) 기회가 전혀 없었다.
5. 내 힘의 (　　)은 다른 데 있는 게 아니라 하루 세 끼 먹는 밥에서 나온다.

答案 : 1. 단축　　2. 처한　　3. 집중　　4. 접할　　5. 원천

文法 :

~야말로／이야말로－表示強調和確認的補助詞。 例句 김 교수야말로 이 시대의 학자다。－金教授真是這個時代的學者啊。

相關問題 : 밑줄 친 처해 있다와 뜻이 다른 것을 고르십시오.
① 도사리고 있다
② 당면해 있다
③ 빠져 있다
④ 닥쳐 있다

答案 : ①

5　考題綜合練習

1. 다음 글에서 <보기>의 문장을 넣을 수 있는 곳을 고르십시오. <11회 고급 기출문제>

> 뒤돌아보는 능력은 사람에게만 주어진 능력이라고 한다. (㉠) 우리가 간혹 가던 걸음을 멈추고 뒤를 돌아보는 것은 못 다 이룬 일에 대한 반성과 후회 때문이 아닐까. (㉡) 특히 자녀에게는 이러한 조언이 꼭 필요하다. (㉢) 못 다한 일에 대해 미련을 갖기보다는 앞으로 나아가는 일이 더 중요하기 때문이다. (㉣)

<보 기>

　　하지만 때때로 우리는 뒤돌아보지 마라고 이야기해야 할 때가 있다.

① ㉠　　② ㉡　　③ ㉢　　④ ㉣

<說明>
例句以連詞하지만開頭。文章中㉡前面的內容是和例句相反的內容。並且㉡後的含有指示代名詞的이러한 조언就指代了例句，正確答案是②。

答案：②

2. 다음 글에서 <보기>의 문장이 들어가기에 가장 알맞은 곳을 고르십시오.
　 <13회 고급 기출문제>

　　뻐꾸기는 다른 새의 둥지에 몰래 알을 낳아 새끼를 기르는 동물로 유명하다. (㉠) 그런데 최근 뻐꾸기가 다른 새를 이용하는 것처럼 개미를 이용해 새끼를 기르는 나비가 있는 것으로 밝혀졌다. (㉡) 유럽에 주로 사는 이 나비는 습지에서 자라는 풀 위에 알을 낳는다. (㉢) 그러면 습지를 돌아다니던 개미가 나비 알을 자신의 알로 착각하고 집으로 가져가 키운다. (㉣) 뻐꾸기가 다른 새의 알 색깔과 무늬를 모방했다면 나비는 개미의 알 냄새를 모방한 셈이다.

<보 기>

　　개미는 자신의 알을 냄새로 알아보는데 개미 알과 나비 알의 냄새가 비슷하기 때문이다.

① ㉠　　② ㉡　　③ ㉢　　④ ㉣

<說明>
例句的最後提到냄새가 비슷하기 때문이다。因此例句是文章中某句話的原因。例句是㉣前面句子的原因和理由。因此例句放入㉣處最為合適。

答案：④

3. 다음 글에서 <보기>의 문장이 들어가기에 가장 알맞은 곳을 고르십시오.
   <14회 고급 기출문제>

플라스틱 하면 먼저 떠오르는 이미지는 싸구려, 일회용, 생활 용품 등이다. (㉠) 실제로 한국에 처음 나온 플라스틱 제품은 비눗갑, 칫솔 등 비싸지 않은 일상 용품이었다. (㉡) 그러나 플라스틱이 미국에서 처음 등장했을 때는 그 아름다운 색깔 덕분에 목재의 자리를 급속하게 대체해나갔다. (㉢) 이후 플라스틱의 기능과 쓰임새는 점점 다양해졌고 최근에는 최첨단 분야에서도 활용되면서 전성기를 맞고 있다. (㉣)

<보 기>

플라스틱의 고급스러운 느낌이 20세기 초에 보급된 전기 제품과 잘 맞았기 때문이다.

① ㉠　　② ㉡　　③ ㉢　　④ ㉣

<說明>
例句的末尾提到전기 제품과 잘 맞았기 때문이다。因此例句是文章中某句話的原因。例句是㉢前面句子的原因和理由。因此例句放入㉢處最為合適。

答案：③

4. 다음 글에서 <보기>의 문장이 들어가기에 가장 알맞은 곳을 고르십시오.
<15회 고급 기출문제>

> 찻잔은 무엇인가를 담는 그릇의 일종이지만 그릇 이상의 의미를 지닌다. (㉠) 일반적으로 그릇에는 생존에 필요한 음식을 담고 잔에는 주로 차를 따라 마신다. (㉡) 실용성이나 필요와는 무관한 것이기에 미와 멋을 추구하는 정신적인 속성을 지닌다. (㉢) 그래서 잔에 담기는 것에는 마시다보다 즐기다는 말이 더 살 어울린다. (㉣)

> <보 기>
>
> 차는 생존에 영향을 미치는 먹을거리와는 거리가 멀다.

① ㉠　　② ㉡　　③ ㉢　　④ ㉣

 <說明>
例句中既沒有指示代名詞也沒有連詞，只能透過掌握文章脈絡來找出答案。㉡前面敘述了 그릇和잔的用途，並且在 생존에 필요한 음식을 담고中，確定了음식的性質。後文的잔에는 주로 차를 따라 마신다中，雖然提到了차(茶)，但並沒有確定茶的性質。例句中下了有關차(茶)性質的定義。因此例句應放在㉡處。

答案：②

5. 다음 글에서 <보기>의 문장을 넣을 수 있는 곳을 고르십시오. <12회 고급 기출문제>

> 바로크 시대의 상류 귀족들은 곧잘 불면증에 걸렸다. (㉠) 불면증에 걸린 카이저링크 백작은 약 대신 음악을 이용해 불면증을 치료할 수 있을 거라고 생각했다. (㉡) 작곡은 빠른 시간 안에 끝났다. (㉢) 궁정 음악가로서 공무에 바쁜 바흐는 이 곡에 너무 많은 시간을 쏟고 싶어하지 않았기 때문이

었다. (㉣) 이렇게 작곡된 곡이 음악사를 통틀어 가장 뛰어난 변주곡으로 손꼽히는 <골트베르크 변주곡>이다.

<보 기>

이에 그는 작곡가 바흐에게 잠이 잘 들게 하는 곡을 만들어 달라고 부탁했다.

① ㉠　　② ㉡　　③ ㉢　　④ ㉣

<說明>
弄清楚例句中含有的指示代名詞이에的具體指代就可解題。因為例句要放在이에所具體指代的內容後面。在這裡이에指代文章中的약 대신 음악을 이용해 불면증을 치료할 수 있을 거라고 생각。因此例句應放在㉡處。

答案：②

6. 다음 글에서 <보기>의 문장을 넣을 수 있는 곳을 고르십시오. <7회 6급 기출문제>

　　우리 사회에서는 맞벌이 부부의 비율이 늘었음에도 여전히 여성의 가사부담은 크다고 한다. (㉠) 아직 유교적 관념이 많이 남아 있는 탓일 것이다. (㉡) 하지만 우리 여성의 지위가 남성에 비해 낮고, 사회적 역할이 가정에만 머문다면 이는 국가적으로 큰 손실이다. (㉢) 여성들이 사회로 진출할 수 있는 길을 내어 주고 경제적 독립을 통한 평등을 이룰 수 있도록 해야 한다. (㉣)

<보 기>

　이를 위해 정책적으로 여성의 취업 기회를 확대해 나가는 것이 바람직하다.

① ㉠　　② ㉡　　③ ㉢　　④ ㉣

<說明>
弄清楚例句이를 위해的具體指代就可解題了。因為例句要放在이를 위해所具體指代的內容後面。在這裡이를 위해指代文章中的여성들이 사회로 진출할 수 있는 길을 내어 주고 경제적 독립을 통한 평등을 이룰 수 있도록 해야 한다。因此例句應放在㉣處。

答案：④

7. 다음 글에서 <보기>의 문장이 들어가기에 가장 알맞은 곳을 고르십시오. <16회 고급 기출문제>

　현대인들은 소통이 되지 않아서 답답하고 외롭다고 한다. (㉠) 수신자가 응답하지 않으면 전화와 문자도 의미 없는 신호가 되어 사라진다. (㉡) 의미 없는 신호는 수신자의 응답이라는 소통의 옷을 입을 때에 비로소 생명을 얻는다. (㉢) 차가웠던 전자 신호는 따뜻한 이야기가 되어 수신자와 발신자 모두를 행복하게 한다. (㉣)

<보 기>

　이동 전화에 쉴 새 없이 전화와 문자들이 쏟아지는데도 말이다.

① ㉠　　② ㉡　　③ ㉢　　④ ㉣

<說明>

文中既沒有指示代名詞也沒有連詞，只能透過掌握文章脈絡找出答案。首先清楚電話和文字們が쏟아지는데도 말이다的準確意思。~는데도 말이다主要表示強調讓步的程度，用在即使某種物品充足、環境不壞也不滿足的情況。因此將例句放入㉠處，正好符合這種句型。正確答案是①。

答案：①

8. 다음 글에서 <보기>의 문장을 넣을 수 있는 곳을 고르십시오. <8회 6급 기출문제>

> 에너지 전문가들은 앞으로 40~50년 후에는 에너지 자원이 고갈될 것이라고 경고한다. (㉠) 1970년대 이후 많은 과학자들은 석탄이나 석유 등을 대체할 새로운 에너지원을 찾는 연구에 몰두해 왔다. (㉡) 그러나 30년이 지난 현재까지도 아직 이렇다 할 대규모 대체 에너지를 찾지 못한 실정이다. (㉢) 즉, 태양 에너지를 비롯하여 풍력.지열.조력.수소 에너지 등을 사용하여 지역 규모의 발전 시설을 가동하는 것이다. (㉣) 이 중 태양 에너지와 풍력 에너지는 이미 실용화 되고 있다.

<보 기>

> 그래서 과학자들이 생각해 낸 것이 지역별로 필요한 양을 공급할 수 있는 소규모 에너지원이다.

① ㉠　　② ㉡　　③ ㉢　　④ ㉣

<說明>

例句中有連詞그래서。找出可以成為例句原因的句子就可解題。文章中的대규모 대체 에너지를 찾지 못한 실정是소규모 에너지원的原因。因此例句應放在㉢處。

答案：③

9. 다음 글에서 <보기>의 문장을 넣을 수 있는 곳을 고르십시오. <11회 고급 기출문제>

> 오늘날 의대생들은 그 수가 워낙 많다 보니 충분한 실습 기회를 갖기 어렵다. (㉠) 로봇 모형 인간과 비디오 게임 등을 활용한 실습 과정을 운영하는 병원은 전 세계에 300여 개가 있다. (㉡) 이곳에서 의대생들은 로봇 산모의 아기 출산을 돕기도 하고 모형 아기 팔에 주사를 놓기도 한다. (㉢) 또한 당뇨나 심장 질환 같은 질병을 앓고 있는 로봇 환자를 수술하기도 한다. (㉣)모든 로봇에는 인공장기가 내장되어 있으며 인공 혈액이 흐르고 호흡장치까지 달려 있다.

> <보 기>
>
> 이에 로봇을 이용한 실습이 해결책으로 등장하고 있다.

① ㉠　　② ㉡　　③ ㉢　　④ ㉣

<說明>
弄清楚例句中含有的指示代名詞이에的具體指代就可解題。因為例句要放在이에所具體指代的內容後面。在這裡이에指代文章中的충분한 실습 기회를 갖기 어렵다。因此例句應放在㉠處。

答案 : ①

10. 다음 글에서 <보기>의 문장을 넣을 수 있는 곳을 고르십시오. <10회 고급 기출문제>

> (㉠) 아이가 있는 집은 누구나 한 대쯤 갖고 싶어하는 것이 피아노다. (㉡) 하지만 누구나 갖고 싶어하는 피아노라 할지라도 한 집에 두 대의 피아노가 있는 경우는 극히 드물다. (㉢) 이런 피아노 산업의 특성으로 말미암아 전 세계적으

107

로 판매될 수 있는 피아노는 5,000만 대를 넘기기가 힘들다.

(ㄹ)

<보 기>

오래되어도 교체하거나 버리기보다는 물려주기도 하고,

중고시장에서 거래를 해도 제값을 받을 수 있는 것이 피아노

의 특징이다.

　① ㄱ　　② ㄴ　　③ ㄷ　　④ ㄹ

 <說明>

例句中的특징和文章中的특성是相同的意思。因此文章中的이런 피아노 산업의 특
성指的就是例句。所以例句應放在ㄷ處。

答案：③

6　模擬練習

1. 다음 글에서 <보기>의 문장이 들어가기에 가장 알맞은 곳을 고르십시오.

　(ㄱ) 한 사람이 인터넷에 글을 올리면 이에 동조하는 네티

즌이 댓글을 올리고, 관련 내용을 퍼서 개인미디어와 카페,

포털 뉴스에 전파한다. (ㄴ) e－메일이나 메신저를 통해 의견

을 나누고 분노를 토로하는 네티즌도 많은 것으로 파악됐다.

(ㄷ) 이런 부류의 네티즌들은 본인과 친한 친구들 또는 인터

넷으로 알게 된 친구라도 믿을 수 있는 친구라고 판단이 되

어야 자기 생각을 말하는 경우이다. (ㄹ)

<보 기>

　이런 활동에는 주로 익명의 네티즌이 여론 형성에 앞장서고 있다.

① ㉠　　② ㉡　　③ ㉢　　④ ㉣

<說明>

文章將網友分為兩種類型。第一種即例句所說的 익명의 네티즌。第二種即文章末尾提到的網友。文章的構成很簡單。㉠網友在開放的網路上進行活動。㉡在網路上進行活動的網友的性質（概念)。㉢不在開放的網路上而是在只有少數人共有的網路上網友進行的活動。㉣在少數人共有的網路上活動的網友的性質（概念）。根據文章的脈絡，例句應放在㉡處。

【參考】네티즌 (Netizen)= 누리꾼－是 net 和 citizen 的合成詞。

댓글－在告示的下方留下的簡短的文章。也叫덧글 코멘트 (comment) 리플 (reply)。

答案：②

2. 다음 글에서 <보기>의 문장을 넣을 수 있는 곳을 고르십시오.

　벼룩들을 병 속에 넣으면 벼룩들은 뛴다. (㉠) 그 병의 뚜껑을 닫으면 벼룩들은 뛰어오르면서 병뚜껑에 부딪칠 정도로 세게 뛴다는 것을 관찰할 수 있다. (㉡) 벼룩들은 계속 뛸 것이고, 계속 뚜껑에 부딪힐 것이다. (㉢) 그리고 한참 후에 뚜껑을 열면 병뚜껑까지 부딪혔던 벼룩들이 병 밖으로 뛰어나오지 못한다는 사실을 발견할 것이다. (㉣)

<보 기>

　벼룩은 병뚜껑 높이 이상으로는 더 이상 뛰지 않으려 하기 때문이다.

① ㉠　　② ㉡　　③ ㉢　　④ ㉣

<說明>

例句的末尾部分有~ 때문이다。因此這個句子應該是某個句子的理由。文章的最後一句話병 밖으로 뛰어나오지 못한다는 사실을 발견就是例句的結果。因此例句應該放在㉣處。

答案：④

3. 다음 글에서 <보기>의 문장이 들어가기에 가장 알맞은 곳을 고르십시오.

소수는 할 말이 있어도 하소연 할 곳이 없었다. 방송 그들 편이 아니었다. (㉠) 다양한 미디어가 등장했고, 비록 소규모일지라도 개인 홈페이지를 비롯한 여러 웹사이트와 게시판을 통해 많은 이들에게 소수의 의견을 전달할 수 있었다. (㉡) 고발 매체로서의 인터넷은 은폐되어 있었던 사회의 곪은 부위를 만천하에 드러냈다. (㉢) 인터넷은 민주주의의 이상이 현실에 적용될 때 발생하는 여러 부작용 중 하나를 극복할 수 있는 대안적 공간이 되었다. (㉣)

<보 기>

인터넷의 등장은 이들에게 하나의 가능성이며 희망이었다.

① ㉠　　② ㉡　　③ ㉢　　④ ㉣

<說明>

例句中提到인터넷是弱勢團體的希望，可以表達自己的意見，後面在㉠處即詳細列舉了不同的網路媒體，因此，正確答案是①。

答案：①

4. 다음 글에서 <보기>의 문장을 넣을 수 있는 곳을 고르십시오.

> 난 무척 어릴 적부터 소꿉장난 함께 하던 남자아이가 있었다. 그 앤 연탄장사 아버지의 리어카 뒤를 밀면서도 어두운 구석 하나 없는 맑은 아이였어. (㉠) 난 그 애가 무척 좋았던가봐. 집에서 군고구마를 싸다가 그 애에게 갖다 주고 그랬거든. (㉡) 그런데 우리에게 사춘기가 찾아오고 서로 다른 고등학교에 다니면서 우리 관계는 어색하고 서먹해졌어. (㉢) 힘겹게 일하며 공부하느라 지쳐서 그랬는지 그 애의 얼굴빛이 많이 어두워졌다고 느껴졌지. (㉣)

> <보 기>
>
> 그 애는 집이 어려워서 대학도 거의 스스로 벌어서 다녀야 했어.

① ㉠　　② ㉡　　③ ㉢　　④ ㉣

<說明>
　例句是關於大學時代的內容。文章中㉢前面是有關高中時代的內容，因此例句從文章脈絡上應放在㉢處。另一方面㉢後面的句子是例句的結果，故正確答案是選項③。

答案：③

5. 다음 글에서 <보기>의 문장이 들어가기에 가장 알맞은 곳을 고르십시오.

> 얼마 전 잘못 걸려온 전화를 받은 일이 있습니다. "○○전화 아니에요?" 하고 묻기에 "아닌데요……" 하고 대답하자 바로 뚝! 하고 끊어졌습니다. (㉠) 특별히 피해를 입은 것은 아니지만 잠시 동안 기분이 불쾌했습니다. (㉡) 그에 반해서

한번은 또 이런 일이 있었습니다. 무거운 짐을 양 손에 들고 식당 문을 들어서는데 먼저 문을 열고 들어간 사람이 제가 식당 안에 들어설 때까지 문을 잡아 주었습니다. (ⓒ) 테이블에 앉아 식사를 하는 내내 기분이 좋았고 자연히 식사 후 만난 사람들과도 좀 더 밝은 표정으로 대화할 수 있었습니다. (ⓒ)

<보 기>

예의라는 것이야말로 아주 사소한 것일지라도 사람을 불쾌하게도, 유쾌하게도 만든다는 것을 실감한 일들이었습니다.

① ㉠　　② ㉡　　③ ㉢　　④ ㉣

 <說明>

例句是結論，並且文章的最後部分出現了실감한 일(불쾌한 전화를 받은 일, 식당에서 도움을 받은 일)들이었습니다，因此應放在末尾。

答案：④

6. 다음 글에서 <보기>의 문장을 넣을 수 있는 곳을 고르십시오.

눈앞에 보이는 것이 모두 옳다고 믿으시나요? (㉠) 아니면 자신의 생각이 모두 옳다고 생각하나요? (㉡) 하지만 조금만 눈을 돌리면 지금 우리가 보고 생각하는 것이 모두 진실만은 아니라는 것을 알게 될 것입니다. (㉢) 한 예로 우리 사회에서 여성의 자리는 아직도 남성보다 불평등한 면이 있지요. (㉣) 이것은 남성이 여성보다 우월하다는 판단을 진

실이라고 오래도록 믿어 왔던 우리의 고정관념에서 비롯
된 것입니다.

<보 기>

고정관념이란 많은 사람들이 자신의 판단을 진실이라고
주장하고 믿어 버리는 것에서 시작됩니다.

① ㉠　　② ㉡　　③ ㉢　　④ ㉣

<說明>
例句是對고정관념下的定義。文章的前半部分是為了說明고정관념的導入，後半部
分是舉例對고정관념的補充說明。例句應放在這兩部分中間最為恰當。

答案：③

7. 다음 글에서 <보기>의 문장이 들어가기에 가장 알맞은 곳을 고르십시오.

　　최근에 천재를 만드는 신약이 개발되었다고 한다. (㉠) 그
런데 이 새로운 약은 2종류인데 하루에 A약 1알과 B약 1알
을 동시에 먹어야 효과가 있다고 한다. (㉡) 그동안 학업 때
문에 고민이 많았던 광수는 신바람이 나서 성급하게 약을 먹
으려다가 A약 3알, B약 3알을 그만 바닥에 떨어뜨려서 섞이
고 말았다. (㉢) A약과 B약은 색깔, 형태 등이 모두 동일하여
구분이 어렵다고 합니다. (㉣) 울고 있는 광수에게 여러분이
희망의 방법을 제시해 주세요.

<보 기>

만일 동시에 먹지 않으면 바보가 된다는 부작용이 있다.

① ㉠　　② ㉡　　③ ㉢　　④ ㉣

<說明>

例句採用了만일 동시에 먹지 않으면的假設方法。因此例句應放在有關동시에 먹는 것的前面或後面。從文章的構成上來看應該放在㉡處。

答案：②

8. 다음 글에서 <보기>의 문장을 넣을 수 있는 곳을 고르십시오.

지하철에서 자신의 애완견이 바닥에 배설을 했음에도 배설물을 치우지 않고 그냥 내린 한 여성이 인터넷상에서 누리꾼들의 집중 비난을 받고 있다. (㉠) 이 이야기와 사진이 담긴 개똥녀의 몰지각한 행동이라는 제목의 글은 지난 5일부터 인터넷의 여러 커뮤니티 사이트를 통해 급속하게 확산되고 있다. (㉡) 이 글에 따르면 지하철을 타고 가던 개똥녀는 자신의 애완견이 지하철 바닥에 배설을 했음에도 불구하고 애완견만 챙겼다. (㉢) 주위 승객들이 배설물을 치워줄 것을 요구했으나 개똥녀는 배설물을 치우지 않고 오히려 승객에게 심한 욕설을 한 후 다음 역에서 내렸다고 한다. (㉣)

<보 기>

누리꾼들은 이 여성에게 개똥녀라는 이름을 붙이고 개똥녀의 얼굴이 담긴 사진을 유포시키고 있는 상황이다.

① ㉠　　② ㉡　　③ ㉢　　④ ㉣

<說明>

例句中提到이 여성，並且給이 여성取了개똥녀這樣的名字。由此可知例句是第一

次使用개똥녀這個定義。因此例句應放在文章中出現개똥녀的句子的前面。所以正確答案是①。

答案：①

9. 다음 글에서 <보기>의 문장이 들어가기에 가장 알맞은 곳을 고르십시오.

> 키가 몹시 크다는 이유로 낮은 구두만 신고 몇 십 년을 살았다. 그러다가 어느 날 문득 내가 너무 땅에만 달라붙어 있었다고 생각되어서 평소보다 2센티미터쯤 굽이 높은 구두를 사 신었다. (ㄱ) 그리고 나는 다른 세상을 보기 시작했다. (ㄴ) 늘 멍해 보이는 김 씨의 얼굴이 약간 높은 각도에서 보니 의외로 예리한 표정이더라는 것에서부터, 달라 보이는 풍경이 한두 가지가 아니었다. (ㄷ) 이렇게 눈의 높이야 당장이라도 굽갈이를 하면 높일 수 있지만 정신의 높이를 2센티미터, 아니 1센티미터 높이는 일은 결코 쉬운 게 아니다. (ㄹ)

> <보 기>
>
> 아주 조금만 하늘 가까이 갔을 뿐인데 말이다.

① ㄱ　　② ㄴ　　③ ㄷ　　④ ㄹ

<說明>

아주 조금만 하늘 가까이 갔을 뿐這句話的意思是：買了比平時高2公分的皮鞋穿，個子看起來高一點了，好像離天更近了。例句中的~인데 말이다表示某種事實（結果）的原因。因此只要找出相當於例句的結果的句子，放在這個句子的後面即可。文章中換鞋穿的結果是ㄷ前面的句子。因此例句應放在ㄷ處。

答案：③

10. 다음 글에서 <보기>의 문장을 넣을 수 있는 곳을 고르십시오.

> 세상에서 대인 관계처럼 복잡하고 미묘한 일이 또 있을까. (㉠) 까딱 잘못하면 남의 입에 오르내려야 하고, 때로는 이쪽 생각과는 엉뚱하게 다른 오해도 받아야 한다. (㉡) 이해란 정말 가능한 걸까? 사랑하는 사람들은 서로가 상대방을 이해하노라고 입술에 침을 바른다. (㉢) 그리고 그러한 순간에서 영원을 살고 싶어한다. 그러나 그 이해가 진실한 것이라면 항상 변하지 말아야할 텐데 번번이 오해의 구렁으로 떨어져 버린다. 나는 당신을 이해합니다라는 말은 누구나 할 수도 있다. (㉣)

> <보 기>
>
> 하지만, 남이 나를, 또한 내가 남을 온전히 이해할 수 있다는 말은 가능한 것인가?

① ㉠　② ㉡　③ ㉢　④ ㉣

 <說明>
　例句中有連詞하지만，因此例句應放在與例句內容相反的句子的後面。㉣前面的句子是和例句意思相反的句子。因此正確答案是④。

答案：④

第 6 課
掌握整體內容

1 提示句

다음을 읽고 내용이 같은 것을 고르십시오.
다음 기사를 읽고 내용과 일치하는 것을 고르십시오.

2 出題類型介紹

這種類型的題目是指在閱讀完文章以後，在選項中找出與文章內容一致的選項。選項可以是概括整篇文章的主題句，也可以是只針對文章中的一部分內容進行敘述的句子。

要解答這類題目，首先要確定選項的內容是否在文章中出現。然後要注意選項和文章是否是相同意思的不同表達方式。

3 考題解析

다음을 읽고 내용이 같은 것을 고르십시오. <16회 고급 기출문제>

화창한 날씨 속에 가족 나들이가 늘어나는 6월은 삼겹살의 최대 성수기이다. 그러나 올해는 경제 위기와 신종 인플루엔자 등의 영향으로 소비가 줄어 삼겹살 값이 큰 폭으로 떨어지고 있다. 삼겹살이 급겹살이란 말이 나올 정도로 비쌌던 4월과 비교해 가격이 14%나 떨어졌다. 삼겹살 값은 앞으로 1~2주간 현재 수준을 유지할 것으로 보이지만 6월말 장마가 시작되면 수요는 더욱 감소하여 가격이 더 떨어질 것으로 예상된다.

① 일반적으로 삼겹살은 4월에 가장 비싸다.
② 한동안 삼겹살 값이 오르지는 않을 것이다.
③ 삼겹살 값이 싸졌는데도 소비가 늘지 않는다.
④ 경제가 좋지 않으면 돼지고기 소비가 늘어난다.

答案：②

<說明>

由於文中提到6월은 삼겹살의 최대 성수기，因此選項①和文章不符。由於文中提到삼겹살 값은 앞으로 1~2주간 현재 수준을 유지할 것，因此選項②和文章一致。選項③是錯誤的，即不是選項中説的삼겹살 값이 싸졌는데도 소비가 늘지 않는 것，而是삼겹살 소비가 늘지 않아서 삼겹살 값이 싸진 것。這一點從文章的소비가 줄어 삼겹살 값이 큰 폭으로 떨어지고 있다這句話中可以得知。文章中沒有提到選項④的內容。

다음을 읽고 내용이 같은 것을 고르십시오. <10회 고급 기출문제>

　　요즘 각 가정에는 방마다 전화나 컴퓨터 등이 부족함 없이 갖추어져 있는 경우가 많이 있다. 그러나 이렇게 완벽하게 갖추어진 방은 가족 구성원들 간의 소통을 방해한다. 그러므로 불편하더라도 전화나 인터넷 등 외부와 소통할 수 있는 물건들은 공동의 생활공간에 하나씩만 두는 것이 좋다. 방에 전화가 없어야 전화를 하기 위해 거실로 나올 것이며 방에 컴퓨터가 없어야 인터넷을 하러 거실로 나오게 되고 그러다 보면 가족 간의 대화가 가능해질 것이다.

① 통신 수단의 발달로 가족 간의 의사소통이 원활해졌다.
② 개인 공간을 마련함으로 해서 가족 간의 갈등을 줄일 수 있다.
③ 가족 간의 의사소통을 위해 다소의 불편함을 감수해야 한다.
④ 아이들이 컴퓨터에 노출되는 시간을 제한하는 것이 바람직하다.

答案：③

 <說明>

　　文中提到이렇게 완벽하게 갖추어진 방은 가족 구성원들 간의 소통을 방해한다，因此選項①和文章不符。文中沒有提到選項②的內容。選項③相當於文章的主題句，對文章的主旨進行了概括。文中沒有提到選項④的內容。

4 考題深度分析

다음을 읽고 내용이 같은 것을 고르십시오. <14회 고급 기출문제>

> 　　최근 휴대전화 배터리 폭발 사고가 잇따르고 있다. 하지만 아직도 이를 막을 수 있는 안전 기준조차 없는 실정이다. 더욱이 정부는 이를 마련하는 데 소극적인 태도를 보이고 있다. 다행히 아직까지는 인명 피해가 없었지만, 앞으로 사고가 발생한다면 정부나 관련 기업이 책임을 피할 수 없을 것이다. 따라서 정부는 하루 속히 안전 기준을 마련해야 할 것이다.

① 휴대전화 배터리의 폭발 원인이 밝혀졌다.
② 휴대전화 배터리 폭발로 크게 다친 사람은 없다.
③ 휴대전화 배터리의 안전 기준에 개선할 점이 많다.
④ 휴대전화 배터리 문제 해결에 정부가 앞장서고 있다.

答案：②

 <說明>

　　文中沒有提到選項①的內容。由於文中提到아직까지는 인명 피해가 없었지만，因

此選項②和文章一致。選項③說안전 기준에 개선할 점이 많다，即安全 기준已經存在的意思。但是文中卻說안전 기준조차 없는 실정，因此該選項和文章不符。由於文章中有정부는 소극적인 태도를 보이고 있다這樣的內容，因此選項④和文章不符。

詞彙：

배터리(battery)－電池 相似詞 건전지

잇따르다－跟隨 相似詞 잇달다 【參考】잇딴 사고中的잇딴是錯誤的。因為잇달다和 잇따르다的冠詞形式是 잇단和 잇따른，所以잇단 사고和 잇따른 사고是正確的。

실정－實情 相似詞 실상/실태/사실

더욱이－更、更加、尤其 【參考】더우기是錯誤的。

마련－準備、置辦 相似詞 장만/준비

관련－關係、相關 相似詞 연관

練習題－아래 문장의 (　　)속에 알맞은 단어를 보기에서 골라 넣으시오.

보기：배터리/잇따른/실정/더욱이/마련/관련

1. 요즘은 휴대폰 (　　)가 좋아서 일주일에 한 번만 충전하면 된다.
2. 잔치에서는 음식 (　　)이 가장 큰 문제이다.
3. 그는 이번 사건과 밀접한 (　　)이 있는 인물이다.
4. 이 집에는 문이 하나밖에 없는 데다 (　　) 매우 좁다.
5. (　　) 범죄 사건 때문에 밤길을 다니기가 두렵다.
6. 그는 중국에서 오래 살다가 최근에 한국으로 왔기 때문에 한국 (　　)에 어둡다.

答案：1. 배터리　　2. 마련　　3. 관련　　4. 더욱이　　5. 잇따른　　6. 실정

文法：類似的表現

최근 휴대전화 배터리 폭발 사고가 잇따르고 있다.
=최근 휴대전화 배터리 폭발 사고가 줄을 잇고 있다.
=최근 휴대전화 배터리 폭발 사고가 연이어 발생하고 있다.
=최근 휴대전화 배터리 폭발 사고가 심심찮게 일어나고 있다.

相關問題：본문의 주제로 알맞은 것을 고르십시오.

① 최근 휴대전화 배터리 폭발 사고가 잇따르고 있다.
② 휴대전화 배터리에 대한 안전 기준조차 없는 실정이다.
③ 앞으로 사고가 발생한다면 정부나 기업이 책임을 피할 수 없다.
④ 정부는 속히 휴대전화 배터리에 대한 안전 기준을 마련해야 한다.

答案：④

다음을 읽고 내용이 같은 것을 고르십시오. <15회 고급 기출문제>

> 　반도체를 설계하는 과학자들의 가장 큰 목표는 최고 속도를 내는 것이었다. 하지만 속도를 높이기 위해 전류를 많이 흐르게 하면 열이 발생해 오히려 ㉠역효과가 나타난다. 따라서 열을 줄이는 설계를 가장 큰 목표로 삼고 그 다음으로 속도를 향상시키는 방법을 고민하는 발상의 전환이 일어나고 있다. 앞으로는 반도체의 열을 감소시키는 기술을 보유한 회사가 반도체 산업의 한 축을 담당하게 될 것이다.

① 속도를 높이려면 전류의 양을 줄여야 한다.
② 열의 발생이 줄어들면 반도체의 성능이 좋아진다.
③ 반도체의 열을 감소시키려면 생각의 변화가 필요하다.
④ 반도체 회사는 속도를 유지하는 것을 최우선 목표로 삼는다.

答案：②

<說明>

文中提到속도를 높이기 위해 전류를 많이 흐르게 하면，因此選項①和文章不符。文中提到열이 발생해 역효과가 나타난다、열을 줄이는 설계를 가장 큰 목표로 삼고，因此選項②和文章一致。選項③的內容在文中沒有出現。由於文章的最後一句話和열을 줄이는 설계를 가장 큰 목표로 삼고這句話，所以選項④和文章不符。

詞彙：

반도체 －半導體 相反詞 도체
전류 －電流
오히려 －反而 相似詞 도리어
향상 －提高，向上 相似詞 발전/진보
발상 －設想，想法 相似詞 착상/아이디어 (idea)
전환 －轉換
축 －軸 相似詞 중심축

練習題—아래 문장의 (　　)속에 알맞은 단어를 보기에서 골라 넣으시오.

> 보기 : 반도체/전류/오히려/향상/발상/전환한/축

1. (　　) 기술의 발달은 우리들의 생활을 더욱 편하게 만들어 준다.
2. 그런 케케묵은 (　　)은 더 이상 도움이 되지 않는다.
3. 근로 방법을 이부제에서 삼부제로 (　　) 뒤부터 생산성이 향상되었다.
4. 비굴하게 머리를 숙이느니 (　　) 죽는 게 나을 것이다.
5. 이 소설은 이루어질 수 없는 남녀 간의 사랑을 기본 (　　)으로 하여 전개된다.
6. 저 건물 철조망에는 2만 볼트의 고압 (　　)가 흐르고 있다.
7. 우리 삼촌은 평생 동안 노동자의 권익 (　　)에 노력을 기울였다.

答案 : 1. 반도체　 2. 발상　 3. 전환한　 4. 오히려　 5. 축　 6. 전류　 7. 향상

文法: 類似的表現

반도체 첨단 기술을 보유한 회사가 국가 산업의 한 축을 담당하게 될 것이다.
=반도체 첨단 기술을 보유한 회사가 국가 산업의 한 뼈대를 이루게 될 것이다.
=반도체 첨단 기술을 보유한 회사가 국가 산업의 중요한 역할을 하게 될 것이다.
=반도체 첨단 기술을 보유한 회사가 국가 산업의 리더 중 하나가 될 것이다.

相關問題: 밑줄 친 ㉠부분과 같은 뜻을 고르십시오.
① 최고 속도가 나는 효과
② 최저 속도가 나는 효과
③ 속도가 떨어지는 효과
④ 속도가 빨라지는 효과

答案 : ③

다음 기사를 읽고 내용과 일치하는 것을 고르십시오. <7회 5급 기출문제>

> 훈련이나 운동 등 지구력을 요하는 활동을 할 때 너무 많은 수분을 섭취하면 뇌장애로 인해 사망할 수도 있다고 영국 의학지가 보도했다. 이 질환에는 군인이나 여성 운동 선수들이 가장 취약한 집단이며 지금까지 이로 인해 최소한 일곱 명이 사망했다고 한다. 이 질환은 마라톤에

참가한 한 여성이 (㉠) 숨진 사건으로 인해 의학
계의 주목을 끌기 시작했다.

① 마라톤을 할 때 스포츠 음료를 마시면 안 된다.
② 여성 운동 선수들은 비교적 이 질환에 적응을 잘 하는 편이다.
③ 지금까지 사망자는 일곱 명뿐이지만 앞으로 더 많아질 전망이다.
④ 긴 시간 운동을 할 경우 너무 많은 물을 마시면 죽을 수도 있다.

答案：④

 <說明>
選項①應該要說的是스포츠 음료를 많이 마시면 안 된다而不是스포츠 음료를 마시면 안 된다。因此該選項和文章不符。由於文中提到이 질환에는 여성 운동선수들이 가장 취약한 집단，因此選項②和文章不符。選項③關於앞으로 더 많아질 전망的內容，文章中沒有提到。由於文中提到지구력을 요하는 활동을 할 때 너무 많은 수분을 섭취하면 사망할 수도 있다，因此選項④和文章一致。지구력을 요하는 활동=긴 시간 운동

詞彙：
지구력－耐力 相似詞 끈기/인내력/인내심
뇌장애－腦部障礙
질환－疾病、疾患 相似詞 질병
취약－脆弱 相反詞 강인
주목－注目、注視，重視 相似詞 주시/관심
끌다－吸引 相似詞 집중시키다/모으다

練習題－아래 문장의 (　　)속에 알맞은 단어를 보기에서 골라 넣으시오.

보기：지구력/뇌장애/질환/취약/주목/끄는

1. 할아버지는 노인성 (　　)으로 오랫동안 고생을 하시다 돌아가셨다.
2. 매일 그렇게 많은 손님을 (　　) 비결이 무엇이냐?
3. 기업들은 국내 산업 기반의 (　　)으로 국제 경쟁력을 상실했다.
4. 갑작스럽게 (　　)가 일어나면 죽을 수도 있다.
5. 그의 논문은 세계 의학계의 (　　)을 받기에 충분했다.
6. 끝까지 철저하게 싸울 수 있는 투지와 (　　)이 없이는 지는 수밖에 없다.

答案：1. 질환　2. 끄는　3. 취약　4. 뇌장애　5. 주목　6. 지구력

文法：類似的表現

처음으로 월드컵에 진출한 중국 축구가 스포츠계의 주목을 끌기 시작했다.
=처음으로 월드컵에 진출한 중국 축구가 스포츠계의 주목을 받기 시작했다.
=처음으로 월드컵에 진출한 중국 축구가 스포츠계의 관심이 집중되기 시작했다.
=처음으로 월드컵에 진출한 중국 축구가 스포츠계의 관심의 대상이 되기 시작했다.

相關問題： 빈칸 ㉠에 들어갈 알맞은 것을 고르십시오.

① 염분이 있는 소량의 수분을 섭취했으나
② 많은 양의 피로회복제를 복용한 뒤
③ 다량의 스포츠 음료를 마신 뒤
④ 수분을 전혀 섭취하지 못해

答案：③

다음 글의 내용과 일치하는 것을 고르십시오. <8회 5급 기출문제>

만일 남자 아이가 집을 그린다면, 옆의 아이보다 더 크고 더 높은 건물로 짓는다. 반면 여자 아이는 대개 길고 낮은 건물을 지으며 특히 그 건물 안에 사람이 들어갈 수 있어야 함을 ㉠강조하려고 애쓴다. 남자 아이는 자기 자신을 비행기 혹은 탱크라고 생각하면서 달리고, 뛰고, 씨름한다. 이에 비해 여자 아이는 어떤 아이가 마음이 예쁘고 또 어떤 아이가 바보같이 보인다는 얘기를 한다. 유치원에 새로운 아이가 들어오면 여자 아이들은 그 아이를 환영하고 또 서로 이름을 알려고 한다.

① 여자 아이는 인간관계에 대하여 많은 관심을 갖는다.
② 여자 아이는 새로운 친구를 사귀는 것을 두려워한다.
③ 남자 아이는 사물의 외적인 면보다 내적인 면을 중시한다.
④ 남자 아이는 비행기 혹은 탱크를 가지고 노는 것을 좋아한다.

答案：①

<說明>

選項①和文章的最後一句話的內容相同。選項②和文章的最後一句話不相符。從文章的남자 아이는 자기 자신을 비행기 혹은 탱크라고 생각하면서 달리고, 뛰고, 씨름한다可以看出，選項③和④和文章不符。

詞彙：

반면－反面，另一方面　相似詞 반대로/그 반대로

애쓰다－用心，累　相似詞 힘쓰다/힘들이다/땀 흘리다/노력하다/공들이다

탱크(tank)－坦克

씨름－摔角

유치원－幼稚園　相似詞 어린이집/놀이방

練習題－아래 문장의 (　)속에 알맞은 단어를 보기에서 골라 넣으시오.

보기：반면/애쓰는/탱크/씨름/유치원

1. 한국에서는 설이나 추석 같은 명절이 되면 (　) 대회를 해서 천하장사를 뽑는다.
2. 나는 아이들에게 그처럼 (　) 부모를 본 적이 없다.
3. 요즘은 (　)에 아무나 다니지만 옛날에는 동네에서 한두 명 정도만 다녔다.
4. (　)가 갑자기 포탑을 돌려 불길에 휩싸인 초가 두 채에 포를 발사했다.
5. 그는 말은 빠른 (　)에 동작은 무척 느리다.

答案：1. 씨름　　2. 애쓰는　　3. 유치원　　4. 탱크　　5. 반면

文法：類似的表現

아버지들은 가족들을 위하여 한 푼이라도 더 벌려고 애쓴다.

=아버지들은 가족들을 위하여 한 푼이라도 더 벌려고 아등바등한다.

=아버지들은 가족들을 위하여 한 푼이라도 더 벌려고 애면글면한다.

相關問題：밑줄 친 ㉠과 뜻이 다른 것을 고르십시오.

① 두드러지게 하려고
② 분명히 하려고
③ 노력하려고
④ 힘주려고

答案：③

이 글을 보고 알 수 없는 것을 고르십시오. <9회 5급 기출문제>

> 당뇨란 우리가 활동하는 데 중요한 영양소인 포도당이 몸속으로 흡수되지 못하고 몸 밖으로 배출되는 질병이다. 당뇨는 병 자체보다도 면역력이 떨어져 생기는 고혈압, 심장병, 같은 각종 합병증이 더 큰 문제이다. 당뇨를 치료하기 위해서는 적극적인 치료와 더불어 철저한 관리가 필요하다. 당뇨환자는 특히 식습관이 중요하다. 잡곡과 채식 위주의 식사와 저염분, 저칼로리식이 바람직하다.

① 당뇨의 정의
② 당뇨의 문제점
③ 당뇨의 발병요인
④ 당뇨의 치료와 관리

答案：③

<說明>

文章的第一句話是對糖尿病的定義。당뇨는 병 자체보다도 합병증이 더 큰 문제이다 是糖尿病帶來的問題。最後兩句話是糖尿病的治療和調理。選項③文章中沒有提到。

 詞彙 :

당뇨－糖尿 相似詞 당뇨병
포도당－葡萄糖
흡수되다－吸收 相似詞 빨아들이다/받아들이다
면역력－免疫力
고혈압－高血壓 相反詞 저혈압
심장병－心臟病
합병증－併發症
더불다－同、跟、一起 相似詞 함께/같이/한가지로
바람직하다－有望，所希望 相似詞 바람직스럽다

🐛 **練習題**—아래 문장의 (　　)속에 알맞은 단어를 보기에서 골라 넣으시오.

> 보기 : 당뇨/포도당/흡수되는/면역력/고혈압/심장병/합병증/더불어/바람직한

1. 술과 담배는 고혈압, 당뇨, (　　) 환자들이 절대로 피해야 하는 것들이다.
2. 몸이 허약하거나 심심이 쇠약해졌을 때는 (　　) 주사를 맞으면 나아진다.
3. 한글의 보급과 (　　) 문맹률이 급격히 떨어졌다.
4. 매달 꾸준히 저축을 하는 습관은 (　　) 일이다.
5. 몸이 허약하면 (　　)도 떨어지게 마련이다.
6. 어떤 질환에 관련하여 일어나는 다른 질환을 (　　)이라 한다.
7. 그는 (　　)에 합병증까지 겹쳐 목숨을 잃었다.
8. 운동을 할 때는 땀이 잘 (　　) 옷을 입어야 한다.
9. 할아버지는 당뇨와 심장병 그리고 (　　)으로 몇 년째 고생하신다.

答案 : 1. 심장병　　2. 포도당　　3. 더불어　　4. 바람직한　　5. 면역력　　6. 합병증　　7. 당뇨병
　　　　8. 흡수되는　9. 고혈압

🐛 **文法** : 類似的表現

당뇨를 치료하기 위해서는 적극적인 치료와 더불어 철저한 관리가 필요하다.
=당뇨를 치료하기 위해서는 적극적인 치료와 함께/동시에 철저한 관리가 필요하다.
=당뇨를 치료하기 위해서는 적극적인 치료에 곁들여/더하여 철저한 관리가 필요하다.
=당뇨를 치료하기 위해서는 적극적인 치료와 아울러 철저한 관리가 필요하다.

🐛 **相關問題** : 본문의 내용과 <u>다른</u> 것을 고르십시오.
① 당뇨 환자는 식습관 개선이 필요하다.
② 짠 음식은 당뇨 환자들에게 상관이 없다.
③ 면역력이 저하되면 각종 합병증이 생긴다.
④ 포도당이 제대로 흡수되지 않으면 당뇨에 걸리기 쉽다.

答案 : ②

5　考題綜合練習

1. 다음을 읽고 내용이 같은 것을 고르십시오. <11회 고급 기출문제>

> 인간의 두뇌는 흔히 생각하는 것처럼 나이가 들수록 나빠지는 것일까? 물론 나이가 들수록 평균적인 지능은 떨어진다. 그러나 그렇다고 해서 실망할 필요는 없다. 20~30대는 새로운 지식을 배워 축적하는 뇌의 기능이 발달돼 있는 데

비해, 40대에는 연결하는 능력, 추리력이 발달한다. 정보와 정보 사이의 연결 고리를 발견하는 범위가 조금씩 넓어지고, 지금까지 전혀 별개라고 여겨진 것들이 일순간 이어져 있다는 사실을 깨닫게 되는 것이다.

① 나이와 두뇌의 기능 간에는 상관성이 없다.
② 20~30대에 두뇌의 모든 기능이 가장 활발하다.
③ 나이가 들수록 정보를 종합하는 능력은 좋아진다.
④ 40대에 접어들면서 기억력과 관찰력이 향상된다.

　<說明>

由於文中提到나이가 들수록 평균적인 지능은 떨어진다，因此選項①和文章不符。選項②由於文中提到20~30대는 새로운 지식을 배워 축적하는 뇌의 기능이 발달，因此該選項和文章不符。文中提到40대에는 연결하는 능력, 추리력이 발달한다，因此選項③和文章一致。文章中沒有提到選項④的內容。

答案：③

2. 다음을 읽고 내용이 같은 것을 고르십시오. <13회 고급 기출문제>

사람들은 하나의 사건에 대한 기억을 모든 사람들이 동일하게 가지고 있을 것으로 기대한다. 그러나 사건이 일어날 당시의 기분이나 입장에 따라 사건의 내용이 원래와 다르게 기억된다는 연구 결과가 나왔다. 즉, 인간은 사건을 자신에게 유리하게 해석하여 새로운 이야기를 만들어 낸다는 것이다. 실제로 오랜만에 친구를 만나 지난 일을 이야기를 하다 보면 같은 사건에 대한 기억이 서로 다르다는 것을 쉽게 발견할 수 있다.

① 기분이 좋을 때는 사건을 더 정확하게 기억한다.
② 실제 사건과 자신이 기억하는 사건은 같을 때가 많다.
③ 자신이 처한 상황에 따라 기억하는 내용이 바뀔 수 있다.

④ 너무 오래전 일이기 때문에 친구 사이의 기억이 다르다.

 <說明>

　文章中的사건이 일어날 당시의 기분이나 입장에 따라 사건의 내용이 원래와 다르게 기억된다는 연구 결과與選項③內容一致。

答案：③

3. 다음을 읽고 내용이 같은 것을 고르십시오. <14회 고급 기출문제>

> 　　사람들이 붉은색을 위험 신호로 활용하는 이유는 다른 색깔보다 더 멀리까지 진달되기 때문이다. 붉은색의 우수한 전달 능력은 빛의 산란 효과와 관계가 있다. 산란은 빛이 공기 중에 있는 작은 입자와 충돌하여 사방으로 흩어지는 현상을 말하는데, 빛의 파장이 짧을수록 산란이 잘 일어나 눈에 띄지 않게 된다. 붉은빛은 파장이 길어서 산란이 잘 일어나지 않기 때문에 멀리에서도 쉽게 알아볼 수 있다.

① 붉은빛은 입자가 굵어서 잘 보인다.
② 붉은빛은 산란 현상이 아주 잘 일어난다.
③ 붉은빛은 파장이 아주 짧아 멀리까지 전달된다.
④ 붉은빛은 잘 흩어지지 않아서 위험 신호로 사용된다.

 <說明>

文中沒有提到選項①的內容。由於文中提到붉은빛은 산란이 잘 일어나지 않기 때문에，因此選項②和文章不符。由於文中提到붉은빛은 파장이 길어서，因此選項③和文章不符。概括文章的開頭和結尾即為選項④。 산란이 잘 일어나지 않기 때문에=잘 흩어지지 않아서

答案：④

4. 다음을 읽고 내용이 같은 것을 고르십시오. <15회 고급 기출문제>

> 　　음악치료의 역사는 그리스 시대까지 올라간다. 그러나 음악치료가 널리 알려지게 된 것은 제2차 세계대전 이후이다.

> 당시 참전 군인들은 정신적인 고통에 시달리고 있었다. 병원
> 에서는 전쟁의 외상에 시달리고 있는 이들을 위해 음악회를
> 열었다. 그러던 중 음악회에 자주 참석했던 군인들은 그렇지
> 못한 군인들보다 사회 적응력이 월등하다는 사실이 밝혀졌
> 다. 이를 계기로 음악치료가 대중화되기 시작했다.

① 음악회는 제2차 세계대전 기간에 많이 열렸다.
② 음악치료는 그리스 시대부터 널리 보급되었다.
③ 음악회에 자주 참석한 군인들이 사회생활을 더 잘했다.
④ 음악치료는 군인들을 치료하기 위해 처음 시도되었다.

<說明>
文中沒有提到選項①和④的內容。由於文中提到음악치료가 널리 알려지게 된 것
은 제2차 세계대전 이후，因此選項②和文章不符。由於文中提到음악회에 자주
참석했던 군인들은 ~ 사회 적응력이 월등하다，因此選項③和文章一致。

答案：③

5. 다음을 읽고 내용이 같은 것을 고르십시오. <12회 고급 기출문제>

> 　발코니 개조 공사는 아파트의 면적을 넓게 사용하기 위해
> 공공연히 이루어져 왔다. 얼마 전 정부에서는 불법이었던 아
> 파트의 발코니 개조를 합법화시켰다. 조금이라도 주거 공간
> 을 넓게 쓰고 싶어하는 시민들은 이와 같은 정부의 결정을
> 환영하는 분위기이다. 그러나 이에 대해서는 조금 더 신중한
> 판단이 필요하다. 발코니는 화재 시 대피소의 기능을 하고,
> 비바람이 칠 때 방호나 방수 역할을 한다. 따라서 전문가들
> 은 발코니를 개조하면 이러한 발코니의 기능을 다할 수 없다
> 는 점을 들어 정부의 결정을 반대하고 있다.

① 정부는 발코니가 없는 아파트 건설을 추구하고 있다.
② 아파트의 발코니는 안전을 위해 꼭 필요한 공간이다.
③ 시민들은 아파트 발코니에 대한 정부의 정책에 반대한다.
④ 공간을 넓게 쓰려는 목적의 아파트 발코니 개조는 불법이다.

 <說明>

文中沒有提到選項①的內容。由於文中提到발코니는 화재 시 대피소의 기능을 하고, 방호나 방수 역할을 한다, 因此選項②和文章一致。由於文中提到시민들은 정부의 결정을 환영하는 분위기, 因此選項③和文章不符。由於文中提到정부에서는 불법이었던 아파트의 발코니 개조를 합법화시켰다, 因此選項④和文章不符。

答案：②

6. 다음 기사를 읽고 내용과 일치하는 것을 고르십시오. <7회 5급 기출문제>

> 자살이 들불처럼 번지고 있다. 생활의 어려움을 비관해 자살한 주부, 현실 도피를 위해 자살을 선택한 회사원, 학업 문제로 아파트 옥상에서 뛰어 내린 여고생 등 사연과 계층이 다양하다. 겉으로 볼 때 자살의 이유는 다양하지만 자살의 근본 원인은 대체로 우울증이다. 하지만, 최근 자살이 늘고 있는 것은 우울증 환자가 늘어서라기보다 사회, 경제, 문화적으로 자살을 부추기는 환경 때문이다.

① 최근 우울증 환자의 증가로 자살이 급증하고 있다.
② 자살의 밑바탕에는 우울증이 깔려 있는 경우가 많다.
③ 요즘 자살은 중.장년층에서 많이 일어나는 경향이 있다.
④ 요즘 자살의 전형적 유형은 생활의 어려움을 비관한 자살이다.

<說明>

由於文中提到자살이 늘고 있는 것은 우울증 환자가 늘어서라기보다, 因此選項①和文章不符。由於文中提到자살의 근본 원인은 대체로 우울증이다, 因此選項②和文章一致。文章中沒有提到選項③和④。

答案：②

7. 다음을 읽고 내용이 같은 것을 고르십시오. <16회 고급 기출문제>

> 　　내년부터 공연장이나 일정 규모 이상의 음식점 내 흡연 구역이 사라질 전망이다. 공연장이나 대형 음식점 등의 공중 시설을 전면 금연 구역으로 운영하는 국민건강증진법 개정안이 이번 국회에서 통과되었기 때문이다. 지금까지 공중 이용 시설에 대해서는 건물 전체를 금연 구역으로 지정하거나 금연 구역과 흡연 구역을 구분하도록 돼 있지만 이 법안이 시행되면 아예 담배를 피울 수 없게 된다.

① 국민건강증진법은 올해 처음으로 만들어졌다.
② 국회에서의 법안 통과에 어려움이 따를 것으로 보인다.
③ 내년에는 모든 공중 이용 시설에 흡연 구역을 설치해야 한다.
④ 흡연 구역 설치 여부는 음식점의 규모에 따라 달라질 것이다.

 <說明>
選項①，文中提到국민건강증진법 개정안，意思是今年不是第一次完成，而是以前就有。由於文中提到이번 국회에서 통과되었기 때문，因此選項②和文章不符。選項③，文章中的금연 구역和選項中的금연 구역是不同的內容。選項④，文章中提到了대형 음식점，因此該選項和文章一致。

答案：④

8. 다음 글이 다루고 있지 않은 것을 고르십시오. <8회 5급 기출문제>

> 　　"머리는 차게 하고 발은 덥게 하라. 그러면 당신은 모든 의사를 비웃을 수 있을 것이다." 18세기 초 네덜란드의 명의 브르하폐가 남긴 말이다. 최근 우리 주변에서는 건강에 대한 관심이 고조되면서 이 원리를 이용하여 따뜻한 물속에 몸을 반만 담그는 반신욕이 선풍적인 인기를 끌고 있다.
> 　　과거에는 목욕탕에 오는 사람들의 대다수가 온 몸을 물에

담그었으나 요즘은 발만 담그고 땀을 흘리는 사람들을 흔하게 볼 수 있다. 반신욕은 체온의 균형을 잡아주고 몸의 혈액 순환을 원활하게 하여 피로 회복, 건강 증진에 큰 도움이 된다. 그러나 반신욕의 효과를 극대화하려면 그 요령을 잘 알아둘 필요가 있다.

① 반신욕의 정의
② 반신욕의 효과
③ 반신욕에 대한 관심
④ 반신욕의 유래와 변화

〈說明〉
文中따뜻한 물속에 몸을 반만 담그는 반신욕是半身浴的定義。반신욕은 체온의 균형을 잡아주고 ~에 큰 도움，這部分是半身浴的效果。반신욕이 선풍적인 인기를 끌고 있다指人們對半身浴感興趣。文章中沒有提到選項④的內容。

答案：④

9. 다음을 읽고 내용이 같은 것을 고르십시오. <10회 고급 기출문제>

채식이 무조건 좋다고 믿는 사람들이 많다. 하지만 채식은 자칫 영양 결핍증을 유발할 수 있기 때문에 반드시 세심한 식사 계획과 관리가 뒤따라야 한다. 성인병의 원인은 복합적이며 불분명하다. 단순히 과다한 육류 섭취가 성인병의 직접적인 원인이 되는 것은 절대 아니며 채식을 해야 성인병을 치료할 수 있는 것도 물론 아니다.

① 늘어나는 육류 섭취로 성인병이 증가하고 있다.
② 채식은 각종 질환의 치료를 위한 효과적인 해결책이다.
③ 채식 위주의 식습관은 또 다른 형태의 편식이 될 수 있다.
④ 대부분의 성인병의 원인은 식사 습관과 밀접한 관계가 있다.

<說明>

由於文中提到성인병의 원인은 복합적이며 불분명하다，因此選項①和選項④和文章不符。由於文中提到채식은 자칫 영양 결핍증을 유발할 수 있기 때문에，因此選項②和文章不符。由於文中提到채식은 자칫 영양 결핍증을 유발할 수 있기 때문에，因此選項③和文章一致。영양 결핍증을 유발=다른 형태의 편식

答案：③

10. 다음을 읽고 내용과 일치하는 것을 고르십시오. <9회 5급 기출문제>

> 음식 재료 가운데는 함께 먹으면 이로운 것이 있는 반면에 해로운 것도 있다. 즉 음식 재료에도 궁합이 있다는 것이다. 예를 들어, 오이는 무와 색깔이 잘 어울리고 맛도 있어서 많은 사람들이 오이와 무를 함께 이용한다. 그렇지만 오이를 칼로 썰면 비타민 C를 파괴하는 효소가 나온다. 따라서 무와 오이를 섞으면 무의 비타민 C가 파괴된다. 반면에 새우젓은 지방을 잘 분해해 주므로 기름진 돼지고기의 소화를 촉진한다.

① 음식 재료와 조리법은 서로 궁합이 잘 맞아야 한다.
② 새우젓은 돼지고기의 지방을 분해하므로 궁합이 안 맞는다.
③ 무는 비타민 C가 많아서 새우젓과는 음식 궁합이 안 맞는다.
④ 오이를 칼로 썰어 무와 섞으면 무의 비타민 C가 파괴된다.

<說明>

文中沒有出現選項①的內容，即沒有關於조리법的內容。由於文中提到새우젓은 기름진 돼지고기의 소화를 촉진한다，因此選項②和文章不符。소화를 촉진한다=궁합이 잘 맞는다。選項③中的새우젓과 무의 궁합，文章中沒有提到。由於文中提到오이를 칼로 썰면 ~ 오이를 섞으면 무의 비타민 C가 파괴된다，因此選項④和文章一致。

答案：④

6　模擬練習

1. 다음을 읽고 내용이 같은 것을 고르십시오.

> 　　사람이 먹는 식품은 몸에 좋은 것이어야 한다. 몸에 좋은 것이란 무엇일까? 영양분을 가지고 있으며, 위생 상태가 좋고 유해한 성분이 없는 것이다.
>
> 　　그런데 사람이 먹는 식품으로 사람이 필요로 하는 영양소를 모두 가지고 있는 것은 존재하지 않는다. 그래서 여러 가지를 먹어야 하는 것이다. 그렇다고 닥치는 대로 먹을 수도 없는 일이다. 두 가지 식품을 함께 먹을 경우 영양분이 손실되기도 하며, 반대로 영양 효율이 크게 향상되기도 한다.
>
> 　　뿐만 아니라 다른 식품과 어울리면서 소화성이 좋아지는 경우도 있고, 나빠지는 경우도 있다. 그러한 이치를 잘 알면 합리적인 식생활을 하는 데 큰 도움이 된다.

① 한 가지 식품에 모든 영양이 있는 것을 완전식품이라 부른다.
② 두 가지 식품을 함께 먹을 경우 단점보다 장점이 더 많다.
③ 음식의 궁합을 알고 먹으면 식생활에 많은 도움이 된다.
④ 합리적인 식생활을 위해서는 음식을 따로 먹어야 한다.

<說明>
選項①，文章中沒有提到有關완전식품的敘述。選項②，文中沒有關於단점和장점的比較。選項③，由於文中提到이치를 잘 알면 합리적인 식생활을 하는 데 큰 도움이 된다，因此該選項和文章一致。這裡的이치就是指다른 식품과 어울리면서 소화성이 좋아지는 경우도 있고, 나빠지는 경우，即음식의 궁합。文章中也沒有提到有關選項④的內容。

答案：③

2. 다음을 읽고 내용이 같은 것을 고르십시오.

> 지도자는 그들의 아이디어를 어떻게 생각해 내는가? 첫째, 그는 그가 겪고 있는 현재와 앞으로 다가올 미래의 문제에 대해 사려 깊게 생각한다. 두 번째로 그는 문제를 그가 처한 상황에 맞게 변화시켜 본다. 세 번째, 그는 문제를 마음속에 깊이 새겨 본다. 네 번째, 그는 문제를 무한하게 확대시켜 본다. 그리고 그가 직면하고 있는 문제가 제아무리 하찮은 것이라 할지라도 매우 중대한 것이 될 수 있다는 사실을 기억한다. 그 다음 그는 문제 해결을 위하여 가능성 있는 모든 방법을 제시한다. 그리고 그는 그 문제의 해결책이 현재보다 더 쉽거나 결코 값싸지 않을 것이라는 사실을 지적한다. 그는 항상 주의 깊게 생각하여 적당한 시기에 새로운 문제점을 제시한다. 그는 어떠한 문제가 복잡하면 복잡할수록 더 좋은 아이디어를 창출해 낼 수 있다는 것을 알고 있다.

① 지도자는 하찮은 아이디어에 신경을 쓸 여유가 없다.
② 지도자는 아무리 복잡해도 해결책이 있다고 생각한다.
③ 지도자는 아이디어를 즉흥적으로 생각해 내는 능력이 있다.
④ 지도자의 아이디어는 일반인들이 상상할 수 없는 것들이다.

<說明>
選項①，由於文中提到문제가 제아무리 하찮은 것이라 할지라도 매우 중대한 것이 될 수 있다는 사실을 기억，因此該選項和文章不符。選項②，由於文中提到문제가 복잡하면 복잡할수록 더 좋은 아이디어를 창출해 낼 수 있다，因此該選項和文章一致。文章中沒有提到關於選項③中즉흥적인 생각的內容。文章中沒有提到選項④的內容。

答案：②

3. 다음을 읽고 내용이 같은 것을 고르십시오.

> 당신이 지금 어떠한 상황에 처해 있든지 간에 매일 당신이 만나는 사람들에게는 항상 적극적이며 긍정적으로 얘기하라. 그것이 현실적으로 불가능하다고 생각하는가? 물론 당신이 소극적인 사고를 가지고 있다면 그것은 어려운 일이다. 그러나 적극적인 사고를 가지고 있다면 그것은 충분히 가능한 일이다. 정열적인 사람은 항상 기쁜 소식, 밝은 인사, 재미있는 이야기, 능률적인 보고, 희망적인 예측을 한다. 그는 계단을 내려가는 사람들의 표정 가운데서도 기쁜 소식을 발견하려 한다.

① 당신이 처한 상황에 따라 행동해야 한다.
② 소극적인 사고방식을 적극적으로 바꿀 수는 없다.
③ 정열적인 사람이 하는 희망적인 예측은 모두 적중한다.
④ 긍정적으로 얘기하는 것은 현실적으로 불가능하지 않다.

 <說明>
選項①，由於文中提到어떠한 상황에 처해 있든지 간에 항상 적극적이며 긍정적으로 얘기하라，因此該選項和文章不符。選項②，由於文中提到그것은 어려운 일이다，因此該選項和文章不符。文章中是說어려운 일이다(困難)而不是바꿀 수는 없다(不可能)。文章中沒有關於選項③中희망적인 예측은 모두 적중的內容。選項④，由於文中提到그것은 어려운 일이다、그것은 충분히 가능한 일이다，因此該選項和文章一致。

答案：④

4. 다음을 읽고 내용이 다른 것을 고르십시오.

> 그해 뉴욕시의 겨울은 4월이 돼도 추위가 누그러들 줄 몰랐다. 혼자 사는데다 장님인 나는 대부분의 시간을 집안에서 보냈다. 마침내 추위가 가시고 봄이 성큼 다가온 어느 날. 나

는 지팡이를 들고 산책을 나왔다.

　얼굴에 내리쬐는 햇볕이 한없이 따사로웠다. 조용히 길을 걷고 있는데 이웃 사람이 날 불렀다. 그는 내가 가는 곳까지 차로 태워 주겠다고 했지만, 나는 정중히 거절하고 혼자 걸었다. 모퉁이에 도착하자 습관대로 걸음을 멈췄다. 파란 신호등이 들어올 때 사람들과 같이 길을 건너기 위해서였다. 차 소리가 멈춘 지 꽤 오래됐는데도 주위에는 사람들이 없었다. 나는 참을성 있게 기다리며 어릴 적 학교에서 배운 봄노래를 흥얼거리기 시작했다.

① 이 사람은 앞을 보지 못한다.
② 이 사람은 오랜만에 집을 나섰다.
③ 이 사람은 지금 건널목에 서 있다.
④ 이 사람은 이웃 사람에게 도움을 청했다.

 <說明>
選項①，由於文中提到장님인 나는，因此該選項和文章一致。選項②，由於文中提到대부분의 시간을 집안에서 보냈다、산책을 나왔다，因此該選項和文章一致。選項③，由於文中提到걸음을 멈췄다、파란 신호등이 들어올 때 길을 건너기 위해서였다，因此該選項和文章一致。選項④，由於文中提到이웃 사람이 날 불렀다、정중히 거절하고 혼자 걸었다，因此該選項和文章不符。

答案：④

5. 다음을 읽고 내용이 같은 것을 고르십시오.

　뽕잎을 누에가 먹으면 비단이 나온다. 그러나 독사가 뽕잎을 먹게 되면 독이 되어 버린다. 언어도 마찬가지다. 같은 내용의 언어도 어떤 사람의 입을 거치느냐에 따라 전혀 다른 빛깔을 띠게 된다. 내가 지금 하는 말이 상대방에게 상처

를 내는 것은 아닌가, 화를 돋우는 것은 아닌가, 늘 자문자답
해 볼 일이다. 혀끝에 부싯돌이 달려있는 것은 아니지만 자
칫 큰 불을 낼 수 있다. 혀가 꼬이게 만들어서는 안 된다. 그
러기 위해서는 먼저 마음이 꼬여서는 안 된다.

① 뽕잎은 독사가 먹으면 안 된다.
② 혀가 꼬이면 마음도 꼬이게 된다.
③ 말을 하기 전에 항상 생각해야 한다.
④ 같은 내용의 언어는 한 가지만 쓰는 게 좋다.

 <說明>
文中沒有提到關於選項①中먹으면 안 된다的內容。選項②，從文章的最後兩句
話可以看出該選項和文章不符。即마음이 꼬이면 혀도 꼬이게 된다的説法是正確
的。選項③，由於文中提到내가 지금 하는 말이 상처를 내는 것은 아닌가 ~ 자문
자답해 볼 일이다，因此該選項和文章一致。文章中沒有提到關於選項④的內容。

答案：③

6. 다음을 읽고 내용이 다른 것을 고르십시오.

　　죽음보다 더 큰 슬픔은 없다. 죽음보다 더 아픈 이별도 없
다. 인간과 인간 사이의 영원한 이별, 이것이 죽음이다. 그
러나 믿는 사람의 세계에서 죽음은 또 하나의 영원한 세계에
들어가는 것이다. 이 땅에서 몸은 떠나지만 영혼은 극락에,
하늘나라에 이르는 것이라고 믿는다. 그리고는 죽음의 슬픔
도, 인간 사이의 이별도 극복한다. 세상일은 마음먹기에 달
렸다. 아무리 슬프고 고통스러운 일도 극복하는 사람에게는
그 무게가 덜하다. 하늘이 무너지는 절망 속에서도 희망을
잃지 않는 사람에겐 완전한 절망이 있을 수 없다. 그런 사람
은 슬픔이나 고통, 절망 따위에 굴복하지 않는다. 불교가 말

하는 윤회의 진리에는 인간을 구원하는 무한대의 지혜가 담겨 있다.

① 불교는 인간을 구제하는 지혜가 담긴 종교이다.
② 희망을 잃지 않은 사람들은 모두 불교 신자들이다.
③ 불교 신자들은 죽음을 영혼이 하늘나라에 갔다고 믿는다.
④ 슬프고 고통스러운 일을 극복하는 것은 마음먹기에 달렸다.

 <說明>

選項①，由於文中提到불교는 인간을 구원하는 지혜가 담겨 있다，因此該選項和文章一致。구원=구제。文中沒有提到關於選項②的內容。由於文中提到믿는 사람의 세계에서 죽음은 하늘나라에 이르는 것이라고 믿는다，因此選項③和文章一致。由於文中提到세상일은 마음먹기에 달렸다，因此選項④和文章一致。

答案：②

7. 다음을 읽고 내용이 같은 것을 고르십시오.

가스레인지도 지저분하면 청소 할 수 있고 김치냉장고도 더러우면 청소 할 수 있는데, 세탁기만큼은 청소 할 수가 없어서 그 내부를 마른 걸레로 닦아보면 상당히 더러운 이물질이 나오곤 했는데, 이를 깨끗하게 청소하는 방법이 없을까 궁금해 하던 참에 세탁기 제조회사 상담원에게 물어봤다. "세탁기 청소 할 수 있는 방법을 좀 가르쳐 주세요." 그 상담원은 친절하게 전화번호를 물으면서 청소할 수 있는 방법을 가르쳐 줄 안내원에게 내 번호를 가르쳐 주겠다고 했다.

① 세탁기는 물을 사용하는 제품이기 때문에 청소를 따로 할 필요가 없다.
② 이 사람은 안내원에게 전화를 해서 세탁기 청소 방법을 알아야 한다.
③ 세탁기를 깨끗하게 청소하려면 상담원에게 먼저 접수를 해야 한다.
④ 이 사람은 곧 세탁기 청소를 할 수 있는 방법을 알게 될 것이다.

<說明>
選項①和文章最後一句話不一致。選項②是錯誤的，即不是이 사람은 안내원에게 전화를 해서，而是안내원이 이 사람에게 전화를 할 것이다。文章中沒有關於選項③中접수的內容。選項④和文章最後一句話的結果一致。

答案：④

8. 다음을 읽고 내용이 다른 것을 고르십시오.

> 　　설 연휴를 날씬하게 보내는 방법에 대해 알아봤다. 날씬한 명절을 위해 가장 먼저 기억해야 할 것은 최대한 움직이는 것이다. 모처럼 가족이 함께 모이는 자리에서 마지막까지 일어서서 심부름을 하는 등 움직임을 많이 갖는 것이 좋다. 이를 통해 상 앞에 앉아 있는 시간을 최대한 줄여야 한다. 음식을 섭취할 때는 여럿이 같이 이야기하면서 천천히 먹는 것이 좋다. 식사 전에 물을 충분히 마셔두면 섭취 음식의 양을 줄이는 데 도움이 된다. 또 잡채, 전 등 기름으로 조리 된 음식은 되도록 섭취하지 않는 것이 좋다. 맵거나 짠 음식은 식욕을 자극하므로 주의해야 하며 식혜, 수정과 등의 음료나 술을 음식과 같이 먹지 않는 것이 좋다.

① 기름기가 많은 음식은 피한다.
② 밥상 앞에 앉아 있는 시간이 적을수록 좋다.
③ 식욕을 자극하기 위해 맵고 짠 음식을 섭취한다.
④ 식사 전에 물을 마시고 식사 때는 천천히 먹는다.

<說明>
選項①，由於文中提到기름으로 조리 된 음식은 되도록 섭취하지 않는 것이 좋다，因此該選項和文章一致。選項②，由於文中提到상 앞에 앉아 있는 시간을 최대한 줄여야 한다，因此該選項和文章一致。選項③，由於文中提到맵거나 짠 음식은 식욕을 자극하므로 주의해야 하며，因此，選項和文章不符。選項④，由於文中提到식사 전에 물을 충분히 마셔두면、천천히 먹는 것이 좋다，因此該選項和文章一致。

答案：③

9. 다음을 읽고 내용이 같은 것을 고르십시오.

> 우리 국민의 평균수명은 여자 83세, 남자 76세 정도로 예전에 비해 50% 이상 길어졌다. 하지만 아무 병 없이 건강하게 사는 건강수명은 이보다 약 10년이 적다. 구구팔팔일이삼사라는 말과 같이 구십구 세까지 팔팔하게 살다가 이삼일 앓다가 죽는 것이 의사인 나도 바라는 바다. 경제에도 money가 필요하듯이 건강에도 money가 필요하다. 경제에서 쓸데없이 쓰는 money는 낭비인 것처럼 건강에서도 겉으로만 화려하게 쓰는 money는 반대로 건강을 해칠 수 있다. 어떤 음식이나 식품이 정력이나 건강에 좋다는 말만 듣고 자신의 몸 상태와 상관없이 가리지 않고 섭취한다면 반대로 독소가 쌓일 수 있다. 과유불급이라고 약간 모자란 듯한 것이 너무 넘치는 것보다 낫다.

① 건강수명이 평균수명보다 약 10년 짧다.
② 나이가 들수록 정력 식품은 멀리해야 한다.
③ 구구팔팔이삼사란 말은 의사들이 만든 말이다.
④ 건강을 위해 돈을 쓰는 것은 바람직하지 않다.

 <說明>
選項①，由於文章中說到건강수명은 이보다 약 10년이 적다，因此該選項和文章一致。這裡的이보다就是指평균수명。文章中沒有提到其餘選項的內容。

答案：①

10. 다음을 읽고 내용이 같은 것을 고르십시오.

> 옛날 사람들은 동물처럼 본능에 따라서 먹을 것을 구분했다. 어떤 때는 독이 있는 식품을 먹어 변을 당한 때도 있었다. 지금 우리가 먹고 있는 음식물은 조상들이 많은 희생의

댓가를 치르고 얻어 낸 것이다. 먹을 수 있는 것을 가려서 후손에게 전해 온 일용식품은 약 4백 종에 이른다. 오랜 역사를 통해 귀중한 인체 실험을 바탕으로 얻어 낸 지식이다.

이전에는 허기진 배를 채우기 위해 단지 먹기에 바빴다. 그런데 농업과 어업이 발달하면서 식량 얻기가 수월해지자 기왕이면 맛있는 것을 가려먹는 식생활로 바뀌게 되었다.

맛 좋은 것을 가려 배불리 먹다 보니 비만증, 당뇨병, 심장병, 고혈압 등 이른바 성인병 때문에 시달림을 받는 현대인이 급격히 증가하기에 이른다.

① 생활수준이 높아짐에 따라 성인병도 증가했다.
② 오늘날의 음식들은 모두 옛날부터 먹던 것들이다.
③ 단지 허기진 배를 채우기 위한 식사는 좋지 않다.
④ 오랜 역사를 통한 인체 실험으로 성인병을 치료해야 한다.

<說明>
選項①和文章最後一句話的意思相同。맛 좋은 것을 가려 배불리 먹다 보니就是농업과 어업이 발달하면서 식량 얻기가 수월해진 것的意思。即選項中的생활수준이 높아진 것。選項②，由於文中提到먹을 수 있는 것을 가려서 후손에게 전해 온 일용식품，因此該選項和文章不符。文章中沒有提到關於選項③或選項④中성인병 치료 방법的內容。

答案：①

第 7 課
加入符合文脈的語句

1 提示句

다음을 읽고 ( ) 안에 들어갈 알맞은 내용을 고르십시오.

2 出題類型介紹

　　這種類型的問題在初級、中級、高級考試中都曾出現過。特別在高級考試中，這類題目的難度明顯高於初級和中級考試。在初級和中級，從文中的單字或文脈就可以推測出要填入的語句。在高級考試中，大部分都要根據文章中的複句來推測將要填入的語句。有時，還需要先概括文章的整體內容，再填空。

　　要解答這類問題，首先要準確地掌握文章脈絡。然後根據語感，判斷需要填空的句子應該放在文章的哪個部分（填空不只一處，多處的情況也很多）才能使文章通暢。

　　最後希望大家記住一點：千萬不要僅憑自己主觀判斷去解決問題，要根據文章的內容選擇要填空的句子。

3 考題解析

다음을 읽고 ( ) 안에 들어갈 알맞은 내용을 고르십시오. <16회 고급 기출문제>

　　한국에서 내로라하는 춤꾼 중에 이매방을 거쳐 가지 않은 사람은 거의 없을 정도이다. 불같은 성격과 혹독한 훈련으로 유명한 이매방에게 이렇게 제자가 많은 데에는 다 그만한 이유가 있다. 그는 어려운 동작을 가르칠 때는 밤을 새워 가면서까지 같은 동작을 수백 번 반복해 보여 준다. 가정 형편이 어려운 제자에게는 숙식을 제공하고 용돈을 주어 가며 가르치기도 한다. 이처럼 제자들을 가르치는 일에 모든 열정을 쏟아 붓는 이매방이야말로 진정 (　　).

① 전통을 고집하는 춤꾼이다
② 대한민국 최고의 춤꾼이다
③ 가장 많은 제자를 둔 스승이다
④ 제자를 아끼고 사랑하는 스승이다

答案：④

<說明>
從括號前面的句子以及제자들을 가르치는 일에 모든 열정을 쏟아 붓는 이매방이야말로這句話可以推測出正確答案。正確答案是④。

다음을 읽고 (　　) 안에 들어갈 알맞은 내용을 고르십시오. <10회 고급 기출문제>

산짐승들은 때로 발자국으로 말을 한다. 그들의 발자국은 늘 가지런하다. 몸가짐이 단정하기 때문이다. 그들은 어둠 속에서나 잡목 숲에서도 자주 다니는 길이 있어서 그 길로 다닌다. 그들의 발자국은 한 줄로 길게 나 있고 일정한 간격으로 찍혀 있다. 땅 위에 찍힌 발자국의 깊이도 똑같다. (　　). 짐승들이 경박하게 이리저리 몰려다닐 것이라는 생각은 우리의 편견이다.

① 움직임이 신중하고 침착하기 때문이다
② 자기들만의 언어를 사용하고 있기 때문이다
③ 사람들을 피하려는 본능을 타고났기 때문이다
④ 걸어 온 길을 기억하는 나름의 방식이 있기 때문이다

答案：①

 <說明>
從文章中的몸가짐이 단정하기 때문、짐승들이 경박하게 이리저리 몰려다닐 것이
라는 생각은 우리의 편견可以推測出正確答案。正確答案是①。

4 考題深度分析

다음을 읽고 (　　) 안에 들어갈 알맞은 내용을 고르십시오. <14회 고급 기출문
제>

> 수영을 배우려면 우선 물에 들어가는 것을 겁
> 내지 말아야 한다. 일단 물에 들어가서 놀다 보
> 면 자연스럽게 수영을 하게 될 수도 있기 때문
> 이다. 하지만 이때 잘못된 습관이 몸에 배게 되
> 면 쉽게 고쳐지지 않는다. 처음부터 바른 자세
> 를 몸에 익히기 위해서는 전문 강사에게 배우는
> 것이 좋다.
>
> 　글쓰기도 이와 다르지 않다. 좋은 글을 쓰려
> 면 먼저 글 쓰는 것을 두려워하지 말고 자주 써
> 보는 것이 좋다. 물론 그 다음에는 (　　). 이런
> 과정을 통해 꾸준히 글을 쓰다 보면 실력이 늘
> 게 된다.

① 자신이 쓴 글을 계속 고쳐야 한다
② 좋은 글을 많이 읽어 보아야 한다
③ 좋은 글쓰기 선생님에게서 배워야 한다
④ 글쓰기에 관련된 책을 많이 읽어야 한다

答案：③

 ＜說明＞
文章每個段落的構成形式都是一樣的。第一段屬於頭括式。第一句話是文章主旨，第二句話是對文章主旨進行的解釋，最後一部分是解決方案——전문 강사에게 배울 것。第二段也是一樣的形式。括號相當於第一段中的전문 강사에게 배울 것這部分。因此，括號中應該填③。

詞彙：

겁내다－膽怯、畏懼、害怕 相似詞 무서워하다/두려워하다
배다－習慣、薰染，上手 相似詞 익다/익숙해지다/버릇되다/습관 되다
자세－姿勢
익히다－使成熟，使熟練
꾸준하다－堅持不懈、孜孜不倦 相似詞 끈기 있다/부지런하다/끊임없다

練習題－아래 문장의 (　　)속에 알맞은 단어를 보기에서 골라 넣으시오.

보기 : 겁내는/배어/자세/익혀야/꾸준한

1. 잘못된 (　　)로 오래 앉아 있으면 허리가 굽는다.
2. 그는 여자에게 말을 걸기를 조금 (　　) 것 같아서 내가 도와 주기로 했다.
3. 그는 욕이 입에 (　　) 말끝마다 욕이 나온다.
4. 중국은 지난 30년 동안 (　　) 경제 성장을 이루어 왔다.
5. 공부를 못하면 기술이라도 (　　) 밥벌이를 하지.

答案：1. 자세　　2. 겁내는　　3. 배어　　4. 꾸준한　　5. 익혀야

文法：類似的表現
잘못된 습관이 몸에 배게 되면 쉽게 고쳐지지 않는다.
=잘못된 습관이 몸에 익으면/익숙해지면 쉽게 고쳐지지 않는다.
=잘못된 습관이 몸에 버릇되면 쉽게 고쳐지지 않는다.
=잘못된 습관이 몸에 길들여지면 쉽게 고쳐지지 않는다.

相關問題： 본문의 주제로 알맞은 것을 고르십시오.

① 좋은 선생님에게서 글쓰기를 배워야 한다
② 수영은 전문 강사에게 배워야 한다.
③ 글쓰기를 두려워하면 안 된다.
④ 수영에는 자세가 중요하다.

答案：③

다음을 읽고 (　　) 안에 들어갈 알맞은 내용을 고르십시오. <15회 고급 기출문제>

> 젊은 시절 원효가 당나라 유학길에 올랐을 때의 일이다. 길을 가던 중 밤이 깊어지자 원효는 토굴로 보이는 곳에서 잠을 청했다. 잠결에 목이 말랐던 원효는 주변에 있던 바가지의 물을 달게 마셨다. 그런데 다음날 아침에 일어나 보니 잠을 잤던 토굴은 오래된 무덤이었고 그가 마셨던 물은 해골에 담긴 썩은 물이었다. 원효는 보기에도 끔찍한 그 물을 깨끗하다고 생각해 달게 마셨던 것이다. 무덤에서 나온 원효는 어젯밤 자신이 한 행동에 대해 생각해 보다가 문득 (　　) 깨달았다.

① 삶은 우연의 연속이라는 것을
② 노력하면 안 되는 일이 없다는 것을
③ 사람은 환경에 영향을 받는다는 것을
④ 모든 일은 마음먹기에 달렸다는 것을

答案：④

 <說明>
　　括號內應該填入對括號前面內容的總結。總結前一部分即為잠결에 목이 말라 달게 마신 물이 알고 보니 해골에 담긴 썩은 물、원효는 그 물을 깨끗하다고 생각(착

각)해 달게 마셨던 것。括號中應該填與此相關的內容，選項④的內容與此相關。
用佛教用語來說即是일체유심조(一切唯心造)。

【參考】：원효(元曉)——新羅時代的高僧。他是韓國歷史上最得道的佛教思想傳播者和
社會領袖。

詞彙：

토굴－地洞 相似詞 땅굴

잠결－似睡非睡

무덤－墳墓 相似詞 뫼/묘/산소/묘지

해골－骷髏 相似詞 해골바가지

끔찍하다－心驚、起雞皮疙瘩 相似詞 끔찍스럽다

문득－驀地、驀然 相似詞 갑자기/언뜻/얼핏/불현듯이/돌연히

깨닫다－明白、領悟 相似詞 알아내다/깨치다/깨우치다/터득하다

練習題－아래 문장의 (　　)속에 알맞은 단어를 보기에서 골라 넣으시오.

> 보기：토굴/잠결/무덤/해골/끔찍하고/문득/깨닫게

1. 그의 말을 (　　)에 들어서 제대로 못 들었다.
2. 들판에 쌓여 있는 (　　)들이 전쟁의 참상을 말해 준다.
3. 묵묵히 발길을 내딛다 말고 그는 (　　) 걸음을 멈추었다.
4. 예전에는 (　　)을 파서 고구마를 저장했다.
5. 나는 다양한 내용의 독서를 통하여 인생의 지혜를 (　　) 되었다.
6. 그는 추석을 맞아 아버지의 (　　)에 벌초를 하러 갔다.
7. 환자가 질러 대는 비명은 너무 (　　) 처절하게 들렸다.

答案：1. 잠결　　2. 해골　　3. 문득　　4. 토굴　　5. 깨닫게　　6. 무덤　　7. 끔찍하고

文法：類似的表現

모든 일은 마음먹기에 달렸다는 것을 깨달았다.
=모든 일은 마음먹기 나름이라는 것을 깨달았다.
=모든 일은 마음먹기에 (따라) 좌우된다는 것을 깨달았다.

相關問題：본문의 내용과 다른 것을 고르십시오.

① 원효는 어젯밤 해골 물을 마신 걸 후회했다.
② 원효가 당나라에 가던 도중이 있은 일이다.
③ 원효는 오래된 무덤에서 잠을 잤다.
④ 원효가 마신 물은 썩은 물이었다.

答案：①

다음을 읽고 (　　) 안에 들어갈 알맞은 내용을 고르십시오. <13회 고급 기출문제>

> <u>자본주의에서는 가격에 따라서 수요와 공급의 양이 조절된다.</u> 그러나 시장 상황에 따라 가격을 제외한 그 밖의 요인이 얼마든지 수요와 공급에 영향을 줄 수 있다. 이 중 상표, 디자인, 신속한 배달과 수리, 광고 등과 같은 가격 이외의 요인들은 모두 소비자의 선택과 관련을 맺고 있다. 그러므로 현대 기업은 공급의 양을 결정할 때 (　　)도 고려해야 한다.

① 제품의 품질 개선
② 제품의 유통 과정
③ 제품 가격의 변화
④ 제품 구매자의 취향

答案：④

<說明>
　　從상표, 디자인, 신속한 배달과 수리, 광고 등과 같은 가격 이외의 요인들可以推測出，所填的內容要和這句話保持連貫。從소비자의 선택과 관련을 맺고 있다這句話中可以得知答案是選項④。

 詞彙：

자본주의－資本主義 相反詞 공산주의
수요와 공급－需求和供給（供需）
상황－狀況、情況 相似詞 형편/상태/정황/국면
요인－要因、重要原因 相似詞 원인/요소
배달－投遞、送 相似詞 운반
맺다－締結、結成 相反詞 풀다/끄르다

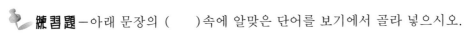

練習題－아래 문장의 (　　) 속에 알맞은 단어를 보기에서 골라 넣으시오.

보기 : 자본주의/수요와 공급/상황/요인/배달/맺어

1. 겨울철 등산에는 눈사태와 같은 돌발적인 (　　)에 대비해야 한다.
2. 정치 불안이 물가 상승의 (　　)으로 작용한다.
3. 나는 그와 오래전부터 친분을 (　　) 온 사이다.
4. 경제 불황은 (　　　) 성립의 초기부터 발생하기 시작하였다.
5. (　　　)에는 균형을 맞추는 것이 무엇보다 중요하다.
6. 점심은 주로 중국집에서 (　　)을 시켜서 해결하곤 했다.

答案 : 1. 상황　　2. 요인　　3. 맺어　　4. 자본주의　　5. 수요와 공급　　6. 배달

文法 : 類似的表現
가격 이외의 요인들은 모두 소비자의 선택과 관련/연관을 맺고 있다.
=가격 이외의 요인들은 모두 소비자의 선택과 관련/연관이 있다.
=가격 이외의 요인들은 모두 소비자의 선택과 관련/연관이 깊다.
=가격 이외의 요인들은 모두 소비자의 선택과 관련/연관을 가지고 있다.

相關問題 : 밑줄 친 문장과 다른 뜻을 고르십시오.
① 자본주의에서는 수요와 공급의 양을 가격이 주도한다
② 자본주의에서는 수요와 공급의 양을 가격이 결정한다
③ 자본주의에서는 가격과 별도로 수요와 공급의 양이 조절된다
④ 자본주의에서는 가격에 종속되어 수요와 공급의 양이 조절된다

答案 : ③

다음을 읽고 (　　) 안에 들어갈 알맞은 내용을 고르십시오. <12회 고급 기출문제>

> 설치 미술이란 장소 중심의 미술작품을 뜻한다. 설치 미술은 일반적으로 짧은 기간 동안 전시된 뒤 기록만 남긴 채 해체된다. 설치 미술은 매매가 불가능하며 제작에 막대한 노력이 들기 때문에 초기에는 미술계에서 관심을 끌지 못했다. 그러나 최근에는 기업의 사옥이나 공공장

소에 영구적으로 설치하는 작품으로서 주목을
받고 있다. 이와 같이 설치 미술은 특정한 장소
에 전시되기 위해 특별히 제작되는 작품이므로,
(　　　) 것이 중요하다.

① 장소와 조화를 이루는
② 짧은 기간 동안만 전시하는
③ 설치 미술가들끼리 협조하는
④ 시간을 얼마나 들이느냐 하는

答案：①

<說明>
括號中要填的內容要和前面的설치 미술은 특정한 장소에 전시되기 위해 특별히
제작되는 작품이므로這句話保持連貫。由此可以推測出正確答案。正確答案是選
項①。

詞彙：
설치−設置 相反詞 해체
전시−展示 相似詞 전람
해체−解體 相似詞 분해 相反詞 설치/조립
막대하다−莫大、巨大 相似詞 어마어마하다/엄청나다/많다
사옥−（公司）房屋、（公司）建築物
영구적−永久的、長久的 相反詞 일시적/순간적/잠정적/임시적

練習題−아래 문장의 (　　　)속에 알맞은 단어를 보기에서 골라 넣으시오.

보기：설치/전시/해체/막대한/사옥/영구적

1. 100년 만에 불어 온 초강력 태풍으로 (　　　) 피해를 입었다.
2. 그는 오랜 외국 생활을 마치고 (　　　)으로 귀국하여 고향에서 살고 있다.
3. 이번 달로 미술품 (　　　)가 끝난다.
4. 우리 회사 (　　　)에는 직원들의 편의를 위해 헬스장까지 갖추어져 있다.
5. 주민들은 쓰레기 소각장 (　　　)에 반대하여 시위를 벌였다.
6. 오늘부터 오래된 송전탑의 (　　　) 공사가 시작되었다.

答案：1. 막대한　2. 영구적　3. 전시　4. 사옥　5. 설치　6. 해체

文法:

~ 채 —依存名詞。以 —은/는 채로這種形式使用，表示繼續保持已有的狀態。例句 옷을 입은 채로 물에 들어간다./노루를 산 채로 잡았다./벽에 기대앉은 채로 잠이 들었다./그 여자는 부끄러운 듯 여전히 고개를 숙인 채 말했다. — 穿著衣服進水裡。/獐子被活捉。/靠著牆坐著睡著了。/那個女人像害羞似地，一直低著頭說話。

相關問題: 본문에 <u>없는</u> 내용을 고르십시오.

① 설치 미술의 정의
② 설치 미술의 장점
③ 설치 미술의 단점
④ 설치 미술의 역사

答案：④

다음을 읽고 (　　) 안에 들어갈 알맞은 내용을 고르십시오. <8회 6급 기출문제>

> 티눈은 한 번 박히면 뽑아도 또 생긴다. 티눈은 한 쪽으로 치우쳐 걷는 걸음걸이와 신발 때문에 생기는 것이라서 늘 같은 부위가 말썽을 일으킨다.
>
> 티눈이라고 하는 것은 조직이 자기를 보호하기 위해 쌓는 방어벽이다. 한 쪽으로 치우치게 걸으면 매번 같은 부위가 신발에 닿는데 이때 생기는 자극으로부터 피부 조직을 보호하기 위해 만드는 단단한 벽이 티눈이다. 그러므로 티눈을 없애기 위해서는 그 벽이 만들어지지 않도록 해야 하고, 그러려면 (　　)

① 치료보다는 예방이 중요하다.
② 중단하지 말고 꾸준히 치료해야 한다.
③ 고통을 참고 신경을 쓰지 말아야 한다.
④ 신발을 바꾸거나 걸음걸이를 고쳐야 한다.

答案：④

<說明>

括號應該填與티눈을 없애기 위한 방법有關的內容。找到文章中有關雞眼產生原因的內容，在括號裡填入相反的內容即可。文章中說雞眼產生的原因是티눈은 한 쪽으로 치우쳐 걷는 걸음걸이와 신발 때문에 생기는 것，與此相反的內容即為選項④。

詞彙：

티눈－雞眼

박히다－長(了)，嵌有

치우치다－傾斜、偏斜 相似詞 쏠리다

부위－部位

말썽－紛爭、是非、麻煩

방어벽－壁壘

練習題－아래 문장의 (　　)속에 알맞은 단어를 보기에서 골라 넣으시오.

> 보기 : 티눈/박혀/치우치지/부위/말썽/방어벽

1. 엄한 아버지에 대해서 어머니는 늘 (　　)이 되어 주셨다.
2. 소는 (　　)에 따라 고기의 쓰임이 각각 다르다.
3. 더 이상 동네에서 동생이 (　　)을 일으키는 일이 없도록 하시오.
4. 산업 현장 곳곳에 (　　) 있는 스파이들에 의해 기밀이 새 나가고 있다.
5. 축구 선수들 발바닥에는 (　　) 한두 개쯤이 보통으로 있다.
6. 어느 한쪽 의견으로만 (　　) 말고 양쪽의 말을 듣고 잘 판단해야 한다.

答案 : 1. 방어벽　　2. 부위　　3. 말썽　　4. 박혀　　5. 티눈　　6. 치우치지

文法：類似的表現

티눈은 걸음걸이와 신발 때문에 생기므로 늘 같은 부위가 말썽을 일으킨다/피운다/부린다.
=티눈은 걸음걸이와 신발 때문에 생기므로 늘 같은 부위가 말썽이다.
=티눈은 걸음걸이와 신발 때문에 생기므로 늘 같은 부위가 속을 썩인다.
=티눈은 걸음걸이와 신발 때문에 생기므로 늘 같은 부위가 재발한다.

相關問題： 본문에 없는 내용을 고르십시오.
① 티눈의 관리
② 티눈의 문제점
③ 티눈의 치료법
④ 티눈의 발생원인

答案 : ①

5　考題綜合練習

1. 다음을 읽고 (　　) 안에 들어갈 알맞은 내용을 고르십시오. <11회 고급 기출문제>

> 감기에 잘 걸리는 사람은 암에 걸릴 확률이 낮다는 흥미로운 연구 결과가 발표되었다. 독일의 한 연구소는 603명의 피부암 환자와 526명의 건강한 사람을 비교 분석한 결과, 과거에 감기를 앓았던 사람들이 암에 걸리는 확률은 그렇지 않은 사람들보다 훨씬 낮다는 결론을 얻었다. 인체의 항체와 특수 세포가 바이러스나 박테리아와 싸우는 과정에서 면역 체계가 강화된다는 것이다. 이런 차원에서 본다면 (　　).

① 이 연구 결과를 전적으로 신뢰할 수만은 없다
② 감기가 암으로 전이될 가능성도 배제할 수 없다
③ 감기가 우리 몸에 나쁜 영향을 미치는 것만은 아니다
④ 감기에 걸렸을 때 신중하게 대처해야 할 필요가 있다

 <說明>
文章的第一句話和中間的部分都提到감기에 잘 걸리는 사람은 암에 걸릴 확률이 낮다。從這一部分可以推測出應填入括號的內容。正確答案是③。

答案：③

2. 다음을 읽고 (　　) 안에 들어갈 알맞은 내용을 고르십시오. <14회 고급 기출문제>

> 최근 실시된 설문 조사에 따르면 대학생들은 인터넷을 매일 두 시간 이상 이용하면서도 책은 하루에 30분 정도밖에 안 읽는 것으로 나타났다. 학생들은 자신들의 독서 시간이 부족하다는 사실을 인식하고 있었으며, 그 이유로는 학교 과

제, 취업 준비, 아르바이트를 주로 꼽았다. 또한 읽는 책의 대부분이 취업에 관련된 것이라고 대답한 학생도 50%에 이르렀다. 성적과 취업으로 인한 압박이 (　　　).

① 학생들을 인터넷에 빠지게 하고 있다
② 학생들을 책으로부터 멀어지게 하고 있다
③ 학생들에게 과제 준비에 매달리도록 하고 있다
④ 학생들에게 취업 문제에 관심을 갖게 하고 있다

 <說明>

從文中책은 하루에 30분 정도밖에 안 읽는 것、학생들은 자신들의 독서 시간이 부족하다는 사실을 인식這部分內容可以推測出正確答案。即所填內容是學生們讀書時間不足的理由。正確答案是②。

答案：②

3. 다음을 읽고 (　　　) 안에 들어갈 알맞은 내용을 고르십시오. <15회 고급 기출문제>

　　좋은 글의 요건을 말하기는 어렵지만 나쁜 글의 요건을 말하는 것은 아주 쉽다. 모호한 단어들, 잘못된 어법, 일관성과 통일성이 없는 구성 등이 그것이다. 또한 좋지 않은 글은 대개 문장이 길고 복잡하여 산만해 보인다. 문장이 길고 복잡해지는 현상은 글을 쓰는 사람 자신이 말하려는 것이 무엇인지 정확히 모를 때 나타난다. 다시 말해 문장을 쉽고 정확하게 쓴다는 것은 (　　　) 의미한다.

① 좋은 글을 많이 읽었다는 것을
② 글쓰기 연습을 많이 했다는 것을
③ 생각이 잘 정리되어 있다는 것을
④ 어휘력과 문법 지식이 풍부하다는 것을

<說明>

在文章的結尾有다시 말해這樣的語句，表示需要再具體說明某一內容。而前面的
內容是글을 쓰는 사람 자신이 말하려는 것이 무엇인지 정확히 모를 때，因此正確
答案是③。

答案：③

4. 다음을 읽고 (　　) 안에 들어갈 알맞은 내용을 고르십시오. <12회 고급
기출문제>

> 최근 휴대 전화 업계에는 기능과 디자인의 단순화 바람이
> 불고 있다. 지난 몇 년간 휴대 전화에 카메라 기능을 부가한
> 것을 비롯하여 녹음 기능, 텔레비전 시청 기능에 이르기까지
> 다양한 기능을 부가한 제품이 인기를 끌었다. 그러나 이러한
> 제품들은 가격이 매우 비싼데다가 불필요한 기능이 많고, 고
> 장이 잦다는 이유로 불만이 적지 않게 제기되었다. 이에 각
> 종 부가 기능들을 없애고 (　　). 이 제품들은 중·장년층을
> 중심으로 큰 인기를 끌고 있다.

① 모양과 색깔이 화려해진 제품들이 쏟아져 나오고 있다
② 인터넷 기능까지 새로 부가한 제품이 새롭게 판매되었다
③ 전화를 받고 거는 기능에 충실한 휴대 전화가 제조되고 있다
④ 무료로 고장 난 휴대 전화를 새 것으로 바꿔 주는 서비스가 생겼다

 <說明>

從文中的불필요한 기능이 많고, 고장이 잦다는 이유로 불만可以推測出正確答
案。括號中應該填불필요한 기능을 없애고 고장이 없게 만든 휴대 전화這樣的內
容，因此正確答案是選項③。

答案：③

5. (　　　)에 알맞은 말을 한 단어로 쓰십시오. <7회 6급 기출문제>

> 흔히 성격은 타고나는 것이라고 이야기한다. 즉, 우리의 성격은 태어날 때부터 선천적으로 결정된다는 것이다. 그러나 반드시 그렇다고 믿는 사람은 거의 없을 것이다. 대부분의 학자들은 성격이 선천적으로 타고나는 것과 자라나는 과정에서 겪는 경험이 복합적으로 작용하여 형성되는 것이라고 생각한다. 다시 말해서 성격은 (　　　)과/와 환경의 영향으로 형성된다는 것이다.

(　　　　　　　　　　)

<說明>

這道題目屬於主觀題。應該從文章的성격이 선천적으로 타고나는 것과 자라나는 과정에서 겪는 경험이 복합적으로 작용하여 형성中找答案。由於性格是在先天具有的和後天的成長過程中形成的。因此선천적으로 타고나는 것，可以説成是타고 나는 것、선천성、유전。同時자라나는 과정에서 겪는 경험可以説成是환경。因此正確答案是타고 나는 것、선천성或者유전。如果寫了선천적，也可以算是正確答案。

答案：타고 나는 것/선천성/유전

6. 다음을 읽고 (　　　) 안에 들어갈 알맞은 내용을 고르십시오. <16회 고급 기출문제>

> 통증의 범위가 상처 주변까지 넓게 퍼지는 이유는 몸이 완전히 회복될 때까지 외부의 충격에서 몸을 보호하려는 신경계의 작용 때문이다. 통증은 인간의 몸에 해를 끼칠 수 있는 자극이 왔으니 대책을 세우라고 뇌에 보내는 경고이다. 이러한 통증의 역할에도 불구하고 사람들은 고통의 원인

을 찾아 없애는 대신 통증을 없애기 위해 진통제를 자주 사용한다. 결국 진통제의 빈번한 사용은 (　　　) 결과를 낳게 한다.

① 통증을 줄여 주는
② 통증의 역할을 보완하는
③ 위험을 알리는 신호를 차단하는
④ 외부의 충격으로부터 몸을 보호하는

<說明>
從文章中的통증의 역할可以推測出正確答案。也就是說所填內容要和這個語句保持連貫，故括號中應填통증이 스스로의 역할을 못한다這樣意思的內容。文章當中說통증의 역할是위험을 알리는 신호，因此與之意思相似的是選項③。

答案：③

7. 다음을 읽고 (　　　) 안에 들어갈 알맞은 내용을 고르십시오. <8회 6급 기출문제>

오늘날 우리는 교육과 관련된 많은 문제를 안고 있다. 그 중 하나는 공교육에 지출되는 비용보다 사교육에 지출되는 비용이 더 많다는 것이다. 이것은 단순히 교육에 대한 열정을 넘어서 사회 전반에 영향을 미치는 심각한 사회 문제로 받아들여지고 있다. 국민들이 사교육에 의존할수록 공교육은 점점 더 부실해질 것이다. 따라서 학부모들은 공교육을 더 불신하게 되고, 정부의 교육 정책도 성과를 거두지 못하게 될 것이다. 또한 사교육비가 늘어날수록 이것을 감당할 수 없는 사람들의 교육 기회는 점점 줄어든다. 그러므로 사교육비 지출이 늘어난다는 것은 (　　　)

① 교육 정책의 성과를 의미한다.
② 교육에 대한 열정을 의미한다.
③ 교육 기회의 불평등을 의미한다.
④ 부모들의 높은 교육열을 의미한다.

 <說明>

從括號前面的句子사교육비가 늘어날수록 이것을 감당할 수 없는 사람들의 교육 기회는 줄어든다可以推測出正確答案。교육 기회가 줄어든다就是교육 기회의 불평등的意思。正確答案是選項③。

答案：③

8. 다음을 읽고 (　　) 안에 들어갈 알맞은 내용을 고르십시오. <10회 고급 기출문제>

> 기존의 기술로 만들어진 제품에 익숙하고 만족하는 사람들에게 새로운 기술의 생소함과 그것을 익혀야 하는 번거로움은 (　　). 이런 관점에서 본다면 새로운 기술은 그것을 수용하는 사람에게 편리함을 제공하는 것보다 그것을 수용하지 않는 사람에게 불편함을 빚어내는 것이 되기 쉽다.

① 경제적인 문제와 직결된다
② 지나치게 심한 부담일 수 있다
③ 오히려 도전 정신을 불러 일으킨다
④ 그 만족감에 비하면 아무것도 아니다

 <說明>

括號中要填的內容應該和文章的最後部分그것을 수용하지 않는 사람에게 불편함을 빚어내는 것이 되기 쉽다意思保持連貫。正確答案是②。

答案：②

9. 다음을 읽고 (　　) 안에 들어갈 알맞은 내용을 고르십시오. <9회 6급 기출문제>

> 　화자의 발화를 이해의 관점에서 보자면, 청자는 음성을 듣고 그것을 언어의 소리로 파악한 다음 단어를 인식한다. 이때 뇌 속에 있는 어휘에 대한 기억, 즉 머릿속 사전을 참조하여 단어의 의미를 파악한다. 단어의 인식 후에는 단어들의 연속체를 적절한 문법적 구조로 분석해야 한다. 결국 청자는 (　　)를 바탕으로 문장의 의미를 파악하게 된다.

① 소리의 정보와 단어의 의미
② 어휘의 구조와 문장의 의미
③ 문법적 구조와 소리의 정보
④ 단어의 의미와 문법적 구조

<說明>
括號開頭有名詞결국這個單字，實際上就是將前面的句子再重新說一遍的意思。括號前面的文章按照단어를 인식=단어의 의미和문법적 구조로 분석=문법적 구조的脈絡進行敘述。因此正確答案是選項④。

答案：④

6　模擬練習

1. 다음을 읽고 (　　) 안에 들어갈 알맞은 내용을 고르십시오.

> 　건강을 위해 잠은 반드시 필요하다. 사람은 잠을 통해 신체적·정신적 피로를 풀고 재충전한다. 에너지를 보호하고 체온을 조절한다. 뇌와 신경세포의 성숙과 기능을 유지하고 기억을 정리한다. 면역기능을 회복하고 조절하며, 중요 호르몬을 조절한다. 생존에 필요한 주요 단백질의 합성과 분해도 (　　).

① 인체에 반드시 필요한 것이기 때문이다
② 정신적 피로를 풀어 주기 때문이다
③ 잠자리에서 일어나기 때문이다
④ 잠을 잘 자야 하기 때문이다

 <說明>
文章透過잠의 기능説明잠의 필요성。因此正確答案是選項③。選項④在文章脈絡
上不通順。

答案：③

2. 다음을 읽고 (　　) 안에 들어갈 알맞은 내용을 고르십시오.

> 　　자동차를 팔 때 가장 중요한 것은 두말할 것도 없이 제값
> 받고 팔기다. 그렇다면 (　　). 자동차는 언제 팔면 좋을까?
> 먼저, 자동차는 주행거리 4만㎞를 기점으로 해서 6만㎞를 넘
> 기기 전에 파는 것이 좋다. 중고차의 경우 6만㎞가 지나가면
> 타이밍벨트를 비롯하여 여러 가지 정비 비용이 들어가기 시
> 작한다. 따라서 6만㎞ 이전의 차들이 판매에 매우 좋은 장점
> 을 가지고 있다.

① 판매시기를 잘 맞춰야 한다
② 판매가격이 제일 중요하다
③ 판매시기가 빠를수록 좋다
④ 판매가격이 높을수록 좋다

 <說明>
從文中자동차는 언제 팔면 좋을까可以推測出正確答案。文章中4만 km、6만 km
等敘述都和판매시기有關，因此正確答案是①。文中沒有提到選項③中的빠를수
록。

答案：①

3. 다음을 읽고 (　　) 안에 들어갈 알맞은 내용을 고르십시오.

> 　　건축은 경제변화에 따라 영향을 받는다. 호황일 경우 건설 분야에 투자와 수요가 늘면서 함께 호황을 누리지만 불황이면 건설과 건축분야도 크게 타격을 받는 편이다. 하지만 주5일 근무제와 관광레저문화 확산으로 숙박시설 및 레저시설에 대한 (　　) 노후건물에 대한 리모델링 사업이 활성화되면서 건축설계에 대한 투자도 늘어날 것으로 보인다.

① 수요가 늘고 있으며
② 공급이 늘고 있으며
③ 수요가 줄고 있으며
④ 공급이 줄고 있으며

<說明>
　　從括號的前後文可以推測出正確答案。주5일 근무제와 관광레저문화 확산으로的結果是숙박시설 및 레저시설에 대한 수요가 늘고 있으며，건축설계에 대한 투자도 늘어날 것的原因也是選項①。因此正確答案是①。

答案：①

4. 다음을 읽고 (　　) 안에 들어갈 알맞은 내용을 고르십시오.

> 　　거친 음식에 대한 가장 큰 오해 중 하나는 (　　). 그러나 첨가물이나 화학조미료 등에 길들여진 입맛이 차츰 식재료 본연의 맛을 느끼게 되면 오히려 훨씬 더 맛있다는 것을 알게 된다. 거친 음식은 가능한 한 조리하지 않은 상태로 먹는 것이 좋지만 요리할 때는 시간과 정성을 듬뿍 넣어 만들어야 한다. 그것이 곧 최고의 조미료이자 가족의 건강을 지키는 일등공신이다.

① 먹기가 불편하다는 것이다
② 값이 비싸다는 것이다
③ 영양이 없다는 것이다
④ 맛이 없다는 것이다

 <說明>

從括號後面的句子，即오히려 훨씬 더 맛있다中可以推測出正確答案。正確答案是④。

答案：④

5. 다음을 읽고 (　　) 안에 들어갈 알맞은 내용을 고르십시오.

> 생활수준이 높아짐에 따라 아기의 출산에도 변화의 바람이 불고 있다. 그 중 하나가 현재 서양에서 성행하고 있는 수중분만이다. 그런데 많은 국내 전문의들은 수중분만에 대해 (　　). 출산 시 필연적으로 분비되는 피, 대소변 등이 물과 섞이고 아기가 오염된 액체와 접촉하면서 우려되는 위험 때문이다. 또한 산모의 출혈부위도 계속 노출된 채 오염된 액체에 닿게 되면 문제가 생길 수 있다.

① 관대한 입장이다
② 중립적인 입장이다
③ 개방적인 입장이다
④ 조심스런 입장이다

 <說明>

文章的後半部分是有關수중분만의 문제점的敘述。因此從수중분만의 문제점中可以得出括號內應填國內專家們的意見。最適合的就是選項④。

答案：④

6. 다음을 읽고 (　　) 안에 들어갈 알맞은 내용을 고르십시오.

> 세상이 최첨단 디지털로 흘러갈수록 사람들은 아날로그적 감수성에 사로잡힌다. 된장찌개 앞에 시골이라는 단어 하나만 붙였을 뿐인데 그냥 된장찌개보다는 시골 된장찌개가 왠지 더 정성스럽고 정감 있게 느껴지는 것도 (　　)이라 할 수 있을 것이다. 마찬가지로 해장국하나에도 할머니 해장국이라고 할머니란 단어 하나만 첨가해 재미를 톡톡히 보는 경우도 주위에서 흔히 볼 수 있는 일이다.

① 얄팍한 상술에 지나지 않는 의미 없는 것
② 도시인들의 감수성을 자극하는 작은 전략
③ 소비를 더 부추기는 오래되고 잘못된 관행
④ 사람들의 감정 속에 내재된 자연스런 표현

 <說明>
從文中的아날로그적 감수성에 사로잡힌다可以推測出正確答案。文章第一句話就開始對아날로그적 감수성에 사로잡히는 도시인들進行說明。正確答案是②。

答案：②

7. 다음을 읽고 (　　) 안에 들어갈 알맞은 내용을 고르십시오.

> 외로움은 몸과 마음의 건강에 영향을 줘 수명을 단축시킨다. 외로움은 수명을 단축시키는 정신적, 신체적 질병과 관련되기 때문에 건강과도 밀접한 관련이 있다. (㉠) 이러한 외로움은 스트레스와 관련이 크다. 외로움을 느끼는 사람은 그렇지 않은 사람에 비해 폭식증이나 거식증과 같은 정신적 질병을 겪는 확률이 두 배 이상이다.
> 　외로움을 극복하는 가장 좋은 방법은 대화이다. 자신에게

가장 가까운 가족, 친구, 지인에게 자신의 마음을 터놓는 것만으로도 외로움은 충분히 극복될 수 있다. (ⓒ) 그럴 수 없는 상황이라면 삶의 활력을 주는 책을 읽거나 애완동물을 키우는 것도 큰 도움이 된다.

① ㉠ 역시 ㉡ 그리고
② ㉠ 게다가 ㉡ 어쩌면
③ ㉠ 또한 ㉡ 만약
④ ㉠ 심지어 ㉡ 혹시

<說明>
㉠的前後文屬於並列的關係，因此可以填入㉠處的選項有①、②、③。㉡的前後文是轉折關係，因此可以填入㉡處的選項有③、④。綜合起來，正確答案是③。

答案：③

8. 다음을 읽고 (　　) 안에 들어갈 알맞은 내용을 고르십시오.

지난해 이집트로 휴가여행을 갔다. 여행은 본래 떠나기 전에 가장 설레는 법이다. 회사에서 퇴근하면 밤마다 이집트 여행기를 인터넷에서 찾아보며 일정을 짰다. 당시 이집트 여행 블로그에 보면 다들 이집트의 주식이 걸레빵이라며, 이집트에서 걸레빵 먹은 기억밖엔 없다고 했다. (　　). 카이로공항에 내려 시내에 들어서자 왜 사람들이 걸레빵이라고 하는지 알 수 있었다. 노란색의 둥글넓적한 빵이다. 빵을 길가에서 팔 때 좌판이나 가로대에 걸레처럼 널어놓아서 걸레빵이라고 하는 듯하다. 호기심에 빵장수에게 다가갔다. 값은 쌌다. 모양은 누추했다. 한입 먹었다. 어라! 의외로 고소하고 맛있는걸! 고소한 맛에 놀랐다.

① 인터넷 자료에는 왜 걸레빵만 나오는지 이해가 안 갔다
② 이집트 사람들의 주식이 왜 걸레빵인지 몰랐다
③ 빵이 얼마나 너덜너덜하면 걸레빵일까 싶었다
④ 걸레빵을 어디서 볼 수 있는지 궁금했다

 <說明>

從括號後的 왜 사람들이 걸레빵이라고 하는지 알 수 있었다 中可以推測出答案。從文脈上來看，括號裡應該填入關於 왜 걸레빵이라고 부르는지에 대한 궁금증的內容文脈才通順。正確答案是③。

【參考】블로그－部落格，blog。

答案：③

9. 다음을 읽고 (　　) 안에 들어갈 알맞은 내용을 고르십시오.

> 겨울철의 별미 과메기가 연간 3만 명 고용창출효과를 내는 등 포항 경제에 효자노릇을 톡톡히 하고 있다. 15일 포항 죽도시장.10여 년째 어류를 팔고 있다는 이모 씨(54·여)는 "요즘은 서울 등 타 지역에서 과메기를 더 많이 찾고 있다"며 "포항에 과메기 덕장(가공업체)만 600개가 넘는다"고 자랑했다. 포항시와 구룡포 과메기 조합 법인에 따르면 이달 말이면 과메기 철이 끝나는 데도 요즘에도 하루 평균 1000 두름(한 두름은 과메기 20마리) 정도 판매되고 있다고 했다. 예전에는 서민 음식에 지나지 않던 과메기가 오늘날에는 (　　).

① 지역 특산물로서의 한 몫을 단단히 해내고 있다
② 포항에서만 먹을 수 있는 음식으로 자리매김 하였다
③ 돈 있는 사람들만 맛볼 수 있는 귀한 음식이 되었다
④ 몸에 좋다고 알려지면서 건강식품으로 각광을 받고 있다

 <說明>

括號中應填入概括文章內容的句子。因此正確答案是①。

【參考】과메기(千針魚)——秋刀魚乾是韓國的傳統料理之一，是一種冬季用青魚或秋刀魚半乾燥製成的食物。這種料理在慶尚北道比較多，尤其是盛產青魚和秋刀

魚的浦項更多，其中浦項的九龍浦最為有名。浦項為了宣傳鄉土飲食，每年都舉行秋刀魚乾慶典。

포항(浦項)——慶尚北道東北方向，面朝東海岸的城市。浦項鋼鐵公司世界聞名。另外，農業、水產業也是重要的產業。

구룡포(九龍浦)－韓國慶尚北道浦項市南區的一個邑。

答案：①

10. 다음을 읽고 (　　) 안에 들어갈 알맞은 내용을 고르십시오.

> 거의 집집마다 책꽂이 한쪽에 두툼한 국어사전이 꽂혀 있던 시절이 있었다. 변변히 볼 만한 책이 없을 때 괜히 사전을 뒤적거리며 깨알처럼 빼곡히 들어찬 단어 사이를 배회했던 경험도 한두 번쯤 갖고 있을 터다. 잠자리 날개처럼 하늘거리던 얇은 종잇장의 부드러운 감촉은 소년기 추억을 더욱 풍성하게 만들어줬다. 하지만 거기까지다. (　　). 종이사전이 심각한 위기에 빠졌다. 이러한 위기는 최근 몇 년 사이에 더욱 심화되고 있다. 바로 전자사전의 등장 때문이다. 휴대하기에도 간편하고, 전자사전 하나면 여러 종류의 사전을 동시에 볼 수 있다는 장점 때문에 사전 시장의 판도가 뒤바뀌었다.

① 전자사전의 시장 잠식이 예사롭지 않다
② 종이사전이 설 자리는 점점 좁아지고 있다
③ 종이사전에 대한 그리운 추억이 여전히 있다
④ 전자사전의 출현은 종이사전을 위기에 빠트렸다

<說明>
文中括號後面有바로 전자사전의 등장 때문이다，其中因為有副詞바로，所以전자사전不應該出現在這句話的前面。所以先排除含有전자사전的選項。括號前後的句子하지만 거기까지다和종이사전이 심각한 위기에 빠졌다都是關於종이사전的危機的內容。因此正確答案是②。 설 자리는 점점 좁아지고 있다=심각한 위기

答案：②

다음은 신문 기사의 제목입니다. 가장 잘 설명한 것을 고르십시오. <16회 고급 기출문제>

> 서울 아파트 매매가는 안정세, 전세가는 들썩

① 서울 지역 아파트의 전세 가격이 오르려 하고 있다.
② 서울 지역 아파트의 전세 가격이 매매 가격을 앞질렀다.
③ 서울 지역 아파트 매매 가격의 하락으로 거래가 활발해지고 있다.
④ 서울 지역에서 전세를 구하기가 어려워 전세 가격이 올라가고 있다.

<說明>
들썩有很多意思。當和物價有關的時候，表示物價有上升的趨勢。因此正確答案是
①。例句 김장철이 되자 배추 값이 들썩이고 있다。—做過冬泡菜的季節一到，白菜的價格就上升。即做過冬泡菜的季節，白菜的需求量很大，因此賣家都想提高價格的意思。

答案：①

다음은 신문 기사의 제목입니다. 가장 잘 설명한 것을 고르십시오. <8회 5급 기출문제>

> 방역 대책 시급, 돼지 콜레라 남쪽으로 번져

① 방역 대책을 마련하기 전에 돼지 콜레라가 남쪽에서 올라왔다.
② 돼지 콜레라가 남쪽으로 확산되어 방역 대책을 마련해야 한다.
③ 방역 대책을 마련했지만 돼지 콜레라가 이미 남쪽으로 번졌다.
④ 돼지 콜레라가 남쪽으로 번지기 전에 방역 대책을 빨리 마련했다.

<說明>

題中句子是倒裝句，即為了強調방역 대책이 시급하다而把這部分提前。句子的意思是돼지 콜레라가 남쪽으로 번져 가고 있어 방역 대책이 시급하다。與此具有相同意思的是選項②。

答案：②

다음은 신문 기사의 제목입니다. 가장 잘 설명한 것을 고르십시오. <10회 고급 기출문제>

> ## 최희철 감독 역대 최고 대우, 삼일 은행으로

① 삼일 은행은 최 감독을 해임하고 새로운 감독을 물색하고 있다.
② 최 감독은 역대 최고 연봉을 받기 위해 삼일 은행과 협상 중이다.
③ 최고 대우를 받고 삼일 은행의 감독을 맡았던 최 감독이 은퇴했다.
④ 최 감독이 최고의 연봉을 받으며 삼일 은행의 감독으로 가게 됐다.

 <說明>

知道名詞대우(待遇)的含意就可以輕鬆解題。句子的意思是최희철 감독이 역대 최고의 대우를 받고 삼일 은행으로 갈 것이다。

대우(待遇)－在單位中的地位、工資等勞動條件。例句 나는 이번에 직장을 옮기면서 과장 승진이라는 파격적 대우를 받았다.－我這次跳槽，得到了破例晉升課長的待遇。

答案：④

다음은 신문 기사의 제목입니다. 가장 잘 설명한 것을 고르십시오.

> ## "복사도 초대졸은 돼야" 알바도 학력순

① 기술의 발달로 복사 아르바이트는 초급대학 이상의 학력이어야 한다.
② 실업문제가 심각하여 고학력이 아니면 아르바이트 자리도 찾기 어렵다.
③ 아르바이트 자리에도 초급대학 이상의 전문직이 많이 필요한 실정이다.
④ 아르바이트 중 가장 단순한 복사 업무를 고학력자가 하는 건 인력 낭비다.

 <說明>

題中的복사不是指影印，而是單純地比喻打工。알바是아르바이트(Arbeit－德語)

的縮略語。題中句子的意思是連簡單的打工也要看學歷。因為要打工的人很多，而工作職位不足，雇傭者在雇用打工者的時候就首先錄用高學歷者。因此就出現학력순。

答案：②

다음은 신문 기사의 제목입니다. 가장 잘 설명한 것을 고르십시오.

> 통계청, 출생아 수 통계 오락가락

① 통계청이 출생아 수 통계를 발표하는 시기가 일정하지 않아 혼란스럽다.
② 통계청이 발표하는 출생아 수 통계에 오류가 발생해 빈축을 사고 있다.
③ 통계청이 출생아 수 통계를 낼지 말지 당국의 지시를 기다리고 있다.
④ 통계청이 출생아 수 통계를 발표할지 말지를 고민하고 있는 중이다.

 <說明>
題目中的오락가락的代表性的意思是用來形容來來回回、不停的樣子。這裡是比喻因為統計有誤，所以發布的數據被更正。正確答案是②。

答案：②

다음은 어떤 종류의 글인지 고르십시오. <8회 5급 기출문제>

> 김홍도 작품의 소재는 이렇듯 사람들의 땀 냄새가 흠씬 배어나는, 진실한 삶의 모습을 대상으로 합니다. 화가 김홍도는 농부들이 새참 먹는 모습을 보곤 잠시 발을 멈추었겠지요. 그리고 그는 집을 짓기도 하고, 벼 타작을 하고, 씨름 한 판을 벌이는가 싶더니, 서당에서 졸기도 하고, 더러는 지나가는 여인네를 몰래 훔쳐보기까지 합니다.

① 영화평
② 책 소개문
③ 독서 감상문
④ 미술 작품 해설

 <說明>

文中提到화가(畫家) 김홍도。並且文章的第一句話以김홍도의 작품 소재는 ~開頭，由此可知短文的內容是對作品的介紹。由於文章中說到김홍도是畫家，因此김홍도의 작품就是指김홍도的 미술 作品。正確答案是④。

【參考】김홍도(金弘道)，韓國朝鮮時代著名民俗畫畫家。

答案：④

다음은 어떤 종류의 글인지 고르십시오. <7회 5급 기출문제>

> 　소비자의 건강은 무엇보다도 중요하다. 그것은 이번 협상에서 얻을 수 있는 그 어떤 이익과도 바꿀 수 없는 것이다. 정부는 국민의 건강에 가장 높은 가치를 두어야 한다. 정부가 국민 건강에 대해 확고한 의지를 가져야만 수입 식품의 허술한 검사, 식품의 무책임한 유통 등의 문제에 효과적으로 대처할 수 있을 것이다.

① 대상을 평가하는 글
② 사실을 설명하는 글
③ 자기주장을 담은 글
④ 작품에 대한 느낌을 쓴 글

 <說明>

本新聞屬於社論。此類文章中作者通常表達自己的意見或主張。文中也提到무엇보다도 중요하다、바꿀 수 없는 것이다、높은 가치를 두어야 한다、대처할 수 있을 것이다，但這些並非是對某個事件的客觀評價，而是作者的主張。正確答案是③。

答案：③

다음은 어떤 종류의 글인지 고르십시오.

> 어제 저녁 7시 40분쯤 서울 송파동에 있는 다세대 주택 3층에서 불이 났습니다. 불은 가재도구 등을 태우고 10분 만에 꺼졌습니다. 이 과정에서 집 안에 있던 34살 홍 모 씨가 얼굴 등에 2도 화상을 입고 병원으로 옮겨져 치료를 받고 있습니다. 경찰은 홍 씨가 자신과 전화로 다투다 홧김에 불을 낸 것 같다는 남편의 진술을 토대로 화재 원인을 조사하고 있습니다.

① 신문 기사
② 경찰 조사
③ 방송 뉴스
④ 화재 경보

<說明>

文章屬於向他人介紹某一事實的文體，並且用口語寫成。由此可知文章屬於방송 뉴스。如果是신문 기사，不會使用口語敬語，而是使用事務性的語言。如：불이 났습니다→불이 났다, 10분 만에 꺼졌습니다→10분 만에 꺼졌다等。

答案：③

다음은 어떤 종류의 글인지 고르십시오.

> 이 그림은 자세한 묘사는 아니지만 인물들의 특징을 표현하려 애쓴 모습이 보인다. 현대 사회를 살아가는 인물들의 어떤 모습을 표현하려 하였는지는 자세하지 않지만, 인간관계 속에서 고뇌하고

행동하는 인물들의 모습으로 보인다. 특히 여백을 밝게 하고 인물들을 어두운 그림자로 처리하였는데 외형의 화려함에 어울리지 못하는 도시 속 인물들의 고통으로 해석이 된다.

① 논설문
② 설명문
③ 감상문
④ 안내문

 <說明>

文章是描寫作者觀畫的感想，屬於介紹、說明性質的文章。

答案：④

다음 글의 주제문을 고르십시오. <8회 6급 기출문제>

㉠옛 사람들은 하늘의 진정한 움직임을 알지는 못했으나 별자리의 의미를 읽고 해석할 수 있다고 믿었다. ㉡그러나 천문학 지식이 풍부해짐에 따라 하늘을 둘러싼 흥미로운 민간전승과 믿음은 끊임없이 영향력을 잃어 갔다. ㉢더구나 오늘날은 각종 도서와 학교가 구전되어 온 지혜를 대체하고 있으며, 신화와 이미지는 사실상 영향력을 상실하게 되었다. ㉣이처럼 위대한 존재나 대상이라도 시대에 따라 그 영향력은 달라질 수밖에 없다.

① ㉠   ② ㉡   ③ ㉢   ④ ㉣

 <說明>
文章屬於尾括式。最後一句話是主題句。為了引出最後一句話，前文引用了古人的
例子進行說明。

答案：④

다음 글의 주제문을 고르십시오. <7회 6급 기출문제>

㉠현대 사회가 해결해야 할 또 하나의 과제는 물질적인 것과 정신적인 것 사이의 균형을 회복하는 일이다. ㉡옛날에는 오히려 사회생활의 비중을 정신적인 것이 더 많이 차지했다. ㉢현대 사회로 넘어오면서부터 모든 것이 물질 만능주의로 기울어지고 있다. ㉣물질과 부가 모든 것을 지배하게 되면 우리는 문화를 잃게 되며, 삶의 주체인 인격을 상실하게 된다. ㉤그 뒤에 불행이 따르는 것은 더 말할 필요가 없다.

① ㉠   ② ㉡   ③ ㉢   ④ ㉣

 <說明>
文章屬於頭括式。從第二句話一直到最後都是對第一句話，即主題句的補充說明。

答案：①

다음 글의 주제문으로 가장 알맞은 것을 고르십시오.

㉠예전엔 혼자 여행을 즐겼는데 어쩌다 관광지역에 고기라도 먹을라치면 아예 일인분은 팔지 않

는 식당들이 허다했다. ⓁⒷ러면 하는 수 없이 나는 돈은 이인분을 낼 테니 음식은 일인분만 달라고 주문하고는 했다. ⒸⒹ당의 이익도 중요한 만큼 혼자 배고파서 식당을 찾는 고객에 대한 서비스도 중요하다고 생각한다. ⒹⒺ사 손해를 본다 치더라도 고객이 우선이기 때문이다.

① ㉠　　② ㉡　　③ ㉢　　④ ㉣

<說明>
　　文章㉢處的서비스도 중요하다고 생각한다是作者的想法和主張，即主題句。㉠和㉡都是為了說明㉢而舉的例子。㉣是㉢的理由。

答案：③

다음 글의 주제문을 고르십시오.

　　㉠노래를 따라 부르며 춤도 추고 자유롭게 즐기는 대중음악 공연장과는 달리, 클래식 음악회는 가만히 앉아서, 조금만 바스락거리거나 기침만 해도 주변 사람들의 날카로운 시선을 감당해야 한다. ㉡음악의 분위기를 빨리 파악할 수 있도록 돕는 가사도 없고, 한 곡의 길이가 30분이 넘는 건 기본이다. ㉢클래식 음악에는 인내심이 필요하기에 감정의 연결 끈을 찾기가 어렵고 더욱 멀게만 느껴지는 것은 아닐까. ㉣하지만 클래식 음악 속

에는 분명 우리가 알지 못하고 생각지 못했던, 폭 넓은 감정의 세계와 감동이 숨어 있다.

① ㉠　　② ㉡　　③ ㉢　　④ ㉣

 <說明>
文章的最後一句話以連詞하지만開頭，表達了作者的主張，屬尾括式。

答案：④

다음 글의 주제문을 고르십시오.

㉠텔레비전에서 새로 시작하는 드라마는 늘 시청률 전쟁의 첨예한 싸움터가 됩니다. ㉡첫 회 방송에서 시청률이 얼마나 나왔는지, 그 후로 상승곡선을 타는지 하강곡선을 타는지가 관심의 대상입니다. ㉢그리고 시청률이 높고 낮은 이유에 대해서는 늘 분석이 따라 나옵니다. ㉣같은 시간대에 방송되는 다른 드라마가 너무 강세라는 것이 이유가 되기도 합니다.

① ㉠　　② ㉡　　③ ㉢　　④ ㉣

<說明>
文章屬於頭括式。第一句話是主題句。從第二句話開始展開敘述。由於連詞그리고在㉢處，所以如果第二句話是主題句的話，那麼㉡和㉢都應該是主題句。因此應該選①。

答案：①

다음 글의 주제로 가장 알맞은 것을 고르십시오. <14회 고급 기출문제>

> 죄를 지은 사람을 처벌하는 목적은 그 사람을 교화시켜 다시는 죄를 짓지 않도록 하는 데 있다. 그렇지만 처벌의 무거움이나 가벼움에 따라 교화의 결과가 달라지는 것은 아니다. 무거운 처벌에 뉘우치지 않는 사람도 있고, 가벼운 처벌에 크게 뉘우치는 사람도 있다. 몇 십 년이 지나도 반성할 줄 모르는 사람도 있고 한순간에 반성하는 사람도 있다. 따라서 처벌의 경중은 죄의 크기를 중심으로 결정하되, 범죄자가 뉘우치는지, 그렇지 않는지도 반드시 참고해야 한다.

① 처벌은 저지른 죄의 대가를 치르기 위한 것이다.
② 처벌은 범죄의 종류와 성격에 따라 달라져야 한다.
③ 처벌의 무거움이나 기간에 따라 효과가 크게 달라진다.
④ 처벌의 정도는 범죄자의 반성 여부를 반영해 결정해야 한다.

<說明>
　　文章屬於尾括式。文章的最後一句話以連接詞따라서開頭，表達了作者的主張。因此這句話是主題句。正確答案是④。

答案：④

다음 글의 제목으로 가장 알맞은 것을 고르십시오. <9회 6급 기출문제>

> 2050년 6월 28일 오전 7시. 한국의 경제성장률이 경제협력개발기구(OECD) 회원국 중 최하위권이라는 뉴스가 TV에서 흘러나온다. 지원하는 학생

이 없어 대학이 문을 닫는다는 뉴스는 지겨울 정도다. 45년 전엔 부동산 바람이 불었다지만 그때보다 인구가 1,200만 명이나 줄어든 지금은 도시 곳곳이 빈집 상태다.

　2050년 6월 28일 오후 9시. 방금 퇴근한 65세의 김모 씨는 TV를 켜며 허리를 두드린다. 50년 전만 해도 은퇴해 국민 연금을 받을 나이지만 지금은 어림없다. 서른이 훌쩍 넘은 아들은 월급의 65%를 사회보장비로 내느라 결혼할 엄두도 못 내고 있다.

① 저출산율, 국가의 미래 좌우
② 2050년 인구 감소로 집값 폭락
③ 45년 후, 65세 정년 꿈도 못 꿔
④ 사회보장비 부담으로 결혼 미뤄야

<說明>

文章主題隱藏在整篇文章當中。文章以지원하는 학생이 없어 대학이 문을 닫는다는 뉴스、1,200만 명이나 줄어든 지금은 도시 곳곳이 빈집 상태、국민 연금을 받을 나이지만 지금은 어림없다、결혼할 엄두도 못 내고 있다這種形式進行敘述，與選項中的①意思相同。②、③、④都只是部分內容，不能代表文章整體內容。選項①是文章的主題和主旨。

答案：①

다음 글의 제목으로 가장 알맞은 것을 고르십시오.

　길고 지루하게, 요점이 어디인지 알 수 없도록 써놓은 글이나 말을 접할 때면 가슴이 답답해집니다. 무슨 메시지를 전달하려고 하는 것인지,

당사자도 모르고 있는 것은 아닐까 싶을 때가 있습니다. 메시지에는 두 종류가 있습니다. 하나는 힘 있는 메시지이고 다른 하나는 힘없는 메시지입니다. 힘 있는 메시지를 듣고 나면 "아, 그렇구나"하면서 공감하게 됩니다. 힘없는 메시지는 듣고 나도 무엇을 들었는지 알 수가 없습니다. 들으나 마나 한 메시지입니다. 공허하고 추상적인 거대한 단어의 나열은 대부분 힘없는 메시지가 됩니다.

① 힘 있는 메시지 전달 방법을 알아야
② 의사 전달은 간단하고 정확해야
③ 메시지 전달은 무조건 간단해야
④ 의사 전달의 내용은 아름다워야

 <說明>

文章雖然對힘 있는 메시지和힘없는 메시지都進行了敘述，但強調的是힘없는 메시지。因此關於힘없는 메시지的內容才是主題。文章的第一句話길고 지루하게, 요점이 어디인지 알 수 없도록 써놓은 글是對힘없는 메시지的敘述。與此相反的內容是간단하고 정확。 메시지 전달=의사 전달

答案：②

다음 글의 제목으로 가장 알맞은 것을 고르십시오.

인간을 만물의 영장으로 만들어준 신체기관으로 대부분의 사람들은 아마 뇌를 꼽을 것이다. 나도 동의한다. 그러면서도 슬쩍 손도 함께 끼워 넣고 싶다. 손 중에서도 특히 엄지야말로 우리로 하

여금 진정 인간으로 거듭나게 해준 일등공신이었다. 물리학자 뉴턴이 인간의 엄지가 신의 존재를 입증한다고 했을 정도로 엄지는 앞발을 손으로 바꿔준 엄청난 진화적 도약이었다. 동물원에서 코로 과자를 받아먹는 코끼리를 보며 감탄의 박수를 치고 있는 자신의 손을 들여다보라. 엄지 덕택에 코끼리의 코와는 비교도 할 수 없게 정교해진 우리의 손은 실로 위대한 진화의 산물이다.

① 뇌 못지않은 엄지의 역할
② 위대한 진화의 산물 손
③ 다양한 기능의 엄지
④ 엄지에 대한 예찬

<說明>
　文章的主要描述對象既不是뇌，也不是손，而是엄지。文章中並沒有對엄지的기能進行敘述，而是表達了作者對엄지的讚賞。

答案：④

다음 글의 주제로 가장 알맞은 것을 고르십시오. <13회 고급 기출문제>

　　다국적 기업의 경영자들은 다문화에 대한 깊은 이해가 필요하다. 왜냐하면 문화적 배경이 다른 직원들 사이에 갈등이 발생할 가능성이 크기 때문이다. 예를 들어 문화에 따라서는 대화 시 상대의 눈을 똑바로 쳐다보는 것을 무례하다고 생각할 수도 있고 적극적이라고 생각할 수도 있다. 우수한 경영자가 되려면 이러한 차이로 인해 발생하는 문화적 갈등을 잘 조정하고 해결할 수 있어야 한다.

① 다국적 기업을 경영하려면 다양한 문화를 체험해야 한다.
② 대화할 때 상대의 눈을 똑바로 쳐다보고 말하면 안 된다.
③ 문화 차이로 인한 갈등이 다국적 기업의 가장 큰 문제이다.
④ 문화적 갈등을 조율하는 능력이 다국적 기업 경영자에게 요구된다.

<說明>
文章是兩括式。與文章的第一句話和最後一句話意思相同的是選項④。

答案：④

다음 글의 주제로 가장 알맞은 것을 고르십시오.

서울시가 식당의 위생 수준을 개선하기 위해 음식점 위생등급 평가제를 시범실시하고 내년부터는 이를 법제화하겠다고 나섰다. 하지만 식당을 경영하는 입장에서 볼 때 이 제도는 몇 가지 문제점을 지니고 있다. 요식업자들은 이미 식품위생법 관련규정에 의해 당국의 여러 가지 감시를 받고 있다. 하지만 이 제도들도 행정인력 부족으로 제대로 운영이 되지 못하고 있는 상태에서 또다시 식당 위생평가제를 도입하겠다는 것은 현실을 도외시한 것으로, 형식적인 평가에 그치기 쉽다. 음식점의 등급평가는 행정 당국이 아닌 소비자의 판단 영역이다. 식당 평가는 이미 인터넷이나 음식전문 사이트 등을 통해 그 정보가 넘쳐나고 있어, 구태여 행정력을 행사할 필요가 없지 않나 생각한다.

① 음식점 등급평가는 서울시가 아닌 소비자의 몫이다.
② 음식점 등급평가제를 잘하려면 인력이 보충돼야 한다.
③ 서울시는 음식점 등급평가제를 내년부터 법제화할 예정이다.
④ 음식점 등급평가제는 형식적인 평가에 그치기 쉬운 정책이다.

<說明>
文章的主旨在後半部分，屬於尾括式。文章的後半部分提到음식점의 등급평가는 행정 당국이 아닌 소비자의 판단 영역이다，又在最後的구태여 행정력을 행사할 필요가 없지 않나 생각한다中提到음식점 등급평가제的實施沒有必要。綜合一下，正確答案是①。

答案：①

다음 글에서 <보기>의 문장을 넣을 수 있는 곳을 고르십시오. <13회 고급 기출문제>

최근 음식이 사람의 유전자에 영향을 미친다는 연구 결과가 발표되었다. (㉠) 인류는 자신들이 살아가는 지역의 환경에 따라 독특한 음식을 발달시켰다. (㉡) 그리고 그 차이는 후손들의 식습관에 영향을 미쳤다. (㉢) 그 결과 사는 지역이 다르면 사람들이 가진 유전자도 달라졌다. (㉣) 유전자의 차이는 소화 효소에서 잘 드러나는데 주식이 쌀이냐 고기냐에 따라 소화 효소가 다르다고 한다.

<보 기>

북부 지방은 추위에, 적도 지방은 더위에 알맞은 요리 방법을 개발했다.

① ㉠　　② ㉡　　③ ㉢　　④ ㉣

<說明>

㉡前提到독특한 음식을 발달시켰다，例句對此進行了說明。並且㉡後以그리고開頭，即再敘述一個事實。因此例句應放在㉡處。正確答案是②。

答案：②

다음 글에서 <보기>의 문장을 넣을 수 있는 곳을 고르십시오. <16회 고급 기출 문제>

치매나 언어 장애 같은 뇌질환은 왜 발생할까? (㉠) 이런 질병은 퇴행성 질환으로 뇌세포가 줄어들거나 뇌혈관에 문제가 있을 때 생긴다. (㉡) 또한 뉴런이라는 신경 세포에 문제가 생겨 전달 물질이 제대로 전달되지 못할 때도 나타난다. (㉢) 마찬가지로 신경 전달 물질이 엉뚱한 신경 세포에 잘못 전달되거나 도중에 끊기면 치매나 언어 장애가 생길 수 있다. (㉣)

<보 기>

전자 제품의 회로를 아무렇게나 연결하면 고장

이 나거나 제대로 작동 되지 않는다.

① ㉠   ② ㉡   ③ ㉢   ④ ㉣

<說明>
所給的句子是關於전자 제품 회로的敘述。但文章卻是對뇌질환的敘述。由此可知，所給的句子在文中是作為例子出現的。文中沒有說明與마찬가지로相同的內容。但如果在마찬가지로前插入所給的句子，文脈就更加通順了。因此所給句子應放在마찬가지로前。正確答案是③。

答案：③

다음 글에서 <보기>의 문장을 넣을 수 있는 곳을 고르십시오.

소나무가 눈에 약한 이유는 소나무의 푸른 잎 때문이다. (㉠) 겨울에도 솔잎이 촘촘하게 달려 있으므로 눈이 내리기 시작하면 그 눈의 무게를 온몸으로 지탱해야 한다. (㉡) 다른 나무들은 겨울에 잎이 떨어져 버리므로, 눈이 내려도 쌓일 이파리가 없다. (㉢) 겨울의 푸른 솔잎은 절개와 독야청청(獨也靑靑)을 상징한다. (㉣) 눈 덮인 소나무를 바라보면서 절개는 대가를 수반한다는 이치를 생각하였다.

<보 기>

하지만 눈이 오면 그 절개로 인해서 몸의 가지가 꺾이는 아픔을 겪어야 한다.

① ㉠　　② ㉡　　③ ㉢　　④ ㉣

<說明>

所給句子中有連詞하지만和提示語그 절개。即只要在文中找到그 절개所指代的內容及與所給句子意思相反的部分，插入其後即可。所給句子中的그 절개是指㉣前面的절개。並且㉣前面的句子和所給的句子意思相反。正確答案是④。

答案：④

다음 글에서 <보기>의 문장을 넣을 수 있는 곳을 고르십시오.

　　우리는 지금 단군 이래 가장 잘 먹는 시대에 살고 있다. 그러나 먹는 것의 40%는 수입에 의존하고 있고, 만든 것의 25%를 쓰레기로 버리고 있다. (㉠) 최근에는 이런 나라들도 지구 온난화와 에너지 위기로 식생활을 바꾸려는 시도를 하고 있다. (㉡) 신토불이와 금육채식이 건강뿐만 아니라 환경을 지킨다는 것이 진리가 되었다. (㉢) 이 진리에 우리가 추가해야 할 것이 쓰레기 없는 음식문화다. (㉣) 후손들에게 부강한 환경선진국을 물려줄 수 있는 녹색성장을 하려면 먼저 우리의 밥상부터 바꿔야 한다.

<보 기>

우리보다 잘사는 유럽 · 미국 · 일본 등도 이처럼 많은 음식물 쓰레기를 배출하지 않는다.

① ㉠ ② ㉡ ③ ㉢ ④ ㉣

<說明>

所給句中有提示語이처럼。只要找到這個提示語的具體指代問題就可以了。從所給句子中可以看出이처럼是指많은 쓰레기를 배출。這與文章中㉠前面的25%를 쓰레기로 버리고 있다文脈上一致。正確答案是①。

答案：①

다음을 읽고 내용이 같은 것을 고르십시오. <11회 고급 기출문제>

고전음악에도 훌륭한 음악과 그렇지 못한 음악이 있다. 하이든이 무수한 교향곡을 작곡했지만 그의 모든 작품이 훌륭하다고 인정받는 것은 아니다. 대중음악도 마찬가지이다. 그럼에도 불구하고 대중음악이라고 하면 고전음악보다 못한 것이라고 생각하는 사람들이 있다. 그러나 대중음악 가운데에도 받아들이고 감상할 가치가 충분한 것들이 있으며 이들을 무조건 폄하함으로써 얻어지는 이득은 아무것도 없다.

① 대중성을 띤 작품이 훌륭한 음악 작품이다.
② 고전음악과 대중음악을 고루 발전시켜야 한다.
③ 대중음악에도 훌륭한 작품이 있음을 인정해야 한다.
④ 훌륭한 음악과 그렇지 못한 음악을 가르는 것은 무의미한 일이다.

<說明>

文中沒有提到選項①、②、④的內容。選項③的內容即文章的대중음악 가운데에도 받아들이고 감상할 가치가 충분한 것들이 있으며部分。這兩部分是相同意思的不同表達方式。

答案：③

다음을 읽고 내용이 같은 것을 고르십시오. <12회 고급 기출문제>

> 주요 에너지 자원인 석유, 천연가스, 석탄의 매장량 분포를 보면, 석유는 중동이, 천연가스는 중동과 러시아가 압도적인 비중을 차지하며, 석탄의 경우는 세계에 골고루 분산되어 있다. 금속 자원은 일부 국가에 편재되어 매장돼 있는데 철광석의 경우는 러시아, 호주 등 5개국에 약 4분의 3이 매장되어 있다. 그러나 각 국가의 경제 사정 등에 영향을 받기 때문에 자원이 매장된 양과 생산하는 양이 비례하지는 않는다.

① 석탄은 일부 국가에 많은 양이 매장되어 있다.
② 천연가스는 중동과 러시아에 소량 매장되어 있다.
③ 금속 자원은 일부 국가에 편중되어 분포되어 있다.
④ 자원의 매장량이 많은 나라에서 많은 자원이 생산된다.

<說明>

選項①，由於文中提到석탄의 경우는 세계에 골고루 분산되어 있다，因此該選項和文章不符。選項②，由於文中提到천연가스는 중동과 러시아가 압도적인 비중을 차지，因此該選項和文章不符。選項③，由於文中提到금속 자원은 일부 국가에 편재되어 매장돼 있는데，因此該選項和文章一致。選項④，由於文中提到자원이 매장된 양과 생산하는 양이 비례하지는 않는다，因此該選項和文章不符。

答案：③

다음을 읽고 내용이 같은 것을 고르십시오.

> 많은 사람들이 "우리나라에는 f와 p 발음이 구분되지 않는다"고 했지만 그 말은 틀린 말이다. 많은 사람들이 특히 방송국 아나운서들이 이 발음을 구분하고 있다. 물론 영어를 전혀 접하지 못한 일부 국민들은 구분을 못 하겠지만 영어를 조금이라도 배운 많은 국민들은 모두 구분하고 실생활에서 널리 사용하고 있다. 따라서 실제 발음상에는 file과 pile를 잘 구분하고 있는데, 그 발음을 구분하여 표기할 수 없어 답답한 생활을 하고 있는 것이다. 발음을 하면서도 문자가 없기 때문에 완전히 생활화되지 못하여 외국어를 배우는 것이 다른 나라에 비해 어렵다는 점도 간과할 수 없다.

① 영어를 배운 사람은 f와 p 표기도 할 수 있다.
② f와 p 발음을 구분하지 못하는 사람은 없다.
③ 영어를 한글로 완벽하게 표기할 수는 없다.
④ 외국어 공부가 어려운 것은 발음 때문이다.

<說明>
選項③，由於文中提到발음을 구분하여 표기할 수 없어，因此該選項和文章一致。其他選項與文章內容不符。

答案：③

다음을 읽고 내용이 같은 것을 고르십시오.

　　최근 폭설 및 계속되는 혹한으로 난방용 전기 수요가 급증하여 전력난이 가중되자 급기야 지식 경제부 장관이 담화문을 발표하는 등 국민들에게 절전을 강력히 주문하고 있다. 에너지 절감을 위해 건물 실내 온도를 낮추자 전기난로나 의자용 전기방석 등 개인용 보조 난방기 사용이 늘어나 전력 소비가 크게 늘어난 것이다. 발전소를 많이 지어 전기를 풍족하게 공급하면, 비수기에는 놀리게 되어 결국은 국민 부담이 늘어난다. 세계적으로도 전력은 생산보다 수요 관리에 역점을 두고 있고, 이는 정부나 전력회사만의 일이 아니라 국민적인 당면 과제임을 알아야 한다.

① 발전소를 많이 짓는 것에 대한 장점보다는 단점이 더 많다.
② 전력 소비가 늘어난 이유는 건물 실내 온도를 올려서이다.
③ 전기의 생산보다는 효율적인 사용에 초점을 맞춰야 한다.
④ 정부가 전력 수요를 조절하면 전력난은 해결할 수 있다.

 <說明>

選項③，由於文中提到전력은 생산보다 수요 관리에 역점을 두고 있고，因此該選項和文章一致。文章中沒有出現選項①中的장점和단점的內容。選項②，由於文中提到건물 실내 온도를 낮추자 ~ 전력 소비가 늘어난 것이다，因此該選項和文章不符。選項④和文章的最後一句話不符。

答案：③

다음을 읽고 (   ) 안에 들어갈 알맞은 내용을 고르십시오. <9회 6급 기출문제>

> 모든 예술은 서로 밀접한 관련을 맺고 영향을 주고 받으며 발전하고 있다. 음악을 하는 사람은 시를 알아야 하고, 미술을 하는 사람은 소설을 알아야 한다. 먼 나라를 여행하며 기행문을 쓰는 사람은 건축을 알아야 한다. 이렇게 장르의 간격을 뛰어 넘지 않으면 진정 깊이 있는 세계를 알 수 없기 때문이다. 이러한 상황을 고려할 때, 서로 다른 방식을 통하여 같은 의미를 표현한 것을 비교하며 살펴보는 것은 (   ) 데 많은 도움을 준다.

① 어떤 대상을 폭넓게 이해하는
② 어떤 예술 분야의 한계점을 아는
③ 많은 예술을 다양하게 배울 수 있는
④ 예술 분야의 전문가와 관계를 넓히는

 <說明>

帶括號的句子開頭有이러한 상황，是指文章中的진정 깊이 있는 세계를 알 수 없기 때문이다，由此可以推測出填入括號的內容。

答案：①

다음을 읽고 (   ) 안에 들어갈 알맞은 내용을 고르십시오. <11회 고급 기출문제>

> 책 읽기의 효과를 높이기 위해서는 (   ). 자신에게 맞지 않는 내용들을 억지로 읽고 실천하려고 하다가는 매번 실패를 반복하게 될 것이고 결국 스스로 지치게 될 것이다. 그러므로 책을 통해 세상의 다양한 모습을 발견하는 것도 중요하지만 그 전에 먼저 자기 자신을 돌아보는 것이 필요하다.

① 책을 쓴 저자의 의도를 파악하려고 노력해야 한다
② 먼저 그 책이 자신에게 적합한 것인지 파악해야 한다
③ 책 읽기에 앞서 다른 사람들의 의견을 들어 보아야 한다
④ 책에서 얻은 내용을 자신의 것으로 만들 수 있어야 한다

 <說明>

從括號之後的內容中可以推測出所要填的內容。文章屬於頭括式，對第一句話的補充說明從第二句話展開。第一句話是文章的主旨，與之相符的是選項②。

答案：②

다음을 읽고 (　　　) 안에 들어갈 알맞은 내용을 고르십시오.

> 　　교통 혼잡은 시간손실, 차량 운행비 증가 등 심각한 손실을 낳고 있다. 교통 혼잡은 도로시설 용량에 비해 수요가 더 많을 때 발생한다. 이를 해결하기 위해 도로를 신설•확장하는 등의 노력이 계속되고 있지만 이들 사업은 많은 시간과 예산이 필요하다는 한계가 있다. (　　　) 기존 도로의 교통 흐름을 원활하게 하는 것이다.

① 자가용 함께 타기 운동을 범국민적으로 전개하여 에너지 절약과 함께
② 최소의 비용으로도 교통 혼잡을 완화할 수 있는 가장 좋은 방법은
③ 자가용 승용차의 도로 진입을 제한하는 등 정부의 강력한 규제로
④ 새로운 도로를 많이 닦아서 전국을 거미줄 교통망으로 만들어

 <說明>

括號前提到이들 사업은 많은 시간과 예산이 필요하다는 한계가 있다，括號後提到기존 도로의 교통 흐름을 원활하게 하는 것。括號中應該填關於시간과 예산的內容才能使這兩句話自然地銜接。正確答案是②。

答案：②

第二單元　一篇長文兩三個問題

第8課
掌握主要內容

1　提示句

이 글의 중심 내용으로 가장 알맞은 것을 고르십시오.
㉠과 ㉡에 들어갈 말로 알맞은 것을 고르십시오.
밑줄 친 ㉠이 가리키는 것은 무엇입니까?
이 글의 내용과 같은 것을 고르십시오.

2　出題類型介紹

　　從這一課開始，我們要練習一篇文章後有兩個或兩個以上問題的試題類型。因為文章較長，需要快速閱讀文章。從這一課開始，我們將用較長的文章來綜合練習第一課到第七課學過的試題類型。本課中出現的問題類型主要有掌握主要內容，加入符合文脈的語句和找出提示語所指代的內容。

　　找出提示語所指代的內容：是一種掌握細節內容的問題。提示語所指代的內容一般出現在提示語的前面。因此只要仔細閱讀提示語前面的內容，就可以很容易地找出答案。不過，提示語所指代的內容出現在提示語後的特殊情況也有。

3　考題解析

다음을 읽고 물음에 답하십시오. <16회 고급 기출문제>

　　인간에게는 억지로 밀면 밀리지 않으려고 버티는 본능이 있다. 그래서 아이든 어른이든 강제로 설득하려고 하면 (㉠) 된다. 무조건 설득하려고만 하면 감정적으로 불편해지게 되고 결국 서로를 적으로 생각하게 되기 때문이다. 상대를 설득하고 싶다면 같은 편이 되어야 한다. 그러려면 먼저 상대의 입장을 충분히 이해하고 (ⓛ) 하는 것이다. 그리고 서로가 같은 목적을 가지고 있다는 사실을 알게 해 줘야 한다. 그런 후에야 비로소 진정한 대화와 설득이 가능해진다.

1. 이 글의 중심 내용으로 가장 알맞은 것을 고르십시오.
① 감정적으로 편해야 대화가 가능하다.
② 상대를 설득하려면 먼저 공감해야 한다.
③ 설득에 앞서 먼저 깨닫기를 기다려야 한다.
④ 같은 편이 되고 싶으면 부드럽게 말해야 한다.

2. ㉠과 ㉡에 들어갈 말로 알맞은 것을 고르십시오.
① ㉠ 반발하게　㉡ 수용해야
② ㉠ 반항하게　㉡ 개선해야
③ ㉠ 거부하게　㉡ 해명해야
④ ㉠ 인정하게　㉡ 포용해야

答案：1. ②　2. ①

＜說明＞

1. 主要內容在文章的後半部分。文章的主要內容是要概括文章的後半部分。選項②概括了文章的後半部分。

2. ㉠處所要填的內容可以從버티는 본능推測出來。文章的第二句話是第一句話的結果，因此버티는 본능的結果應該填入㉠處。①、②、③均可以是正確答案。㉡處從㉡前面的상대를 설득하고 싶다면 같은 편이 되어야 한다中可以推測出正確答案。㉡處可以填①和④。綜合一下㉠和㉡，正確答案是①。

다음을 읽고 물음에 답하십시오. ＜10회 고급 기출문제＞

일반적으로 다이어트나 규칙적인 운동은 (㉠).
유아들은 발육이 진행되고 있는 상태라 다이어트

나 운동이 필요하지 않다고 생각하는 것이다. 하지만 세 살 버릇 여든 간다는 속담처럼 유아 때의 습관이 평생을 좌우한다는 것이 전문가들의 견해이다. 성인이 된 뒤보다는 유아기 때 규칙적인 운동 습관을 길들여 놓으면 소아 비만은 물론 성인병도 예방할 수 있다는 설명이다.

1. ㉠에 들어갈 내용으로 알맞은 것은 무엇입니까?
   ① 성인들만의 것이라는 인식이 강하다
   ② 건강에 필수적인 요소라고 생각한다
   ③ 요즘 들어 그 중요성이 증대되고 있다
   ④ 인간관계에도 큰 영향을 미친다고 한다
2. 이 글의 중심 내용은 무엇입니까?
   ① 유아기 때 운동 습관을 들여 놓아야 한다.
   ② 성인이 되어서도 자기 계발을 꾸준히 해야 한다.
   ③ 신체의 건강은 정신 건강을 위한 필수 요소이다.
   ④ 자신의 몸에 맞는 운동을 찾아서 하는 것이 중요하다.

答案：1. ①　2. ①

 <說明>

1. 從㉠後面的句子可以推測出正確答案。第二句話是對第一句話的補充説明，因此兩句話是相同的意思。與第二句話유아들은 다이어트나 운동이 필요하지 않다고 생각하는 것이다具有相同意思的是選項①。

2. 屬於尾括式，文章的最後一句話是主要內容，即유아기 때 운동 습관을 길들여 놓으면 소아 비만은 물론 성인병도 예방할 수 있다。因此正確答案是①。

4　考題深度分析

다음을 읽고 물음에 답하십시오. <14회 고급 기출문제>

> 　　의료 기술의 발전은 새로운 기술의 적용과 함께 사람들에게 또 다른 고민을 가져다주었다. (㉠) 인공호흡기의 개발은 많은 사람들의 생명을 구했지만 예상하지 못했던 문제를 야기했다. 인공호흡기의 개발 이전에 뇌사 상태의 환자들은 곧 죽거나 아니면 기적이 일어나서 소생하거나 둘 중의 하나였다. 그런데 인공호흡기를 통해 환자가 호흡을 할 수 있게 되자 환자의 가족들과 의사는 환자의 생명을 계속 유지시켜야 할지, 아니면 죽도록 내버려 두어야 할지 선택을 해야 하는 곤경에 처하게 됐다. 결국 의료 기술의 발달이 (㉡) 의사와 환자의 가족들에게 더 많은 고민을 안겨 준 셈이다.

1. 이 글의 중심 내용으로 가장 알맞은 것을 고르십시오.
   ① 의료 기술의 발전으로 윤리적 문제가 발생하게 되었다.
   ② 인공호흡기의 개발로 뇌사 환자가 살 수 있게 되었다.
   ③ 가족들은 인공호흡기로 환자의 생명을 유지시키려 한다.
   ④ 의사는 환자의 삶과 죽음을 결정해야 하는 어려움에 빠졌다.
2. ㉠과 ㉡에 들어갈 말로 알맞은 것을 고르십시오.
   ① ㉠ 예컨대　㉡ 차라리
   ② ㉠ 하물며　㉡ 도리어
   ③ ㉠ 하물며　㉡ 심지어
   ④ ㉠ 예컨대　㉡ 오히려

答案：1. ①　2. ④

<說明>

1. 文章屬於兩括式。概括文章的第一句話和最後一句話就是主要內容。文章第一句話中的또 다른 고민指選項①中的윤리적 문제；最後一句話中的더 많은 고민指選項④中的환자의 삶과 죽음을 결정해야 하는 어려움。但選項①中關於윤리적 문제的主題是의료 기술의 발전，而選項④中關於환자의 삶과 죽음을 결정해야 하는 어려움的主題是醫生。文章第一句話和最後一句話的共同主題是의료 기술의 발전과 발달，因此正確答案是①。

2. 文章的第二句話用人工呼吸器來舉例說明第一句話中的의료 기술의 발전에 대한 또 다른 고민。因此帶有예를 든다這個意思的詞應該填入㉠處。選項中예컨대是正確答案。㉡前後的句子意思相反。即의료 기술의 발달和의사와 환자의 가족들에게 더 많은 고민을 안겨 준 셈的意思（結果）相反。因此도리어和오히려可以成為正確答案。綜上所述，正確答案是④。

詞彙：

적용－適用 相似詞 응용/사용
인공호흡기－人工呼吸器 相似詞 산소 호흡기
예상－料想、預測、預料 相似詞 예측/예견/상상/추측
야기－引起、導致
뇌사－腦死
소생－復甦、甦醒 相似詞 회생/부활
곤경－困境 相似詞 난관

練習題－아래 문장의 (　　)속에 알맞은 단어를 보기에서 골라 넣으시오.

> 보기: 적용/인공호흡기/예상/야기/뇌사/소생/곤경

1. 갑작스런 화폐 개혁으로 당분간 금융 시장에 혼란이 (　　)될 것으로 보인다.
2. 초행길에다 아는 사람도 없고, 돈도 떨어져서 (　　)에 빠졌다.
3. 일이 워낙 얽혀서 앞으로 어찌될지 도무지 (　　)을 할 수 없다.
4. 이때처럼 생명의 (　　)에 대한 신비로움을 실감하지는 못했다.
5. 법의 (　　)에는 성역이 있을 수 없다.
6. 뇌의 기능이 완전히 멈추어 회복 불가능한 상태를 (　　) 상태라 한다.
7. 교통사고 환자가 중환자실에서 (　　)를 달고 누워 있다.

答案：1. 야기　　2. 곤경　　3. 예상　　4. 소생　　5. 적용　　6. 뇌사　　7. 인공호흡기

다음을 읽고 물음에 답하십시오. <15회 고급 기출문제>

주식 투자로 성공하기 위해서는 장기적인 안목으로 승부를 걸어야 한다. 그런데 많은 사람들이 이런 투자의 기본적 규율을 (㉠) 주식 투자에 실패하게 된다. 바로 눈앞에 보이는 수익에 급급하기 때문이다. 주가의 등락에 따라 주식 거래를 빈번히 하다가 손해를 입었다면 분면 이러한 실수를 저질렀을 가능성이 높다. 주식 투자로 일확천금을 기대하는 것만큼 어리석은 일은 없다. 그런 일은 절대로 일어나지 않는다. 기본을 (㉡) 투자의 고수라 하더라도 수익을 낼 수 없음을 명심해야 한다.

1. 이 글의 중심 내용으로 가장 알맞은 것을 고르십시오.
   ① 투자의 고수라도 실패할 수 있다.
   ② 손해를 줄이려면 기본을 넘어서야 한다.
   ③ 주식 거래를 자주 하면 손해를 볼 수 있다.
   ④ 주식 투자로 돈을 벌려면 멀리 보아야 한다.
2. ㉠과 ㉡에 들어갈 말로 알맞은 것을 고르십시오.
   ① ㉠ 무시해서　㉡ 초과한다면
   ② ㉠ 간과해서　㉡ 망각한다면
   ③ ㉠ 숙고해서　㉡ 입증한다면
   ④ ㉠ 간섭해서　㉡ 외면한다면

答案：1. ④　2. ②

<說明>
1. 屬於頭括式。在選項中找出和文章的第一句話意思相同的選項即可。正確答案是①。장기적인 안목으로 승부=벌려면 멀리 보아야
2. ㉠處可以填選項①、②。意思是不遵守基本的紀律很難成功。㉡也和㉠是同樣的形式，可以填選項②、④。綜合一下正確答案是選項②。

詞彙：

주식－股份、股票 相似詞 증권

안목－目光、眼光、鑑別能力 相似詞 식견/판단력

규율－紀律 相似詞 규칙

급급하다－岌岌、迫在眉睫 相似詞 바쁘다/정신없다

등락－漲落

저지르다－做錯、闖禍，造成

일확천금－一獲千金

고수－高手 相似詞 상수/명인 相反詞 하수/풋내기/초보자

명심－銘心、銘記、牢記 相似詞 유념

練習題－아래 문장의 (　　)속에 알맞은 단어를 보기에서 골라 넣으시오.

보기: 주식/안목/규율/급급한/등락/저지르거나/일확천금/고수/명심

1. 그는 먹고 살기에 (　　) 나머지 동생들을 돌볼 여유조차 없었다.
2. 친구는 물건을 고르는 (　　)이 뛰어나다.
3. (　　)을 꿈꾸며 복권을 사는 사람들이 주변에 꽤 많다.
4. 그는 우리 회사의 (　　)을 반 이상이나 소유하였다.
5. 아버지의 유언을 지금껏 (　　)하면서 살아왔다.
6. 그는 무슨 일을 (　　) 해를 끼치거나 할 사람은 아니다.
7. 그는 적어도 일을 계획하고 처리하는 면에서는 분명히 나보다는 (　　)였다.
8. 올해 들어 주가가 연일 (　　)을 거듭하고 있다.
9. 질서라는 것은 (　　)을 어기지 않고 절대복종하는 데서만 유지되는 거요.

答案：1. 급급한　　2. 안목　　3. 일확천금　　4. 주식　　5. 명심　　6. 저지르거나　　7. 고수
　　　8. 등락　　9. 규율

다음을 읽고 물음에 답하십시오. <10회 고급 기출문제>

> 조선조 문인들은 서예에서 볼 수 있는 것처럼 붓과 먹을 사용하여 글을 썼으며 그림을 그릴 때도 똑같은 도구를 사용하였다. 이 점은 서양 사람들이 글을 쓸 때와 그림을 그릴 때 (㉠)는 점과 대조가 된다. 말하자면 조선조 문인에게는

글과 그림이 하나의 표현 양식이었으나 서양 사람에게는 서로 다른 표현 양식이었다는 것이다. 이런 차이 때문에 한국화를 볼 때 서양화와는 다른 시각으로 관찰해야 하고, 그것을 이해하는 방식에 있어서도 특별해야 한다.

1. ㉠에 들어갈 내용으로 알맞은 것은 무엇입니까?
　① 별개의 도구를 사용했다
　② 선보다는 면을 중시했다
　③ 사실적 묘사를 중요시했다
　④ 주변 사물을 대상으로 했다

2. 이 글의 중심 내용으로 알맞은 것은 무엇입니까?
　① 사람들이 한국화에 좀 더 많은 관심을 가져야 한다.
　② 한국화와 서양화는 다른 관점에서 이해되어야 한다.
　③ 서양화와 한국화는 여러 가지 공통점을 지니고 있다.
　④ 한국화와 서양화를 비교하는 것은 의미 있는 작업이다.

答案：1. ①　2. ②

<說明>
1. 從文中的똑같은 도구를 사용和대조가 된다可以得出正確答案。和相同的工具形成對比的是별개의 도구。正確答案是①。
2. 屬於尾括式。那麼只要在選項中找出可以概括文章最後一句話的句子即可。正確答案是②。

詞彙：

조선조－朝鮮王朝 [相似詞] 조선 왕조
문인－文人 [相反詞] 무인
붓－毛筆
먹－墨 [相似詞] 먹물
대조－對比、對照 [相似詞] 비교/대비
관찰－觀察、觀測，測試

練習題—아래 문장의 (   )속에 알맞은 단어를 보기에서 골라 넣으시오.

보기: 조선조/문인/붓/먹/대조/관찰

1. 병세가 심상치 않으므로 향후 며칠 간 특히 세심한 (   )이 필요합니다.
2. 종이, (   ), 먹, 벼루의 네 가지 문방구를 문방사우라 일컫는다.
3. 그의 까만 얼굴과 흰 이가 선명한 (   )를 보인다.
4. 우리 삼촌은 원래 (   )이었는데 지금은 정치가로 변신을 했다.
5. (   ) 사회는 신분 제도가 엄격하게 지켜지던 시대였다.
6. 그는 밤새 무엇을 쓸까 고민하다가 날이 밝아서야 (   )을 들었다.

答案 : 1. 관찰   2. 붓   3. 대조   4. 문인   5. 조선조   6. 붓

다음을 읽고 물음에 답하십시오. <11회 고급 기출문제>

초상화는 단순히 대상 인물을 똑같이 재현해 내는 것뿐만 아니라 대상 인물의 개성까지 포착한 이미지를 표현해야 한다. 따라서 초상화 제작에서는 대상 인물과 화가의 거리가 중시된다. 양자 간의 거리가 너무 가까우면 대상 인물의 인상에 압도돼서 객관적인 초상화가 되기 어렵고, 반대로 거리가 너무 멀면 대상 인물의 외적인 특성에만 치우쳐 (㉠). 그래서인지 서양의 초상화에서는 대상 인물과 화가와의 적절한 거리가 통상적으로 1.5미터 내지 2.5미터 정도로 정해져 있다. 전신상을 그리는 경우는 4미터 정도가 적절하지만 대상 인물의 내면적인 정서까지 표현하려는 초상화의 경우는 그보다 더 가까운 거리를 취하지 않으면 안 된다.

1. ㉠에 들어갈 내용으로 알맞은 것은 무엇입니까?
　　① 제대로 작품을 감상할 수 없게 된다
　　② 재현에 불과한 초상화가 되기 쉽다
　　③ 인물과 적절한 거리를 유지할 수 없게 된다
　　④ 내면의 개성까지 포착한 초상화를 그릴 수 있다
2. 이 글의 내용과 일치하는 것은 무엇입니까?
　　① 서양에서는 전신상을 그리는 경우보다 초상화를 그리는 경우가 더 많다.
　　② 대상 인물과 화가와의 거리가 너무 멀면 객관적인 초상화가 되기 어렵다.
　　③ 인물의 내면적 정서를 가장 잘 표현하기 위해서는 4미터 정도가 적절하다.
　　④ 초상화는 대상 인물에 대한 표현의 객관성을 추구하고 개성을 나타내야 한다.

答案：1. ②　2. ④

<說明>
1. 文章的第一句話是對肖像畫的定義。即肖像畫的定義是초상화는 인물을 재현해 내는 것뿐만 아니라 인물의 개성까지 표현해야 한다. 文章的括號處應該填對括號前대상 인물의 외적인 특성에만 치우쳐的結果。대상 인물의 외적인 특성에만 치우쳐的意思是：只畫人物的外表，並沒有刻畫人物的精神世界。沒有人物個性的肖像畫就是재현에 불과한 초상화，因此正確答案是②。
2. 文章中沒有提到選項①的內容。選項②，由於文中提到양자 간의 거리가 너무 가까우면 객관적인 초상화가 되기 어렵고，因此該選項和文章不符。選項③，由於文中提到4미터 정도가 적절하지만 내면적인 정서까지 표현하려는 초상화는 더 가까운 거리를 취하지 않으면 안 된다，因此該選項和文章不符。選項④相當於文章的主旨，並且和文章的第一句話意思相同，是正確答案。

 詞彙：

초상화－肖像畫 相似詞 영정
이미지(image)－形象 相似詞 상/심상
중시－重視、看重 相似詞 중대시/중요시 相反詞 경시/무시/도외시
압도－壓倒 相似詞 제압
적절하다－恰當、正好 相似詞 알맞다
통상적－通常 相似詞 보통
내지－乃至、到、至

練習題－아래 문장의 (　　)속에 알맞은 단어를 보기에서 골라 넣으시오.

보기: 초상화/이미지/중시/압도/적절한/통상적/내지

1. 우리 가족은 (　　)으로 아침 7시에 기상한다.

2. 그의 성난 기세에 (　　)를 당하여 모두 아무 말도 못하였다.

3. 작품의 (　　)와 꼭 맞는 여자가 한 사람 있어.

4. 그는 이상보다는 현실을 (　　)하는 실리파였다.

5. 내일 비가 올 확률은 50% (　　) 60%이다.

6. 실험실 내부는 균을 배양하기에 (　　) 온도를 유지해야 한다.

7. 사람의 얼굴이나 모습을 그린 그림을 (　　)라 한다.

答案 : 1. 통상적　　2. 압도　　3. 이미지　　4. 중시　　5. 내지　　6. 적절한　　7. 초상화

다음을 읽고 물음에 답하십시오. <8회 5급 기출문제>

> 　　　최근 언론은 농산물 수입을 개방할 경우 벌어지게 될 국내 농업 경쟁력의 문제는 외면한 채 무책임하게 개방 대세론을 펴고 있다. 엄연히 개방에 따른 엄청난 위기 상황이 뻔히 보임에도, 우리 언론에서 식량 위기나 농촌의 상황에 대한 보도는 찾아보기 힘들다.
>
> 　　　언론에서는 그저 도시민의 눈으로만 농촌과 농업을 다룰 뿐이다. (㉠) 각종 유기농 농산품을 다루거나 주말 여행지로서의 농촌의 풍경, 혹은 고향에 대한 막연한 이미지를 보여 주고 있다. 그 풍경 속에서 힘겹게 살아가는 농촌의 고단함은 외면하고 있는 것이다.

1. 이 글의 중심 내용으로 가장 알맞은 것을 고르십시오.
　① 국내 언론의 개방 대세론
　② 건강 바람을 탄 유기 농산품
　③ 농촌 문제를 외면하는 언론 보도
　④ 농촌의 고단함을 외면하는 도시인

203

2. ㉠에 들어갈 말로 알맞은 것을 고르십시오.
　① 농업 경쟁력이 저하될 것을 우려해서
　② 농촌의 상황에 대한 보도를 위해서
　③ 건강에 관한 관심이 높아지면서
　④ 농촌의 실상을 알리기 위해서

答案：1. ③　2. ③

 <說明>

1. 文章的兩個段落都屬於尾括式，因此只要看各段的最後一句話就可以找出答案。正確答案是③。

2. 文章敘述了輿論無視農村生活的內容。選項②和④都和文章內容相違背，因此不是正確答案。選項①也是如此。因為如果輿論真的擔憂農村經濟發展緩慢，就應該將農村的現實狀況公諸於世。所以選項①也不是正確答案。

詞彙：

언론-輿論 相似詞 신문과 방송/매스컴(mass-com)

외면하다-無視、不理睬 相似詞 못 본 체하다/딴청부리다

대세론-大勢論

엄연히- 儼然、分明

유기농-有機農業 相似詞 무농약 농업

고단하다-疲倦、勞累 相似詞 고되다/힘겹다/힘들다/고달프다/피곤하다

練習題-아래 문장의 (　　)속에 알맞은 단어를 보기에서 골라 넣으시오.

　기: 언론/외면하면서/대세론/엄연히/유기농/고단하다

1. 지금은 사회당 후보가 대통령이 되어야 한다는 (　　)이 불고 있다.
2. 그의 눈길을 나는 애써 (　　) 먼 산을 보고 있었다.
3. 제초제나 살충제, 화학 비료 따위를 사용하지 않는 농업을 (　　)이라 한다.
4. 이번 계획이 (　　)에 노출되는 날에는 모든 게 실패로 돌아간다.
5. 며칠째 시험공부에 몰두했더니 지금 매우 (　　).
6. 그는 (　　) 처자가 있는 몸이다.

答案：1. 대세론　2. 외면하면서　3. 유기농　4. 언론　5. 고단하다　6. 엄연히

5　考題綜合練習

1. 다음을 읽고 물음에 답하십시오. <15회 고급 기출문제>

> 맞수라는 단어는 뭔가 흥미롭고 팽팽한 긴장감을 불러일
> 으킨다. 맞수 의식은 긍정적인 작용을 할 수도 있고 부정적
> 인 작용을 할 수도 있다. 맞수 의식이 긍정적으로 작용해 좋
> 은 결과를 가져올 때, 두 사람의 실력은 더욱 향상될 수 있
> 다. 한국 문학의 경우에는 이광수와 김동인이 동시대의 대표
> 적인 맞수였다. 두 사람은 문학의 기능에 대한 견해가 완전
> 히 달랐다. 이광수는 문학을 근대화와 민족 교육의 수단으로
> 생각했으나 김동인은 이를 부정하며 문학이 순수 예술임을
> 주장했다. 이들은 경쟁을 통해 각자 더 높은 문학적 성취를
> 이루어냈다.

1. 이 글의 중심 내용으로 가장 알맞은 것을 고르십시오.
   ① 맞수 의식은 경쟁심을 유발할 수 있다.
   ② 맞수 의식은 서로를 발전시킬 수 있다.
   ③ 맞수 의식은 실력 차이를 좁힐 수 있다.
   ④ 맞수 의식은 견해를 다양화 시킬 수 있다.
2. 이 글의 내용과 다른 것을 고르십시오.
   ① 김동인은 문학의 순수성을 강조했다.
   ② 이광수와 김동인은 같은 시대에 살았다.
   ③ 김동인과 이광수는 서로의 문학에 영향을 주었다.
   ④ 이광수는 문학이 교육에 기여해야 한다고 생각했다.

<說明>

1. 屬於尾括式。文章的最後一句話이들은 경쟁을 통해 각자 더 높은 문학적 성취를 이루어냈다是文章主旨。與此具有相同意思的是選項②。
2. 選項①，由於文中提到김동인은 문학이 순수 예술임을 주장，因此該選項和文章一致。選項②，由於文中提到이광수와 김동인이 동시대의 대표적인 맞수，因此該選項和文章一致。選項④，由於文中提到이광수는 문학을 교육의 수단으로 생각，因此該選項和文章一致。文章中沒有提到關於選項③的內容。

答案：1.②　2.③

2. 다음을 읽고 물음에 답하십시오. <16회 고급 기출문제>

> 최근 기업의 경영 환경이 갈수록 어려워지면서 기획 능력이 점점 더 중요해지고 있다. 물론 기획력은 과거에도 필요했고 중요했던 개념이다. 그러나 과거는 수요가 꾸준한 공급자 중심의 시대였고 범위가 한정된 국내 경쟁의 시대였기에 기획력이 경영에서 큰 비중을 차지하지는 않았다. 하지만 현재는 수요의 변동 폭이 크고 고객들의 요구가 다양한 수요자 중심의 시대이며 전체 지구를 범위로 하는 세계 경쟁의 시대이다. 즉 누가, 무엇을, 언제, 어떻게 요구할지 그리고 어떤 경쟁 상황이 벌어질지 예측하기 힘든 시대이다. 따라서 앞으로는 기획력이 뛰어난 기업이 살아남게 될 것이다.

1. 이 글의 중심 내용으로 가장 알맞은 것을 고르십시오.
   ① 기획력은 과거나 지금이나 아주 중요한 개념이다.
   ② 수요자 중심의 시대에서는 미래를 예측하기 어렵다.
   ③ 경쟁에서 이기기 위해 기업은 기획력을 키워야 한다.
   ④ 기업이 성공하려면 고객의 요구를 잘 파악해야 한다.
2. 이 글의 내용과 같은 것을 고르십시오.
   ① 기업이 수요의 변화를 예측하기 어려워졌다.
   ② 국내 기업과의 경쟁에서 이기는 것은 어렵지 않다.
   ③ 수요자 중심의 시대에는 치열한 경쟁이 기업을 발전시킨다.
   ④ 소비자의 요구를 충족시키려면 다양한 제품을 개발해야 한다.

 <說明>

1. 屬於尾括式。文章的最後使用了 따라서 這個連詞來引出結論。和文章的最後一句話具有相同意思的是選項③。
2. 選項①，由於文章中説到 누가, 무엇을, 언제, 어떻게 요구할지 그리고 어떤 경쟁 상황이 벌어질지 예측하기 힘든 시대，因此該選項和文章一致。其他選項的內容在文中沒有提到或與文章內容不符。

答案：1.③　2.①

3. 다음을 읽고 물음에 답하십시오. <7회 6급 기출문제>

한 문화권 내에서 사회적으로 필요하다고 여기는 행동에 대한 구성원의 공감을 집단적 의식이라고 한다. 광고는 바로 ㉠이러한 집단적 의식을 형성하는 데 도움을 준다. 광고는 남편과 아내가 행복하게 지내는 방법을, 자식이 부모에게 효도하는 방법을, 연인들이 사랑을 표현하는 행동을, 구성원들에게 일일이 가르쳐 준다. 개개의 구성원은 사회적 기준에서 이상적이라고 보는 생활양식을 늘 광고로부터 배우고 있다. 물론 그것은 광고하는 상품으로 연출된다.

1. 이 글의 중심 내용으로 가장 알맞은 것을 고르십시오.
   ① 광고는 사람들이 서로 사랑하는 방법을 가르쳐 준다.
   ② 광고는 상품 판매를 위해서 사회 집단 의식을 이용한다.
   ③ 광고는 사회 구성원의 집단적 의식을 형성하는 데 기여한다.
   ④ 일상생활을 소재로 한 광고는 소비자들에게 설득력이 있다.
2. 밑줄 친 ㉠이 가리키는 것은 무엇입니까?
   ① 남편과 아내가 행복하게 지내는 방법
   ② 광고에 반드시 들어가야 될 집단의식
   ③ 사회에서 필요하다고 생각하는 공감대
   ④ 광고가 상품으로 연출되기까지의 노력

<說明>
1. 文章的第二句話是文章主旨。與此具有相同意思的是選項③。
2. 文章中提示語所指示的內容在其之前出現，即文章的第一句話。與第一句話具有相同意思的是選項③。

答案：1. ③　2. ③

4. 다음을 읽고 물음에 답하십시오. <8회 5급 기출문제>

> 버스와 지하철 요금 체계가 크게 달라졌다. 새 교통 요금 체계의 핵심적인 변화는 버스와 지하철을 갈아탈 때 요금을 깎아주는 환승 할인제의 도입이다.
>
> 요금은 갈아탈 때마다 따로 내는 게 아니라 이동 거리에 비례해 내면 된다. 기본 거리까지는 800원만 내며 기본 거리를 넘어가면 일정 거리마다 100원씩 더 부담한다. 단, 버스를 한 번만 타면 아무리 멀리 가도 기본요금만 낸다.
>
> ㉠이런 혜택을 받으려면 반드시 교통 카드를 써야 한다. 새로 나온 교통 카드는 물론 옛 교통 카드를 사용해도 된다. 현금을 낼 경우에는 환승 할인 혜택을 받을 수 없을 뿐 아니라 1회 승차권 발행비로 마을버스와 순환 버스는 50원, 버스와 지하철은 100원을 더 내는 불이익이 있다.

1. 이 글의 중심 내용으로 가장 알맞은 것을 고르십시오.
   ① 버스와 지하철 요금 체계 안내
   ② 버스와 지하철 교통 카드 사용 방법
   ③ 버스와 지하철 환승 할인제의 문제점
   ④ 버스와 지하철 요금 체계의 개선 필요성
2. ㉠에 해당되지 않는 것을 고르십시오.
   ① 1회 승차권 발행비로 마을버스와 순환 버스는 50원 더 낸다.
   ② 기본 거리를 넘어가면 일정 거리마다 100원씩 더 낸다.
   ③ 요금은 이동 거리에 비례해 낸다.
   ④ 기본 거리까지는 800원만 낸다.

 <說明>

1. 屬於頭括式。文章的第一句話即文章主旨。與第一句話具有相同意思的是選項①。
2. 提示語所指代的內容通常在提示語前面。因此選項②、③、④都可以。選項①不僅在提示語之後，而且不是說惠澤，而是說不利益，因此不能填入㉠處。

答案：1.①　2.①

5. 다음을 읽고 물음에 답하십시오. <9회 6급 기출문제>

> 　　오디오 매체는 형태를 가린 채 간접적으로 어떠한 대상을 전달함으로써 듣는 이로 하여금 자유로운 상상력을 형성하게 한다. 이에 반해, 비디오 매체는 직접 시각적인 형태를 노출시킨다. 그렇기 때문에 듣는 이에게 형성되는 상상력은 단순한 자극과 반응에만 머물도록 한다. 비디오 매체에서 청각적 메시지는 시각적 메시지와 상호 작용하게 마련이다. 그러나 ㉠이때 상호 작용은 청각적 메시지가 시각적 메시지에 철저하게 종속된 관계로 이루어진다.

1. 다음 글을 읽고 중심 내용의 (　　)에 들어갈 알맞은 말을 찾아 쓰십시오.

> <중심 내용>
>
> 　　비디오 매체는 오디오 매체에 비해 듣는 이의 (　　)을/를 제한한다는 단점이 있다.

2. ㉠의 이때는 어느 때를 가리킵니까?
　　① 오디오 매체가 전달될 때
　　② 비디오 매체가 전달될 때
　　③ 오디오 매체가 상상력을 형성할 때
　　④ 비디오 매체가 상상력을 제한할 때

 <說明>
1. 在文章中找括號中應該填入的內容是基本原則。文章的第一句話是對오디오 매체的說明，概括起來就是오디오 매체는 듣는 이로 하여금 상상력을 형성하게 한다。第二句和第三句是對비디오 매체的說明，概括起來就是비디오 매체는 듣는 이에게 상상력은 자극과 반응에만 머물도록 한다。從這兩句話的差異當中可以找出答案。正確答案是상상력。
2. 在提示語之後有詞組상호 작용，因此應考慮상호 작용的發生時間。在提示語前面的비디오 매체에서當中發生了상호 작용，因此正確答案是選項②。

答案：1. 상상력　2. ②

6 模擬練習

1. 다음을 읽고 물음에 답하십시오.

> 감기는 계절을 따지지 않고 오는 병이지만 특히 겨울에 많이 걸린다. 본의 아니게 감기에 걸렸을 때에는 우선 마늘 요법을 한번 실시해 보는 게 좋다. 즉 마늘을 석쇠에 구워서 간장이나 고추장에 찍어 먹는다. 매 식사 때마다 이렇게 이틀만 먹으면 감기 기운이 수그러드는 것을 느낄 수 있다. 그리고 마늘을 먹은 후 입에서 냄새가 날 때는 땅콩을 몇 알 먹어두면 냄새가 나지 않는다. 그리고 우유 한 병에다 마늘을 쪼개어 넣고 따뜻하게 데워서 마늘과 함께 먹는 것도 좋은 방법이다. 이것 또한 냄새가 나지 않고 (㉠).

1. 이 글의 중심 내용으로 가장 알맞은 것을 고르십시오.
   ① 감기가 잘 걸리는 계절 겨울
   ② 감기 치료에 효과 좋은 마늘
   ③ 냄새 안 나게 마늘 먹는 방법
   ④ 마늘 요법에 대한 몇 가지 예
2. ㉠에 들어갈 말로 알맞은 것을 고르십시오.
   ① 어린이들이 잘 먹을 수 있다
   ② 마늘을 많이 먹을 수 있는 방법이다
   ③ 감기를 빨리 낫게 하는 효과가 있다
   ④ 마늘과 우유의 효과를 동시에 볼 수 있다

<說明>
1. 文章屬於頭括式，第二句話是文章主旨。與此具有相同意思的是選項②。
2. 含有㉠的句子前有이것 또한，意思是重複之前的句子，即和감기 기운이 수그러드는 것을 느낄 수 있다具有相同意思的句子。正確答案是選項③。

答案：1. ②　2. ③

2. 다음을 읽고 물음에 답하십시오.

> 　　우리 선조들은 음양의 조화를 잘 지켜서 음식을 먹었기 때문에 특별히 보양식이나 약을 먹지 않아도 요즘 사람들보다 건강하게 살았다. 현대인들이 즐겨 먹는 먹을거리 중에서 잘 이해가 안 되는 것이 유산균 음료수다. 건강을 위해서 유산균을 마신다고 하지만 광고에서도 밝히듯이 마시는 유산균은 장에서 죽는다고 한다. 그렇다면 왜 (㉠). 김치, 된장 등 발효식품을 즐겨 먹는 우리나라 사람들은 체내에 유신균을 많이 지니고 있다. 10일 동안 김치를 안 먹어도 체내에 유산균이 그대로 살아 있다고 한다.

1. 이 글의 중심 내용으로 가장 알맞은 것을 고르십시오.
　　① 보양식어 없어도 건강하게 살아 온 조상
　　② 유산균 음료를 안 마셔도 되는 이유
　　③ 발효식품을 즐겨 먹는 한국사람
　　④ 유산균이 많이 들어있는 음식
2. ㉠에 들어갈 말로 알맞은 것을 고르십시오.
　　① 유산균 음료 광고를 하는 것인지
　　② 다른 발효식품을 먹어야 하는지
　　③ 유산균 음료를 마시는 것인지
　　④ 체내에 유산균이 살아 있는지

 <說明>

1. 文章的文章主旨在第二句話之後的部分中。概括這部分內容，就是喝乳酸菌飲料沒有必要，文章中以泡菜和大醬為例進行了說明。文章並不是關於祖先的內容，因此①不是正確答案。與中心思想具有相同意思的是選項②。
2. ㉠前有그렇다면 왜，即對㉠前面的內容進行提問。㉠前面內容說的是：為了健康而飲用乳酸菌飲料，但如果乳酸菌在腸道中都死掉的話，就一點兒效果都沒有了。㉠的後半部分闡述了不喝乳酸菌飲料也可以的理由，因此㉠處應該填選項③。

答案：1. ②　2. ③

3. 다음을 읽고 물음에 답하십시오.

> 　　모든 동식물 건강의 필수 요소 중에서 공기와 물은 매우 중요한 역할을 하고 있습니다. 최근의 생활패턴을 보면 식음료용 물의 경우, 일반 가정이나 사무실에서는 많은 비용을 들여서 생수를 사 마시거나 정수기를 사용하고 있는 것을 볼 수 있습니다. 이렇게 우리는 물에 대해 많은 관심을 가지고, 좀 더 깨끗한 물을 (㉠) 있는 반면 항상 숨 쉬고 있는 공기에 대해서는 얼마만큼의 관심과 해결책을 가지고 있는지 살펴볼 필요가 있습니다. 특히 실내의 경우 잦은 환기의 필요성을 알면서도 냉, 난방 시 들어가는 에너지 비용을 우려하여 환기를 제대로 할 수 없는 (㉡)에 빠지는 경우가 있습니다.

1. 이 글의 중심 내용으로 가장 알맞은 것을 고르십시오.
　　① 공기도 물만큼 중요하다.
　　② 환기를 제대로 해야 한다.
　　③ 깨끗한 물을 마셔야 한다.
　　④ 건강에 물과 공기가 필수이다.

2. ㉠과 ㉡에 들어갈 말로 알맞은 것을 고르십시오.
　　① ㉠ 원하고　　㉡ 갑론을박
　　② ㉠ 추구하고　　㉡ 진퇴양난
　　③ ㉠ 바라고　　㉡ 메시지
　　④ ㉠ 연구하고　　㉡ 딜레마

<說明>

1. 文中關於空氣的內容比關於物的內容重要。作者闡述了水的重要性，但是對於空氣，人們則是明知其重要卻不行動 (換氣，通風)。作者想闡述的是물만큼 공기。因此正確答案是選項①。

2. 在文脈上，選項①、②、③都可以填入㉠處。但㉠處說到필요성을 알면서도 환기를 제대로 할 수 없는，意思是怎麼做都不行。與此具有相同意思的是진퇴양난 (進退兩難)、딜레마(dilemma)，因此正確答案是選項②。

答案：1. ①　2. ②

4. 다음을 읽고 물음에 답하십시오.

> 사람이 자기 아내나 남편 제 형제나 제 자식하고만 사랑을 나눈다면 어찌 행복해질 수 있을까? 서로 돕는 진실한 친구가 진정 필요하리라. 그가 여성이어도 좋고 남성이어도 좋다. 나 보다 나이가 많아도 좋고 동갑이거나 적어도 좋다. (㉠) 그의 인품이 강물처럼 조용하고 은근하며 깊고 신선하며 예술과 인생을 소중히 여길 만큼 성숙한 사람이면 된다. 그는 반드시 잘 생길 필요가 없고 수수하거나 멋을 알고 중후한 몸가짐을 할 수 있으면 된다. (㉡) 약간의 변덕과 신경질을 부려도 그것이 애교로 통할 수 있을 정도면 괜찮다. 나는 많은 사람을 사랑하고 싶지 않다. 많은 사람과 사귀기를 원치 않는다. 나의 일생에 한두 사람과 끊어지지 않는 아름답고 향기로운 인연으로 죽기까지 지속되길 바란다.

1. 이 글의 중심 내용으로 가장 알맞은 것을 고르십시오.
   ① 가족 사랑이 행복의 기본이다.
   ② 진정한 친구를 만나고 싶다.
   ③ 많은 사람과 사귀기 싫다.
   ④ 진실한 친구는 가족이다.
2. ㉠과 ㉡에 들어갈 말로 알맞은 것을 고르십시오.
   ① ㉠ 다만 ㉡ 때로는
   ② ㉠ 역시 ㉡ 이따금
   ③ ㉠ 단지 ㉡ 하지만
   ④ ㉠ 오직 ㉡ 역시나

<說明>
1. 文章的第二句話是文章主旨。與此具有相同意思的是選項②。
2. 含有㉠的句子最後提到이면 된다。在文脈上通順的選項有①、③、④，即다만/단지/오직/～이면 된다。 ㉡前後的句子沒有一點兒聯繫，因此하지만或역시나都不合適。那麼可填入㉡處的選項有①、②。綜合一下，正確答案是①。

答案：1. ②　2. ①

5. 다음을 읽고 물음에 답하십시오.

> 침대가 너무 (㉠) 수면 중에도 근육에 계속 힘이 들어가고 자고 난 후 허리가 아프거나 개운치 않으며, 수면 중 돌아눕거나 몸부림을 칠 때 힘이 들어가게 되므로 숙면에 방해가 됩니다. 또한 침대가 지나치게 (㉡) 안락감이 없고 혈류가 방해 받아 숙면을 이루지 못합니다. 따라서 침대는 스프링의 탄력과 충분한 내장재를 많이 사용하여 딱딱하지 않으면서 단단하고 너무 무르지 않으면서 부드러운 것이 좋다고 할 것입니다.

1. 이 글의 중심 내용으로 가장 알맞은 것을 고르십시오.
   ① 침대 사용 시의 단점
   ② 수면에 알맞은 침대
   ③ 알맞은 침대 사이즈
   ④ 생활에 필요한 침대

2. ㉠과 ㉡에 들어갈 말로 알맞은 것을 고르십시오.
   ① ㉠ 무르면 ㉡ 무르면
   ② ㉠ 딱딱하면 ㉡ 무르면
   ③ ㉠ 무르면 ㉡ 딱딱하면
   ④ ㉠ 딱딱하면 ㉡ 딱딱하면

<說明>
1. 文章在敘述숙면에 방해가 됩니다、숙면을 이루지 못합니다的過程中，在最後一句話得出了結論，即文章主旨是숙면에 좋은 침대。正確答案是選項②。
2. 首先，要弄清楚㉠後的內容是對딱딱한 침대的敘述，還是對무른 침대的敘述。因為㉠和㉡當中一個是對딱딱한 침대的說明，一個是對무른 침대的說明。㉡後半部分的안락감이 없고 혈류가 방해 받아，是對딱딱한 침대的說明，因此正確答案是選項③。

答案：1. ②　2. ③

6. 다음을 읽고 물음에 답하십시오.

> 　　퇴행성 질환으로 인식되던 목 디스크가 근래 20~30대 젊은 층에서 급증하고 있다는 소식이다. 목 디스크가 발병하는 이유는 교통사고 등 외상에 의해서라기보다는 잘못된 생활습관이 지속되면서 목뼈의 노화현상을 부추기기 때문이라고 한다. ㉠이는 장시간 고개를 숙이고 공부를 하거나 너무 높은 베개를 베고 자는 일상적인 습관들이 목에는 치명적인 영향을 미친다는 것. 특히 직장인들의 경우 컴퓨터 앞에 앉아 고개를 내밀거나 숙이는 등 불량한 자세로 장시간 업무를 하는 습관이 굳어져 목 디스크로 이어지는 경우가 많다는 것이 전문가들의 설명이다.

1. 이 글의 중심 내용으로 가장 알맞은 것을 고르십시오.
   ① 잘못된 생활습관이 목 디스크를 부를 수 있다.
   ② 젊은 세대에서 목 디스크 환자가 빠르게 증가하고 있다.
   ③ 잘못된 습관이 굳어져 목 디스크로 이어지면 고치기 어렵다.
   ④ 목 디스크 예방을 위해서는 불량한 자세를 바로 잡아야 한다.
2. 밑줄 친 ㉠이 가리키는 것은 무엇입니까?
   ① 퇴행성 질환으로 인식되던 목 디스크
   ② 목뼈의 노화현상을 부채질하는 현상
   ③ 교통사고 등 외상에 의한 목 디스크
   ④ 잘못된 생활습관이 지속되는 현상

<說明>
1. 文章的第一句話是概括全文的主題句。與此具有相同意思的是選項②。
2. ㉠所指代的內容在㉠前就可以找到。即목 디스크가 발병하는 이유，這又和목뼈의 노화현상을 부추기기 때문是相同的意思。與這兩句話具有相同意思的是選項②。

答案：1. ②　2. ②

7. 다음을 읽고 물음에 답하십시오.

> 　　요즘 어린이들이 즐기는 햄버거나 피자, 치킨, 만두, 라면 등 인스턴트 식품은 열량이 비교적 높지만 무기질과 비타민

등 다른 영양소의 함유량이 몹시 낮다. 그로 인해 영양은 균형을 잃게 되고 조절 영양소 부족으로 몸에 이상이 생기는 경우도 있다. 또 열량이 높기 때문에 비만이 되기 쉽고, 몸에 해로운 포화 지방산과 염분의 함량이 높아서 성인병에 걸릴 확률도 높아진다. 따라서 ㉠이런 음식들은 성장기 어린이나 청소년들에게 결코 이로운 음식이 아니다. 이를테면 햄버거의 경우 열량은 높지만 다른 영양소, 특히 사람의 골격을 이루는 칼슘의 함량이 많이 부족하다. 따라서 햄버거를 어쩔 수 없이 먹어야 한다면 반드시 야채샐러드와 우유 한잔을 곁들어 영양의 균형을 잡아 주도록 신경을 써야 하는 것이다.

1. 이 글의 중심 내용으로 가장 알맞은 것을 고르십시오.
   ① 햄버거를 좋아하는 어린이는 성인병에 잘 걸린다.
   ② 인스턴트 식품은 어린이들에게 비만이 되기 쉽다.
   ③ 어린이들에게 균형 잡힌 식사가 필요하다.
   ④ 햄버거는 어린이들에게 해로운 식품이다.
2. 밑줄 친 ㉠이 가리키는 것은 무엇입니까?
   ① 열량은 높은데 다른 영양의 함량이 낮은 음식
   ② 영양의 균형을 잡아 주도록 신경을 쓴 음식
   ③ 포화 지방산과 염분의 함량이 낮은 음식
   ④ 칼슘의 함량이 충분한 음식

<說明>
1. 文章最後的영양의 균형을 잡아 주도록 신경을 써야 하는 것이다是文章主旨。與之具有相同意思的是選項③。
2. ㉠所指代的이런 음식就是인스턴트 식품。인스턴트 식품的性質是選項①。因此正確答案是①。

答案：1. ③　2. ①

8. 다음을 읽고 물음에 답하십시오.

음식을 절약하고 옷을 검소하게 입어야 한다. 사람은 분수를 지켜야지 좋은 옷을 입거나 좋은 음식을 먹을 형편이 아닌데도 복 있는 부자의 본을 보고 남편에게 잘 입고 잘 먹자고 한다면 도둑질이라도 해서 하라는 말인가. ㉠그런 말을 들고도 못해주는 남편의 마음은 또 얼마나 아프겠는가? 여자가 살림을 잘 꾸려서 집안 형편을 복구해야지 분에 넘치게 생활해서는 안 된다. 그러니 분수를 지켜 살아가면 갑자기 큰 불행을 만나더라도 놀라지 않고 용기를 가지고 해쳐나가며 잘 살 수 있는 것이다.

1. 이 글의 중심 내용으로 가장 알맞은 것을 고르십시오.
　① 복 있는 부자를 남편으로 맞이해야 한다.
　② 큰 불행을 만나도 놀라지 않아야 한다.
　③ 분수를 지키는 아내가 되어야 한다.
　④ 남편은 아내를 호강시켜 줘야 한다.
2. 밑줄 친 ㉠이 가리키는 것은 무엇입니까?
　① 도둑질 하라는 말
　② 부자의 본을 보라는 말
　③ 검소하게 생활하자는 말
　④ 호의호식 시켜 달라는 말

<說明>
1. 文章的前半部分是文章主旨，屬於頭括式。與這一部分具有相同意思的是選項③。
2. ㉠所指代的內容是文章中的 남편에게 잘 입고 잘 먹자고 한다。與這句話的意思相同的表達方式是호의호식(好衣好食)。正確答案是選項④。

答案：1. ③　2. ④

9. 다음을 읽고 물음에 답하십시오.

　　일반적으로 스코틀랜드가 골프의 발상지라고 인정되고 있으나 애초에 골프가 크게 성행하던 곳은 베네룩스 3국 일대이었다는 설도 있다. 스코틀랜드에서는 15세기에 유행되기 시작했는데 네덜란드에서 15세기 훨씬 이전에 그린 것으로 추정되는 몇 점의 회화가 발견되었다. 이 그림 가운데 초기의 클럽과 매우 흡사한 모양의 구부러진 스틱에 기대고 서 있는 네덜란드인의 그림과 헤드가 큰 클럽을 팔에 안고 서 있는 소녀의 그림이 있다. 스코틀랜드에서 골프가 정식으로 선을 보이기 이전에 북부 프랑스 및 네덜란드에 골프와 아주 비슷한 게임이 있었다는 것은 틀림없어 보인다. 지금도 이곳의 원주민들이 ㉠이 게임을 하는 것을 간간이 볼 수 있는데 골프보다 당구나 하키에 가까운 모습을 하고 있다.

1. 이 글의 중심 내용으로 가장 알맞은 것을 고르십시오.
　① 골프가 유행했던 시기
　② 골프의 네덜란드 기원설
　③ 과거와 현재의 골프의 차이
　④ 스코틀랜드에서 정식으로 선 보인 골프
2. 밑줄 친 ㉠이 가리키는 것은 무엇입니까?
　① 당구 게임
　② 하키 게임
　③ 골프 게임
　④ 그림 속의 게임

 <說明>
1. 應該從整體文章中總結文章主旨。文章的第一句話提到일반적으로 스코틀랜드가 골프의 발상지라고 인정되고 있으나；接著又提到高爾夫起源於네덜란드的說法，以畫為證；文章的後半部分說골프와 아주 비슷한 게임이 있었다는 것은 틀림없어 보인다。即高爾夫起源於네덜란드也不一定。因此正確答案是選項②。
2. ㉠所指代的內容是文中的골프와 아주 비슷한 게임，即在畫中可以看得到的遊戲。因此正確答案是④。由於㉠後說到골프보다 당구나 하키에 가까운 모습，所以골프、당구、하키都不是正確答案。

答案：1. ②　2. ④

10. 다음을 읽고 물음에 답하십시오.

감귤에서 사람의 피부를 대체할 수 있는 소재가 개발됐다.

농촌진흥청은 감귤에서 나온 부산물을 발효시켜 인공피부를 만들 수 있는 신소재인 감귤 겔을 개발했다고 16일 밝혔다. 새로 개발된 소재는 순식물성 성분에 수분 보유력 97.5%로, 독성이 없어 사람 피부에 직접 사용할 수 있다고 농촌진흥청은 설명했다. ㉠이것은 감귤에서 주스를 만들고 남은 부산물에 에스이에이(SEA)623-2라는 식초산균을 넣어 발효시키는 방식으로 만들어진다. 농촌진흥청은 이 소재를 이용해 화상 및 상처 치료용 거즈, 기능성 마사지 크림 등의 시제품을 제작했다고 밝혔다.

농촌진흥청은 감귤 부산물을 재활용해서 생기는 경제효과만 해도 연간 145억 원에 이른다고 설명했다. 또 의학용 인공피부 소재 시장 규모가 미국에서만 작년에 1500억 원 규모이고, 화장품 소재 시장 규모도 국제적으로 11조4000억 원이나 된다고 농촌진흥청은 덧붙였다.

1. 이 글의 중심 내용으로 가장 알맞은 것을 고르십시오.
　① 새로 개발된 감귤 겔에는 독성이 없는 게 특징이다.
　② 경제 효과가 대단한 신소재 감귤 겔이 개발됐다.
　③ 감귤 부산물을 재활용하여 환경오염을 줄였다.
　④ 농촌진흥청은 이 소재의 시제품을 만들었다.
2. 밑줄 친 ㉠이 가리키는 것은 무엇입니까?
　① 감귤
　② 감귤 겔
　③ 감귤에서 나온 부산물
　④ 에스이에이(SEA)623-2

<說明>
1. 文章的前半部是文章主旨，屬於頭括式。與此具有相同意思的是選項②。
2 ㉠處的이것可以從後面的~ 방식으로 만들어진다推測出答案。透過這個句子提到的方式所製成的이것，不是감귤，也不是감귤에서 나온 부산물，更不是에스이에이(SEA)623-2，而是감귤 겔。

答案：1. ②　2. ②

第9課
掌握寫作動機

1 提示句

필자가 이 글을 쓴 이유를 고르십시오.
㉠의 의미를 가장 알맞게 설명한 것을 고르십시오.

2 出題類型介紹

本課主要針對的是掌握作者寫作動機和掌握細節內容的問題。

掌握寫作動機：只要能夠準確地掌握文章主旨，就可以比較容易地找到答案。文章主旨可以成為寫作動機，關於文章主旨的原因和理由也可以成為寫作動機。寫作動機和文章主旨是相關聯的。

掌握細節內容：即不是針對文章的整體內容，而是針對一部分句子或短語的意思進行的提問。對於這種類型的問題，先要仔細考慮所問細節內容所在的上下文關係，看文脈是否通順；然後再找出答案。

3 考題解析

다음을 읽고 물음에 답하십시오. <16회 고급 기출문제>

> 인주시가 음식물 쓰레기 배출량 비례제를 도입
> 하려고 하자 일부 주민들이 수수료가 인상될 것이
> 라며 반대하고 있다. 그러나 주민들의 반대는 이
> 제도를 제대로 이해하지 못한 데에서 비롯된 것이
> 다. 음식물 쓰레기 배출량 비례제는 각 가정과 음

식점이 내놓은 쓰레기 양만큼 수수료를 부과하는 제도로 주민들로 하여금 수수료의 차이를 직접 느끼게 하여 쓰레기 발생량을 줄여 보겠다는 취지에서 만들어졌다. 실제로 이 제도를 전면적으로 도입한 지역의 음식물 쓰레기 발생량이 급격히 줄었고 그에 따라 주민들이 부담해야 하는 비용도 크게 감소했다. 인주시가 다른 지역의 성공 사례와 함께 음식물 쓰레기 배출량 비례제의 장점을 널리 알린다면 (　　　).

1. 필자가 이 글을 쓴 이유를 고르십시오.
　① 인주시에 정책을 제안하기 위해
　② 새로운 제도의 이해를 돕기 위해
　③ 주민들의 활발한 토론을 유도하기 위해
　④ 음식물 쓰레기 문제를 널리 알리기 위해
2. 이 글의 빈칸에 들어갈 내용으로 알맞은 것을 고르십시오.
　① 수수료로 인한 재정 수입이 줄어들 것이다
　② 음식물 쓰레기 처리 비용이 감소할 것이다
　③ 다른 지역에서도 이 제도를 적극 도입할 것이다
　④ 주민들을 설득하는 데 큰 어려움이 없을 것이다

答案：1. ②　2. ④

 <說明>
1. 從文中的주민들의 반대는 이 제도를 제대로 이해하지 못한 데에서 비롯된 것이다當中可以看出寫作動機。在這句話後，提到了對음식물 쓰레기 배출량 비례제的說明，還有在其他地方實行這種制度也取得了成功的內容。即為了幫助理解新制度而寫的文章。
2. 括號前面用음식물 쓰레기 배출량 비례제의 장점을 널리 알린다면的條件句。那麼括號內應該填入這一條件的結果。思考一下寫作動機就可以推測出結果。正確答案是④。

다음을 읽고 물음에 답하십시오. <8회 5급 기출문제>

　　세상 모든 일에 처음부터 크고 작고, 중요하고 사소한 것이 따로 있었던 것은 아닐 것이다. 삶의 방식과 편의에 따라 만들어진 잣대가 어느 새 그런 가치를 규정해 버렸다. 가진 사람 혹은 힘이 있는 사람 중심으로 잣대를 들이대다 보면 더 큰 집, 더 많은 돈이 살아가는 목표인 양 중요한 것이 될 테지만 세상에는 가난한 사람들의 소박한 잣대도, 어린 아이의 순수한 잣대도 있다는 것을 알아야 한다.

　　모두가 남보다 먼저 산꼭대기에 깃발을 꽂으려 안간힘을 쓸 때, ㉠나는 꼭대기로 향하는 그 긴 행렬에서 빠져 나와 골짜기 숲 속 길을 누비고 싶어진다. 길가에 흔들리는 들꽃, 어린아이의 웃음소리, 늙어 버린 어머니의 주름살, 함께 치는 손뼉, 뒷골목 쓰레기통을 뒤지는 똥개……. 이런 (㉡) 일상의 하루하루를 어루만지다 보면 그 안에 깃들인 참다운 삶과 생명의 힘을 느끼게 된다.

1. ㉠의 의미를 가장 알맞게 설명한 것을 고르십시오.
　① 숲 속으로 걸어가고 싶다.
　② 삶의 소중함을 지키고 싶다.
　③ 경쟁 사회에서 도망가고 싶다.
　④ 혼자서 당당히 이겨내고 싶다.

2. ⓛ에 들어갈 알맞은 말을 고르십시오.
　① 중요한
　② 사소한
　③ 치열한
　④ 아름다운

答案：1. ② 　2. ②

 <說明>

1. 是掌握細節內容的問題。㉠處的꼭대기로 향하는 그 긴 행렬是경쟁 사회的意思。並且골짜기 숲 속 길可以用피하고 싶은 곳來解釋，也可以用삶의 소중함來解釋。從文章的後半部分可以看出②和③的所指內容。透過흔들리는 들꽃, ~ ~ 뒷골목 쓰레기통을 뒤지는 똥개的舉例說明和文章結尾的찬다운 삶과 생명의 힘，可得知正確答案是②。如果選項中沒有②的話，選項③也可以是正確答案。

2. ⓛ 前面的이런是指흔들리는 들꽃, ~ ~ 뒷골목 쓰레기통을 뒤지는 똥개……因此이런不是중요한、치열한、아름다운，而是사소한。

4　考題深度分析

다음을 읽고 물음에 답하십시오. <14회 고급 기출문제>

요즘 청소년들 사이에 춤 열풍이 거세게 불고 있다. 그럼에도 이런 춤 열풍을 공교육에서 소화해 낼 방법은 여전히 마련되지 않고 있다. 결국 학교 안에서 춤을 배울 기회가 없는 청소년들은 대부분 학원에서 춤을 배우고 있다. 그러나 학원은 돈벌이에 치중한 나머지 학생들에게 춤추는 방법이 아니라 유행하는 춤을 똑같이 따라 하도록 가르치고 있다. 창의성이 부족한 기능 중심의 교육이 어떤 결과를 가져올지는 불

> 보듯 뻔하다. 더 늦기 전에 교육 당국은 춤을 교
>
> 과 과정에 포함시켜야 한다. 그리고 춤을 가르
>
> 치는 교사들은 학생들이 (　　).

1. 필자가 이 글을 쓴 이유를 고르십시오.
   ① 청소년들의 춤 열풍을 이해하기 위해
   ② 학교에서 춤을 교육하도록 요청하기 위해
   ③ 기능 중심 교육의 문제점을 지적하기 위해
   ④ 새롭고 다양한 교육 방법을 제시하기 위해
2. 이 글의 빈칸에 들어갈 내용으로 가장 알맞은 것을 고르십시오.
   ① 춤 동작 하나하나를 따라 하도록 해야 한다
   ② 자신만의 춤을 출 수 있도록 가르쳐 주어야 한다
   ③ 춤을 통해 학업 스트레스를 풀도록 해 주어야 한다
   ④ 남에게 춤을 가르칠 수 있을 정도로 연습시켜야 한다

答案：1. ②　2. ②

〈說明〉

1. 從文章的第二句話和第三句話中可以看出寫作動機。並且解決方案出現在文章的最後。綜上所述，正確答案是選項②。공교육=정규 학교에서 가르치는 교육, 사교육=사설 학원 등에서 가르치는 교육

2. 括號裡應該填入學生們在培訓班中學跳舞的缺點，在括號裡填入與之相反的內容即可。缺點是창의성이 부족한 기능 중심의 교육，因此提到有個人風格的舞蹈教育的是正確選項②。

詞彙：

열풍－熱風，……熱

거세다－猛烈、暴烈、強烈 相似詞 드세다 相反詞 보드랍다/부드럽다

치중－著重、偏重、以……爲主

창의성－創新、創意

뻔하다－明顯、顯而易見 相似詞 빤하다/분명하다/확실하다/명확하다/명약관화하다

당국－當局

포함－包含、含有 相反詞 배제/제외

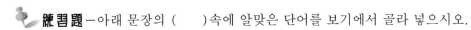

練習題－아래 문장의 (　　) 속에 알맞은 단어를 보기에서 골라 넣으시오.

> 보기: 열풍/거센/치중/창의성/뻔한/당국/포함

1. 그가 빚을 갚지 않을 것이 (　　) 일일 테니 잘 생각해라.
2. 그 학생은 영어에 대한 지나친 (　　)으로 과학 성적이 좋지 않았다.
3. 지금 전국 각지는 선거 (　　)에 휩싸여 있다.
4. 방금 그가 한 말은 여러 가지 뜻이 (　　)된 말이다.
5. 나는 귀하의 시인적 통찰력과 (　　)을 존중하오.
6. (　　) 바람이 불어와 초가지붕을 다 날려 버렸다.
7. 학생 전원의 등교 거부로써 학교 (　　)과 강경히 투쟁할 것을 결의했다.

答案：1. 뻔한　　2. 치중　　3. 열풍　　4. 포함　　5. 창의성　　6. 거센　　7. 당국

다음을 읽고 물음에 답하십시오. <15회 고급 기출문제>

최근 급격한 사회 변화에 따른 각종 이해 집단의 출현과 이들 간의 충돌이 한국 정치를 시험대에 올려놓고 있다. 보수와 진보, 개발과 보존 등 다양한 세력 간의 갈등을 조정하고 해결하기 위해서는 정치권에서 대화와 합의를 위한 제도적 장치를 마련해 주어야 한다. 하지만 현재의 정치권은 (　　　　).

기존 정치가 변화에 대처하지 못하고 갈팡질팡하는 사이, 다양한 사회 세력들이 새로운 정치 집단을 형성해 현재의 정치를 개선할 방안을 제시하고 있다. 이들은 집단 간 합의와 이를 위한 제도적인 장치 마련을 최우선적인 과제로 생각하는데 이들의 출현이 한국 정치를 바람직한

　방향으로 변화시키는 계기가 될 것임은 분명해
보인다.

1. 필자가 이 글을 쓴 이유를 고르십시오.
　① 기존 정치의 개선 필요성을 알리기 위해
　② 사회적 합의가 어려운 이유를 설명하기 위해
　③ 급격한 사회 변화의 문제점을 지적하기 위해
　④ 이해 집단이 정치에 미치는 영향을 분석하기 위해
2. 이 글의 빈칸에 들어갈 내용으로 가장 알맞은 것을 고르십시오.
　① 급진적 변화를 거부하고 있다
　② 제 역할을 수행하지 못하고 있다
　③ 이해 집단의 출현을 제약하고 있다
　④ 갈등의 조정과 해결에 집착하고 있다

答案：1. ①　2. ②

<說明>
1. 寫作動機可以從정치권에서 대화와 합의를 위한 제도적 장치를 마련해 주어야 한다. 하지만 ~中找到。即기존 정치의 개선 필요성。選項④的話雖然正確，但並不是分석하기 위해，因為文章中沒有關於분석的內容。
2. 含有括號句子的開頭有連詞하지만，因此括號中應該填入與此相反的內容。與此相對應的是選項②。

 詞彙：
급격하다－急劇、劇烈 [相似詞] 급하다 [相反詞] 느리다/완만하다
이해 집단－利害相關的集團
충돌－衝突、相碰、相撞
보수와 진보－保守和進步
세력－勢力
제도적 장치－制度性機制、體制性機制
갈팡질팡－侷促不安、慌裡慌張、茫然無頭緒
형성－形成 [相似詞] 구성
개선－改善 [相反詞] 개악
계기－契機 [相似詞] 동기

練習題—아래 문장의 (　　)속에 알맞은 단어를 보기에서 골라 넣으시오.

보기: 급격하게/이해 집단/충돌/보수와 진보/세력/제도적 장치/갈팡질팡/형성/
　　　개선/계기
---

1. 미국과 일본 양국은 악화된 관계를 (　　)하기 위하여 노력하고 있다.
2. 우리나라 정치에서 (　　)의 싸움은 어제오늘의 일이 아니다.
3. 음주운전을 근절하기 위해서는 지금보다 더 강력한 (　　)가 마련되어야 한다.
4. 시위대와 경찰의 격렬한 (　　)로 많은 사람들이 다쳤다.
5. 올림픽을 (　　)로 하여 사회 체육에 대한 관심이 높아졌다.
6. 휴대 전화의 출현으로 우리들의 생활 패턴이 (　　) 바뀌었다.
7. 정치를 하는 데 있어서 반대 (　　)들은 반드시 있기 마련이다.
8. 병사들이 요란한 총성에 놀라 (　　) 어둠 속을 뛰고 있다.
9. 각종 (　　)들의 의견 충돌로 인해 지하철 노선을 확정하지 못했다.
10. 헌법을 바꾸려면 우선 국민적 공감대가 (　　)되어야 한다.

答案 : 1. 개선　　2. 보수와 진보　　3. 제도적 장치　　4. 충돌　　5. 계기　　6. 급격하게
　　　 7. 세력　　8. 갈팡질팡　　9. 이해 집단　　10. 형성

다음을 읽고 물음에 답하십시오. <8회 5급 기출문제>

세포 수는 거의 유아기에 결정된다고 한다. 모유를 먹으면 본인의 체질에 맞게 젖을 먹게 되고 세포 분열도 정상으로 일어나 보통 크기의 사람이 된다. 그러나 우유를 먹게 되면 아무리 농도를 잘 조절하고, 양을 맞추어도 영양분이 너무 많아져 세포수가 과다해진다. 최근 소아 비만이 많은 이유가 바로 이 때문이다. 그들은 소젖을 먹고 자란 살찐 송아지들이나 다름없다.

1. 밑줄 친 부분이 비유하는 것을 쓰십시오.
　（　　　　　　　　　　）

2. 이 글의 내용과 같은 것을 고르십시오.
　　① 모유는 어쩔 수 없을 때 먹는 것이다.
　　② 어릴 때의 체질이 평생을 간다.
　　③ 체질에 맞는 것을 먹어야 한다.
　　④ 우유의 영양은 모유보다 적다.
　　答案：1. 우유를 먹고 자란 아이/소아 비만인 아이/소아 비만에 걸린 아이　2. ②

<說明>

1. 這是一道有關細節內容的問題。這裡的송아지就是前面的그들。 그들又指소아 비만(인 아이)。소아 비만又指우유(를 먹고 자란 아이)。文章中並沒有明確地出現우유를 먹고 자란 아이、소아 비만인 아이、소아 비만에 걸린 아이，而是要求考生自己推測，然後記下來。

2. 選項②與文章的前兩句話意思相同，其他選項的內容，文章中沒有提到或與文章內容不符。

詞彙：

유아기－幼兒期 相似詞 젖먹이 때
모유－母乳 相似詞 어미젖
체질－體質 相似詞 몸바탕
세포 분열－細胞分裂
농도－濃度
과다－過多 相反詞 과소
소아 비만－小兒肥胖

練習題－ 래 문장의 (　　)속에 알맞은 단어를 보기에서 골라 넣으시오.

> 보기: 유아기/모유/체질/세포 분열/농도/과다/소아 비만

1. 용액 따위의 진함과 묽음의 정도를 (　　)라 한다.
2. (　　)를 먹고 자란 아이는 그렇지 않은 아이보다 성격이 온순하다.
3. 이 영양제를 실험쥐에게 투여하면 (　　)이 굉장히 빨라진다.
4. 햄버거 같은 패스트푸드가 (　　)의 주요 원인으로 꼽히고 있다.
5. (　　)에는 면역력이 약하므로 외부인들과의 접촉을 되도록 피해야 한다.
6. 처음에는 의식이 있었지만 그다음은 출혈 (　　)로 인사불성이 되었다.
7. 같은 병이라도 환자의 (　　)에 따라서 그 증세가 다르게 나타날 수 있다.

答案：1. 농도　　2. 모유　　3. 세포 분열　　4. 소아 비만　　5. 유아기　　6. 과다　　7. 체질

다음을 읽고 물음에 답하십시오. <12회 고급 기출문제>

> 　　지난 5월부터 국민건강증진법이 일부분 개정되었다. 이에 정부가 아닌 지방자치단체가 중심이 되어 버스 정류장이나 공원, 학교 근처 등 많은 사람이 모이는 공공장소를 금연 구역으로 정할 수 있게 되었다. 그러나 그 범위를 어디까지로 정해야 할지를 두고 많은 논란이 있다. (㉠) 흡연자들의 반발도 만만치 않다.
>
> 　　그러나 많은 연구에 따르면 흡연자들이 내뿜는 담배 연기에는 비흡연자들의 건강을 위협하는 물질들이 들어 있다고 한다. 또 비흡연자인데도 폐암에 걸린 환자들 중 다수가 가족이나 주변 사람의 담배 연기를 들이마셨던 것으로 보고되었다. (㉡) 다른 사람이 피운 담배 연기 때문에 건강을 잃을 수 있다는 것이다. 따라서 이러한 문제를 최소한으로 줄이기 위해 많은 사람이 모이는 지역을 금연 구역으로 지정하는 것은 너무나 당연한 일이다.

1. 글쓴이가 이 글을 쓴 이유로 적절한 것은 무엇입니까?
　① 법 개정에 대한 흡연자의 반발을 무마하기 위해
　② 비흡연자들의 피해를 줄일 수 있는 방법을 조사하기 위해
　③ 공공 지역을 금연 구역으로 지정해야 한다는 주장을 하기 위해
　④ 공공장소 중 금연 구역의 범위를 어디까지 할지 논의하기 위해

2. 다음 ㉠과 ㉡에 들어갈 말로 알맞은 것은 무엇입니까?

　　① ㉠ 또한 ㉡ 즉

　　② ㉠ 이에 ㉡ 반면

　　③ ㉠ 그런데 ㉡ 결국

　　④ ㉠ 게다가 ㉡ 마찬가지로

答案：1. ③　　2. ①

<說明>

1. 文章最後含有連詞따라서的句子既是文章的主旨，又是作者的寫作動機。與最後一句話具有相同意思的是選項③。

2. 對㉠前많은 논란的補充內容是㉠後面的句子。因此選項①、②都可以。文章對㉡前後的句子進行反覆的說明。概括整理㉡前面的句子，就是後面句子所説的內容。因此즉最合適，결국與此不相關。綜上所述，正確答案是選項①。

詞彙：

국민건강증진법－國民健康促進法

개정－改正 |相似詞| 수정

지방자치단체－地方自治團體

논란－非難、責難 |相似詞| 논쟁

반발－不聽從、不接受、叛逆

만만하다－不費勁、容易 |相似詞| 쉽다

내뿜다－噴出、噴吐 |相反詞| 들이마시다

폐암－肺癌

들이마시다－吸入、喝進 |相似詞| 마시다/흡입하다 |相反詞| 내뿜다

 練習題－ 래 문장의 (　　)속에 알맞은 단어를 보기에서 골라 넣으시오.

보기: 개정/논란/반발/만만하게/내뿜고/폐암/들이마셔

1. 할아버지께서는 젊은 나이에 (　　)으로 돌아가셨다는 말을 들었다.
2. 올해로 헌법이 (　　)된 지 30년이 되었다.
3. 오염된 먼지를 많이 (　　) 폐가 나빠졌다.
4. 그는 결코 (　　) 볼 사람이 아니다.
5. 양자 간의 시각 차이로 상당한 (　　)이 예상된다.
6. 이 회사는 사원들의 (　　)에도 불구하고 월급을 줄였다.
7. 술자리는 무르익어 한껏 젊음의 열기를 (　　) 있었다.

答案：1. 폐암　　2. 개정　　3. 들이마셔　　4. 만만하게　　5. 논란　　6. 반발　　7. 내뿜고

다음을 읽고 물음에 답하십시오. <13회 고급 기출문제>

> 　　소득의 양극화가 갈수록 심각해지고 있다. 소득의 양극화가 가져오는 가장 큰 문제점은 국민들에게 아무리 노력해도 안 된다는 절망감을 준다는 것이다. 이런 절망감은 국가적 혹은 개인적 차원에서 극단적인 행동을 (㉠). 따라서 새로운 지도자는 이러한 절망감이 국민들 사이에 생기지 않도록 대책을 (㉡) 한다. 지도자는 우리도 하면 잘 될 수 있다는 희망을 국가, 기업 그리고 개인이 갖도록 해 주어야 한다. 결과를 공평하게 나누는 것도 중요하겠지만 모든 사람들에게 희망을 줄 수 있는 환경을 만드는 것이 소득 양극화의 해결 방법임을 명심해야 할 것이다.

1. 필자가 이 글을 쓴 이유를 고르십시오.
   ① 새로운 지도자를 비판하기 위해
   ② 새로운 지도자에게 조언하기 위해
   ③ 소득 양극화의 원인을 분석하기 위해
   ④ 소득 양극화의 심각성을 알리기 위해
2. ㉠과 ㉡에 들어갈 말로 알맞은 것을 고르십시오.
   ① ㉠ 유발한다 ㉡ 제고해야
   ② ㉠ 증진한다 ㉡ 강구해야
   ③ ㉠ 감행한다 ㉡ 궁리해야
   ④ ㉠ 초래한다 ㉡ 모색해야

答案：1. ②　2. ④

<說明>

1. 首先要掌握文章主旨。文章的中間部分包含了文章主旨，屬於中括式結構。寫作動機就在文章主旨當中。因此選項②是正確答案。選項④的話雖然正確，但是脫離了文章主旨，不能成為文章的寫作動機。

2. ㉠處在文脈上應該填入類似가져온다、불러일으킨다的詞。選項中②、③、④都可以。綜合一下③和④，都可以是正確答案。但就前後文來看，㉠處填入초래한다比감행한다更通順，所以正確答案是選項④。

詞彙：

소득－所得 相似詞 수입
양극화－兩極分化
절망감－絕望感
극단적－極端、極端化
대책－對策、辦法 相似詞 방책/대비책/대응책
공평하다－公平 相似詞 공정하다 相反詞 불공평하다

練習題－아래 문장의 (　　)속에 알맞은 단어를 보기에서 골라 넣으시오.

보기: 소득/양극화/절망감/극단적/대책/공평하게

1. 순간 그는 그녀와 자기 사이에 두꺼운 벽이 가로놓인 듯한 (　　)을 맛보았다.
2. 그는 그 장사로 엄청난 (　　)을 남겼다고 한다.
3. 실업 문제를 해결하기 위한 뾰족한 (　　)이 떠오르지 않는다.
4. 난 담배를 끊기 위한 (　　)인 조치로 아무도 없는 섬으로 들어가 버렸다.
5. 세 사람은 그날의 수입을 (　　)나누고 각자 집으로 돌아갔다.
6. 적극적인 지지자가 아니면 곧 적이라는 식으로 (　　)가 심하게 진행되고 있다.

答案：1. 절망감　2. 소득　3. 대책　4. 극단적　5. 공평하게　6. 양극화

5 考題綜合練習

1. 다음을 읽고 물음에 답하십시오. <7회 5급 기출문제>

> (가) 아이들은 학교와 직장에 다들 나가고 집에는 아내와 나만 남아서 집을 보고 있다. 아니, 집을 보고 있는 것은 아내이고, 나는 외가라는 주제의 수필을 청탁 받고 무엇을 쓸 것인가 고민 중이다. 마당 한쪽 어린애 엉덩이만한 데에는

상추가 자라고 있어서 한껏 시골집의 한가로운 분위기를 느끼게 한다.

　(나) 문득 제목부터 떠올랐다. 외가 만들기다. 그렇다. 바로 이것이다. 내 집이 외가가 되는 꿈을 그려보기로 했다. 아내가 나에게 시집와 준 나이를 생각할 때, ㉠큰딸과 작은딸은 벌써 결혼해서 아이 한둘쯤은 두었음 직하다. 그러니 나의 외기 만들기 설계는 현실성이 충분하다고 본다.

　(다) 우리가 보통 떠올리고 있는 외가의 이미지는 무엇일까? 어린 오누이가 몇 킬로미터쯤 걸어가서 산자락 밑에 엎디어 있는 어느 초가에 들어서면 외할머니와 외할아버지가 "㉡우리 강아지들 왔구나!" 하고 반기면서 맞는 집이 바로 외가이다.

　(라) 우리 속담에 "외갓집 들어가듯 한다."는 말처럼 ㉢외손자들은 아무 거리낌이 없이 들어서자마자 뛰고 달리고 제 하고 싶은 것을 다 할 것이다. 외할머니, 외할아버지의 야단은 아랑곳하지 않고 저희들 마음대로 ㉣떠들고 노는 녀석들을 상상해 보면 지금부터 벌써 유쾌해지기만 한다.

1. 다음 중 알맞은 설명을 하나 고르십시오.
　① 글쓴이의 집은 시골 정취가 있는 집이다.
　② 우리가 생각하는 외가의 이미지는 도시적이다.
　③ 글쓴이는 두 딸이 결혼해서 외손자가 있는 사람이다.
　④ 보통 외할머니, 외할아버지는 야단을 많이 치는 사람이다.
2. 위의 밑줄 친 말 중 가리키는 것이 다른 하나를 고르십시오.
　① ㉠　　② ㉡　　③ ㉢　　④ ㉣
3. 밑줄 친 외갓집 들어가듯 한다의 의미를 알맞게 설명한 것을 고르십시오.
　① 아주 조심스럽게 들어간다.

② 아무 망설임 없이 들어간다.
③ 아무도 눈치 채지 못하게 들어간다.
④ 예의를 잘 갖추고 들어간다.

 ＜說明＞

1. 選項①，由於文中提到한껏 시골집의 한가로운 분위기를 느끼게 한다，因此該選項和文章一致。選項②，由於文中提到초가에 들어서면 ~ 외가이다，因此該選項和文章不符。選項③，由於文中提到큰딸과 작은딸은 아이 한둘쯤은 두었음 직하다，因此該選項和文章不符。選項④，由於文中提到외할머니와 외할아버지가「우리 강아지들 왔구나!」하고 반기면서，因此該選項和文章不符。正確答案是選項①。초가(草家)-草房，茅屋
직하다-用於用言或이다後，以-ㅁ/음 직하다的形式使用，表示前面所説的話發生的可能性大。例句 그 사람이 사표를 냈다는 것이 사실임 직하다.-那個人遞了辭呈，很可能是事實啊。

2. 這道題屬於掌握細節內容。文章的㉠處指代作者的兩個女兒。㉡、㉢、㉣都指代外孫子。
강아지-對年幼的子女或孫子的愛稱。例句 우리 강아지, 사탕 하나 줄까.-我可愛的小寶貝兒，給你塊糖吃吧。

3. 這道題屬於掌握細節內容。在文章中的「외갓집 들어가듯 한다.」는 말처럼中有처럼，由此可以推知文章後面的句子中외갓집 들어가듯 한다的意思，即아무 거리낌이 없이 ~的意思。正確答案是選項②。

答案：1.① 2.① 3.②

2. 다음을 읽고 물음에 답하십시오. <8회 5급 기출문제>

> 떡은 한국을 대표하는 음식으로 명절 또는 기념할 만한 날에는 빠지지 않고 상에 올랐다. 정월 초하루인 설날에는 가래떡을 만들어 이를 얇게 썰어 ㉠떡국을 끓였다. 그리고 이를 먹어야만 나이 한 살을 더 먹은 것으로 간주하였다. 강남 갔던 제비가 돌아온다는 삼월 삼짇날에는 진달래 꽃잎을 따다 ㉡화전을 만들어 먹었다. 단오에는 ㉢수리취떡을, 햇곡식과 햇과일을 거둬들이는 추석에는 ㉣송편을 만들었다. 아기의 백일과 돌에는 신성함을 뜻하는 백설기를 만들어 아기의

건강을 기원했고 첫돌부터 열 살까지는 생일에 반드시 붉은

색 팥고물을 묻힌 수수경단을 해 주었다. 여기에는 팥과 수

수의 붉은 색이 액을 피하게 해 준다는 한국인의 민간 신앙

도 들어 있다. 이렇듯 떡은 계절에 따라 공유하는 우리 민족

의 정서를 담아내는 그릇이기도 하였고 ㉤액을 피하고건강

을 기원하는 마음의 표현이기도 하였다.

1. ㉠~㉣ 중 성격이 다른 하나를 고르십시오.

　① ㉠　　② ㉡　　③ ㉢　　④ ㉣

2. 이 글의 내용과 다른 것을 고르십시오.

　① 떡은 언제든지 먹을 수 있는 일반 음식이었다.

　② 떡은 경우에 따라 무속적인 측면을 갖기도 했다.

　③ 떡은 명절을 알리는 역할을 하기도 하는 음식이었다.

　④ 떡을 만들 때는 그 색깔에 의미를 두는 경우가 있었다.

3. 밑줄 친 ㉤과 관계있는 떡을 모두 찾아 쓰십시오.

　(　　　　　　　　　　)

<說明>

1. 這道題屬於掌握細節內容。㉠處的떡국是在설날，㉡處的화전是在삼월 삼진날，㉢處的수리취떡是在단오，㉣處的송편是在추석時吃的食物。雖然都是在節日吃的食物，但是製作方法不同。從文章中的떡국을 끓였다可以得知，是把糕切成片，然後煮成湯吃。但是文章中並沒有把其他的糕煮成湯吃的內容。因此正確答案是選項①。

2. 從文章中的백설기를 만들어 아기의 건강을 기원했고和붉은 색 팥고물을 묻힌 수수경단、팥과 수수의 붉은 색이 액을 피하게 해 준다中可以知道백설기和수수경단是正確答案。

答案：1. ①　2. ①　3. 백설기, 수수경단

3. 다음을 읽고 물음에 답하십시오. <10회 고급 기출문제>

"지원아, 지원이 밖에 있니?"

마루에서 할아버지가 부르는 소리에 뜰에서 동생과 흙장

난을 하고 있던 지원이는 흙 묻은 두 손을 번갈아 보며 ㉠난처한 얼굴을 합니다. "할아버지, 등 긁으라고?" "그래, 좀 긁어 주겠니?" "할아버지, 잠깐 기다려." 지원이는 수돗가로 달려가며 소리쳤습니다. 나이는 다섯 살이지만 어른처럼 수돗물에 두 손을 씻고는 바지에 손을 쓱쓱 닦으며 마루로 올라옵니다. 지원이는 할아버지 등 뒤로 갔습니다. "자, 어디 좀 긁어 봐라." 조그만 고사리 손이 할아버지의 옷 아래로 들어가 싹싹 등을 긁습니다. "어이 시원해." 할아버지는 하루에 한두 번은 꼭꼭 지원이더러 등을 긁으라고 합니다. 그런데 할머니는 이따금 할아버지에게 "여보, 어린애더러 등은 왜 긁으라고 하시오?" 하고 못마땅해 하셨습니다. 그러다 하루는 옥수수 속에 꼬챙이를 꿰어 할아버지에게 주면서 "이게 훨씬 더 시원할 거요." 했습니다. 어느 날 지원이가 그 옥수수 등긁이를 보고 "할아버지, 이거 뭐 하는 거야?" 하고 물었습니다. "지원이 대신 등을 긁어 주는 거란다." ㉡지원이는 그걸 만져 보다가 시무룩한 얼굴로 가만히 놓고 밖으로 나갔습니다. 할아버지에게는 더 이상 지원이가 필요하지 않을 거라는 생각이 들었기 때문입니다.

1. ㉠의 이유로 알맞은 것을 고르십시오.
   ① 손에 흙이 묻어서
   ② 동생을 돌보아야 해서
   ③ 할아버지에게 가기 싫어서
   ④ 할아버지의 목소리가 너무 작아서
2. 이 글의 내용과 일치하는 것은 무엇입니까?
   ① 아이는 할아버지의 일을 많이 도와 드립니다.

② 아이는 할머니보다 할아버지를 더 잘 따릅니다.

③ 할머니는 아이가 힘들까 봐 옥수수 등긁이를 만드셨습니다.

④ 할머니는 아이가 할아버지의 말을 듣지 않아 속상해합니다.

3. ㉡에서 느껴지는 이 아이의 감정은 무엇입니까?

① 어색함

② 의젓함

③ 서운함

④ 친근함

<說明>

1. 這道題目屬於掌握細節內容。從文章中的흙 묻은 두 손을 번갈아 보며可以得知正確答案。

2. 這道題目不需要其他的說明。正確答案是③。

3. 這道題目屬於掌握細節內容。㉡中的시무룩한 얼굴就是在서운할 때作出的시무룩한 표정，正確答案是③。

答案：1. ①　2. ③　3. ③

4. 다음을 읽고 물음에 답하십시오. <9회 6급 기출문제>

> 일반적으로 소비자는 쇼핑할 때 가격표부터 살펴보고 그 기준에 따라 제품을 대하는 태도가 달라진다. 가격이 너무 싸다 싶으면 제품의 질도 떨어질 거라 생각해 실용적인 부분만 살펴보게 되고, 고가의 가격표가 붙어 있으면 원단이나 디자인에서 뭔가 차별화된 것이 있나 싶어 제품을 꼼꼼히 살펴보는 모습을 볼 수 있다.
>
> 한편 명품을 대할 때 소비자의 태도는 또 다르다. 명품 매장을 찾을 때 소비자는 옷차림부터 그 매장 분위기에 걸맞게 차려 입으려고 한다. 그리고 제품이 아무리 비싸더라도 놀라는 기색을 보이지 않는다. 오히려 가격이 높을수록 신뢰도를 가져 예술 작품 대하듯 제품을 감상한다. 또한 제품에 대한 사전 지식이 모두 갖추어져 있기에 (㉠).

1. 이 글에서 필자가 이야기하고자 하는 것을 고르십시오.
  ① 제품의 가격과 명품 여부에 따라서 소비자의 반응이 달라진다.
  ② 제품을 선택할 때 소비자는 원단이나 디자인 위주로 살펴본다.
  ③ 제품의 가격은 소비자의 제품에 대한 신뢰도에 영향을 주지 않는다.
  ④ 제품이 명품인지에 따라 소비자가 선호하는 제품의 종류는 차이가 있다.
2. ㉠에 들어갈 내용으로 알맞은 것을 고르십시오.
  ① 제품 구입을 위한 결정 시간도 짧다
  ② 제품 설명서를 꼼꼼하게 살펴보게 된다
  ③ 제품 판매수가 다른 제품에 비해 훨씬 많다
  ④ 제품에 대한 소비자의 불만이 끊이지 않는다

 <說明>

1. 從文章的開頭的소비자는 쇼핑할 때 ~ 제품을 대하는 태도가 달라진다中可以得知作者的寫作動機，即文章主旨。
2. ㉠前面的제품에 대한 사전 지식이 모두 갖추어져 있기에是應該填入㉠處內容的原因。因此㉠處填結果，即在了解產品的優缺點、品質、價格的情況下，很快作出購買的決定。正確答案是①。

答案：1.① 2.①

5. 다음을 읽고 물음에 답하십시오. <9회 5급 기출문제>

> 　　원래 그의 전공은 회화다. 그러나 언젠가부터 그는 목판화에 관심을 갖기 시작했다. 나무를 잘라 2, 3년 말리고 손질하고 다시 밑그림을 그린 다음 칼로 깎는, 오랜 기다림과 고된 노동 끝에 완성되는 것이 목판화다.
>
> 　　"회화가 소설이라면, 깎일수록 제 모습을 드러내는 ㉠목판은 시라고 생각해요. 목판화를 하면서 색깔도 한두 가지로 아끼게 되었고, 삶도 간결해지고 단순해졌지요."
>
> 　　그는 나무에는 삶의 철학이 담겨 있다고 한다.
>
> 　　"나무는 상처를 내면의 아름다움으로 키워냅니다. 먹감나무는 상처가 깊을수록 무늬가 아름답지요. 그래서 저는 (㉡)의 미학을 배웁니다."

1. ㉠과 같이 생각하는 이유를 고르십시오.
   ① 목판화는 간결하고 단순하다.
   ② 목판화는 오랜 기다림이 필요하다.
   ③ 목판화는 고된 노동 끝에 완성된다.
   ④ 목판화는 상처가 깊을수록 아름답다.
2. ㉡에 들어갈 알맞은 말을 본문에서 찾아 쓰십시오.
   (　　　　　　　　　　)

<說明>

1. 這道題目屬於掌握細節內容。㉠的理由在㉠後出現，即選項①。用排除法解題
   即可。
2. 由於㉡前有그래서這個詞，因此根據㉡前面的內容，就可以找出正確答案。正確
   答案是상처。

答案：1. ①　2. 상처

6　模擬練習

1. 다음을 읽고 물음에 답하십시오.

> 아버지는 아래 입술을 지그시 깨무셨다. 그것은 하고 싶은 얘기를 감추고 계시다는 뜻이었다. 집 안에서는 큰 소리가 나는 법이 없었고, 세월이 지나 아버지가 안 계신 지금도 나는 아버지의 침묵이 이끌어온 그 분위기가 그립다. 말없이, 묵묵히, 자기의 속내를 드러내지 않고 아픔을 담아내는 것이 꼭 방 한쪽에 놓여있던 아버지의 재떨이를 닮았다.
>
> 말이 무성하고, 주장이 난무하고, 마치 ㉠익명의 공간을 현실로 돌려놓은 것처럼 책임 없는 공방전이 계속될 때면 아버지의 재떨이에서 한줄기로 가만히 피어오르던 담배연기가 생각난다. 때로는 알고도 말하지 않아야 할 때가 있는 법이다. 주장하고 싶은 것이 있어도 한 번쯤은 돌이켜 생각해 보아야 할 때가 있는 법이다.

1. 필자가 이 글을 쓴 이유를 고르십시오.
　① 할 말을 참으시는 아버지가 그리워서
　② 말을 자제할 줄도 알아야 한다는 생각에서
　③ 집 안에 큰소리가 나지 않는 것에 감사해서
　④ 주장하고 싶어도 못하는 안타까운 생각에서

2. ㉠은 어디를 말하고 있습니까?
　① 사이버 공간
　② 실제 회의 공간
　③ 아버지가 안 계신 공간
　④ 담배연기가 피어오르는 공간

〈說明〉

1. 文中關於爸爸的敘述不是主要內容，是為了讓讀者能夠更容易了解內容。文章的中心思想在文章末尾的兩句話中，屬於尾括式。選項中與這兩句話具有相同意思的選項是②。

2. 從文章㉠前面的말이 무성하고, 주장이 난무하고中可以得知㉠具體比喻的內容，即充斥著各種言論的匿名空間——網路留言板。正確答案是①。
　사이버(cyber) 공간-인터넷 공간

答案：1. ②　2. ①

2. 다음을 읽고 물음에 답하십시오.

오늘날의 젊은이들은 수많은 책의 홍수 속에서 책다운 책을 찾기 위해 노력하지만 항상 빈곤을 느끼고 있다. 환상적이고 감상적인 수식어의 행렬로 이루어진 복잡한 ㉠그런 종류의 책들 속에서 우리는 무엇을 찾을 수 있을까? 책은 아무도 모르는 것을 우리에게 가르쳐 주는 지혜를 담고 있어야 하며, 오늘을 담고 내일로 가는 빛과 같아야 한다.

책은 한 폭의 그림 같아야 한다. 그래서 이 책을 아름다운 공원 같이 꾸미기 위해 숲속의 빈터처럼 많은 공간에 세계 최고의 삽화가들이 그린 그림으로 가득 채웠다. 또한, 이 책은 생각하여야 될 많은 문제들을 제시해 준다. 그리고 재미가 있다. 세계에서 가장 재미있는 책이라고 붙이고 싶을 정도이다.

1. 필자가 이 글을 쓴 이유를 고르십시오.
  ① 좋은 책이 무엇인지 정의를 내리기 위해
  ② 자신이 만든 책의 장점을 설명하기 위해
  ③ 좋은 책을 고르는 방법을 알려 주기 위해
  ④ 책 속에 찾을 수 얻을 수 있는 것을 말하기 위해
2. ㉠에 가리키는 것을 고르십시오.
  ① 뭔가를 찾을 수 있는 책
  ② 한 폭의 그림 같은 책
  ③ 책답지 않은 책
  ④ 재미있는 책

<說明>
1. 文章由兩個段落組成。第一段是第二段的鋪陳。概括文章的第二段，即書的優
   點。正確答案是②。
2. ㉠是指환상적이고 감상적인 수식어의 행렬로 이루어진 복잡한 책，即前面的책
   다운 책을 찾기 위해 노력하지만 항상 빈곤을 느끼게 하는 책。與這句話具有相
   同意思的是選項③。

答案：1. ②　2. ③

3. 다음을 읽고 물음에 답하십시오.

> 　　아파트 침입 절도 피의자들을 조사하다 보면, 택배 운송장
> 을 가지고 범죄를 저지른 경우가 많다. 택배 운송장에는 받
> 는 사람의 주소・성명・전화번호가 있어, 범죄자들은 전화
> 를 걸어 집이 비어 있는지 확인하거나, 전화를 받으면 택배
> 왔다고 안심시키고 방문해 절도를 범한다. 추석을 앞두고 택
> 배가 많아진다. 택배 운송장이 범죄꾼들에게 악용되지 않도
> 록 아무렇게나 취급하지 말도록 당부하고 싶다.

1. 필자가 이 글을 쓴 이유를 고르십시오.
  ① 택배 운송장이 범죄에 이용되는 것을 말하기 위해
  ② 택배 운송장을 허투루 버리지 말라고 말하기 위해
  ③ 택배를 받을 때 특별히 주의할 것을 당부하기 위해
  ④ 택배 직원을 가장한 범죄자들을 조심하라고 당부하기 위해

2. 이 글을 쓴 사람은 누구입니까?
　　① 택배 회사 직원
　　② 범죄자
　　③ 경찰
　　④ 시민

 <說明>

　　1. 文章的最後一句話是文章主旨。與這句話具有相同意思的是選項②。
　　2. 文中提到절도 피의자들을 조사하다 보면。可以調查竊盜犯罪嫌疑人的只有警察。正確答案是③。

答案：1.②　2.③

4. 다음을 읽고 물음에 답하십시오.

> 　　초등학교 시절 구구단을 배울 때 교사가 날짜를 정해놓고 무조건 외우라고 했다. 당연히 못 외운 아이가 훨씬 많았다. 교사는 이들을 매로 다스렸다. 교사는 목표 관리만 하고 모든 책임을 학생에게 떠넘기는 방식이다. 요즘 들어 심해진 줄 세우기 교육과 같은 발상이다. 이런 교사에게 배우는 아이들은 매를 맞아야 할 이유도, 교육 목표가 뭔지 알아야 할 필요도 없다. 하지만 당시에도 ㉠다른 방법으로 가르친 교사가 있었다. 유도하는 대로 자연스럽게 따라가다 보면 어느새 9단까지 다 익히게 되는 그런 방법 말이다.

1. 필자가 이 글을 쓴 이유를 고르십시오.
　　① 과거의 잘못된 교육 관행을 말하기 위해
　　② 교육 방식이 중요하다는 것을 말하기 위해
　　③ 매로 학생을 다스리는 선생을 말하기 위해
　　④ 줄 세우기 교육과 같은 발상을 말하기 위해
2. ㉠에 해당되지 않는 것을 고르십시오.
　　① 학생에게 모든 책임을 지우는 교사
　　② 목표보다 과정을 중요하게 보는 교사
　　③ 무조건 학생을 윽박지르기만 하는 교사
　　④ 줄 세우기 같은 교육 철학을 가진 교사

<說明>

1. 文中提到兩種類型的教師。本文講的是，這兩種類型的教師在用各自不同的方法教學的時候，學生們學習效果和感受的不同。正確答案是選項②。
2. ㉠處的教師所用的教學方法是诱导的大家跟著走，到了9단까지都學會的方法。這是一種不先考慮結果，而重視過程的教學方法。因此正確答案是選項②。

㉠處的教師所用的教學方法是诱导하는 대로 따라가다 보면 9단까지 다 익히게 되는 방법。這是一種不先考慮結果，而重視過程的教學方法。因此正確答案是選項②。

答案：1. ②　2. ②

5. 다음을 읽고 물음에 답하십시오.

> 사람들은 감옥이라는 곳이 상당히 끔찍한 곳이라고 생각한다. 하지만 내가 이곳에 들어와서 가장 놀랐던 사실은 감옥이 오히려 너무 익숙하게 느껴졌다는 사실이었다. 왜냐하면 이곳의 시스템이 내가 경험한 중·고등학교의 그것과 별반 차이가 없었기 때문이었다. 감옥의 상징인 쇠창살도 이미 고등학교에서 익히 봐왔던 것이었다. 고가의 컴퓨터, 대형 텔레비전 등을 지키기 위해서 학교는 감옥 아닌 감옥과 같은 모양새로 변해가고 있었다. 또한 푸른빛의 수의라는 이 죄수복이라는 게 교복과 무슨 큰 차이가 있겠는가. 칙칙한 색깔이며 어떠한 개조도 금지한다는 규정 모두 동일하다. 생활 시간표대로 행동하지 않으면 지적·경고·징벌을 받은 것도 마찬가지다.

1. 필자가 이 글을 쓴 이유를 고르십시오.
   ① 감옥과 학교의 규정이 별로 차이가 없어서
   ② 학교가 점점 감옥처럼 변해 가고 있어서
   ③ 감옥의 상징으로 볼 만한 것이 없어서
   ④ 상상으로만 생각했던 감옥이 아니라서
2. 이 글의 내용과 같은 것을 고르십시오.
   ① 학교와 감옥의 내부 구조가 비슷하다.

② 필자는 감옥에서 학교를 나왔다.
③ 학교에도 쇠창살이 쳐져 있다.
④ 수의 대용으로 교복을 입는다.

<說明>

1. 文章的前兩句話是作者的寫作動機。文中 왜냐하면 ~以後的部分是對前面內容的解釋。正確答案是選項④。
2. 文章中沒有與選項①中的 내부 구조 相似的話。文章也中沒有提到選項②和④的內容。選項③，由於文章中說到 쇠창살도 이미 고등학교에서 익히 봐왔던 것，因此該選項和文章相符。

答案：1.④ 2.③

6. 다음을 읽고 물음에 답하십시오.

일반 서점에서 책들의 생명력은 터무니없게 짧다. 정보화 시대 이르러 책들은 끊임없이 출판되어 서점 한 자리를 차지하게 된다. 잘 팔리지 않는 책들은 한 달도 버티지 못하고 후미진 창고로 밀려나거나 고물상으로 직행한다. 하지만 헌책방에서 책들의 생명력은 놀랍다. 층층이 쌓여 있는 책들을 더듬다 보면 여러 세대에 걸쳐 기상천외한 사건들을 목격하게 된다. 우리가 살아온 시대가 총망라되어 있다 해도 과언이 아니다. ㉠헌책방의 책들은 타임머신이기도 하고 타임캡슐이기도 하다. 헌책방 책들이 집약하고 있는 격변의 세월 앞에서 우리는 시대를 관조하게 되고, 성찰에 이르기도 한다. 다양한 시대, 여러 사람들의 얽히고 설킨 인생이 바로 헌책방에 있다.

1. 필자가 이 글을 쓴 이유를 고르십시오.
① 책들의 수명이 짧아서
② 새 책보다 헌책이 좋아서

③ 헌책방의 책들이 귀중해서

④ 헌책방에서 얻는 게 많아서

2. 밑줄 친 ㉠은 무엇을 의미합니까?

① 헌 책방에 책들에서 과거를 알 수 있다.

② 헌 책방에 책들에서 미래를 점칠 수 있다.

③ 헌 책방에 책들에서 생명력을 느낄 수 있다.

④ 헌 책방에 책들에서 지금의 나를 볼 수 있다.

 <說明>

1. 文章是對헌책방的讚揚，其讚美的理由就是寫作動機。文中的우리는 시대를 관조하게 되고, 성찰에 이르기도 한다是排到 것的意思，即얻을 것 很多。正確答案是④。

2. 타임머신(time machine)是可以回到過去或者進入未來的時間機器；但是타임캡슐(time capsule)只是可以了解過去的時光膠囊，即可以回到過去。正確答案是①。

答案：1.④ 2.①

7. 다음을 읽고 물음에 답하십시오.

> 세계 1위의 자동차업체인 일본의 한 업체가 대규모 리콜(결함보상) 사태로 휘청거리고 있다. 가속페달 결함으로 무려 760여만 대를 리콜한다고 하니 품질과 안전의 대명사였던 이 회사의 신뢰도는 만신창이가 됐다. 국내 기업들은 이 위기를 교훈으로 삼아야 할 것이다.
>
> 현재의 위기는 국내 자동차업체들에는 좋은 기회다. 한국산 자동차는 세계시장 점유율이 재작년 6.4%에서 지난해 7.8%로 높아지는 등 급속한 성장을 거듭하고 있다. 이런 추세라면 조만간 글로벌 브랜드로 도약할 수 있을 전망이다. 하지만 국내 자동차업체들의 성장은 위기를 맞고 있는 일본의 한 업체와 너무나 ㉠닮은꼴이다. 국외 생산기지를 확대하면서 외형을 늘리고, 부품 납품업체들의 단가를 깎아 원가절

감을 해온 모습과 해외시장에서의 출혈경쟁으로 인한 피해를 국내시장에서 만회한 것이 그렇다. 국내 자동차업체들도 언제든지 비슷한 일이 발생할 수 있다는 얘기다.

1. 필자가 이 글을 쓴 이유를 고르십시오.
　① 국내 자동차업체들이 이 위기의 전철을 밟지 말라고
　② 국내 자동차업체들이 세계시장 점유율을 더 높이라고
　③ 국내 자동차업체들이 급속한 성장을 거듭하고 있어서
　④ 현재의 위기가 국내 자동차업체들에는 좋은 기회라서
2. 밑줄 친 ㉠에 해당되지 않는 것을 고르십시오.
　① 부품 납품업체들의 희생으로 원가절감을 한 것
　② 국외 생산기지를 확대하면서 규모를 확장한 것
　③ 가속페달 결함으로 760여만 대를 리콜한 것
　④ 해외시장의 손해를 내수시장에 전가한 것

 <說明>

1. 綜合文章第一段的이 위기를 교훈으로 삼아야 할 것이다和第二段的국내 자동차업체들도 언제든지 비슷한 일이 발생할 수 있다可以得知正確答案是選項①。
2. 닮은꼴是比喻兩個以上的對象。選項③只敘述了在日本汽車公司發生的事。正確答案是③。

答案：1. ①　2. ③

8. 다음을 읽고 물음에 답하십시오.

행복의 경제학이라는 책을 낸 리처드 레이어드는 부가 늘어나도 더 행복해지지 않는 것이 세계적으로 공통된 현상이라고 말한다. 미국과 유럽은 물론 일본의 경우에도 전후 50년 동안 무려 6배나 잘살게 되었지만 행복지수는 변치 않고 있다. 왜 그럴까? 여기에는 행복의 복잡한 사회 심리적 요인이 깔려 있다. 첫째는 인간이 비교하는 동물이기 때문이다. 마르크스가 말했듯이 "작은 집 옆에 궁전이 들어서면 그 집

은 움막이 된다." 둘째, 원했던 물질이 충족되는 순간 행복감
은 곧 사라지고 ㉠또 다른 목표가 생긴다. 셋째, 더 좋은 것
을 소유하기 위해 치러야 할 대가가 더 커진다. 넷째, 지위에
대한 욕구도 존재의 허기를 부추겨 행복지수를 낮춘다. 아카
데미상 후보에 올랐던 배우 중에 상을 탄 사람이 탈락한 사
람보다 평균 4년을 더 산다는 통계도 있다.

1. 이 글에서 필자가 이야기하고자 하는 것을 고르십시오.
　① 행복지수는 사회적인 지위가 올라갈수록 높아진다.
　② 물질적으로 풍요로울수록 행복지수는 더 낮아진다.
　③ 물질적, 사회적 요소가 행복지수를 움직일 수 없다.
　④ 행복지수를 높이기 위해서는 반드시 대가가 따른다.
2. 밑줄 친 ㉠에 해당되지 않는 것을 고르십시오.
　① 보다 비싼 옷을 입는 것
　② 보다 좋은 차를 갖는 것
　③ 보다 좋은 집에서 사는 것
　④ 보다 행복한 가정을 꾸리는 것

<說明>
1. 文章是對부가 늘어나도 더 행복해지지 않는 것的說明，即作者的寫作動機。與
　此有相同意思的是選項③。
2. ㉠處，由於文中提到원했던 물질이 충족됐을 때、또 다른 목표가 생긴다，故目
　標應該是물질적인 것。選項中不是물질적인 것的只有選項④。

答案：1. ③　2. ④

9. 다음을 읽고 물음에 답하십시오.

　　　겨울 동안 서울의 명소 하나가 생겼다. 서울시청 앞 서
울광장에 마련된 스케이트장이 그러하다. 평일 이용객이
2,200명에 이를 정도로 시민들의 이용도가 높을 뿐 아니라,
이를 본받기 위한 전국 지자체들의 (㉠). 스케이트장은 시장

의 지시에 의해, 겨울 동안 시민들이 광장을 이용할 수 있는 방안으로 설치 운영되고 있다. 그런 만치 서울시는 스케이트장을 시민을 배려하는 시정의 한 본보기로 홍보하고 있다. 그러나 잔디광장 조성, 청계천 복원, 대중교통체계 개편 등의 주요 시정과제들은 정치적 타산의 요소를 많이 가지고 있어, 시민에 대한 배려는 허울뿐일 경우가 많다. 이는 시장의 리더십과 무관하지 않지만 화려한 성과주의에 의해 가려져 있다.

1. 필자가 이 글을 쓴 이유를 고르십시오.
　① 시장의 지도력에 의구심을 지울 수 없어서
　② 시정이 정치적으로 이용되는 것을 우려해서
　③ 시민을 생각하지 않는 허울뿐인 시정을 펼쳐서
　④ 서울시가 스케이트장을 시정의 본보기로 홍보해서

2. ㉠에 들어갈 알맞은 말을 고르십시오.
　① 이용도도 갈수록 높아지고 있다
　② 자체 홍보에 열을 올리고 있다
　③ 문의와 방문이 잇따르고 있다
　④ 지시가 매일 계속되고 있다

 <說明>

1. 文章的主旨在文章的後半部分，屬於尾括式。由於주요 시정과제들은 정치적 타산의 요소를 많이 가지고 있어，所以很擔心。正確答案是②。

2. 括號裡應該填入關於이를 본받기 위한的行動。與此相符的選項是③。
　【參考】지자체=지방자치단체(地方自治團體)

答案：1. ② 2. ③

10. 다음을 읽고 물음에 답하십시오.

　　경기 안산시에서 살다가 서울에서 자취하고 있는 대학생이다. 주말에 집에 갈 때면, 교통수단으로 안산과 강남을 잇는 광역버스를 자주 이용한다. 그런데 광역버스를 이용하다

보면 타는 사람은 너무 많은 데 비해 버스 공급은 충분치 않아 불편하다. 출퇴근 시간의 경우에는 이루 말할 수 없다. 퇴근시간을 지나 자정이 가까워져도 강남역 부근에 50명이 넘는 사람들이 줄을 서서 기다린다. 앉을 자리가 없어도 사람들은 돈을 내고 서서 버스를 타고 다닌다. 경우에 따라 입석 승객들을 포함하여 60명 정도 타기도 한다. 또한 고속도로를 달리는 버스에서 서 있는 것은 위험할 수 있으며 앉은 사람과 같은 돈을 내고 서서 가는 것은 형평성에 맞지 않는디. 또 안전 운전에 걸림돌이 될 수 있다. 이에 대한 조속한 조치가 필요하다.

1. 필자가 이 글을 쓴 이유를 고르십시오.
　① 광역버스 정원을 조정하라고
　② 광역버스 대수를 늘려 달라고
　③ 광역버스 운행시간을 연장하라고
　④ 광역버스의 고속도로 운행을 삼가라고
2. 이 글과 같은 내용을 고르십시오.
　① 입석 승객 때문에 사고가 날 수도 있다.
　② 이 버스는 야간에는 운행하지 않는다.
　③ 이 사람은 주말마다 집에 간다.
　④ 주말에는 이 버스가 한산하다.

<說明>
1. 文中的버스 공급은 충분치 않아 불편하다和이에 대한 조속한 조치가 필요하다是作者的寫作動機。正確答案是②。
2. 選項①，由於文中提到버스에서 서 있는 것은 안전 운전에 걸림돌이 될 수 있다，因此該選項和文章一致。選項②，由於文中提到자정이 가까워져도 사람들이 줄을 서서 기다린다，因此該選項和文章不符。選項③，由於文中提到주말에 집에 갈 때면，所以並不是每到週末都回家。文章中沒有提到關於選項④的內容。
　【參考】광역버스(廣域Bus)-通常為了連接大城市和周邊的衛星城而長距離運行的公車路線。

　　　　　　　　　　　　　　　　　答案：1.②　2.①

249

第 10 課
掌握作者的立場

提示句

이 글을 쓴 작가의 태도로 맞는 것을 고르십시오.
이 글에서 ~의 심정으로 알맞은 것을 고르십시오.
이 글은 어떤 성격의 글입니까?

② 出題類型介紹

　　在這一課中，我們主要學習掌握作者的立場、文章中人物的心情和文章的性質等。要解決好這類問題，掌握文章的整體脈絡是最重要的。解這種類型的問題，有時候可以從一句話或一個短語當中得出答案，有時候也要從文章的整體脈絡中才能判斷出來。

③ 考題解析

다음을 읽고 물음에 답하십시오. <16회 고급 기출문제>

　　"장인님! 인젠 저……." 내가 이렇게 뒤통수를 긁고 나이가 찼으니 성례를 시켜 줘야 하지 않겠느냐고 하면 그 대답이 늘 "이 자식아! 성례구 뭐구 미처 자라야지!" 하고 만다. 이 자라야 한다는 것은 내가 아니라 장차 내 아내가 될 점순이의 키 말이다.

　　내가 여기에 와서 돈 한 푼 안 받고 일하기를 삼

년하고 꼬박이 일곱 달 동안을 했다. 그런데도 미처 못 자랐다니까 이 키는 언제 자라는 겐지 짜장 영문을 모른다. 일을 좀 더 잘 해야 한다든지, 밥을 좀 덜 먹어야 한다든지 하면 나는 얼마든지 할 말이 많다. 하지만 점순이가 아직 어리니까 자라야 한다는 여기에는 어째 볼 수 없이 고만 벙벙하고 만다.

때가 되면 장인님이 어련하랴 싶어서 군소리 없이 꾸벅꾸벅 일만 해 왔다. 그럼 말이다, 장인님이 제가 다 알아차려서 「어 참, 너 일 많이 했다. 고만 장가들어라.」하고 살림도 내 주고 해야 나도 좋을 것 아니냐. 시치미 딱 떼고 도리어 그런 소리가 나올까 봐서 지레 펄펄 뛰고 이 야단이다.

1. 이 글에서 주인공이 느끼는 심정으로 알맞지 않은 것을 고르십시오.
   ① 비굴하다
   ② 섭섭하다
   ③ 허탈하다
   ④ 처량하다
2. 이 글의 내용과 같은 것을 고르십시오.
   ① 점순이는 밥을 잘 안 먹어서 키가 작다.
   ② 주인공은 돈이 없어서 장가를 가지 못한다.
   ③ 주인공은 삼 년 넘게 점순이네 집에서 일했다.
   ④ 점순이 아버지는 주인공과 한 약속을 지키지 않았다.

答案：1. ①　2. ③

<說明>
【參考】這篇文章摘自短篇小說家金裕貞（1908.1.18.–1937.3.29.）的短篇小說《봄봄》，文章中出現了方言。성례구 뭐구-성례고 뭐고

1. 要掌握主角的心情，就需要瞭解整篇文章，特別要注意掌握住文章的整體脈絡。文中的 벙벙하고 만다-허탈하다 是主角心情的一部分內容。主角抱著結婚的想法到別人家當了三年的長工，但還沒有結成婚。主角在這種情況下的心情在選項中可以找得到，即 섭섭하고、허탈하고、처량할 것。正確答案是①。

2. 選項③，由於文章中說到 일하기를 삼 년하고 꼬박이 일곱 달 동안，因此該選項和文章一致。文章中沒有關於選項①和②的內容。選項④，從文章中可以發現是 漸純的父親不想遵守約定。

다음을 읽고 물음에 답하십시오. <14회 고급 기출문제>

"저도 형님의 그 생활 태도를 잘 알아요. 가난하더라도 깨끗이 살자는……. 그렇지요, 깨끗이 사는 게 좋지요. 그런데 형님 하나 깨끗하기 위하여 치르는 식구들의 희생이 너무 어처구니없이 크고 많단 말입니다. 헐벗고 굶주리고. 형님 자신만 해도 그렇죠. 밤낮 쑤시는 충치 하나 처치 못하시고. 이가 쑤시면 치과에 가서 치료를 하거나 빼어 버리거나 해야 할 거 아니에요? 그런데 형님은 그것을 참고 있어요. 물론 치료비가 없으니까 그럴 수밖에 없겠지요. 그건 틀렸습니다. 그렇게 사는 건 틀린 생각입니다. 무슨 일을 해서라도 그 돈을 구해야지요."

1. 이 글은 어떤 성격의 글입니까?
   ① 해결 방법을 제시하는 글
   ② 사회 문제를 분석하는 글
   ③ 현재 상황을 설명하는 글
   ④ 삶의 방식을 비판하는 글
2. 이 글의 내용과 같은 것을 고르십시오.

① 형님은 가난하다는 사실을 부끄러워하고 있다.
② 동생은 돈 문제를 해결할 수 있는 능력이 없다.
③ 동생은 어떻게든 돈을 벌어야 한다고 생각한다.
④ 형님은 가족들의 희생을 당연한 것으로 생각한다.

答案：1. ④　2. ③

＜說明＞

1. 這是詢問文章性質的問題，從文章中的그건 틀렸습니다、그렇게 사는 건 틀린 생각입니다可以得知文章性質。正確答案是④。

2. 選項③，由於文中提到무슨 일을 해서라도 그 돈을 구해야지요，因此該選項和文章一致。其他選項文章中沒有提到或與文章內容不符。

4　考題深度分析

다음을 읽고 물음에 답하십시오. ＜14회 고급 기출문제＞

> 　　많은 기업들이 경영 합리화를 위해 구조 조정을 실시하면서 해고되는 직장인이 늘고 있다. 개미처럼 열심히 일하지 않는 사람들이 주요 정리 대상이다. 그런데 최근 이런 경영 방식의 효과를 부인하는 개미 이론이 나와 주목을 받고 있다. 이에 따르면 개미는 고작해야 여섯 시간 일하는데 먹이를 얻기 위해 일하는 비율은 전체 개미의 20% 정도에 불과하고 그 개미들이 나머지 빈둥거리는 동료들을 먹여 살린다는 것이다. 더욱 흥미로운 것은 일하는 개미만을 뽑아 따로 새로운 집단을 구성해 주면 이 중 80%는 다시 놀기 시작한다는 점이다. 결국 개미는 전체 구성원 수에 관계없이 항상 20%만 일하는 것이다.

1. 구조 조정에 대한 필자의 태도로 가장 알맞은 것을 고르십시오.
    ① 부정적
    ② 방관적
    ③ 이중적
    ④ 중립적
2. 이 글의 내용과 같은 것을 고르십시오.
    ① 열심히 일하는 개미는 항상 열심히 일한다.
    ② 개미는 먹이를 얻기 위해 하루 종일 일한다.
    ③ 개미 이론은 경영 합리화 방법에 잘 맞는다.
    ④ 노는 개미를 모아 두면 그 중 20%는 일을 한다.

答案：1. ①　2. ④

<說明>
1. 從文章中的 이런 경영 방식의 효과를 부인하는 可以得知作者的立場──부정적。
2. 選項④，由於文中提到 개미는 전체 구성원 수에 관계없이 항상 20%만 일하는 것이다，因此該選項和文章一致。其他選項文章中沒有提到或與文章內容不符。

詞彙：
합리화－合理化、產業合理化 相似詞 정당화
해고－解雇、解聘 相似詞 해임/해직/면직/모가지 相反詞 임용/채용
고작－充其量、最多 相似詞 겨우/기껏/기껏해야/아무리 해도
빈둥거리다－游手好閒、無所事事 相似詞 게으름 피다/게으름 피우다/게으름 부리다
구성원－成員

練習題－아래 문장의 (　　　)속에 알맞은 단어를 보기에서 골라 넣으시오.

보기: 합리화/해고/고작/빈둥거리면서/구성원

1. 공장 문이 닫히고 (　　　) 통지를 받은 노동자들은 극도의 절망감에 빠졌다.
2. 대학을 졸업하고 3년을 (　　　　) 놀았다.
3. 그 공장에서는 생산 공정의 (　　　)를 도모했다.
4. 뼈가 빠지도록 일을 해 봤자 입에 풀칠하는 게 (　　　)이다.
5. 사회 (　　　)들이 각자 맡은 일을 열심히 할 때 비로소 사회는 발전하게 된다.

答案：1. 해고　　2. 빈둥거리면서　　3. 합리화　　4. 고작　　5. 구성원

다음을 읽고 물음에 답하십시오. <15회 고급 기출문제>

> 서울메트로 노사가 파업을 하루 앞두고 합의에 도달함에 따라 20일 오전에 시작될 예정이던 지하철 1~4호선 파업이 철회됐다. 협상 직후에 가진 기자 회견에서 사측은 노사 간의 합의로 시민 불편을 예방할 수 있어 다행이라며 이번 일을 계기로 경영 혁신을 이루어 나가겠다고 밝혔다. 한편 노조는 인력 감축이 불가능하다는 자신들의 요구 사항이 수용되지는 않았지만, 반드시 노사 협의를 거쳐 감축 문제를 처리하겠다는 사측의 약속을 받아 냈다는 데 의미를 부여했다. 노사 양측 모두 대화를 통해 문제를 해결하겠다는 입장을 확고히 표명한 만큼 또다시 파업이 발생할 가능성은 희박해 보인다.

1. 노사 협상 결과에 대한 노조 측의 태도로 가장 알맞은 것을 고르십시오.
   ① 긍정적이다
   ② 우려스럽다
   ③ 변덕스럽다
   ④ 냉소적이다

2. 이 글의 내용과 같은 것을 고르십시오.
   ① 사측은 경영 방식에 변화를 주기로 했다.
   ② 노사는 인력 감축을 하지 않기로 결정했다.
   ③ 노조가 다시 파업을 할 가능성이 매우 높다.
   ④ 파업을 시작한 지 하루 만에 협상이 타결됐다.

答案：1. ①　2. ①

<說明>

1. 文中提到노조는 ~ 사측의 약속을 받아 냈다는 데 의미를 부여했다，可用긍정적이다解釋。

2. 選項①，由於文中提到경영 혁신을 이루어 나가겠다고 밝혔다，因此該選項和文章一致。選項②，由於文中提到노사 협의를 거쳐 감축 문제를 처리하겠다，因此該選項和文章不符。選項③，由於文中提到또다시 파업이 발생할 가능성은 희박，因此該選項和文章不符。選項④，由於文中提到파업을 하루 앞두고 합의에 도달，因此該選項和文章不符。

詞彙：

노사－勞資

파업－罷工

철회－撤回、撤銷　相似詞　취소

회견－會見、會晤

혁신－革新　相似詞　개혁/쇄신

감축－削減、裁減、縮減

부여－賦予、附有

확고하다－堅定　相似詞　확고부동

표명－表明

희박하다－稀薄　相反詞　농후하다/짙다

練習題－아래 문장의 (　　　)속에 알맞은 단어를 보기에서 골라 넣으시오.

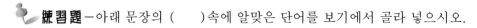

보기: 노사/파업/철회/회견/혁신/감축/부여/확고하다/표명/희박하다

1. 두 나라는 무기 (　　　)에 대한 협정을 체결했다.
2. 장관은 긴급 (　　　)을 통해 외교 문제를 이야기하였다.
3. (　　　)는 밤샘 협상 끝에 서로 합의했다.
4. 도처에서 기술적 진보와 (　　　)이 일어나고 있다.
5. 그녀에게 전화를 걸지 않겠다는 나의 입장은 (　　　).
6. 노조 측과 회사 측의 극적인 타협으로 (　　　)만은 피할 수 있었다.
7. 오늘 안으로 그가 서울에 도착할 가능성은 (　　　).
8. 대통령이 거듭 사의 (　　　)을 했다.
9. 그는 하루 전에 과장에게 제출했던 사표의 (　　　)를 신중히 생각해 보았다.
10. 이 소설은 우리나라의 첫 탐정소설이라는 데 의미를 (　　　)할 수 있다.

答案：1. 감축　　2. 회견　　3. 노사　　4. 혁신　　5. 확고하다　　6. 파업　　7. 희박하다

　　　　8. 표명　　9. 철회　　10. 부여

다음을 읽고 물음에 답하십시오. <9회 5급 기출문제>

누구나 사랑을 원하고, 사랑에 빠지고, 또 사랑을 잃는다. 그 사랑은 서서히 생겨나는 감정일 수도, 만난 지 몇 분 만에 타오르는 불길일 수도 있다.

첫눈에 반한 사람 앞에서 심장이 쿵쾅거리고 행복해지는 것은 뇌에서 분비되는 화학 물질의 작용 때문이라고 한다. 나 또한 그럴 처음 만났을 때 그런 운명적인 사랑의 감정을 경험한 적이 있다.

그러나 시간이 지날수록 그러한 화학 물질의 작용은 약해지고 더 이상 심장의 쿵쾅거림은 사라졌다. 그러면서도 우리는 지금까지 20년이 넘도록 서로 사랑하며 살아오고 있다. 우리가 20년 동안 사랑을 유지해 온 것은 바로 첫 느낌의 열정적 행복감보다는 서로를 이해하고 감싸주는 따뜻한 인간애 때문이라고 믿는다. 우리의 만남이 운명적이었다고 할지라도 지금까지 우리의 사랑을 유지해 온 것은 서로에 대한 배려였다. 그리고 우리는 그 노력을 소중하게 간직하고 있다. 어쩌면 첫 만남의 떨림보다 더.

1. 이 글을 쓴 작가의 태도로 맞는 것을 고르십시오.
　① 논리적으로 증명한다.
　② 주관적으로 진술한다.
　③ 분석적으로 설명한다.
　④ 비판적으로 주장한다.

2. 이 글의 중심 생각으로 알맞은 것을 고르십시오.
　① 첫눈에 반하는 사랑은 운명적인 것이다.
　② 첫 만남의 느낌을 소중하게 간직해야 한다.
　③ 사랑의 감정은 과학적으로도 증명된 것이다.
　④ 서로에 대한 배려가 사랑을 지속시킬 수 있다.

答案：1. ②　2. ④

<說明>

1. 解這類問題要了解文體，從감정일 수도、불길일 수도 있다、경험한 적이 있다、때문이라고 믿는다等語句中可以了解到文章是在陳述主觀事實。正確答案是②。

2. 文章的主旨在後半部，屬於尾括式。與此內容相符的是選項④。

詞彙：

사랑에 빠지다－陷入愛河
불길－火焰
쿵쾅거리다－轟隆隆地響
분비－分泌 相似詞 배출/배설
열정적－熱情的 相似詞 분비 相反詞 미온적

練習題－아래 문장의 (　　)속에 알맞은 단어를 보기에서 골라 넣으시오.

보기: 사랑에 빠지다/불길/쿵쾅거리는/분비/열정적

1. 누구나 (　　) 아무 것도 안 보이게 된다.
2. 이층에서 (　　　　) 소리가 나서 공부를 할 수가 없었다.
3. 민족을 위한 항쟁의 (　　)은 한결 더 높아 갔다.
4. 그는 무슨 일을 하더라도 (　　)으로 한다.
5. 샘세포의 작용에 의하여 특수한 액즙을 만들어 배출함을 (　　)라 한다.

答案：1. 사랑에 빠지면　　2. 쿵쾅거리는　　3. 불길　　4. 열정적　　5.분비

다음을 읽고 물음에 답하십시오. <12회 고급 기출문제>

지금까지 우리는 빛, 밝음에 대해서는 긍정적인 느낌을, 어둠에 대해서는 부정적인 느낌을 가지고 있었다. 그러나 이제는 빛이 공해가 될 수도 있다는 것을 깨달아야 한다. 도시의 네온사인, 환하게 켜진 가로등, 밤늦게까지 일하고 공부하는 사람들을 위한 환한 전등, 도시의 넘쳐나는 불빛이 밤하늘의 아름다운 별빛을 더 이상 보지 못하게 하고 있다. 또한 시간에 관계없이 항상 밝게 켜져 있는 도시의 불빛으로 인해 생태계에서는 낮과 밤의 경계가 희미해지고 있다. 이로 인해 낮에는 활동하고, 밤에는 쉰다는 생태계의 당연한 법칙이 더 이상 지켜지지 않는 것이다. 낮에만 활동을 해야 하는 매미가 밤에도 큰 소리로 울고, 도시의 가로수들이 더디게 성장을 하는 등 생태계는 벌써부터 빛 공해로 인해 몸살을 앓고 있다.

1. 이 글에 나타난 필자의 느낌으로 적절한 것은 무엇입니까?
① 우려
② 증오
③ 일치감
④ 편안함

2. 밑줄 친 빛 공해로 인한 결과가 아닌 것은 무엇입니까?
① 도시에서 별빛을 보기 힘들다.
② 사람들의 정서가 불안해진다.
③ 매미가 밤에도 큰 소리로 운다.
④ 가로수들이 잘 성장하지 못한다.

答案：1. ①　2. ②

<說明>

1. 要從文章的整體脈絡中來尋找作者的感受。文中提到빛 공해로 인해 몸살을 앓고 있다，可以得知這是一篇憂慮由於光污染破壞生態系統的文章。

2. 選項①，由於文中提到별빛을 더 이상 보지 못하게 하고 있다，因此該選項和文章一致。選項③，由於文中提到매미가 밤에도 큰 소리로 울고，因此該選項和文章一致。選項④，由於文中提到가로수들이 더디게 성장을 하는，因此該選項和文章一致。文章中沒有關於選項②的內容。正確答案是②。

詞彙：

공해－公害

네온사인(neon sign)－霓虹燈

생태계－生態環境

경계－境界

희미하다－朦朧、模糊 相似詞 흐릿하다/아리송하다 相反詞 뚜렷하다

매미－蟬

練習題－아래 문장의 (　　)속에 알맞은 단어를 보기에서 골라 넣으시오.

보기: 공해/네온사인/생태계/경계/희미하다/매미

1. 꿈과 현실의 (　　)가 얼른 금이 그어지지 않았다.
2. 빠른 환경 변화로 인해 (　　)에도 많은 변화를 가져왔다.
3. 각종 (　　)로 환경오염이 심각하다.
4. 상하이 난징루의 밤거리는 휘황찬란한 (　　　)으로 불야성을 이룬다.
5. 어제 과음을 해서 집에 어떻게 왔는지 기억이 (　　).
6. 강아지는 멍멍 , 고양이는 야옹 , (　　)는 맴맴하고 운다.

答案：1. 경계　　2. 생태계　　3. 공해　　4. 네온사인　　5. 희미하다　　6. 매미

다음을 읽고 물음에 답하십시오. <13회 고급 기출문제>

최근 청소년들 사이에 동영상이 엄청난 인기를 끌고 있다. 자신이 제작해 인터넷에 올린 동영상이 유명해져 연예인 못지않은 인기를 누리는 경우도 있다. 도대체 동영상의 인기 비결

은 무엇일까? 우선 글로는 표현할 수 없는 세계가 동영상에서는 가능하다. 또한 동영상은 자신을 드러내고 싶은 청소년들의 욕구를 충족시키는 데 가장 적합한 매체이다. 카메라나 휴대 전화만 있으면 누구나 쉽게 동영상을 찍어 올릴 수 있기 때문이다. 이처럼 동영상은 보는 재미뿐만 아니라 직접 만드는 재미를 알게 해 준다. 그리고 보는 사람 입장에서는 기존 매체에서는 볼 수 없었던 새롭고 다양한 내용이 흥미를 주고 시간의 제약이 없어 언제든지 쉽게 볼 수 있다는 장점이 있다.

1. 이 글에서 동영상을 바라보는 필자의 태도로 가장 알맞은 것을 고르십시오.
   ① 실감난다
   ② 경이롭다
   ③ 번거롭다
   ④ 매력적이다
2. 이 글의 내용과 같은 것을 고르십시오.
   ① 동영상의 표현 기법에는 제약이 없다.
   ② 동영상은 참신하고 다채로운 소재를 다룬다.
   ③ 동영상으로 유명해지면 부와 명예가 주어진다.
   ④ 동영상 제작 과정에서 욕구 불만을 해소할 수 있다.

答案：1. ④　2. ②

 ＜說明＞
1. 從文章的內容中可推斷出作者的態度是경이롭다 或매력적이다. 文中提到가능하다、가장 적합한 매체이다、찍어 올릴 수 있기 때문이다、알게 해 준다、장점이 있다，由此可得出正確答案是④。
2. 選項②，由於文中提到기존 매체에서는 볼 수 없었던 새롭고 다양한 내용(=참신하고 다채로운 소재)이 흥미를 주고，因此該選項和文章一致。其他選項與文章不符或文章中沒有提到。

詞彙：

동영상－視訊

누리다－享受 相似詞 차지하다/향유하다

비결－秘訣 相似詞 비법/노하우(know－how)

드러내다－露出、袒露

욕구－欲望、欲求 相似詞 욕망/욕심/충동

충족－富足、殷實 相似詞 만족/흡족 相反詞 부족/결핍

매체－媒介、媒體

제약－制約 相似詞 제한 相反詞 방치/방임

練習題－아래 문장의 (　　)속에 알맞은 단어를 보기에서 골라 넣으시오.

보기: 동영상/누리고/비결/드러내기/욕구/충족/매체/제약

1. 복지에 대한 국민의 (　　)가 점점 커지고 있다.
2. 인터넷의 발달로 유해한 (　　)들이 청소년의 정서를 위협하고 있다.
3. 음식 맛은 손끝에서 나오지만 맛을 내는 (　　)을 알아 두면 편리하다.
4. 그는 사람들에게 저의를 (　　) 시작했다.
5. 어머니는 남편에게서 얻지 못한 (　　)을 자식의 출세에서 구하려 한다.
6. 단체 생활에는 여러 가지 (　　)이 있기 마련이다.
7. 어떤 작용을 한쪽에서 다른 쪽으로 전달하는 물체 또는 수단을 (　　)라 한다.
8. 그 가수는 정상의 인기를 (　　) 있다.

答案：1. 욕구　　2. 동영상　　3. 비결　　4. 드러내기　　5. 충족　　6. 제약　　7. 매체
　　　　8. 누리고

⑤ 考題綜合練習

1. 다음을 읽고 물음에 답하십시오. <7회 5급 기출문제>

> 까치 소리는 반갑다. 아름답게 굴린다거나 구슬프게 노래한다거나 그런 것이 아니고 기교 없이 가볍고 솔직하게 짖는 단 두 음절 깍 깍. 첫 깍은 높고 둘째 깍은 낮게 계속되는 단순하고 간단한 그 음정이 그저 반갑다. 나는 어려서부터 까치 소리를 좋아했다. 지금도 아침에 문을 나설 때 까치 소리를 들으면 그 날은 기분이 좋다.

1. 이 글에서 대상에 대한 글쓴이의 태도로 알맞은 것을 고르십시오.
   ① 분석적
   ② 객관적
   ③ 논리적
   ④ 비판적
2. 밑줄 친 부분과 다른 뜻의 단어를 고르십시오.
   ① 우는
   ② 지저귀는
   ③ 노래하는
   ④ 뇌까리는

<說明>
1. 文中的 "두 음절 깍 깍. 첫 깍은 높고 둘째 깍은 낮게 계속되는 단순하고 간단한 그 음정" 是對喜鵲叫聲的分析。正確答案是①。
2. 까치（喜鵲）是一種鳥。形容鳥的叫聲時要用 새가 운다、새가 지저귄다、새가 노래한다等。뇌까리다：嘟囔，嘮叨。

答案：1. ①　2. ④

2. 다음을 읽고 물음에 답하십시오. <8회 5급 기출문제>

요즈음 우리네 식탁에는 점차 국물이 사라지고 있다. 걸어 가면서 아침을 먹고, 차에 흔들리면서 점심을 먹어야 하는 바쁜 사람들이 많이 생겨서인가? ㉠즉석 요리, ㉡인스턴트식 품을 어디서나 손쉽게 구할 수 있는 세상이다.

우리 아이들도 예외는 아니다. 생선은 굽고, 닭고기는 튀겨야 맛이 있다고 성화인 것만 보아도 그렇다. 나는 그 반대 입장에 서서 ㉢국물이 있는 밥상으로 입맛을 챙기려 하니, 아내는 늘 지혜롭게 식탁을 꾸려 갈 수밖에 없다. 기다릴 줄을 모르고, 자기 욕심과 자기주장이 통할 때까지 고집을 부리는 아이들의 모습을 보면서, 혹시 그런 성격이 ㉣서구화된 식탁 문화에서 빚어진 것이 아닌가 하는 걱정을 하게 된다.

1. ㉠~㉣ 중 의미하는 내용의 성격이 다른 것은 무엇입니까?
　① ㉠
　② ㉡
　③ ㉢
　④ ㉣

2. 이 글에 대한 필자의 태도로 적절한 것을 고르십시오.
　① 분석적
　② 풍자적
　③ 논리적
　④ 비판적

 <說明>
1. ㉠、㉡、㉣意思相似，可統一成인스턴트식품。㉢在文中是국이나 찌개 있는 음식的意思。
2. 文中提到우리 아이들도 ~ 성화인 것、고집을 부리는 아이에 대한 걱정을 하게 된다，意指孩子們的不是。正確答案是④。

　　　　　　　　　　　　　　　　　　　答案：1. ③　2. ④

3. 다음을 읽고 물음에 답하십시오. <13회 고급 기출문제>

　　　"응, 이 꽃! 저, 사랑 아저씨가 엄마 갖다 주라고 줘." 하고 불쑥 말했습니다. 그런 거짓말이 어디서 그렇게 툭 튀어나왔는지 나도 모르지요.

　　꽃을 들고 냄새를 맡고 있던 어머니는 내 말이 끝나기가 무섭게 무엇에 몹시 놀란 사람처럼 화다닥하였습니다. 그리고는, 금시에 어머니 얼굴이 그 꽃보다 더 빨갛게 되었습니다. 그 꽃을 든 어머니 손가락이 파르르 떠는 것을 나는 보았습니다. 어머니는 무슨 무서운 것을 생각하는 듯이 방 안을 휘 한 번 둘러보시더니,

　　"옥희야, 그런 걸 받아 오문 안 돼." 하고 말하는 목소리는 몹시 떨렸습니다. 나는 꽃을 그렇게도 좋아하는 어머니가, 이 꽃을 받고 그처럼 성을 낼 줄은 참으로 뜻밖이었습니다.

1. 이 글은 어떤 성격의 글입니까?
　① 상대를 비판하는 글
　② 이유를 제시하는 글
　③ 주장을 강조하는 글
　④ 감정을 묘사하는 글

2. 이 글의 내용과 같지 않은 것을 고르십시오.
　① 어머니는 꽃을 아주 좋아한다.
　② 어머니는 몹시 긴장을 하였다.
　③ 어머니는 꽃 냄새 때문에 놀랐다.
　④ 어머니는 옥희의 거짓말을 모른다.

 <說明>

1. 從文中的 몹시 놀란 사람처럼 화다닥하였습니다、손가락이 파르르 떠는 것을 나는 보았습니다、목소리는 몹시 떨렸습니다 等，可知這是一篇 '감정을 묘사하는 글'。

2. 選項③，由於文中提到 내 말이 끝나기가 무섭게 무엇에 몹시 놀란 사람처럼，因此該選項和文章不符。即不是因為꽃 냄새，而是聽了 내 말 而吃驚。

　【參考】文章節選自韓國朱耀燮(1902.11.24. ~ 1972.11.14.)的短篇小說《사랑(舍廊)손님과 어머니》。

答案：1. ④　2. ③

4. 다음을 읽고 물음에 답하십시오. <8회 6급 기출문제>

　　　주민 자치는 각 개인이 마을 전체의 일을 결정하는 데에 참여하는 것으로, 함께 의논해서 결론에 이르고 그에 따라 실천하는 공동생활을 말하는 것이다. 이것이 바로 정치요, 민주주의의 기본이자 핵심이다.

　　　일상생활에서 다음과 같은 말을 자주 듣는다.

　　　"정치? 그런 것 난 몰라. 열심히 일해서 처자식 먹여 살리면 됐지, 정치가 우리와 무슨 상관이야."

　　　정치 혐오증에 걸린 사람들이 이런 소리를 서슴지 않고 한다. 행여라도 정치에 말려들어 시빗거리가 되는 것은 신상에 해로울 수밖에 없다고 생각하는 그들은 ㉠이를 짐짓 피하려고 한다. 그러나 이러한 태도는 바람직하지 않다.

1. 이 글의 성격을 나타낸 문장을 고르십시오.

① 자신의 체험과 감상을 자유롭게 쓴 글이다.

② 주장을 논리적으로 서술하여 설득하려는 글이다.

③ 어떤 현상에 대해 이해하기 쉽게 설명한 글이다.

④ 현실을 바탕으로 있음직한 이야기를 상상하여 쓴 글이다.

2. 이 글의 중심 생각은 무엇입니까? 알맞은 것을 고르십시오.

① 정치는 민주주의의 핵심이다.

② 사람들은 정치를 혐오하게 된다.

③ 정치는 주민들의 참여에서 시작된다.

④ 공동생활과 정치는 구별될 수밖에 없다.

3. ㉠이 가리키는 것을 찾아 쓰십시오.

(　　　　　　　　　　)

<說明>

1. 文章的前半部為政治下了定義，並且敘述了實現的方法。文章的後半部舉了與前半部持相反意見的例子，並在最後說這是錯誤的。即作者在有條理地闡述自己的主張。正確答案是②。

2. 文章的前半部是文章主旨。與此具有相同意思的選項是③。

3. 文章中的이를是指它前面的內容，即정치에 말려들어 시빗거리가 되는 것，與此相似的話都是正確答案。

答案：1.② 2.③ 3. 정치를/정치에 참여하는 것을/정치에 관심을 가지는 것을/
정치에 말려드는 것을/정치에 말려들어 시빗거리가 되는 것

5. 다음을 읽고 물음에 답하십시오. <10회 고급 기출문제>

우리는 인구는 계속 늘어야 하고 경제는 계속 커져야 한다.는 관념에 사로잡혀 산다. 거기서 한 발만 물러서 보자. 인구가 줄면 수요 쪽에선 소비가 줄고 공급 쪽에선 생산이 주는 것이다. 수요와 공급이 함께 준다면 경제의 몸집은 작아지겠지만 기업들에게는 오히려 남아도는 생산 설비와 재고를 없애고 금융비용도 줄일 수 있다. 이를 통해 수익성이 전보다 나아질 수 있고 국가적으로도 국민총생산은 줄겠지만 개개인에게 돌아가는 소득은 더 많아질 수 있다. 규모

의 경제에서 실속의 경제로 가는 것이다. 물론 인구가 줄어
들면 경제 활동 인구의 감소와 인구의 고령화로 심각한 문
제가 초래될 수 있다. 하지만 이제 뛰노는 아이보다 허리 굽
은 노인이 더 많은 세상은 피할 수 없는 운명이다. ㉠거기
에 맞춰 우리도 생각을 바꿔야 한다. 저출산과 고령화를 막
는 대책 못지않게 이에 적응하는 대책에 관심을 가져야 한
다는 이야기다. 인구가 준다고 지레 겁부터 먹을 것은 없다.
정부와 개인이 힘을 모아 노력한다면 이는 충분히 극복 가
능한 과제다.

1. 이 글의 성격을 나타낸 문장을 고르십시오.
  ① 자신의 체험과 감상을 자유롭게 쓴 글이다.
  ② 주장을 논리적으로 서술하여 설득하려는 글이다.
  ③ 어떤 현상에 대해 이해하기 쉽게 설명한 글이다.
  ④ 현실을 바탕으로 있음직한 이야기를 상상하여 쓴 글이다.
2. ㉠이 가리키는 것을 고르십시오.
  ① 정부의 대책
  ② 수요와 공급의 균형
  ③ 기업들의 사회 참여
  ④ 인구가 줄어드는 현실

<說明>

1. 文章的最後一句話是作者的主張。文中多處體現作者的想法，생산 설비와 재고
   를 없애고 금융비용도 줄일 수 있다、국민총생산은 줄겠지만 개개인에게 돌아가
   는 소득은 더 많아질 수 있다、생각을 바꿔야 한다等。正確答案是②。
2. ㉠指代其前面的뛰노는 아이보다 허리 굽은 노인이 더 많은 세상。與此有相同意
   思的選項是④。

答案：1. ②　2. ④

6 模擬練習

1. 다음을 읽고 물음에 답하십시오.

> 한 사회 ㉠초년병이 내로라하는 글로벌 회사에 취직했다. 부서 배치를 받은 첫날부터 깜짝 놀랐다. 이사와 부장 2명, 차장 1명, 비정규직 여직원 1명뿐이었다. 최하위인 차장은 입사 16년째였고, ㉡평사원은 아무도 없었다.
>
> ㉢신참보다 고참이 더 많은 부서 얘기는 대기업에서 종종 듣는다. 인사철마다 인력 구조 조정에 열중해온 결과다. 부서별로 성과급을 달리 주는 회사일수록 이런 경향은 심하다. 숫자가 많으면 자기 몫이 줄어들므로 소수화하려는 인사 관리에 쉽게 동의한다. 10년 후 쓸 인재를 키우는 투자보다는 보너스 기준이 되는 오늘 우리 부서의 실적이 중요할 뿐이다. ㉣신입 사원을 거부하는 부서는 그래서 나온다.

1. 이 글의 성격을 나타낸 문장을 고르십시오.
   ① 자신의 체험과 감상을 자유롭게 쓴 글이다.
   ② 주장을 논리적으로 서술하여 설득하려는 글이다.
   ③ 어떤 현상에 대해 이해하기 쉽게 설명한 글이다.
   ④ 현실을 바탕으로 있음직한 이야기를 상상하여 쓴 글이다.
2. ㉠~㉣ 중 성격이 다른 것을 고르십시오.
   ① ㉠
   ② ㉡
   ③ ㉢
   ④ ㉣

<說明>
1. 文中沒有關於체험、주장、상상的內容。整篇文章都是對沒有신입 사원現象的說明。正確答案是③。
2. 초년병、신찬、신입 사원是指剛進入公司的人。평사원是指不擔當特殊職責的普通職員。因此正確答案是②。

答案：1.③　2.②

2. 다음을 읽고 물음에 답하십시오.

> 　수난 이대는 1957년에 하근찬 작가가 문단에 데뷔하면서 쓴 첫 단편이자 대표작이다. 1950년대는 한국 전쟁의 비극적 체험과 상처는 삶의 허무감과 한계 상황에 대한 인식이 문학에 반영되었고, 이런 상황에서 전쟁의 상처와 비극에 좌절만 하고 있을 것이 아니라, 더 나아가서 이를 치유하고 극복하고자 하는 내용의 소설이다. 이 소설에는 일제 침략 당시와 6.25 전쟁의 비극과 우리 민족사의 수난이 잘 집약되어 있다. ㉠민족적 시련의 두 사건을 유기적으로 연결시켜 그 수난이 우리 민족 전체의 문제임을 밝히고, 이에 대한 극복 의지를 나타내고 있는 것이 주요 내용이다.

1. 이 글은 어떤 성격의 글입니까?
　① 상대를 비판하는 글
　② 느낌을 묘사하는 글
　③ 주장을 강조하는 글
　④ 사실을 소개하는 글
2. ㉠이 말하고 있는 것을 본문에서 찾아 쓰십시오.
　(　　　　　　　　　　　　)

<說明>
1. 從文中的 첫 단편이자 대표작이다、~ 내용의 소설이다、~ 것이 주요 내용이다等 句子中可知，本文是介紹書(事實)的文章。
2. 從㉠前面的 일제 침략 당시와 6.25 전쟁當中可得出正確答案。由於文中說到 두 사건，因此 한국 전쟁(6.25 전쟁)和 일제 침략都要寫到。

答案：1. ④　2. 한국 전쟁(6.25 전쟁), 일제 침략

3. 다음을 읽고 물음에 답하십시오.

> UN이 집계한 우리나라의 세계 일류상품은 총 584개에 이른다. 자랑스러운 우리의 세계 일류 상품에 물건이 아닌 것도 추가할 수 있다면 그것은 단연코 새마을운동이라고 생각한다. 새마을운동은 올해로 40돌을 맞이한다. 먹고 사는 것이 가장 큰 과제였던 시기, 굶주린 배를 움켜쥐고 우리도 한번 잘살아 보세를 외치며 시작된 이후 줄곧 이 나라 이 사회가 어려울 때마다, 국가적 과제가 대두될 때마다 새마을운동은 나름의 역할을 발휘해왔다. 40여년의 시간 동안 새마을운동의 생명력이 끝나지 않는 것은 바로 현장에서 묵묵히 헌신하고 봉사해온 지도자들이 있었기 때문이다. 새마을운동 40주년을 맞으며 한국의 국가 브랜드 신장을 새마을운동 마케팅을 통해 수행해 나갔으면 하는 바람이다.

1. 이 글의 성격을 나타낸 문장을 고르십시오.
　① 자신의 체험과 감상을 자유롭게 쓴 글이다.
　② 주장을 논리적으로 서술하여 설득하려는 글이다.
　③ 어떤 현상에 대해 이해하기 쉽게 설명한 글이다.
　④ 현실을 바탕으로 있음직한 이야기를 상상하여 쓴 글이다.
2. 이 글과 같은 내용을 고르십시오.
　① 새마을운동 마케팅으로 국가의 위상이 올라갔다.
　② 새마을운동은 세계 일류상품에 속해 있다.
　③ 새마을운동은 40년 전에 시작되었다.
　④ 지금은 새마을운동을 하지 않는다.

<說明>

1. 文章的最後一句話是文章主旨，也是作者的寫作動機。因此正確答案是②。
2. 選項③，由於文中提到새마을운동은 올해로 40돌을 맞이한다，因此該選項和文章一致。選項④，由於文中提到40여년의 시간 동안 새마을운동의 생명력이 끝나지 않는 것은，因此該選項和文章不符。其他選項文章中沒有提到或與文章內容不符。

答案：1. ②　2. ③

4. 다음을 읽고 물음에 답하십시오.

> 다음 날부터 좀 더 늦게 개울가로 나왔다. 소녀의 그림자가 뵈지 않았다. 다행이었다.
>
> 그러나, 이상한 일이었다. 소녀의 그림자가 뵈지 않는 날이 계속될수록 소년의 가슴 한 구석에는 어딘가 허전함이 자리 잡는 것이었다. 주머니 속 조약돌을 주무르는 버릇이 생겼다. 그러한 어떤 날, 소년은 전에 소녀가 앉아 물장난을 하던 징검다리 한가운데에 앉아 보았다. 물속에 손을 잠갔다. 세수를 하였다. 물속을 들여다보았다. 검게 탄 얼굴이 그대로 비치었다. 싫었다. 소년은 두 손으로 물속의 얼굴을 움키었다. 몇 번이고 움키었다. 그러다가 깜짝 놀라 일어나고 말았다. 소녀가 이리로 건너오고 있지 않느냐. 숨어서 내가 하는 일을 엿보고 있었구나. 소년은 달리기를 시작했다. 디딤돌을 헛디뎠다. 한 발이 물속에 빠졌다. 더 달렸다. ㉠몸을 가릴 데가 있어 줬으면 좋겠다. 이 쪽 길에는 갈밭도 없다. 메밀밭이다. 전에 없이 메밀꽃 냄새가 짜릿하게 코를 찌른다고 생각됐다. 미간이 아찔했다. 찝찔한 액체가 입술에 흘러들었다. 코피였다. 소년은 한 손으로 코피를 훔쳐내면서 그냥 달렸다. 어디선가 바보, 바보 하는 소리가 자꾸만 뒤따라오는 것 같았다.

1. 이 글에 나타난 주인공의 심정으로 알맞지 않은 것을 고르십시오.
 ① 비굴하다
 ② 쑥스럽다
 ③ 창피하다
 ④ 낯뜨겁다

2. ㉠은 어디를 말하고 있습니까?
① 징검다리
② 개울가
③ 메밀밭
④ 갈밭

3. 이 글의 내용과 같은 것을 고르십시오.
① 소녀가 소년에게 바보, 바보하고 소리쳤다.
② 실제로 소년은 소녀를 보고 싶어한다.
③ 소년은 세수를 하다가 물에 빠졌다.
④ 소년은 개울가에서 멱을 감았다.

＜說明＞

1. 從文中的숨어서 내가 하는 일을 엿보고 있었구나、디딤돌을 헛디뎠다、한 발이 물속에 빠졌다、몸을 가릴 데가 있어 줬으면 좋겠다、「바보, 바보」하는 소리가 자꾸만 뒤따라오는 것 같았다等句子中可以得知少年的心情。正確答案是①。

2. 從㉠後面的이 쪽 길에는 갈밭도 없다可以得出正確答案。即要有蘆葦地，才可以藏起來。正確答案是④。

3. 選項①，由於文中提到「바보, 바보」하는 소리가 자꾸만 뒤따라오는 것 같았다，因此該選項和文章不符，因為只是猜測，並不是事實。選項②，由於文中提到소녀의 그림자가 뵈지 않는 날이～어딘가 허전함이 자리 잡는 것이었다，因此該選項和文章一致。選項③，不是세수를 하다가 물에 빠진 것，而是달리다가 물에 빠진 것。選項④，不是개울가에서 멱을 감은 것，而是개울가에서 세수를 한 것。正確答案是②。

【參考】本文節選自黃順元(1915.3.26.~2000.9.14.)的短篇小說《소나기》。

答案：1. ①　2. ④　3. ②

5. 다음을 읽고 물음에 답하십시오.

> 2차 대전 후 미국의 한 연구소에서 일하던 핵물리학자 윌리엄은 견학 오는 사람들을 위해 1958년 테니스 포 투(Tennis for Two)라는 첫 컴퓨터 게임을 만들었다. 핵개발용 아날로그 컴퓨터를 이용해 두 사람이 화면을 보며 공을 주고받는 게임이었다. 1972년 최초의 비디오 게임 회사 아타리는 흑백 화면에서 막대를 위아래로 움직여 공을 치는 퐁을 선보이며 한 해 20억 달러 매출을 올렸다. 이후 그래

픽 기술, 인터넷 발달과 함께 컴퓨터 게임은 온라인으로 넘어갔다.

컴퓨터 게임이 산업으로 성장하면서 게임 중독도 사회문제로 커졌다. 지난해 영국에선 도박과 알코올 중독 전담 의료시설에 온라인 게임 중독 치료 코스가 신설됐다. 비디오를 통한 치료를 비롯해 12가지 프로그램이 마련됐다. ㉠이곳 책임자는 "게임 중독자들이 무조건 접속하지 못하게 해선 소용없다. 환자가 자신의 문제를 깨달을 수 있는 계기를 만들어 줘야 한다"고 했다. 미국•네덜란드•중국에도 게임 중독 치료 프로그램이 운영되고 있다.

1. 이 글에서 대상에 대한 글쓴이의 태도로 알맞은 것을 고르십시오.
   ① 분석적
   ② 객관적
   ③ 논리적
   ④ 비판적
2. ㉠에서 하는 일이 아닌 것을 고르십시오.
   ① 게임 중독자를 치료한다.
   ② 알코올 중독자를 치료한다.
   ③ 게임에 접속을 못하게 한다.
   ④ 비디오를 통한 치료를 한다.
3. 이 글의 내용과 같은 것을 고르십시오.
   ① 학자들이 지루한 시간을 보내기 위해 컴퓨터 게임을 개발했다.
   ② 게임 중독자들에게 온라인 접속을 못하게 하는 것이 최선이다.
   ③ 최초의 온라인 게임은 흑백 화면에서부터 시작되었다.
   ④ 컴퓨터 게임이 산업으로 성장하자 부작용도 생겨났다.

<說明>
1. 文章是依據客觀事實，對電腦遊戲的由來和線上遊戲上癮進行的敘述。因此正確答案是②。
2. 由於在이곳、게임중독자들이 무조건 접속하지 못하게 해선 소용없다，因此不會作出選項③這樣的事情。從알코올 중독 전담 의료시설에 온라인 게임 중독 치료 코스가 신설、비디오를 통한 치료中可以得知，其他選項中的事情都是在이곳進行的。

3. 選項①，由於文中提到견학 오는 사람들을 위해 컴퓨터 게임을 만들었다，因此該選項和文章不符。選項②已經在第二題中進行了說明。選項③，由於文中提到최초의 비디오 게임 회사 아타리는 흑백 화면에서，因此該選項和文章不符。即不是온라인 게임，而是비디오 게임。選項④，由於文中提到컴퓨터 게임이 산업으로성장하면서 게임 중독도 사회문제(=부작용)로 커졌다，因此該選項和文章一致。

答案：1.②　2.③ 3.④

6. 다음을 읽고 물음에 답하십시오.

> 　　사람들이 뒤에서 말하는 것을 들어 보면 쿵이지는 본래 글줄이나 읽는 선비였다. 그러나 어찌된 일인지 끝내 과거에 급제를 못하고 말았다. 그래서 차차 집안은 가난해지고 급기야는 밥을 빌어먹을 정도로 되어 버렸다. 다행히 글줄이나 쓸 줄 아는 덕택으로 남의 책을 베껴 주고 밥 한 사발과 바꿔 먹곤 했다. 그러나 아깝게도 그에게는 나쁜 버릇이 한 가지 있었다. 그것은 마시기만 좋아하고 게으른 것이다. 일을 시작한 지 며칠이 못 가서 사람과 책•종이•붓•벼루까지 함께 행방불명이 되고 만다. 이와 같은 행동을 몇 차례 거듭하는 동안에 그에게 책을 베껴 달라는 사람도 없어지고 말았다. 쿵이지는 할 수 없이 가끔 도둑질을 하는 일을 면할 수 없게 되었다.

1. 이 글 속의 쿵이지는 어떤 성격입니까?
   ① 나약하다
   ② 나태하다
   ③ 낙천적이다
   ④ 보수적이다
2. 이 글의 내용과 같은 것을 고르십시오.
   ① 쿵이지는 본래부터 가난했다.
   ② 쿵이지는 물건을 잘 잃어버린다.
   ③ 쿵이지는 과거에 운이 없는 선비였다.
   ④ 쿵이지는 도둑질 때문에 손님이 없어졌다.

<說明>

1. 從文章中的 마시기만 좋아하고 게으른 것이다 可以得知 나태하다。

2. 選項①，由於文中提到 차차 집안은 가난해지고，因此不是本來就是貧困的。選項②，由於文中提到 사람과 책·종이·붓·벼루까지 함께 행방불명，因此不是 잃어버리는 것。選項③，由於文中提到 쿵이지는 선비였다，그러나 과거에 급제를 못하고 말았다，因此該選項和文章一致。選項④，不是 쿵이지는 도둑질 때문에 손님이 없어진 것，而是 손님이 없어서 도둑질을 하게 된 것。

【參考】本文是中國小説《孔乙己》(쿵이지)的一部分。

答案：1. ②　2. ③

7. 다음을 읽고 물음에 답하십시오.

> 　　동계 올림픽에서 들려오는 승전보가 한겨울 추위를 날려 보내는 유쾌한 날들이다. 우리 선수들의 혼신을 다한 레이스는 국민들에게 밝은 내일을 앞당겨 주는 듯해 너무 고맙고 예뻤다. 그러나 한 가지 아쉬움은 우리 선수가 입장식에서 입은 흰색 상의 앞쪽에 KOREA는 없었다는 것이다. 협찬사의 로고는 붉은 글씨로 분명하였으나 왼쪽 가슴 위에 조그만 태극마크 이외에는 대한민국 국명이 안 보였다.
>
> 　　16일 금메달을 딴 한 선수의 시상식 경우에도 등 뒤에 KOREA가 보였지만 앞모양은 마찬가지였다. 시상대 위에서 옆에 서 있던 두 일본 선수는 상의 앞쪽 윗부분에 Japan 표시가 선명하게 보였다. ㉠가장 빛난 우리 선수들은 본인도 모르는 새 대한민국을 세계에 널리 알릴 수 있는 기회를 무심코 날려버린 것이다.

1. 이 글에서 대상에 대한 글쓴이의 태도로 알맞은 것을 고르십시오.
　① 분석적
　② 객관적
　③ 논리적
　④ 비판적

2. ㉠의 가장 빛난 이유는 무엇입니까?
　① 대한민국을 세계에 널리 알릴 수 있었으므로
　② 국민들에게 밝은 내일을 앞당겨 주었으므로
　③ 동계 올림픽에서 금메달을 땄으므로
　④ 혼신의 힘으로 레이스를 펼쳤으므로

 <說明>
1. 由於代表隊的運動服上沒有KOREA字樣，因此說 대한민국을 세계에 널리 알릴 수 있는 기회를 무심코 날려버린 것이다。即這是一篇對沒有KOREA字樣的批評文章。
2. ㉠是對시상식或시상대上選手的敘述。在領獎台上最光彩的就是金메달을 딴 선수。

答案：1. ④　2. ③

8. 다음을 읽고 물음에 답하십시오.

　　　그러나 선생님은 수업을 끝까지 계속하려는 각오를 굳게 하고 있었어요. 쓰기가 끝나자, 다음은 역사 시간이었어요. 다음에 우리 꼬마들은 바, 브, 비, 보, 뷔를 합창했어요. 교실 안쪽에서는 오제 영감이 교과서를 두 손으로 든 채 안경을 쓰고 아이들과 함께 한 자 한 자 띄어 읽고 있었어요. 그도 무척 열심이었어요. 그의 목소리는 감동한 나머지 떨리고 있었어요. 그의 책 읽는 소리가 하도 우스워 우리는 웃어야 할지 울어야 할지 알 수 없었어요. 아, 나는 이 마지막 수업을 평생 잊을 수가 없겠지요. 성당의 괘종시계가 열두 시를 치더니 이어 앙젤뤼의 종소리가 들려 왔어요. 때마침 교실 창문 아래로 훈련을 끝내고 돌아오는 프러시아군들의 나팔소리가 들려 왔어요. 아멜 선생님은 매우 창백한 얼굴을 하고 교단에서 일어났어요. 선생님이 그렇게 커 보일 수가 없었어요.

　　　"여러분, 나는……. 나는!……"

하고 선생님은 말씀했어요.

선생님의 목줄을 무엇인가가 죄이고 있었던 거예요. 선생님은 말을 다 끝맺지 못했어요. 선생님은 흑판을 향해 돌아서더니, 백묵을 쥐고 커다란 글씨로 이렇게 쓰는 것이었어요.

프랑스, 만세!

선생님은 벽에 이마를 댄 채 한참 계시더니, 우리에게 손짓하면서 알려 주는 것이있어요.

"끝났다……. 다들 돌아가거라!"

1. 이 글에서 선생님의 심정으로 알맞은 것을 고르십시오.
   ① 감격하고 있다.
   ② 실망하고 있다.
   ③ 서러워하고 있다.
   ④ 망연자실하고 있다.
2. 이 글은 어떤 성격의 글입니까?
   ① 상대를 비판하는 글
   ② 이유를 제시하는 글
   ③ 주장을 강조하는 글
   ④ 사실을 묘사하는 글
3. 이 글과 같은 내용을 고르십시오.
   ① 이 날 수업은 제대로 마치지 못했다.
   ② 할아버지도 이 수업에 참가했다.
   ③ 마지막 수업은 쓰기 수업이었다.
   ④ 오후에도 수업이 계속되었다.

<說明>
1. 從文中的선생님의 목줄을 무엇인가가 죄이고 있었던 거예요, 선생님은 말을 다 끝맺지 못했어요及後文的氛圍中可以感受到老師的心情。正確答案是③。
2. 文章是描寫一個小學生一天上課時發生的事，但並不是小說的全部內容。正確答案是④。
3. 選項①，從文章的第一句話可以得知該選項和文章不符。選項②，由於文中提到오제 영감이 아이들과 함께 한 자 한 자 띄어 읽고 있었어요，因此該選項和文章一致。選項③，由於文中提到쓰기가 끝나자, 다음은 역사 시간이었어요，因此

該選項和文章不符。選項④，從文章中的성당의 괘종시계가 열두 시를 치더니和文章的最後一句話中可以得知該選項和文章不符。正確答案是②。

【參考】本文節選自法國自然主義作家阿爾封斯·都德的短篇小説《마지막 수업》(《最後一堂課》)。

答案：1.②　2.④ 3.②

9. 다음을 읽고 물음에 답하십시오.

> 　　정부가 올 하반기부터 공무원들을 대상으로 유연근무제를 실시할 예정이라고 한다. 재택근무, 주 3~4일 근무, 오전 7~10시 사이 출근시간 선택 등이 가능해진다. 하루 8시간인 근무시간에 구애받지 않고 주 40시간 범위에서 1일 근무시간을 자유롭게 조정하는 선택적 근무시간제를 택할 수도 있고, 주 40시간을 채우되 주 5일 이하로 근무하는 집약 근무제도 가능하다. ㉠몰아서 일하고 몰아서 쉬는 게 가능하다는 얘기다.
>
> 　　이 유연근무제의 진정한 효과는 장기적으로 가족친화적 근무환경을 만드는 데 기여하는 것이 아닐까 싶다. 국내 11개 대기업 직원을 상대로 한 조사를 보면, 7개 기업에서 일과 생활(가정)의 균형이 직장생활에서 급여수준이나 고용안정, 승진보다 더 중요한 요소로 꼽혔다. 유연근무제는 앞으로 기업 등 사회의 다른 분야로 확대될 수 있어야 한다. 그래서 부모들이 눈치 보지 않고 아이들을 돌보기 위해 근무시간을 조정할 수 있는 가족 친화적 직장 분위기가 되면, 그 자체가 저출산 문제를 해결하는 데 기여할 것이다. 자녀에게 가장 좋은 선물은 동생이라는 이상한 논리로 출산을 독려하는 정부의 캠페인보다 훨씬 더 효과적일 것이다.

1. 유연근무제에 대한 필자의 태도로 가장 알맞은 것을 고르십시오.
　　① 우려스럽다
　　② 호의적이다
　　③ 비판적이다
　　④ 변덕스럽다

2. ㉠은 무슨 의미입니까?
　　① 일과 휴식을 반복할 수 없다는 애기
　　② 한꺼번에 일하고 한꺼번에 쉴 수 있다는 애기
　　③ 출근 없이 집에서도 일하고 쉴 수 있다는 애기
　　④ 일하는 시간과 쉬는 시간이 같아야 한다는 애기

3. 이 글과 같은 내용을 고르십시오.
　　① 집에서 근무를 해도 되고 매일 출근해도 된다.
　　② 정부의 서출산 대책은 별로 효과가 없을 것이다.
　　③ 유연근무제가 출산 장려에 큰 도움이 될 것이다.
　　④ 하루 근무 시간을 8시간 내에서 조정할 수 있다.

 <說明>

1. 作者在文章中主張유연근무제應該다른 분야로 확대될 수 있어야 한다、更效果적
　일 것이다，即호의적。

2. 몰다有한곳으로 모으거나 합치다的意思。因此正確答案是②。

3. 選項①，由於文中提到주 3~4일 근무、주 5일 이하로 근무에서 매일 출근해도 된
　다，因此該選項和文章不符。選項②，文章中沒有出現該選項中정부의 저출산 대
　책의 효과의內容。選項③，文章的最後一句話中有和選項③相同的內容。選項④，
　由於文中提到하루 8시간인 근무시간에 구애받지 않고，因此該選項和文章不符。

答案：1.②　2.② 3.③

10. 다음을 읽고 물음에 답하십시오.

> 　　벌써 사십여 년 전이다. 내가 ㉠세간 난 지 얼마 안 돼서
> 의정부에 내려가 살 때다. 서울 왔다 가는 길에 청량리역으
> 로 가기 위해 동대문에서 일단 전차(電車)를 내려야 했다. 동
> 대문 맞은쪽 길 가에 앉아서 방망이를 깎아 파는 노인이 있
> 었다. 방망이를 한 벌 사 가지고 가려고 깎아 달라고 부탁을
> 했다. 값을 굉장히 비싸게 부르는 것 같았다. 좀 싸게 해 줄
> 수 없느냐고 했더니,
>
> 　　"방망이 하나 가지고 값을 깎으려오? 비싸거든 다른 데 가
> 사우."

　　대단히 무뚝뚝한 노인이었다. ⓛ더 깎지도 못하고 깎아나 달라고만 부탁했다. 그는 잠자코 열심히 깎고 있었다. ⓒ처음에는 빨리 깎는 것 같더니, 저물도록 이리 돌려 보고 저리 돌려 보고 굼뜨기 시작하더니, 이내 마냥 늑장이다. 내가 보기에는 그만하면 다 됐는데, 자꾸만 더 깎고 있다. 인제 다 됐으니 그냥 달라고 해도 못 들은 체한다. 차 시간이 바쁘니 빨리 달라고 해도 통 못 들은 체 대꾸가 없다. 점점 차 시간이 빠듯해 왔다.

1. ㉠과 같은 뜻을 고르십시오.
　① 출가를 한 지
　② 졸업을 한 지
　③ 아이를 낳은 지
　④ 살림을 차린 지

2. ⓛ에서 주인공이 느끼는 심정으로 알맞은 것을 고르십시오.
　① 시시하다
　② 우쭐하다
　③ 조롱하다
　④ 무안하다

3. ⓒ에서 주인공이 느끼는 심정으로 알맞지 않은 것을 고르십시오.
　① 갑갑하다
　② 지루하다
　③ 후련하다
　④ 초조하다

 <說明>

1. 세간을 나다=살림을 차리다 分家，分開過。

2. 正想殺價，聽到「방망이 하나 가지고 값을 깎으려오? 비싸거든 다른 데 가 사우」這樣的話時，選項中的무안하다最合適。

3. 마냥 늑장이다時的지루하다、인제 다 됐으니 그냥 달라고 해도 못 들은 체한다時的갑갑하다、점점 차 시간이 빠듯해 왔다時的초조하다都是主角的心情。正確答案是③。

【參考】本文節選自尹五榮(1907-1976)的隨筆《방망이 깎던 노인》。

答案：1. ④　2. ④　3. ③

1 提示句

이 글 앞/뒤에 올 내용으로 가장 알맞은 것을 고르십시오.
(가)와 (나)의 관계에 대한 설명으로 가장 적절한 것을 고르십시오.

2 出題類型介紹

　　推論前後文：爲了推論文章前半部的內容，就要正確掌握第二句話，即前半部的內容。同樣，爲了推論文章的後半部內容，也要正確掌握文章的最後一句話，即後半部的內容。但是有的問題，需要了解文章的整體內容，才能解答。因此應先掌握文章的整體脈絡，再找出文章主旨，最後選出正確答案。雖然可以根據文章內容找出答案，但是有時候要根據文章中所隱含的內容進行推理，所以掌握文章的整體脈絡非常重要。

　　掌握兩個段落的關係：有很多須考慮兩個段落之間聯繫的問題。例如：結論、舉例說明、批判、反駁、詳細論述等。有時候透過語感，可以推測出答案；有時候需要進行逆向思考，即爲什麼這個選項不是答案，從反向推測出正確答案。

3 考題解析

다음을 읽고 물음에 답하십시오. <16회 고급 기출문제>

　　　그러나 대법원의 이러한 판결에도 불구하고 보건복지가족부는 존엄사 제도를 입법화하기 위해서는 많은 논의를 거쳐야 할 것이라며 신중한 태도를 보였다. 대법원이 판결문을 통해 존엄사의 요건을 제시했지만 이를 판정할 기구나 절차를 마련하는 과정이 결코 쉽지 않기 때문이다.

　　존엄사를 허용하기 위해서는 먼저 치료 중단의 요건과 의사의 의학적 판단 인정 범위 등에 대한 법적인 뒷받침이 필요하다. 그리고 의료계와 시민 사회 그리고 종교계의 합의를 거쳐야 한다. 경제적인 이유로 치료를 포기하거나 중단할 수 있다는 우려에 대한 대책도 마련해야 한다. 따라서 (　　).

1. 이 글 앞에 올 내용으로 가장 알맞은 것을 고르십시오.
　① 존엄사의 허용과 기준
　② 존엄사 허용에 반대하는 이유
　③ 존엄사 허용으로 나타날 문제점
　④ 존엄사 허용에 대한 의료계의 입장

2. 이 글의 빈칸에 들어갈 내용으로 가장 알맞은 것을 고르십시오.
　① 존엄사를 제도화하기까지 다소 시일이 걸릴 것으로 보인다.
　② 보건복지가족부의 보다 과감한 판단이 필요할 것으로 보인다.
　③ 시민들이 대법원의 판결을 받아들이는 것은 쉽지 않을 것이다.
　④ 존엄사 제도에 대한 합의에 도달하는 것은 가능하지 않을 것이다.

答案：1. ① 　2. ①

 <說明>

1. 文章的第一句話中提到대법원의 이러한 판결，因此應該填入與此相關的內容。從대법원이 판결문을 통해 존엄사의 요건을 제시했지만可以推測出이러한 판결的內容。正確答案是①。

2. 從括號前的법적인 뒷받침이 필요하다、합의를 거쳐야 한다、대책도 마련해야 한다中可以得知以後要做的事情還有很多。因此括號中應填시간적인 여유가 필요하다。

【參考】보건복지가족부-保健福祉家族部，존엄사-有尊嚴地死去。

다음을 읽고 물음에 답하십시오. <10회 고급 기출문제>

> (가) 최근 10~20년 동안 지구의 대기가 깨끗해지고 하늘이 맑아짐에 따라 햇빛의 양이 늘어나, 앞으로 지구 온난화가 더 빨라질 수도 있다는 과학자들의 주장이 나왔다.
>
> (나) 최근 전 세계 많은 나라들에서 분진 필터의 사용으로 자동차와 공장 굴뚝에서 나오는 배기가스 배출량이 감소해서 대기 중 먼지의 양이 줄고 하늘이 투명해졌다. 그러나 공기가 깨끗해지는 만큼 지상에 닿는 햇빛의 양은 늘어나는 탓에 지표면의 온도도 뜨거워져 지구 온난화가 가속화될 수 있다는 것이 과학자들의 설명이다.

1. 이 글의 내용과 일치하는 것은 무엇입니까?
   ① 깨끗한 공기가 지구 온난화를 부채질한다.
   ② 지구의 대기는 최근 들어 더 오염되고 있다.
   ③ 지구 온난화를 막는 새로운 방법이 개발되었다.
   ④ 지구 온난화의 주범은 자동차와 공장의 배출 가스다.
2. (가)와 (나)의 관계에 대한 설명으로 가장 적절한 것을 고르십시오.
   ① (나)는 (가)글의 내용에 대한 추론이다.
   ② (나)는 (가)글의 내용에 대한 결론이다.
   ③ (나)는 (가)글의 내용에 대한 상술이다.
   ④ (나)는 (가)글의 내용에 대한 예시이다.

答案：1. ①　2. ③

1. 從文中的지구의 대기가 깨끗해지고 ~ 앞으로 지구 온난화가 더 빨라질 수도 있다는 과학자들의 주장和공기가 깨끗해지는 만큼 ~ 지구 온난화가 가속화될 수 있다는 것이 과학자들의 설명中，可知選項①與文章內容相同。
2. (가)段落對과학자들의 주장進行了簡單敘述。(나)段落對과학자들의 설명進行了較詳細地敘述。即(나)段落是對(가)段落주장的詳細說明。因此正確答案是③。

4 考題深度分析

다음을 읽고 물음에 답하십시오. <11회 고급 기출문제>

　　딸애가 초등학교에 갓 입학했던 몇 해 전 봄에는 병아리를　키워본 적이 있었다. 그때도 딸애가 교문 앞 병아리 장수에게 이백 원에 두 마리를 사들고 와서 할 수 없이 식구로 삼았었다. 그때의 소동이라니. 밤새 삐약거리고 중구난방으로 집안을 쏘다니고 쉴 새 없이 여기저기에 실례를 하고……. 그렇지만 물론 또 실패였었다. 어차피 ㉠그런 병아리는 길게 <u>견디지 못하는 법이었다.</u> 그때 딸애에게 단단히 일렀었다. 장난감 사듯이 가벼운 마음으로 살아 있는 목숨을 사오는 일은 이것으로 끝이라고. 그런데 아이는 또 유혹에 넘어갔다. "엄마, 이것 봐요. 눈이 별 같아. 상자 속에 수십 마리가 있었는데 이게 냉큼 내 손바닥에 올라오잖아요. 나를 좋아하나 봐. 옛날에 뽀삐를 처음 데려왔을 때도 그랬잖아요. 뽀삐 닮았어." 이제는 헤어져 남의 식구가 된 개와 닮았다는 구실로 딸애에게 선택된 병아리는 그날로 우리 집의 새 식구가 되었다. 다시 사랑 쌓기가 시작된 셈이었다. 그러나 이제까지 길게 설명했던 슬픈 추억들로

> 상심해 있던 나는 냉정해지고자 애를 쓰고 짐짓
> 그렇게 실행했다. 나뿐만이 아니라 딸애의 아
> 버지도 정을 주지 않으려고 자꾸 모른 척 했다.
> 그도 (ⓛ).

1. ㉠이 의미하는 것을 고르십시오.
   ① 기르던 병아리가 죽고 말았다.
   ② 병아리를 다른 사람에게 주고 말았다.
   ③ 병아리를 길들이는 데 실패하고 말았다.
   ④ 병아리와 사는 데에 익숙해질 수 없었다.
2. ⓛ에 들어갈 내용으로 알맞은 것을 고르십시오.
   ① 다가올 이별이 두려웠던 모양이었다
   ② 냉정함을 유지하기가 어려웠던 모양이었다
   ③ 딸아이의 요청을 거절하기 힘든 모양이었다
   ④ 자신이 아이의 관심에서 멀어지는 것이 서운한 모양이었다
3. 이 글의 앞부분의 내용으로 적당한 것을 고르십시오.
   ① 병아리에 얽힌 아름다웠던 추억
   ② 기르던 동물들로 인해 마음 아팠던 기억
   ③ 아이가 동물 기르는 것을 좋아하게 된 계기
   ④ 동물에 대한 기호가 달라서 벌어진 가족 간의 갈등

答案：1. ①　2. ①　3. ②

 <說明>

1. 首先看一下劃線部分前後文的脈絡。文章脈絡如下：병아리를 키워본 적이 있었
   다→또 실패였었다→딸애에게 단단히 일렀었다→살아 있는 목숨을 사오는 일은
   이것으로 끝이라고。按照這樣的脈絡，劃線部分的견디지 못하는 법就是說養寵
   物的失敗，即死亡。
2. ⓛ前的句子是정을 주지 않으려고 자꾸 모른 척 했다=냉정함을 유지하려 했다。
   其理由就是要填入的ⓛ的內容。依據前文內容，어차피 병아리는 죽을 테니까就
   是理由。因此理由是다가올 이별(=병아리의 죽음)이 두려워서。正確答案是①。
3. 從文章第一句話中的몇 해 전 봄에는 ~和第二句話中的그때도 ~中，可以推測以
   前也有與此相似的事情。同時봄에는、그때도中的 ~는、~도具有強調的意思。
   即強調這樣的事情以前也發生過。因此可以推測出正確答案是關於애완동물을
   키웠던 기억的內容。正確答案是②。

詞彙：

삼다－當作、看作
소동－騷動、騷亂 相似詞 수선/소란
중구난방－眾口鑠金
쏘다니다－逛來逛去、亂跑 相似詞 쏘대다/싸돌아다니다/싸다니다/싸대다
단단히－狠狠 相似詞 엄중히
유혹－誘惑
추억－回憶 相似詞 옛 생각
상심－傷心
냉정－冷漠 相似詞 냉담/냉엄/냉혹 相反詞 온화
실행－實行 相似詞 실시/실천/실현

練習題－아래 문장의 (　　)속에 알맞은 단어를 보기에서 골라 넣으시오.

> 보기: 삼다/소동/중구난방/쏘다니면/단단히/유혹/추억/상심/냉정/실행

1. 세상의 수많은 (　　)을 받을 때마다 그는 아버지의 가르침을 떠올렸다.
2. 시내 번화가에 (　　) 가끔은 아는 사람을 만나게 된다.
3. 삼촌은 친구의 딸을 며느리로 (　　).
4. 아드님은 무사할 테니 너무 (　　) 마십시오.
5. 앞으로 한번만 더 지각하는 날엔 혼이 날 것이라고 (　　) 말했다.
6. 이 명령을 (　　)하자니 많은 사람이 다칠 것 같고 안 하자니 명령 불복종이고.
7. 피해를 입은 승객들이 표의 환불을 요구하며 한바탕 (　　)을 일으켰다.
8. 그녀는 그 말을 듣자 오히려 (　　)을 회복했다.
9. 대학 시절의 친구들과 동산에 올라서 막걸리를 마시던 (　　)을 잊을 수가 없다.
10. 학생들은 그 말을 빌미 삼아 여기저기서 (　　) 떠들기 시작했다.

答案：1. 유혹　2. 쏘다니면　3. 삼았다　4. 심　5. 단단히　6. 실행　7. 소동
8. 냉정　9. 추억　10. 중구난방

다음을 읽고 물음에 답하십시오. <8회 6급 기출문제>

(가) 잘 먹고 건강하게 살자는 분위기와 함께 청국장이 인기를 끌고 있다. 청국장이 고단백 식품일 뿐만 아니라 항암 효과까지 탁월한 것으로 알려지면서 사람들에게 관심의 대상이 된 것

이다. 그러나 청국장이 아무리 몸에 좋아도 독특한 냄새 때문에 꺼리게 되는 경우도 있었는데, 최근 냄새 없는 청국장이 개발되어 눈길을 끌고 있다.

　(나) 조선대 식생활학과 연구팀은 청국장을 발효시킬 때 함께 넣는 볏짚의 잡균이 냄새의 원인이라는 것을 밝혀내고, 볏짚에서 발효에 필요한 바실러스균만을 찾아내어 잡균과 섞이지 않게 함으로써 특유의 냄새를 거의 없애는 데 성공하였다. 게다가 바실러스균의 수를 늘려 청국장이 익는 기간도 기존의 3일에서 하루 반나절 정도로 줄일 수 있게 되었다. 이 성과에 대해 연구팀은 "(ⓛ)"라고 말했다.

1. 글 (가)와 (나)의 관계에 대한 설명으로 가장 적절한 것을 고르십시오.
　① (가)는 (나) 글의 내용에 대한 도입이다.
　② (나)는 (가) 글의 내용에 대한 결론이다.
　③ (가)는 (나) 글의 내용에 대한 분석이다.
　④ (나)는 (가) 글의 내용에 대한 예시이다.
2. ⓛ에 들어갈 적절한 내용을 고르십시오.
　① 우리 선조들의 전통적인 청국장 제조 비법을 살리게 되었다.
　② 이번 연구 결과로 청국장을 누구나 가까이할 수 있게 되었다.
　③ 가정에서도 누구나 청국장을 쉽게 만들어 먹을 수 있게 되었다.
　④ 이번 연구 결과로 좋은 냄새가 나는 청국장을 만들 수 있게 되었다.

答案：1. ①　2. ②

<說明>
1. (가)論述了清麴醬的效用以及由於氣味難聞，讓一些人敬謝不敏的缺點，並敘述了克服這個缺點的方法，即製作沒有氣味的清麴醬。(나)段落對沒有氣味的清麴醬進行了詳細說明，即(나)是對 (가)的進一步說明。(가)相當於(나)的導入（緒論）部分。

2. ㉡處應該填入關於이 성과的結果。이 성과即文中的청국장 특유의 냄새를 거의 없애는 데 성공、청국장이 익는 기간도 줄일 수 있게 되었다。因此이 성과的結果就是期待꺼리게 되는 경우消失。正確答案是②。

詞彙：

청국장 - 清麴醬，豆瓣醬

항암 - 抗癌

독특하다 - 獨特 相似詞 유다르다/특이하다/특별하다 相反詞 평범하다

꺼리다 - 忌諱、不喜歡 相似詞 피하다/회피하다 相反詞 가까이하다/좋아하다

발효 - 發酵 相似詞 뜸

볏짚 - 稻草 相似詞 짚

잡균 - 雜菌，非培養細菌

반나절 - 半天、老半天

練習題 - 아래 문장의 (　　)속에 알맞은 단어를 보기에서 골라 넣으시오.

> 보기: 청국장/항암/독특하게/꺼렸다/발효/볏짚/잡균/반나절

1. 땀과 먼지에 전 양말에 (　　)이 퍼져 고약한 냄새가 난다.
2. (　　)은 몸에는 좋으나 냄새가 고약한 것이 문제다.
3. 탈곡을 마치고 마당에 (　　)을 쌓아 두었다.
4. 김치와 된장에는 (　　) 효과가 있는 성분들이 많이 있다.
5. (　　)만 할 일이라더니 한나절도 더 걸린다.
6. 대체로 젊은이들은 연장의 어른들과 자리를 같이하기를 (　　).
7. 그의 얼굴은 너무 (　　) 생겨서 누구나 한번만 보면 잊히지 않을 것이다.
8. 한국의 음식 중에는 (　　) 음식이 상당히 많다.

答案：1. 잡균　　2. 청국장　　3. 볏짚　　4. 항암　　5. 반나절　　6. 꺼렸다　　7. 독특하게
　　　8. 발효

다음을 읽고 물음에 답하십시오. <8회 5급 기출문제>

(가) (㉠)(이)라는 말처럼 미의 기준은 개인에 따라 다르며 그만큼 주관적이다. 또한 미의 기준은 시대나 장소에 따라 달라지기도 한다.

　　(나) 미로의 비너스, 양귀비, 클레오파트라 등은 언제나 미인의 전형으로 손꼽혀 왔다. 그 외에도 중국에서는 서시, 한국에서는 춘향 등이 미인의 대명사로 여겨지고 있다. 이들은 물론 살았던 시대도 장소도 달랐으며, 외모 또한 다른 모습이었다. 서양에서는 높은 코의 클레오파트라를 미인으로 쳤으나, 중국인들은 살이 찐 동그란 얼굴에 작은 발을 가진 양귀비를 미인으로 꼽았다. 이들의 외모에서 공통점을 찾기도 어려울 뿐더러 그 기준이 무엇인지를 말하기는 더욱 어렵다.

1. ㉠에 들어갈 가장 알맞은 말을 고르십시오.
　① 제 눈에 안경
　② 이왕이면 다홍치마
　③ 겉 다르고 속 다르다
　④ 귀에 걸면 귀걸이, 코에 걸면 코걸이
2. 글 (가)와 (나)의 관계에 대한 설명으로 가장 적절한 것을 고르십시오.
　① (나)는 (가)에 대한 배경이다.
　② (나)는 (가)에 대한 전제이다.
　③ (나)는 (가)에 대한 추론이다.
　④ (나)는 (가)에 대한 예시이다.

答案：1. ①　2. ④

<說明>

1. 應該找出相當於文中미의 기준은 개인에 따라 다르며 그만큼 주관적이다的俗語。正確答案是①。作為參考：제 눈에 안경-情人眼裡出西施/이왕이면 다홍치마-同價紅裳/겉 다르고 속 다르다-表裡不一/귀에 걸면 귀걸이, 코에 걸면 코걸이/不遵守原則，根據時機隨時變化。

【參考】비너스-維納斯　양귀비-楊貴妃　클레오파트라-克利歐佩特拉　서시-西施　춘향-春香

2. (가)敘述了미의 기준。 (나)以東西方廣為人知的美女們為例，對미의 기준進行了補充説明。因此正確答案是④。예시(例示)-舉例子説明

詞彙：

기준－標準
전형－典型
손꼽히다－數一數二
치다－認定或假設
공통점－共同點 相似詞 유사점 相反詞 차이점

練習題－아래 문장의 (　　)속에 알맞은 단어를 보기에서 골라 넣으시오.

보기: 기준/전형/손꼽히다/치더라도/공통점

1. 시간급제는 종업원이 일한 시간을 (　　)으로 하여 임금이 지급되는 것이다.
2. 알고 보니 그와 나는 의외로 (　　)이 많았다.
3. 시골 농가를 그릴 때는 내가 자란 고향의 초가를 (　　)으로 떠올린다.
4. 그는 그 고장에서 (　　) 갑부이다.
5. 아이가 잘못했다고 (　　) 아이를 때려서는 안 된다.

答案 : 1. 기준　　2. 공통점　　3. 전형　　4. 손꼽히는　　5. 치더라도

다음을 읽고 물음에 답하십시오. <12회 고급 기출문제>

　　㉠번역이란 한 언어로 나타낸 의미를 다른 언어로 바꾸는 행위이다. 그러나 ㉡이것을 그릇에 담긴 음식을 다른 그릇으로 옮기는 것과 마찬가지의 단순한 행위라고 생각해서는 안 된다. 한 언어의 어휘와 표현에는 그 언어가 사용되는 나라 특유의 문화와 정서가 녹아 있다. 만일 ㉢그것이 문학작품 속의 언어라면 문화적인 특수성은 더욱 강할 것이다. 예를 들어, 시인 백석의 시에 나오는 김치가재미, 우물든덩과 같은 시

어들은 매우 한국적인 특수성을 가지는 말로서
이들을 다른 언어로 그대로 옮기는 것은 거의
불가능에 가깝다. 그럼에도 불구하고 다음과 같
이 매우 **훌륭**하게 ㉣이러한 작업을 해낸 작품들
이 있다.

1. 이 글의 뒤에 이어질 내용으로 적절한 것은 무엇입니까?
　① 번역이 어려운 이유
　② 훌륭한 번역을 하는 방법
　③ 문화적 특수성과 번역의 관계
　④ 훌륭한 번역을 한 작품의 예
2. ㉠~㉣ 중 다른 것과 의미가 다른 하나는 무엇입니까?
　① ㉠
　② ㉡
　③ ㉢
　④ ㉣

答案：1. ④　　2. ③

<說明>
1. 文章的最後一句話提到다음과 같이 매우 훌륭하게 이러한 작업을 해 낸 작품들이
　있다，因此接續的內容應該和훌륭하게 이러한 작업을 해 낸 작품有關。이러한
　작업指번역。正確答案是④。
2. ㉠、㉡、㉣處插入번역在文脈上都通順。㉢處插入번역不通順。㉢指它前面的나
　라 특유의 문화와 정서가 녹아 있는 언어。因此正確答案是③。

詞彙 :
번역－翻譯
행위－行為 [相似詞] 행동/짓/짓거리 【參考】짓和짓거리主要用在不好的行動時。
어휘－詞彙 [相似詞] 낱말/단어
정서－情緒
시어－詩裡的語言

練習題－아래 문장의 (　　)속에 알맞은 단어를 보기에서 골라 넣으시오.

보기: 번역/행위/어휘/정서/시어

1. 시에 쓰는 말 또는 시에 있는 말을 (　　)라 한다.
2. 그의 화술은 적절한 비유와 풍부한 (　　)의 구사로 정평이 나 있다.
3. 그는 자신이 한 비도덕적인 (　　)에 책임을 졌다.
4. 우리말로 (　　)이 안 되었지만 중국어로 된 걸 보았어요.
5. 그는 자연 속에서 체험했던 (　　)를 시로 읊었다.

答案：1. 시어　　2. 어휘　　3. 행위　　4. 번역　　5. 정서

다음을 읽고 물음에 답하십시오. <13회 고급 기출문제>

　　생태 유아 교육이란 자연의 순리대로, 조상의 지혜대로 아이를 키우는 교육을 말한다. 이 교육은 급속한 도시화 과정에서 기존의 유아 교육이 양계장의 닭처럼 모든 아이들을 동일한 방식으로 키웠다는 반성을 토대로 모색됐다. 다양성을 확보하지 못한 교육은 아이들을 공부만 하는 기계로 만들 수 있다. 이렇게 길러진 아이들은 획일화된 사고에서 벗어나기 어렵다. 이런 반성에 따라 아이들을 토종닭처럼 돌보자는 것이 생태 유아 교육의 핵심이다. 먼저 기존 교육의 틀을 벗어나는 것이 중요하다. 이를 위해서는 현재 실시되고 있는 사례를 구체적으로 살펴본 후 문제점을 찾아서 수정하고 보완해야 한다.

1. 이 글의 뒤에 이어질 내용으로 알맞은 것을 고르십시오.
   ① 생태 유아 교육의 현황
   ② 생태 유아 교육의 근거
   ③ 생태 유아 교육의 전망
   ④ 생태 유아 교육의 개념
2. 이 글에서 밑줄 친 토종닭이 의미하는 것을 고르십시오.
   ① 외국 생활을 한 적이 없는 아이들
   ② 또래 아이들과 생각이 비슷한 아이들
   ③ 전통에 관해 열심히 공부하는 아이들
   ④ 자유롭게 뛰어 놀면서 지내는 아이들

答案：1. ①　　2. ④

<說明>
1. 由於文章末尾提到현재 실시되고 있는 사례를 구체적으로 살펴본 후，因此選項 ①應該作為接續內容。현재 실시되고 있는 사례=현황
2. 文章中和토종닭的相對的是양계장의 닭。양계장의 닭在文章中指동일한 방식으로 키운 아이。因此與此相反的토종닭的選項是④。

詞彙：

순리－理所當然的道理 相似詞 도리/이치/정도
기존－現有、現存
양계장－養雞場
모색－摸索
토종닭－土雞、家雞
핵심－核心、要害 相似詞 알맹이/알짜
틀－架、框架 相似詞 테/테두리/정형
사례－事例 相似詞 보기/실례/예
보완－補充、彌補 相似詞 보충

 練習題－아래 문장의 (　　)속에 알맞은 단어를 보기에서 골라 넣으시오.

보기: 순리/기존/양계장/모색/토종닭/핵심/틀/사례/보완

1. 꽉 막혔던 일들이 갑자기 (　　)대로 술술 풀렸다.
2. 방학 때 시골에 가면 할아버지께서 언제나 (　　)을 잡아 주셨다.
3. 이 법의 시행에 허점이 있어 제도적으로 대폭적인 (　　)이 필요하다.
4. 그 부인은 어디를 보든지 (　　)에 박은 듯한 구식 가정부인에 틀림이 없었다.
5. 진정한 공동체를 향한 해결 방안을 바로 지금부터 (　　)해야 합니다.
6. 새 시설을 지을 예산이 없으니 (　　) 시설을 이용할 수밖에 없다.

7. 육상 종목처럼 순발력을 필요로 하는 선수들의 약물 복용 (　　)가 늘고 있다.

8. (　　)에서 계란 쏟아지듯 날마다 경기가 좋은 건 아니었습니다.

9. 그 학생은 언제나 (　　)에서 벗어난 질문을 하였다.

答案 : 1. 순리　　2. 토종닭　　3. 보완　　4. 틀　　5. 모색　　6. 기존　　7. 사례　　8. 양계장
　　　　9. 핵심

⑤ 考題綜合練習

1. 다음을 읽고 물음에 답하십시오. <14회 고급 기출문제>

> 이처럼 많은 여성 인재들의 활약으로 인해 기업의 미래가 여성의 고용과 내부적 지원에 달려 있다는 인식이 확산되고 있다. 실제로 기업은 여성의 채용 비율을 높임으로써 남성에 제한되었던 인재 선택의 폭을 넓힐 수 있다. 뿐만 아니라 시각의 다양성이 확보됨으로써 숨어 있던 문제점들을 발견하고 개선하여 기업의 혁신 능력을 극대화시킬 수도 있다. 물론 이를 위해서 기업은 우선 여성에게 불리한 인사 제도를 개선해야 한다. 더불어 육아 휴직 등 다양한 복지 제도를 통해 여성의 자유로운 직장 생활을 보장해 주어야 한다. 이처럼 기업은 단순히 여성의 채용 비율을 늘리는 데서 그쳐서는 안 되고 (　　).

1. 이 글의 앞에 올 내용으로 알맞은 것을 고르십시오.
   ① 여성과 남성의 채용 비율 비교
   ② 여성의 사회 진출이 증가한 이유
   ③ 여성이 기업의 발전에 기여한 사례
   ④ 여성과 남성의 기업에서의 역할 차이
2. 이 글의 빈칸에 들어갈 내용으로 가장 알맞은 것을 고르십시오.
   ① 남녀의 연봉 차이를 좁혀야 한다
   ② 남성 중심의 인사 제도를 바꿔야 한다
   ③ 여성에게 더 많은 고용 기회를 제공해야 한다
   ④ 여성 인력의 성장을 위해 적극적으로 나서야 한다

<說明>

1. 文章第一句話이처럼 많은 여성 인재들의 활약으로 인해中的이처럼即많은 여성 인재들의 활약的意思。因此文章前應該是有關이처럼的內容。即與많은 여성 인재들의 활약有關的內容。正確答案是③。

2. 帶有括號的句子開頭有이처럼。因此括號裡應該填入이처럼的內容。在這裡이처럼是指여성에게 불리한 인사 제도를 개선해야 한다、여성의 자유로운 직장 생활을 보장해 주어야 한다，與此相對應的選項是④。

答案：1. ③　2. ④

2. 다음을 읽고 물음에 답하십시오. <11회 고급 기출문제>

> (가) 우리가 접하는 많은 문제들은 복합적이다. 일반적으로 복합적인 문제들은 다중적인 복잡성을 가지고 있다. 따라서 우리는 하나의 문제에 대해 여러 다양한 입장에서 접근해야 한다.
>
> (나) 가령 안락사에 대해 살펴본다고 하자. 안락사의 문제는 다양한 관점에서 접근할 수 있다. 우리가 생각해 볼 질문은 "안락사를 허용하는 법이 제정되어야 하는가?"이다. 이 문제에 대해 효과적으로 철저히 사고하기 위해서는 안락사와 관련하여 윤리적, 과학적, 심리적, 경제적인 여러 가지 영역에 대한 사고가 필요하다.

1. (가)와 (나)의 관계에 대한 설명으로 가장 적절한 것을 고르십시오.
   ① (나)는 (가)글의 내용에 대한 배경이다.
   ② (나)는 (가)글의 내용에 대한 결론이다.
   ③ (나)는 (가)글의 내용에 대한 추론이다.
   ④ (나)는 (가)글의 내용에 대한 예시이다.

2. 이 글에 대한 필자의 태도로 적절한 것을 고르십시오.
   ① 감상적
   ② 풍자적
   ③ 실험적
   ④ 논리적

<說明>

1. (나)的第一句話가령 안락사에 대해 살펴본다고 하자中有가령這個詞，即這句話 是在舉例子。因此正確答案是④。

2. 文中沒有感傷的、諷刺的和實驗的的態度。論理的就是指經過思考或者推理來論 證道理或者敘述某種原理。「안락사를 허용하는 법이 제정되어야 하는가?」相 當於思考 (假設)，여러 가지 영역에 대한 사고가 필요하다是對思考下結論。正 確答案是④。

答案：1. ④　2. ④

3. 다음을 읽고 물음에 답하십시오. <7회 6급 기출문제>

　　(가) 건축을 그림으로 표현하는 기법 중에는 아래서 위를 쳐다보는 투시도와 (　　) 조감도가 있다. 투시도는 주된 건물을 우뚝 솟아 보이게 하기 위해 주변의 건물과 상황은 무시하거나 제거하며, 건물의 배경도 짙푸른 하늘이나 환상 적 색채로 처리한다. 그러나 조감도에서는 그 건물이 들어서 는 땅을 그려야 하고, 주변 도로를 그려야 하며, 주위 건물이 나 자연과의 관계를 표현해야 한다. 시점을 높일수록 더 많 은 주위를 그려야 하며, 따라서 그 건물 자체는 오히려 무시 된 형태로 나타난다.

　　(나) 투시도는 선동적이고 조감도는 설명적이다. 투시도에 보이는 것은 화려하고 현란하지만 그 속에서의 삶은 감춰져 있다. 그러나 조감도에서는 삶의 형태를 그려야 화면이 채워 지며, 그 삶의 모습이 다양할수록 그림은 더욱 아름다워질 수 있다. 사회의 격변기나 독재자가 통치하는 시대에는 대중 의 눈을 사로잡기 위하여 환상적인 투시도가 필요하다. 그것 은 사실을 은폐하고 그 속의 삶을 왜곡하므로 마약으로 유혹 하는 것처럼 비윤리적이다.

1. ( )에 적당한 말을 10자 내외로 쓰십시오.
 ( )
2. 글 (가)와 글 (나)의 관계에 대한 설명으로 가장 적절한 것을 고르십시오.
 ① (가)는 사실을 건축에 비유하고, (나)는 사회.정치에 비유한다.
 ② (가)는 사실을 객관적으로 설명하고, (나)는 주관적으로 해석한다.
 ③ (가)는 사실을 개인적으로 해석하고, (나)는 집단적으로 해석한다.
 ④ (가)는 사실을 일반적으로 제시하고, (나)는 구체적으로 보여 준다.
3. 투시도의 부정적 측면을 극대화하기 위해 글쓴이가 비유적으로 사용한 단어를
 글 (나)에서 찾아 쓰십시오.
 ( )

📢 <說明>
 1. 文中提到아래서 위를 쳐다보는 투시도，因此조감도應該與此相反。即應該填和
 (위에서) 아래를 내려다보는/보는意思相近的語句。
 2. (가)主要是對투시도와 조감도的客觀或一般的敘述。因此選項②、④符合
 (가)。(나)是對투시도와 조감도的主觀性的敘述。從그 속에서의 삶은 감춰져
 있다、그림은 더욱 아름다워질 수 있다等句子可以得知。因此選項①、②符合
 (나)。綜上所述，正確答案是②。
 3. 文章最後一句話中的그것是指투시도。因此概括最後一句話，即그것(투시도)은
 마약으로 유혹하는 것처럼 비윤리적이다。在這裡，問題中的부정적 측면을 극
 대화하기 위한 단어，即마약。
　　　　　　　　　答案：1. (위에서) 아래를 내려다보는/보는　2.②　3. 마약

4. 다음을 읽고 물음에 답하십시오. <15회 고급 기출문제>

> 　체험의 일반적인 의미와 달리 체험환경교육에서 말하는
> 체험은 전문가가 잘 짜 놓은 계획에 따라 대상과 직접적으로
> 접촉한다는 뜻이다. 밖으로 나가 동식물의 서식지를 찾아보
> 고, 손으로 감촉을 느껴보고, 소리에 귀를 기울이고, 생태를
> 직접 관찰해야 환경, 자연, 인간의 관계를 폭넓게 이해할 수
> 있게 된다. 하지만 일상에 쫓긴 현대인들은 많은 시간이 소
> 요되고 세심한 준비가 필요한 직접 체험보다는 영상 매체를
> 통한 간접 체험에 주로 의존하고 있다. 그리고 체험을 위해
> 밖으로 나갈 때도 준비를 제대로 하지 않는 경우가 많다. 그
> 렇지만 체험을 제대로 하기 위해서는 ( ).

1. 이 글의 앞에 올 내용으로 가장 알맞은 것을 고르십시오.
   ① 체험의 방법
   ② 체험의 개념
   ③ 현대인들의 삶
   ④ 환경오염 문제
2. 이 글의 빈칸에 들어갈 내용으로 가장 알맞은 것을 고르십시오.
   ① 계획을 체계적으로 세워야 한다.
   ② 다양한 체험 시설을 갖추어야 한다.
   ③ 교육의 목표를 분명하게 밝혀야 한다.
   ④ 자연과 환경에 대한 지식을 갖추어야 한다.

 <說明>
1. 從文章的第一句話可推測出正確答案。特別是체험의 일반적인 의미와 달리中的
   일반의 의미應該在前文敘述。與此相符的是選項中的체험의 개념。
2. 帶有括號的句子中有連詞그렇지만，因此括號裡應該填入與前文相反的內容。與
   前一句話준비를 제대로 하지 않는 경우가 많다意思相反的是選項①。

答案：1. ②　2. ①

5. 다음을 읽고 물음에 답하십시오. <8회 6급 기출문제>

> 하반기 채용이 본격화되는 유월은 취업 준비생에게 잔인
> 한 달이다. 백 통이 넘는 지원서를 들고 이리저리 뛰어다니
> 고 가끔은 지원서 수와 맞먹는 불합격 통지를 받아야 한다.
> 양복 차림으로 푹푹 찌는 무더위를 이겨내는가 하면 자신을
> 아는 모든 사람들과의 접촉도 꺼려지는 때가 이때다.
>
> (㉠) 내수경기 침체로 올 하반기 신입사원 취업 전망은 그
> 리 밝지 않다. 한국경영자협회가 전국 1, 526개 기업을 대
> 상으로 실시한 2004년 신규 인력 채용에 관한 조사 결과
> 에 따르면, 응답자 중 50.9%만 "채용 계획이 있다."고 응
> 답했고 31.2%는 채용 계획이 아예 없는 것으로 나타났다.
> 그러나 하늘이 무너져도 솟아날 구멍은 있다는 말이 있지
> 않은가. (㉡)

1. ㉠에 들어갈 알맞은 접속어를 고르십시오.
　　① 그리고
　　② 그러나
　　③ 그래서
　　④ 그러자

2. ㉡에 이어질 알맞은 내용을 고르십시오.
　　① 노력하는 사람들에게는 돌파구가 보일 것이다.
　　② 꾹 참고 기다리면 취업을 하지 않아도 될 것이다.
　　③ 신규 채용을 늘리면 내수 경기 침체는 회복될 것이다.
　　④ 올해에는 50.9%의 회사가 신규 인력을 채용한다고 한다.

<說明>
1. 如果兩個段落是並列關係的話，那麼因為그리고表示동시 연결，그러나表示반 대나 대조，그래서表示이유，所以應該填그러나。第一段是關於취업 때문에 하 는 고생的內容。第二段是關於넓지 않은 취업의 문的內容。可以用취업을 위해 많은 고생을 하고 있으나 실제로는 취업의 기회가 많지 않다來解釋。因此選項中 的그러나最合適。正確答案是②。
2. 括號裡應該填入與하늘이 무너져도 솟아날 구멍은 있다相連接的內容。因此選項 ①是最合適的。

答案：1. ②　2. ①

6　模擬練習

1. 다음을 읽고 물음에 답하십시오.

　　　이를 30년간 쓴다고 하면 대략 계산해도 6억600만원이라 는 노후 자금이 필요하다. 여기에 운동으로 직장 생활할 때 즐겨 하던 골프나, 부인이 좋아하는 수영이나 헬스를 고정 적으로 한다면 필요 자금이 늘어날 것이고, 부부가 좋아하는 해외여행이라도 1년에 한 번씩 간다고 하면 다시 필요 자금 은 늘어나게 된다.

　　　더구나 이 필요 자금은 갑자기 아팠을 때의 병원비나 (　　　) 감안하지 않은 것이다. 자, 대한민국에서 과연 은퇴 시점에 통장에 6억 원이라는 금액을 잔액으로 가지고 있으면 서 은퇴하는 사람이 몇 명이나 될까?

1. 이 글의 앞에 올 내용으로 가장 알맞은 것을 고르십시오.
　① 행복한 노후 생활을 하기 위한 대비책
　② 부부가 노후 생활을 대비해야 하는 이유
　③ 1년 동안 노인들이 생활하는 데 필요한 비용
　④ 이후 30년 동안 건강한 삶을 살기 위한 마음가짐
2. 이 글의 빈칸에 들어갈 내용으로 가장 알맞은 것을 고르십시오.
　① 생활에 필요한 기본적인 사항은
　② 일시적 긴급 지출 자금에 대한 내용은
　③ 매월 통상적으로 지출해야 하는 비용은
　④ 지출해도 되고 안 해도 되는 여윳돈에 대해서는

\<說明\>

1. 前文應該是有關第一句話中이를的內容。이를是指노후 자금。即應該填與1년에 필요한 노후 자금을 30년 동안 쓴다고 계산하면相似的內容。正確答案是③。

2. 含有括號的句子開頭有副詞더구나。더구나的意思是：比已知的事實更進一步。因此더구나後面的句子應該比上一個句子更強烈。더구나前句子的意思是在不急用的地方所支出的費用。那麼帶有더구나的句子就應該說也許現在不急用，但是緊急情況下還是需要用的意思。正確答案是②。

答案：1. ③　2. ②

2. 다음을 읽고 물음에 답하십시오.

> 　(가) 대졸실업자가 거리에 넘치다 보니 대학을 개혁해야 한다는 사람들 중 상당수가 아예 대학 교육이 취업 중심이 될 것을 공공연히 요구하고 있다. 매스컴도 즉각 현장에 투입할 수 있는 인슬 양성하여 취업률이 90% 넘는다는 대학을 우수한 모델로 소개하기도 하고 이전에는 "(　　　)"며 기염을 토하는 재벌기업 회장이 대학개혁의 기수로 소개되기도 했고 대학 졸업생들이 한자 1800자는 배워야 한다거나 실업계 고등학교에서 가르치던 상업 부기 수준의 회계학은 알아야 한다는 그분의 주장은 공감이 간다.

(나) 내 생각에 "대학은 현실적으로 이미 직업교육"이며 "학문은 대학원에 가서 하는 것"이라는 말은 일견 그럴듯해 보이지만 사실은 상당히 위험한 발상인 것 같다. 아무리 당장이 급하다고는 해도 직업교육에 중점을 두었을 경우 첫 취업 이후 몇 년이 지난 뒤 그 학생의 운명은 어떻게 되란 말인가? 몇 년 지나서 세상이 변하면 낡았다고 폐기처분될 텐데…… 세상이 자꾸 변하더라도 평생 무언가 해서 벌어먹고 살 수 있는 기본 능력을 대학에서 키워야 하는 것 아닌가?

1. (가)와 (나)의 관계에 대한 설명으로 가장 적절한 것을 고르십시오.
   ① (나)는 (가)글의 내용에 대한 배경이다.
   ② (나)는 (가)글의 내용에 대한 결론이다.
   ③ (나)는 (가)글의 내용에 대한 반론이다.
   ④ (나)는 (가)글의 내용에 대한 예시이다.
2. 이 글의 빈칸에 들어갈 내용으로 가장 알맞은 것을 고르십시오.
   ① 많은 신입생을 모집하고 대학이 우수 대학이다
   ② 대학은 학문을 연구하는 있는 상아탑이다
   ③ 대학 경영도 기업 경영과 다를 바 없다
   ④ 대학 공부를 잘하면 취업은 걱정 없다

 <說明>

1. 從(나)中的상당히 위험한 발상인 것 같다和文章最後一句話對(가)的反駁中，可以得知兩段的關係。
2. 從括號前面的대학 교육이 취업 중심이 될 것을 공공연히 요구中，可以猜測出應該填入括號的內容。括號中是財團社長說的話。括號後的部分大略說明了他所說的話。即한자 1800자는 배워야 한다、상업 부기 수준의 회계학은 알아야 한다。概括一下就是文中的취업률이 높은 대학이 우수 대학的意思。即應該以就業率（＝企業的經營方式）為主來改變大學的運作方式。正確答案是③。

　　　　　　　　　　　　　　　　　　　　　　　　答案：1. ③　2. ③

3. 다음을 읽고 물음에 답하십시오.

> 　30여 년 전 전북대 사대 화학교육과를 수석으로 졸업한 한 교감은 넉넉지 않은 가정 형편으로 커가는 동생들의 학업에 지장을 주지 않으려 대학원 진학을 포기하고 일찌감치 교직 생활을 시작했다. 본인의 희생으로 동생들은 모두 굴곡 없이 자신의 분야에서 학업에 매진해 의학, 공학, 경제학 박사를 각각 취득했다. 그리고 마침내 그도 (　　) 이번에 교육학 박사모를 쓰게 됐다. 그가 이 같은 만학의 길에 들어선 것은 동생들의 잇따른 박사학위 취득이 자극되기도 했다. 한 교감의 박사학위 논한 교졸은 학교 생활 환경은 학생들의 감성에 미치는 효과에 관한 것으로, 30여 년 동안 교직생활을 하면서 경험한 것들을 체계학위 취담고 있어, 최근 교육과학부와 문화관광체육부의 학교생활 환경 개선 정책에도 잘 들어맞고 있다.

1. 이 글의 뒤에 올 내용으로 가장 알맞은 것을 고르십시오.
   ① 한 교감이 박사학위를 따기로 결심을 한 동기
   ② 박사학위 논문에서 제시한 각종 정책에 대한 내용
   ③ 한 교감의 형제들이 박사학위를 취득할 수 있었던 배경
   ④ 대학 졸업 후 30년 동안 박사학위를 받을 수 없었던 상황
2. 이 글의 빈칸에 들어갈 내용으로 가장 알맞은 것을 고르십시오.
   ① 누구보다도 머리가 명석했지만 게으른 탓에
   ② 30여 년 동안 교직생활이 너무 지겹고 무료해
   ③ 학업에 대한 미련이 남아 뒤늦게 대학원에 진학해
   ④ 박사 중에는 교육학 박사가 제일이라는 자부심을 가지고

<說明>
1. 選項①和③的內容在文章中的동생들의 잇따른 박사학위 취득이 자극可以找到。
   選項④的內容從동생들의 학업에 지장을 주지 않으려 대학원 진학을 포기可以

找到。而且文章的最後對논문의 제목只是稍作敘述，因此後文應進行進一步敘述。正確答案是②。

2. 括號後有만학(晚學)의 길這樣的內容。因此應填入晚入學的理由。正確答案是③。

答案：1.②　2.③

4. 다음을 읽고 물음에 답하십시오.

(가) 한국인의 자살률이 높은 것은 한국 땅에서만 그런 게 아니다. 미국의 한인 자살률을 보자. 뉴욕에서는 한 달 평균 5명의 한국인이 자살을 한다. 전체 인구 대비 자살률보다 4배나 많다. 로스앤젤레스에서는 한국인의 사망 원인 25%가 자살이다. 심지어 자살 한국이란 말이 나올 정도다. 한 사람 한 사람 죽음에 이른 이유야 저마다 다르겠지만 대단한 손실이라고 할 수 있다.

(나) 한국인들은 극기력이 높다. 고난은 오랫동안 우리 역사의 일부였으며 우리는 이를 극복하기 위해 싸워 왔다. 하지만 ㉠홀로 견디어 내는 극기는 수많은 해결 방안을 외면하게 만들기 때문에 위험하다. 작년, 금년 유명 인사들의 자살 소식이 줄을 이었고, 이달 들어 모 재벌그룹의 P회장도 스스로 목숨을 끊었다. 그들의 아픔과 고통을 멀리하지 않고 주위에서 안아 줄 때 자살 한국이란 오명도 벗을 것이다.

1. (가)와 (나)의 관계에 대한 설명으로 가장 적절한 것을 고르십시오.
   ① (가)는 (나)글의 내용에 대한 배경이다.
   ② (가)는 (나)글의 내용에 대한 결론이다.
   ③ (가)는 (나)글의 내용에 대한 추론이다.
   ④ (가)는 (나)글의 내용에 대한 예시이다.

2. ㉠과 같은 뜻을 고르십시오.
   ① 수많은 해결 방안 중에 최고는 스스로 해결하는 것이다
   ② 혼자 이겨 내는 어려움은 자살 예방에 도움이 안 된다

③ 주위 사람의 도움 없이 스스로는 고민을 풀 수 없다

④ 사살을 하는 사람은 모두 주위의 무관심 때문이다

<說明>

1. (가)透過美國的統計數據，說明韓國人的自殺率很高。(나)在文章的最後以結論的形式提出了預防自殺的對策。因此(가)是(나)敘述的背景。

2. 因為홀로 견디어 내는 극기=(혼자 이겨 내는 어려움)、해결 방안(=자살 예방)，因此選項②是正確答案。

答案：1. ①　2. ②

5. 다음을 읽고 물음에 답하십시오.

> 호환으로 한 마을이 풍비박산 난 곳이 있는가 하면, 아버지가 ㉠호랑이에게 잡아먹히자 호랑이를 추격해 때려잡은 뒤 뱃속에서 살과 뼈를 수습해 장사 지낸 효자도 있다. 용맹함의 상징으로 그리고 악귀를 쫓는 힘을 가진 신성한 동물로 여겨, 그림 그리고 수놓고, 심지어 글로 써서 붙이기도 했다. 하늘에 기우제를 지낼 때도 강력한 힘을 가진 ㉡호랑이를 잡아 그 머리를 제단에 바쳤다고 한다. 무관의 관복 흉배에 그려 넣어 용맹성을 강조했고, 대문에 ㉢호랑이 그림을 내걸어 잡귀를 쫓는 부적으로도 썼다. 무속인들은 산신령과 동급으로 여겨 ㉣호랑이를 모시기도 한다. 무섭기만 한 호랑이지만, 민담이나 민화 등에선 대부분 착하거나 어리석고 익살스런 모습으로 그려진다. 두려운 존재인 맹수를 일상생활 속에서 마을과 가족을 지켜주는 든든한 수호신으로 여기고 친숙한 동물로 묘사한다.

1. 이 글의 뒤에 올 내용으로 가장 알맞은 것을 고르십시오.

① 호랑이가 민족의 동물이 된 배경에 대한 설명

② 친근하고 유머러스한 호랑이 그림들의 예

③ 호랑이의 용맹성을 다룬 여러 일화

④ 호랑이가 상징하고 있는 대상

2. ㉠~㉣ 중 성격이 다른 것을 고르십시오.

① ㉠

② ㉡

③ ㉢

④ ㉣

 <說明>

1. 文章後半部的 무섭기만 한 호랑이지만 ~開始敘述老虎的愚笨 (=親切)、滑稽 (幽默)。但是比重很小。因此後文應進行更詳細地敘述。

2. ㉡處的老虎是 제단에 바친 호랑이，㉢處是 잡귀를 쫓는 호랑이，㉣處是 산신령 과 동급인 호랑이。意思都是神聖的老虎。但是㉠處卻是 아버지를 잡아먹은 호랑 이，是邪惡的老虎。正確答案是①。

答案：1. ②　2. ①

6. 다음을 읽고 물음에 답하십시오.

> (가) 일본인들은 세계 여러 민족과 비교할 때 장수 비율이 높게 나타났는데, 그들은 주로 생선을 즐겨 먹는 것으로 알려져 있다. 그리고 세계 곳곳의 장수 마을을 찾아가 보면 그들이 먹는 음식 중 공통점을 발견할 수 있다. 바로 육류를 적게 섭취하고 과일과 채소를 많이 먹는다는 것이다.
>
> (나) 이로 보아 생선과 과일 그리고 채소가 장수에 도움을 주고 있다는 것을 알 수 있다. 그렇다면 육류를 주식으로 하는 에스키모 인들은 모두 단명한다는 말인가? 그리고 고기를 먹지 않는 스님들은 모두 장수한단 말인가? 물론 아니다. 육류가 장수에 도움이 되는지 안 되는지는 좀 더 연구할 필요가 있지만 생선과 채소, 과일이 장수에 도움이 된다는 것은 확실한 듯하다.

1. (가)와 (나)의 관계에 대한 설명으로 가장 적절한 것을 고르십시오.
　① (나)는 (가)글의 내용에 대한 배경이다.
　② (나)는 (가)글의 내용에 대한 결론이다.
　③ (나)는 (가)글의 내용에 대한 추론이다.
　④ (나)는 (가)글의 내용에 대한 예시이다.

2. 이 글과 같은 내용을 고르십시오.
　① 스님들은 장수하기 위해서 고기를 안 먹어야 한다.
　② 장수를 위해서는 생선을 가까이 할 필요가 있다.
　③ 육류는 장수 식품이라고 절대로 말할 수 없다.
　④ 과일과 채소를 즐겨 먹으면 반드시 장수한다.

 <說明>

1. 從(나)的이로 보아和확실한 듯하다可以得知，(나)是對(가)的推論。

2. 選項 ①、③、④都是(나)中兩個問題的答案，但是卻和文章內容不符。文章的最後一句話和選項②的意思相同。正確答案是②。

答案：1. ③　2. ②

7. 다음을 읽고 물음에 답하십시오.

> 　　이번 연구에서 근로자들이 스스로 일하는 시간을 조절 가능할 때 주간 근무자의 경우 수면의 질이 높아지고 야간 근무자는 수면 시간이 길어진 것으로 분석됐다. 또한 근로자에게 선택권이 있는 경우 야간 근무자들은 근무 중 잠이 오는 시간이 매우 적은 것으로 나타났고, 또 다른 연구에서는 탄력적 근무시간을 가진 근로자들의 최고 혈압과 심박 수가 낮아지는 것으로 나타났다. 반대로 의무적으로 초과근무를 하는 근로자나 고정된 근무시간에 맞춰 일하는 이들에게는 신체적·정신적 건강상 이득이 없었다. 스스로 결정하는 탄력근무가 아니라 고용주가 정한 탄력근무의 경우에도 별 이점이 없는 것으로 나타났다.

1. 이 글의 앞에 올 내용으로 가장 알맞은 것을 고르십시오.
　① 탄력근무제를 원하는 근로자들의 정신적·신체적 연구 과정
　② 탄력근무제를 하는 근로자들의 정신적·신체적 연구 과정
　③ 탄력근무제의 방식에 대한 근로자들의 심리 연구 과정
　④ 탄력근무제와 근무 집중도에 대한 연관성 연구 과정
2. 이 글의 중심 내용을 고르십시오.
　① 탄력근무제는 업무 효율을 높이는 데 도움이 된다.
　② 탄력적인 근무 시간이 오히려 업무에 방해가 된다.
　③ 탄력근무제를 정하는 주체에 따라 효과가 다르다.
　④ 수면 시간과 탄력근무제와의 연관성은 별로 없다.

<說明>
1. 文章的第一句話中提到이번 연구，因此文章前應是與此相關的內容。文章中的
　근로자都在履行탄력근무제。因此正確答案是②。
2. 文章是關於研究結果的內容，可以分成兩個部分，一個是對스스로 일하는 시간
　을 조절 가능할 때(근로자가 정한 탄력근무)的研究，一個是對고용주가 정한 탄
　력근무的研究。研究結果是根據制定탄력근무제的主導者不同而不同，即選項③
　所述內容。

答案：1.②　2.③

8. 다음을 읽고 물음에 답하십시오.

　　(가) 한국 사람들이 보는 부자의 심리는 다양하게 나타난
다. 일반적인 가장 뚜렷한 부자의 코드는 배고픈 부자이다.
이들은 왜 돈을 버는지 명확하지 않고, 단지 돈 자체가 목적
이거나 돈을 막연히 벌어야 한다는 욕심만 있다. 많은 돈을
벌어야 하기에 열심히 일해야 하고, (　　) 가족을 위해 돈을
번다. 국민 소득 2만 달러 문턱에서 더 이상 발전을 하지 못
하는 대한민국의 모습이자, 4만 달러 전략밖에 생각할 수 없
는 사람들의 심리 상태이다.

　　(나) 경제가 어려울수록 사람들은 부자를 꿈꾼다. 국민소
득이 2만 달러나 되는 나라 사람이 여전히 배고파하고, 배 아
파하면 우리는 4만 달러가 되더라도 여전히 배고픈 부자 수

준에서 벗어나지 못할 것이다. 마음이 건강한 부자 나라가 되기 위한 일차적 조건은 우리가 가진 부자에 대한 생각의 변화이다. 그래서 나는 4만 달러 나라를 굳이 바라지 않는다. 그냥 마음이 부자일 수 있고, 서로 베풀면서 사는 부자 나라가 되었으면 좋겠다.

1. (가)와 (나)의 관계에 대한 설명으로 가장 적절한 것을 고르십시오.
   ① (나)는 (가)글의 내용에 대한 배경이다.
   ② (나)는 (가)글의 내용에 대한 결론이다.
   ③ (나)는 (가)글의 내용에 대한 추론이다.
   ④ (나)는 (가)글의 내용에 대한 예시이다.
2. (　)에 들어가는 말은 무엇입니까?
   ① 돈에 대한 가치를 누구보다도 잘 알고 있기 때문에
   ② 가족 간의 오붓한 시간과 정을 나누지는 못하지만
   ③ 돈을 벌어야 하는 뚜렷한 동기가 부여되었으므로
   ④ 가족의 소중함을 매일 느끼고 실천함으로써

<說明>
1. 文章的最後一句話是作者的寫作動機，既是文章主旨，又是結論。正確答案是②。
2. 有括號的句子在文脈上看應該是前句돈을 막연히 벌어야 한다는 욕심만 있다的延續。因此整個句子應該和這句話意思相同。正確答案是選項②。

答案：1. ②　2. ②

9. 다음을 읽고 물음에 답하십시오.

올 겨울 최악의 한파가 몰아치던 1월의 어느 날 오후, 예지동 카메라 골목을 찾았다. 귀금속 시장이라고도 불리는 이곳은 필름 카메라로 사진 좀 찍는다 하는 이들에게 유명한 곳이다. 매서운 바람도 이 작은 골목까지는 쫓아오지 못했는지 얽히고설킨 골목을 따라가다 보니 어느덧 추위는 저만큼 물러선다. 노상을 점포 삼아 점잖게 늘어서 있는 가판을 지나

얼마나 헤맸을까, 열을 맞춰 나란히 걸려 있는 카메라 간판들이 눈에 들어온다. 200m가 조금 넘는 작은 골목. 최신 디지털 카메라가 앞 다투어 전시되는 대형 전자마트와는 비교할 수 없는 규모지만 필름을 감아 쓰는 아날로그식 카메라부터 영화에서나 봤을 법한 구식 대형 카메라, 그리고 디지털 카메라까지 없는 게 없는 카메라 천국이다. ㉠강산이 서너 번 바뀌는 동안 이곳에서 카메라를 수리해 온 장인들의 기술은 대한민국 최고. 이 작은 골목에 카메라 마니아들의 발길이 끊이지 않는 이유다. 하지만 이제 과거의 명성은 빛이 바래고 지금은 10여 곳만이 남아 그 명맥을 이어가고 있다. 예지동 카메라 골목 역시도 재개발을 앞두고 있다.

1. 이 글의 뒤에 올 내용으로 가장 알맞은 것을 고르십시오.
　　① 카메라 골목에 닥쳐올 변화의 바람
　　② 카메라와 카메라 골목의 어제와 오늘
　　③ 지난겨울의 카메라 골목에 대한 모습
　　④ 카메라 골목에서 일하는 사람들의 삶
2. 이 글과 같은 내용을 고르십시오.
　　① 카메라 골목은 최근에 손님이 조금 늘었다.
　　② 카메라 골목의 명성은 예전 같지 않다.
　　③ 카메라 골목에는 옛날 카메라만 있다.
　　④ 카메라 골목의 미래는 여전히 밝다.
3. ㉠이 뜻하는 기간은 얼마 동안입니까?
　　① 3~4년
　　② 4~8년
　　③ 30~40년
　　④ 60~80년

<說明>
　1. 文章對카메라 골목進行了描寫，並且對카메라 골목繁盛的原因進行了敘述，最後以재개발을 앞두고 있다收尾，카메라 골목由於再開發，可能會消失，也可能會變得不同。正確答案是①。
　2. 由於文中提到과거의 명성은 빛이 바래고，因此選項①和④與文章內容不符。同

時可知選項②是正確答案。選項③，由於文中提到없는 게 없는 카메라 천국，因此該選項和文章不符。

3. 韓國俗語中有십 년이면 강산도 변한다時過十年，江山也要變。因此，강산이 서너 번 바뀌는 동안是30~40年的意思。

答案：1. ①　2. ②　3. ③

10. 다음을 읽고 물음에 답하십시오.

> (가) 경영학에서는 파레토 법칙, 즉 상위 20%의 사람들이 전체 부의 80%를 차지한다는 개념이 있다. 어떤 사람들은 이것이 자본주의의 불평등성을 보여준다고 생각하지만, 현대 과학의 연구 결과는 이것이 사회에서 발견되는 일반적인 법칙이라는 것을 보여주고 있다.
>
> (나) 과학계도 엄청난 연구결과를 발표하는 소수 연구자와 결과가 거의 없는 대다수로 구성되어 있다. 프로축구 리그의 선수 구성을 보면 많은 골을 넣는 소수의 선수와 시즌 내내 한골도 못 넣는 압도적 다수의 선수로 구성되어 있다. 이것이 불평등일까? 그렇지 않다.

1. (가)와 (나)의 관계에 대한 설명으로 가장 적절한 것을 고르십시오.
　① (나)는 (가)글의 내용에 대한 배경이다.
　② (나)는 (가)글의 내용에 대한 결론이다.
　③ (나)는 (가)글의 내용에 대한 추론이다.
　④ (나)는 (가)글의 내용에 대한 예시이다.
2. 이 글에 대한 필자의 태도로 적절한 것을 고르십시오.
　① 감상적
　② 풍자적
　③ 실험적
　④ 논리적

<說明>
1. (나)以과학계와 프로축구 리그의 선수 구성為例對(가)進行説明。正確答案是④。
2. 文章中沒有감상적、풍자적、실험적的詞句和意思。正確答案是④。

答案：1. ④　2. ④

第 12 課
確定文章的題目

1 提示句

이 글의 제목으로 가장 알맞은 것을 고르십시오.
이 글의 종류는 무엇입니까?

2 出題類型介紹

　　確定文章題目：要把文章中作者想要表達的主張，即文章主旨，用簡短的語句來表達。所以，在閱讀文章的時候掌握作者的立場是最重要的。站在作者的角度讀文章的時候，要時刻思考「作者寫此文的用意何在？」。即要快速地掌握文章主旨。文章主旨體現文章的題目、作者的寫作動機和文章中人物的心情。

　　掌握文章類型：從文章的整體脈絡中可以輕鬆得到答案。

3 考題解析

다음을 읽고 물음에 답하십시오. <16회 고급 기출문제>

　　먹고 사는 문제가 그 무엇보다 우선시되었던 20세기는 치열한 경쟁의 시대였다. 경쟁에서 이기기 위해 우리는 앞만 보고 달려야 했다. 실제로 소득 수준이 1만 달러에 머물렀던 시기에는 마라톤이 유행이었다. 마라톤은 많은 사람들과 순위를 다투는 경쟁이다. 아마 사람들이 지금도 마라톤에 열광하는 이유는 (　　　) 때문일 것이다.

그러나 소득 수준이 2만 달러가 넘어가면서부터 사람들은 걷기의 매력에 빠지게 된다. 먹고 사는 문제에 집착해 놓쳐 버린 의미는 없는지 살필 여유를 갖게 된 것이다. 걷기는 삶을 돌아보고 반성하는 데 가장 효과적인 방법이다. 그저 천천히 자신 앞에 놓인 길을 줄여 가며 주변을 돌아보고 생각에 빠지면 된다. 치열했던 경쟁의 시대를 빠져 나온 사람들은 이제 21세기를 성찰의 시대로 바꾸길 원하고 있다.

1. 이 글의 제목으로 가장 알맞은 것을 고르십시오.
   ① 걷기의 매력
   ② 마라톤과 인생
   ③ 20세기에 잃어버린 것들
   ④ 마라톤 시대에서 걷기의 시대로

2. 이 글의 내용과 같은 것을 고르십시오.
   ① 걷기는 인간의 삶의 모습과 유사하다.
   ② 20세기에는 생존을 위해 치열하게 경쟁했다.
   ③ 소득이 늘어나면서 마라톤의 인기가 시들해졌다.
   ④ 걷기를 즐길 줄 알아야 경쟁에서 승리할 수 있다.

3. 이 글의 빈칸에 들어갈 내용으로 가장 알맞은 것을 고르십시오.
   ① 먹고 사는 문제를 빨리 해결하고 싶기
   ② 최선을 다하는 것이 승리의 비결임을 알기
   ③ 마라톤의 진정한 매력이 경쟁에 있음을 깨달았기
   ④ 성장의 시기를 지나면서 경쟁하는 데 익숙해졌기

答案：1. ④　2. ②　3. ④

<說明>
1. 文章由兩個段落組成。第一段是關於收入在1萬美元的時代流行的馬拉松運動的敘述。第二段是關於收入在2萬美元時，走路成為流行趨勢的敘述。文章當中마라톤和걷기都是中心內容。因此題目中要含有마라톤和걷기，並且概括兩個段落的內容。選項④最為合適。

2. 選項②，由於文中提到20세기는 치열한 경쟁의 시대，因此該選項和文章一致。
其他選項文章中沒有提到或與文章內容不符。

3. 括號裡應該填入馬拉松現在也很受歡迎的理由。從文中的20세기는 치열한 경쟁
의 시대和마라톤은 순위를 다투는 경쟁中，可以得出당시의 이유。選項③是當
時的이유，以此為基礎找지금의 이유。지금已經過了成長的時期了。因此正確
答案是④。

다음을 읽고 물음에 답하십시오. <11회 고급 기출문제>

> 　　예선을 거쳐 넘어온 20편의 글 한편 한편이 우
> 리가 어떤 마음으로 어떻게 살아야 할 것인가를
> 일깨워 주는 교과서였습니다. 모두 상을 받아 마
> 땅한 글이지만 수기로서의 골격과 감동의 정도를
> 가늠해 당선작을 골랐습니다. 특히 황의영 씨의
> 행복을 줍는 청소부는 주어진 현실을 긍정적으로
> 받아들이는 글쓴이의 마음가짐이 인상적입니다.
> 끝으로 김민숙, 박현숙, 김영선 씨의 글들을 ㉠뒤
> 로 미뤄놓은 것이 마음에 걸립니다. 이것들도 결
> 코 뒤지지 않은 좋은 내용이었다는 것을 아쉬운
> 마음으로 밝혀 둡니다.

1. 이 글의 종류는 무엇입니까?
　① 기행문
　② 독후감
　③ 심사 후기
　④ 당선 소감

2. ㉠과 바꿔 쓸 수 있는 표현으로 알맞은 것을 고르십시오.
　① 언급하지 않은 것
　② 읽지 않은 것
　③ 추천하지 않은 것
　④ 선정하지 않은 것

答案：1. ③　2. ④

<說明>

1. 從文章中的 모두 상을 받아 마땅한 글이지만、당선작을 골랐습니다 可以得知文章類型。正確答案是③。

2. ㉠的意思從前面的 당선작을 골랐습니다 和後面的 결코 뒤지지 않은 좋은 내용이었다는 것을 밝혀 둡니다，都可以猜測出來。作品雖然優秀，但是卻沒有當選，作者感到很惋惜。與此具有相同意思的選項是④。

4　考題深度分析

다음을 읽고 물음에 답하십시오. <7회 5급 기출문제>

육류를 주식으로 하는 아프리카 케냐의 마사이족들은 대부분 180cm가 넘는 큰 키에 늘씬한 몸매를 유지하고 성인병도 거의 없다. 이들의 생활 형태를 연구한 결과, 건강 비결이 다름 아닌 걸음걸이에 있었다.

현대의 도시인들은 발 앞쪽과 뒤꿈치만을 사용해 걷는다. 아스팔트와 시멘트처럼 딱딱한 바닥 위를 딱딱한 밑창의 구두를 신고 걷기 때문에 무게 중심이 발바닥의 중앙을 생략하고 뒤꿈치에서 앞꿈치로 그대로 넘어간다. 이 때문에 지면으로부터의 충격을 흡수하지 못하면서 보행 자세가 뒤틀리고 변형돼 관절이나 척추에도 나쁜 영향을 끼치게 된다.

반면 마사이족들은 발바닥 전체가 지면에 닿는 중심부 보행을 한다. 걸을 때 발뒤꿈치 바깥쪽에서부터 닿기 시작해 무게 중심이 발 바끝쪽을 거쳐 새끼발가락과 엄지발가락 순으로 이동함으로써 충격을 덜어 준다. 그래서 쉽게 지치고 마는 현대 도시인들의 걸음걸이와 달리 (㉠)

1. 이 글의 제목으로 알맞은 것을 고르십시오.
   ① 건강과 걸음걸이의 관련성
   ② 아름다운 걸음걸이의 비밀
   ③ 마사이족의 다이어트 비법
   ④ 수명과 걸음걸이의 연관성
2. 이 글의 내용과 일치하는 것을 고르십시오.
   ① 마사이족은 발 전체가 지면에 닿도록 걷기 때문에 쉽게 지친다.
   ② 현대인들은 발뒤꿈치와 앞꿈치만을 이용해 걸으므로 쉽게 피로해진다.
   ③ 마사이족은 주로 채식 위주의 식사와 오래 걷기로 건강을 유지한다.
   ④ 현대인은 건강과 날씬한 몸매를 위해 마사이족의 걸음걸이를 배운다.
3. ㉠에 들어갈 알맞은 것을 고르십시오.
   ① 발의 변형을 막는 데도 유리하다
   ② 피로감도 적어 오래 걷는 데도 유리하다
   ③ 관절과 척추의 건강을 유지하는 데도 유리하다
   ④ 충격을 흡수해 딱딱한 지면을 걸을 때도 유리하다

　　　　　　　　　　　　　　　　　答案：1. ①　2. ②　3. ②

 <說明>
1. 文章透過比較현대인의 걸음걸이和마사이족의 걸음걸이，來說明走路的差異是건강의 비결。文章主旨是걸음걸이의 차이가 건강의 비결。與此具有相同意思的選項是①。
2. 選項②，由於文中提到현대의 도시인들은 발 앞쪽과 뒤꿈치만을 사용해 걷는다和쉽게 지치고 마는 현대 도시인들의 걸음걸이，因此該選項和文章不符。其他選項在文章中沒有提到或與文章內容不符。
3. 要注意㉠前面的달리這個詞。由於有달리這個詞，因此括號裡應該填入與括號前쉽게 지치고 마는 현대 도시인들의 걸음걸이相反的內容。與此具有相同內容的選項是②。

詞彙：

몸매－身材 [相似詞] 몸맵시

아스팔트(asphalt)－瀝青、柏油

시멘트(cement)－水泥 [相似詞] 양회

밑창－鞋底

생략－省略、簡化

충격－衝擊 [相似詞] 쇼크(shock)

뒤틀리다－彆扭、不舒服 [相似詞] 꼬이다/비틀어지다/뒤틀어지다/어긋나다

척추－脊椎 [相似詞] 등뼈

끼치다－影響、麻煩 [相似詞] 미치다

덜다－減少 [相似詞] 줄이다/감하다 [相反詞] 더하다

練習題－아래 문장의 (　　)속에 알맞은 단어를 보기에서 골라 넣으시오.

보기: 몸매/아스팔트/시멘트/밑창/생략/충격/뒤틀린다/척추/끼친/덜어

1. 비 갠 뒤의 (　　) 거리가 한결 상쾌하게 그들의 눈에 안겨 왔다.
2. 우리는 농촌의 바쁜 일손을 (　　) 주려고 열심히 일했다.
3. 얼마나 지루한지 몸이 저절로 (　　).
4. 그는 사업이 망해 형편이 어려워 (　　)이 다 닳은 구두를 신고 다닌다.
5. 그녀는 아침마다 수영하면서 (　　)를 가꾼다.
6. 정문은 (　　) 기둥이 양쪽으로 세워졌을 뿐 문짝은 모두 떨어져 나갔다.
7. 라디오는 심한 (　　)으로 완전히 망가져서 아무 소리도 내지 않는다.
8. 삼촌은 막일을 하다가 (　　)를 심하게 다쳤다.
9. 선생님께 누를 (　　) 것은 아닌지 심히 염려됩니다.
10. 전체에서 일부를 줄이거나 빼는 것을 (　　)이라 한다.

答案：1. 아스팔트　　2. 덜어　　3. 뒤틀린다　　4. 밑창　　5. 몸매　　6. 시멘트　　7. 충격

　　　　8. 척추　　9. 끼친　　10.

다음을 읽고 물음에 답하십시오. <15회 고급 기출문제>

> 옛날 양반들 중에는 새 옷이나 화려한 비단옷을 입으면 그 위에 반드시 낡은 옷을 덧입어 주위 사람들에게 지나쳐 보이지 않게 하는 사람이 많았다고 한다. 내 옷을 내가 입는데 좀 화려하

면 어떠냐고 묻는 이들이 있을 것이다. 하지만 옛 사람들은 신체의 보호라는 지극히 본질적인 기능에 충실하면서도 그 옷을 보게 될 타인이 느낄 수 있는 상대적 박탈감까지 고려하는 것이 마땅하다고 생각했다. 화려함은 추구하되 남에게 드러내는 것을 삼가는 겸양의 마음 또한 갖추고 있었던 것이다.

자신을 바라볼 타인의 마음을 고려하는 차원에서 덧입어 화려함을 삼가는 것이 옛 사람에게만 통용되는 것이라고 할 수는 없을 것이다. 그 어느 때보다도 자본주의가 고도화되고 그에 따라 빈부의 격차 또한 극심해지고 있는 오늘날 (　　).

1. 이 글의 제목으로 가장 알맞은 것을 고르십시오.
   ① 옷과 인격
   ② 옷과 시선
   ③ 옷의 사회적 기능
   ④ 옷차림의 미덕
2. 이 글의 내용과 같은 것을 고르십시오.
   ① 가난하게 보이기 위해서 헌 옷을 덧입었다.
   ② 옷을 잘 입어야 사람들에게 주목을 받을 수 있었다.
   ③ 타인을 대하는 태도가 겸손하지 않으면 비난을 받았다.
   ④ 화려하게 보이는 것을 부담스러워하는 경향이 있었다.
3. 이 글의 빈칸에 들어갈 내용으로 가장 알맞은 것을 고르십시오.
   ① 다른 사람의 마음까지 헤아리는 자세가 요구된다.
   ② 자기보다 다른 사람을 먼저 생각할 필요가 있다.
   ③ 외면의 화려함보다는 내면의 아름다움이 중요하다.
   ④ 가난한 사람을 위해 화려한 옷을 입지 말아야 한다.

答案：1. ④　2. ④　3. ①

<說明>

1. 文章的主旨在第一段但以後的內容中。選項④就概括了這一部分內容。而且 남에게 드러내는 것을 삼가는 겸양의 마음的另一種説法就是미덕(美德)。正確答案是④。

2. 這道題是問題1的延續。

3. 這個問題延續了問題1和問題2。括號裡應該填入與오늘날에도 옛 사람들의 옷차림에 대한 미덕을 배워야 한다相近意思的內容。與此具有相同意思的選項是①。

詞彙：

양반－兩班，貴族 相似詞 사대부/귀족 相反詞 상놈/상민

덧입다－再加衣服、套上（衣服）

본질적－本質的、實質的

박탈감－剝奪感

마땅하다－應該 相似詞 옳다/당연하다/타당하다 相反詞 못마땅하다/마땅찮다

추구－追求

겸양－謙讓 相似詞 겸손 相反詞 교만/거만/오만/자만

통용－通用 相似詞 상용

격차－級差、懸殊差距 相似詞 차이

극심하다－極度、極其 相似詞 지독하다

練習題－아래 문장의 (　　)속에 알맞은 단어를 보기에서 골라 넣으시오.

> 보기: 양반/덧입고/본질적/박탈감/마땅한/추구/겸양/통용/격차/극심한

1. 지금 세상이 어느 땐데 (　　) 상놈을 구별하고 그러나.
2. 영리 (　　)를 목적으로 하지 않는 기업은 없다.
3. 날씨가 추워 양복 위에 외투를 (　　) 집을 나섰다.
4. 바쁠 때일수록 (　　)의 미덕을 발휘해야 한다.
5. 그 둘은 형태는 다르지만 (　　)으로는 같은 것이다.
6. 옛날에는 화폐로 엽전이 (　　)되던 시절이 있었다.
7. 부유층에 대한 빈곤층의 (　　)은 상상 외로 큰 편이었다.
8. 합격자의 수준이 계열과 학과에 따라 큰 (　　)를 보이고 있다.
9. 자식이라면 정성껏 부모를 모시는 것이 (　　) 일이다.
10. 정권 교체 이후 이 나라는 (　　) 정치혼란에 빠졌다.

答案：1. 양반　　2. 추구　　3. 덧입고　　4. 겸양　　5. 본질적　　6. 통용　　7. 박탈감
　　　8. 격차　　9. 마땅한　　10. 극심한

다음을 읽고 물음에 답하십시오. <8회 5급 기출문제>

　　미국의 해양 생물학자 레이첼 카슨은 환경 운동 초기 역사에서 위대한 업적을 남긴 사람으로 기록되어 있다. 그가 환경과 관련을 갖게 된 것은 1962년에 â침묵의 봄â을 출판하면서부터이다.

　　미시간 주의 이스트랜싱 시는 느릅나무를 갉아먹는 딱정벌레를 박멸시키기 위해 나무에 D.D.T.를 뿌렸다. 가을이 되자 나뭇잎은 낙엽이 되어 땅에 떨어졌고 벌레들이 그 나뭇잎을 먹었다. 봄이 되자 울새들이 이 벌레들을 잡아먹었으며 1주일 사이에 이스트랜싱 시의 울새들이 거의 모두 죽었다.

　　이것이 â침묵의 봄â의 내용이었다. 놀랍고 충격적인 사실이었다. 카슨은 이 책의 서문에 다음과 같이 썼다.

　　"자연은 침묵했다. 새들은 어디로 갔는가. 정원의 모이통은 텅 비어 있다. ㉠봄은 왔지만 침묵의 봄이었다. 적으로부터 공격을 받은 것도 아니었다. 모두 인간이 스스로 부른 재앙이었다."

　　â침묵의 봄â은 마침내 미국에서 (㉡).â침묵의

> 봄ⓐ이 환경 보호의 역사에서 큰 의미를 갖는 이유가 바로 여기에 있다.
>
> ※ D.D.T.: 벌레를 죽이기 위해 뿌리는 농업용 살충제.

1. 이 글의 제목으로 알맞은 것을 고르십시오.
   ① 울새들의 죽음
   ② 환경 운동의 역사
   ③ 레이첼 카슨의 침묵의 봄
   ④ 인간의 탐욕과 환경 파괴
2. ㉠이 의미하는 것을 쓰십시오.
   (　　　　　　　　　　　　　)
3. ㉡에 들어갈 가장 알맞은 내용을 고르십시오.
   ① 출판이 금지되어 독자들의 곁을 떠나게 되었다
   ② 벌레와 새들을 없애기 위한 안내 책자로 재출판되었다
   ③ D.D.T. 사용을 금지하는 법안을 통과시키게 만들었다
   ④ D.D.T. 사용을 부추겨 자연을 파괴하는 결과를 낳았다

　　　　答案：1. ③　2. 자연계의 생물(새)들이 죽었다./환경이 파괴되었다.　3. ③

 <說明>

1. 整篇文章都是對《寂靜的春天》的敘述，敘述的同時，強調了環境的重要，説明在環境歷史當中所具有的意義。因此選項③最為合適。
2. 從㉠的 새들은 어디로 갔는가中可以猜測出㉠的意思。새들은 어디로 갔는가可以從前面的 울새들이 거의 모두 죽었다中得知其意思。即使春天已經來了，但鳥兒們卻沒有來，所以是침묵(沈默)의 봄。寫出與此相近的意思就可以了。在答這種主觀題的時候，最好能用上文中的單字或詞組，如果用不上，也要儘量寫得簡短。請參考所給的答案。與所給答案意思相似的都可以是正確答案。
3. ㉡處應該填入與큰 의미를 갖는 이유相關的內容。選項①、②、④都是和큰 의미相反的內容。正確答案是③。

詞彙：

업적—業績 │相似詞│ 자취/발자취/공적/공/금자탑
침묵—沉默
박멸—撲滅、消滅
서문—序言、序 │相似詞│ 머리말

모이－(鳥或飛禽的）食餌、飼料 相似詞 먹이/사료
재앙－災殃、災禍 相似詞 화/재난 相反詞 축복/행운
벌레－蟲、蟲子
살충제－殺蟲劑 相似詞 살충약

練習題－아래 문장의 (　　)속에 알맞은 단어를 보기에서 골라 넣으시오.

보기: 업적/침묵/박멸/서문/모이/재앙/벌레/살충제

1. 새가 (　　)를 쪼는 모습이 참으로 귀여웠다.
2. 회사에서는 개인별로 (　　)을 평가하여 인사에 반영한다.
3. 지나치게 발달한 기술 문명이 오히려 (　　)을 가져올 수 있다.
4. 작가가 오랜 (　　)을 깨고 신작을 발표했다.
5. (　　)라고 해서 우리에게 해로운 것들만 있는 것은 아니다.
6. 모기를 (　　)하는 약을 누가 개발한다면 노벨상 감이다.
7. 환경을 보호하기 위해서 (　　)도 환경을 해치지 않는 것을 사용해야 한다.
8. (　　)을 보면 책의 내용을 대강 알 수 있다.

答案 : 1. 모이　　2. 업적　　3. 재앙　　4. 침묵　　5. 벌레　　6. 박멸　　7. 살충제　　8. 서문

다음을 읽고 물음에 답하십시오. <12회 고급 기출문제>

이중섭은 1916년 4월 평안남도 송천리의 한 유복한 가정에서 태어났다. 아버지는 소극적이고 병약한 분이었는데 이중섭이 다섯 살 되던 해에 돌아가셨다. 이중섭은 송천리의 농촌 풍경을 보면서 성장하였다. 어릴 적 이중섭은 점도가 높은 찰흙으로 형상을 만들었고 실물을 직접 보고 그리기를 즐겼다. 그는 누가 가르쳐 주지도 않았는데 자신이 제작한 작품에는 반드시 날짜를 적어 놓았다. 일곱 살 때 그는 외할머니께서 주신 사과를 다른 아이들처럼 바로 먹지 않

고, 사과를 보고 그린 후에 먹었다고 한다. 오산학교 시절부터 이중섭은 소를 그리는 것에 몰입하여 거의 매일 소를 스케치하였다. 오산학교 근처 들판 여기저기에 매어져 있는 농촌의 소는 중섭의 일생 동안 영원한 주제가 되었으며 민족적 형상의 상징이 되었다.

1. 이 글의 종류는 무엇입니까?
　① 한 인물의 삶을 평가한 글
　② 한 인물의 일상을 보여 주는 글
　③ 한 인물의 작품 세계를 파헤친 글
　④ 한 인물의 삶에 대해 서술한 글
2. 이 글의 내용과 같지 않은 것은 무엇입니까?
　① 이중섭은 평생 동안 소 그림을 많이 그렸다.
　② 이중섭은 어릴 때부터 미술에 흥미를 느꼈다.
　③ 고향의 풍경은 이중섭의 미술에 영향을 주었다.
　④ 외할머니는 이중섭의 뛰어난 재능에 관심을 가졌다.

答案：1. ④　2. ④

 ＜說明＞

1. 文章當中沒有關於選項①中的삶을 평가的內容、選項②中的일상的內容和選項③中的작품 세계를 파헤친的內容，只有關於삶에 대해 서술한的內容。
2. 文章中沒有關於選項④的內容。選項①，由於文章中說到소는 중섭의 일생 동안 영원한 주제가 되었으며，因此選項和文章一致。選項②，由於文章中說到어릴 적 이중섭은 그리기를 즐겼다，因此選項和文章一致。選項③，從文章的前半部和소를 그리는 것에 몰입可知，選項和文章一致。

詞彙：

유복하다－富裕、殷實　相似詞　넉넉하다/부유하다
병약하다－弱不禁風　相似詞　쇠약하다/허약하다　相反詞　건강하다/튼튼하다
찰흙－黏土
실물－實物
몰입하다－沉浸、投入　相似詞　몰두하다/빠지다
스케치(sketch)－寫生、速寫

들판－田野、原野
상징－象徵 相似詞 표상/심벌(symbol)

🏷 練習題－아래 문장의 (　　)속에 알맞은 단어를 보기에서 골라 넣으시오.

보기: 유복한/병약해지셨다/찰흙/실물/몰입하면/스케치/들판/상징

1. (　　) 가정에서 태어나는 것이 복이 아니라 건강하게 사는 것이 복이다.
2. 사랑의 (　　)이었던 손수건은 논개의 눈물받이 손수건이 되었다.
3. 용이는 여전히 새벽 동이 트면 (　　)에 나가 온종일 일했다.
4. 할아버지께서 작년부터 많이 (　　　).
5. 올겨울에는 설악산으로 설경 (　　) 여행을 떠나야겠다.
6. 학교 뒤뜰 나무 밑에서 (　　)을 빚는 아이를 발견했다.
7. 너는 사진보다 (　　)이 훨씬 잘 생겼다.
8. 그는 집중력이 강해 작업에 한번 (　　) 두 시간 동안은 꼼짝하지 않는다.

答案: 1. 유복한　2. 상징　3. 들판　4. 병약해지셨다　5. 스케치　6. 찰흙　7. 실물
　　8. 몰입하면

다음을 읽고 물음에 답하십시오. <8회 6급 기출문제>

일할 때, 또 그 일로 인한 스트레스를 풀 때, 심지어 공부할 때도 사람들은 대중가요를 듣고 흥얼거린다. 이렇게 대중가요가 많이 불리고 사랑받는 이유는 대중가요 속에 사람들의 정서가 잘 반영되어 있기 때문일 것이다.

그러나 현재의 대중가요는 청소년에게만 지나치게 편중되어 성인을 소외시키고 세대 간의 단절을 부추기고 있다. 이에 따라 대중가요 속에 반영된 정서도 다른 세대로부터 큰 호응을 받기 어려울 뿐만 아니라 외면을 당하기 쉽다.

이러한 폐해를 막기 위해서는 세대를 초월한

열린 무대를 자주 마련하는 것이 필요하다. 이는 청소년에게는 성인의 가요를, 성인에게는 청소년의 가요를 이해하도록 하는 좋은 기회가 될 것이다.

1. 다음 글의 제목으로 가장 알맞은 것을 고르십시오.
   ① 대중가요의 미래
   ② 청소년과 대중가요
   ③ 대중가요의 편중과 그 대책
   ④ 청소년과 성인의 세대 차이
2. 이 글의 내용과 다른 것을 고르십시오.
   ① 지금의 대중가요는 너무 청소년 위주다.
   ② 대중가요에는 사람들의 정서를 담고 있다.
   ③ 대중가요에 대한 세대 간의 화합이 필요하다.
   ④ 성인들의 대중가요를 청소년이 이해하지 못한다.

答案：1. ③　2. ④

<說明>
1. 文章的最後一段是文章主旨。與此具有相同意思的是選項③。폐해=대중가요의 편중
2. 選項①，由於文章中說到현재의 대중가요는 청소년에게만 지나치게 편중되어，因此選項和文章一致。選項②，由於文章中說到대중가요 속에 사람들의 정서가 잘 반영되어，因此選項和文章一致。選項③，由於文章中說到세대를 초월한 열린 무대를 자주 마련，因此選項和文章一致。文章中沒有關於選項④的內容。

 詞彙：

흥얼거리다－哼歌 相似詞 콧노래 하다/콧노래 부르다
반영－反映
편중－偏重 相似詞 불균형
소외－疏遠、排斥 相反詞 참여
단절－斷絕 相似詞 절단 相反詞 연결
부추기다－煽動、唆使 相似詞 선동하다/충동질하다/책동하다/획책하다/부채질하다
호응－呼應、響應 相似詞 부응
폐해－弊端
초월－超越

練習題－아래 문장의 (　　)속에 알맞은 단어를 보기에서 골라 넣으시오.

보기: 흥얼거리며/반영/편중/소외/단절/부추겼다/호응/폐해/초월

1. 무엇이 그리 좋은지 삼촌은 종일 노래를 (　　　) 일을 했다.
2. 어떠한 한계나 표준을 뛰어넘음을 (　　)이라 한다.
3. 대학 입시에서 내신의 (　　) 비율이 높아졌다.
4. 오백 년 동안 내려온 뿌리 깊은 미신의 (　　)가 얼른 없어질 리 만무했다.
5. 의료 시설이 대도시에 (　　)되어 있어 농촌 사람들은 병원 이용이 불편하다.
6. 엄마는 내가 여대생으로선 지나친 멋을 부리는 걸 나무라기는커녕 (　　　).
7. 그는 은근히 또는 노골적으로 (　　)를 당하자 그 고독감을 견딜 수가 없었다.
8. 그의 빼어난 웅변은 대중의 뜨거운 (　　)을 불러일으켰다.
9. 바깥세상과의 철저한 (　　)을 지키면서 수도를 한다는 것은 매우 힘든 일이다.

答案 : 1. 흥얼거리며　　2. 초월　　3. 반영　　4. 폐해　　5. 편중　　6. 부추겼다　　7. 소외
　　　8. 호응　　9. 단절

5 考題綜合練習

1. 다음을 읽고 물음에 답하십시오. <14회 고급 기출문제>

어릴 적 내 자취방 부엌에는 늘 연탄이 있었다. 연탄불로 라면을 끓여 배고픔을 해결했고, 낡은 운동화를 말렸고, 물을 데워 머리를 감았다. 불을 꺼뜨리지 않으려고 자다가도 벌떡 일어나 연탄을 갈았다. 그리고 겨울이면 얼어붙은 언덕길에서 미끄러지지 않도록 아침마다 연탄재를 잘게 부수어 뿌려 놓곤 했다.

이렇게 힘들었던 내 어린 시절 곳곳에는 연탄이 그 붉고 푸른 불꽃을 피우며 타오르고 있었다. 돌이켜 보면, 내가 지금껏 삶에서 미끄러지지 않고 시인의 길을 걸을 수 있었던 것도 다 연탄 덕이었는지 모르겠다. 그런 내게 언제부터인가 연탄 시인이라는 말이 붙어 다니기 시작했다. 아마 연탄재 함부로 발로 차지 마라 / 너는 / 누구에게 한번이라도 뜨거운

> 사람이었느냐라는 작품을 비롯해 연탄을 소재로 쓴 한두 편
>
> 의 시 때문일 것이다. 하지만 내가 연탄으로부터 얻은 것은
>
> 단지 몇 편의 시만이 아니라 (　　　).

1. 이 글의 제목으로 가장 알맞은 것을 고르십시오.
   ① 연탄에 얽힌 일화
   ② 연탄의 상징적 의미
   ③ 연탄과 시인의 인연
   ④ 연탄불의 다양한 용도

2. 이 글의 내용과 같은 것을 고르십시오.
   ① 힘들 때마다 연탄을 소재로 시를 썼다.
   ② 연탄불을 꺼뜨리지 않기 위해 밤에 일어났다.
   ③ 연탄재를 볼 때마다 어린 시절 생각이 났다.
   ④ 연탄을 많이 사용해서 연탄 시인이 되었다.

3. 이 글의 빈칸에 들어갈 내용으로 가장 알맞은 것을 고르십시오.
   ① 삶을 견디게 해 준 힘이었다
   ② 연탄 시인이라는 이름이었다
   ③ 스스로를 희생하는 정신이었다
   ④ 다른 사람을 사랑하는 방법이었다

＜說明＞

1. 文章的第一段是導入部分，第二段是主要内容。其中文章中的 시인의 길을 걸을 수 있었던 것도 다 연탄 덕이었는지 모르겠다 是最重要的内容。正確答案是③。

2. 選項②，由於文章中說到 불을 꺼뜨리지 않으려고 자다가도 일어나 연탄을 갈았다，因此選項和文章一致。其他選項文章中沒有提到或與文章内容不符。

3. 括號裡應該填入從連탄中所得到的啓示。從 내 어린 시절 곳곳에는 연탄이 그 붉고 푸른 불꽃을 피우며 타오르고 있었다 中可以得出正確答案。

答案：1.③　2.②　3.①

2. 다음을 읽고 물음에 답하십시오. ＜7회 5급 기출문제＞

> 1. 건전지를 난로, 전자레인지 등에 절대 넣지 마십시오.
>
> 　－폭발할 위험이 있습니다.

2. 지정된 충전기만 사용하십시오.

　　-우리 회사 충전기가 아닌 경우 건전지가 지나치게 충전

　　되어 과열 및 폭발의 위험이 있으며 고장의 원인이 됩니

　　다.

3. 건전지를 직사광선이 드는 자동차 유리창 부근 등 밀폐된

　　고온의 장소에 두지 말고 0℃~40℃ 사이에서 보관해 주십

　　시오.

　　-고온에서는 겉모양이 변형되고 고장이 날 수도 있습니다.

4. 어린아이들의 손이 닿지 않는 곳에 보관하십시오.

　　-건전지를 입에 넣거나 파손된 건전지를 사용할 경우 인

　　체에 영향을 줄 수 있습니다. 만약, 내부에 있는 액체가

　　흘러나와 피부에 묻었을 경우에는 흐르는 물에 1~2분

　　간 충분히 씻어 주십시오.

1. 이 글은 휴대 전화 사용 설명서의 한 부분입니다. 이 글의 제목을 쓰십시오. (10
자 내외)

　　(　　　)

2. 다음 중 이 글에서 설명하고 있지 않은 것을 고르십시오.

　① 아무 충전기나 사용해서는 안 된다.

　② 높은 열을 받으면 고장 날 수 있다.

　③ 건전지의 액체는 먹거나 피부에 닿으면 안 된다.

　④ 사용자가 마음대로 분해해서 수리하면 안 된다.

　　<說明>

1. 文章是사용 설명서中주의 사항的內容。因此，只要是關於건전지 사용 시 주의
　　사항的內容都可以是正確答案。

2. 選項①，由於文章中提到우리 회사 충전기가 아닌 경우 고장의 원인이 됩니다，
　　對其進行了說明。選項②，由於文章中提到난로, 전자레인지 등에 넣지 마십시
　　오，對其進行了說明。選項③，由於文章中提到건전지를 입에 넣거나，액체가

흘러나와 피부에 묻었을 경우에는 흐르는 물에 씻어 주십시오，對其進行了説明。

答案：1. (휴대 전화) 건전지 취급 시/사용 시 주의 사항/

주의할 점/주의점/유의점　2. ④

3. 다음을 읽고 물음에 답하십시오. <12회 고급 기출문제>

> ㉠가야금과 거문고의 연주법을 알면 두 악기의 다른 맛을 느낄 수 있다. 가야금은 직접 사람 몸의 일부인 손가락으로 줄을 튕기거나 뜯어서 음악을 표현해 낸다. 그렇기 때문에 소리가 감각적이고 감정 표현이 보다 직접적이다. ㉡그래서 가야금은 슬프고 애절한 음색을 나타내는 데 아주 적절하다.
>
> 이에 비해서 거문고는 사람과 악기 사이에 술대라는 자그마한 매개체가 있다. ㉢거문고 연주자들은 오른손 손가락 사이에 술대를 끼고 이것으로 줄을 튕겨 연주를 한다. 이 때문에 거문고는 직접적이기보다는 간접적이고, 표현적이기보다는 절제의 아름다움이 있는 소리를 연출하게 된다. ㉣어쩌면 이 점 때문에 지식층은 거문고를 그렇게 좋아했는지도 모른다.

　1. 이 글의 제목으로 적절한 것은 무엇입니까?
　　① 한국 전통 악기의 현재적 계승
　　② 가야금과 거문고의 구조와 소리
　　③ 한국의 전통적 정서의 음악적 표출
　　④ 가야금과 거문고의 연주법과 음색
　2. 이 글의 내용과 같지 않은 것은 무엇입니까?
　　① 거문고는 감정을 간접적으로 표현한다.
　　② 가야금과 거문고는 줄을 튕겨 연주한다.
　　③ 가야금과 거문고는 연주하는 계층이 다르다.
　　④ 가야금의 소리는 슬픈 느낌을 잘 표현한다.
　3. ㉠~㉣ 중 글쓴이의 생각이 드러나지 않은 것은 무엇입니까?
　　① ㉠

② ㉃
③ ㉄
④ ㉅

 <說明>

1. 文章中沒有關於選項②中的 가야금과 거문고의 구조的內容，但是有選項④中 가야금과 거문고의 연주법的內容。因此正確答案是④。소리=음색(音色)

2. 選項③，要準確理解文中 지식층은 거문고를 그렇게 좋아했는지도 모른다的意思。不是演奏伽倻琴和玄鶴琴的階層不同，而是伽倻琴和玄鶴琴誰都可以演奏，只是知識分子更喜歡玄鶴琴而已。即使不是知識分子，也可以演奏玄鶴琴。

3. ㉄不是作者的思想，只是敘述的事實。

答案：1.④　2.③　3.③

4. 다음을 읽고 물음에 답하십시오. <13회 고급 기출문제>

　　요즘 고속도로 휴게소를 들를 때마다 최첨단 시설과 위생적인 관리 상태에 놀라곤 한다. 무엇이 이런 변화를 일으킨 것일까? 그것은 다름 아닌 고속도로 휴게소의 민영화이다. 민영화가 된 이후 휴게소들은 서로 수익을 내기 위해 치열한 경쟁을 하기 시작했다. 휴게소 관리자들이 찾아낸 핵심은 바로 식당, 화장실 등 부대시설의 환경을 개선하는 것이었다. 시간이 흐르면서 경쟁력을 통한 생존이라는 인식이 정착되었고 노력하지 않는 휴게소는 경쟁에서 뒤처지거나 문을 닫았다. 결국 행동하지 않음으로써 민영화를 통한 성장의 기회를 스스로 포기한 것과 마찬가지가 됐다. 물론 대부분의 고속도로 휴게소는 시대 변화를 받아들이고 고객의 요구를 적극적으로 반영함으로써 성공을 거두었다. 요컨대 이들의 변화와 성공은 (　　　).

1. 이 글의 제목으로 가장 알맞은 것을 고르십시오.
   ① 경쟁으로 살 길을 찾은 고속도로 휴게소
   ② 적자에서 흑자로 돌아선 고속도로 휴게소
   ③ 친절과 위생으로 승부를 건 고속도로 휴게소
   ④ 첨단 시설로 고객의 인기를 얻은 고속도로 휴게소

2. 이 글의 내용과 같지 않은 것을 고르십시오.
   ① 휴게소가 급증했기 때문에 경쟁이 치열해졌다.
   ② 휴게소는 고객 편의를 위해 변화를 수용했다.
   ③ 휴게소 시설이 민영화 이전보다 많이 개선되었다.
   ④ 휴게소가 부대시설을 위생적으로 관리하기 시작했다.

3. 이 글의 빈칸에 들어갈 내용으로 가장 알맞은 것을 고르십시오.
   ① 휴게소 관리자들이 전력을 다했기에 가능했다
   ② 고객의 요구를 조사하고 분석했기에 가능했다
   ③ 변화에 대처하여 지혜롭게 실천했기에 가능했다
   ④ 민영화라는 시대적 추세를 따라갔기에 가능했다

＜說明＞

1. 文章的題目可以用민영화로 성장하게 된 휴게소。這裡的민영화，即경쟁。성장 是指살 길을 찾은 것。因此正確答案是①。

2. 文章中沒有關於選項①中휴게소 급증的內容。競爭變激烈的原因不是휴게소 급증，而是민영화。

3. 括號前有副詞요컨대。요컨대的意思是「總而言之、簡言之」。因此括號裡應該填入相當於結論的內容，選項③相當於結論。文章中並沒有關於시대적 추세導致民營化的意思，故選項④不正確。

答案：1. ①　2. ①　3. ③

5. 다음을 읽고 물음에 답하십시오. ＜8회 5급 기출문제＞

> 국토의 최남단, 전라남도 강진과 해남 일대의 답사길을 ㉠
> 나는 오래 전부터 남도 답사 1번지라고 부르고 있다. 강진과
> 해남은 우리 역사 속에서 단 한번도 무대의 전면에 부상하여
> 화려하게 조명을 받아 본 일이 없으니, 그 옛날의 영광을 말
> 해 주는 대단한 유적과 유물이 남아 있을 리 없는 곳이다. 지
> 금도 어쩌다 우리 같은 ㉡답사객의 발길이나 닿는 한적하고

조용한 고장으로, 그 옛날에는 은둔자의 낙향지이거나 ⓒ유배객의 귀양지였을 따름이다.

　　그러나 이 답사길에는 아름다운 향토적 서정과 역사의 체취가 은은하게 살아 있다. 이 고장에는 유배 생활을 하면서 뜻있게 살다 간 사람들이 이루어 낸 문화유산이 있고, 흙 속에 살다 간 ㉣도공의 애잔한 삶의 발자취가 어려 있다. 그리고 지금도 변함없이 순박하고 건강하게 살아가는 ㉤농민들의 토속적 생활을 엿볼 수 있을 뿐 아니라, 조국 강산의 아름다움을 느끼게 하는 산과 들과 바다가 있다. 그래서 나는 이곳을 주저 없이 남도 답사 1번지라고 불러 온 것이다.

1. 이 글의 종류를 고르십시오.
　　① 기행문
　　② 설명문
　　③ 안내문
　　④ 논설문

2. 이 사람이 ㉠과 같이 하는 이유와 관계없는 것을 고르십시오.
　　① 자연의 아름다움을 느낄 수 있다.
　　② 유명한 유적과 유물이 많은 곳이다.
　　③ 농민들의 토속적인 생활을 엿볼 수 있다.
　　④ 이곳에 살던 사람들의 흔적을 느낄 수 있다.

3. ㉡~㉤ 중 성격이 다른 것을 고르십시오.
　　① ㉡
　　② ㉢
　　③ ㉣
　　④ ㉤

 <說明>
【參考】在남도(南道) 답사(踏查) 1번지(番地)中的번지是在寫韓國城市住址時最小的單位(例如：울산광역시 남구 무거동 129번지)。1번지的意思是가장 중심、가장 최고、가장 중요한 곳。例如，如果說정치 1번지的話，就是說在政治領域最重要的地方；如果說축구 1번지，就是說在足球領域最有名的地方。

1. 遊記是在旅行的過程中寫的文章，文中沒有旅行的內容，故不是遊記。只是對전라남도(全羅南道) 강진과 해남 일대(一帶)進行了說明。

2. 由於文章中說到대단한 유적과 유물이 남아 있을 리 없는 곳，因此選項②是正確答案。

3. 選擇選項②的理由，是因為其為遊客身份，而非在地人。

答案：1.②　2.②　3.①

6　模擬練習

1. 다음을 읽고 물음에 답하십시오.

> 　여성 운전자 가운데 절반 이상은 운전 중에 남성에게서 폭언이나 무시를 당한 경험이 있는 것으로 조사됐다. 반면 교통법규 위반으로 사고를 낸 여성 운전자는 남성의 5분의 1 수준으로 나타나 여성들이 안전운전을 하고도 무시를 당하는 것으로 분석된다. 서울신문은 여성 운전자 123명을 긴급 설문조사 결과 여성운전자 52.8%가 운전 중 남성의 폭언이나 무시를 당한 적이 있다고 대답했다. 운전미숙으로 무시를 당하는 여성이 많은 것과는 달리, 정작 교통법규를 위반해 사고를 긴급비율은 (　　). 경찰청과 도로교통공단에 따르면 여성 운전자의 교통법규 위반으로 일어난 교통사고 발생 건수는 재작년 3만 1648건, 작년 3만 3660건으로 같은 기간 남성 사고의 20% 수준인 것으로 드러났다.

1. 이 글의 제목으로 가장 알맞은 것을 고르십시오.
① 교통질서 잘 지키는 여성 운전자
② 운전이 미숙한 여성 운전자
③ 골치 아픈 여성 운전자
④ 억울한 여성 운전자

2. 이 글의 내용과 같은 것을 고르십시오.
① 여성 운전자의 수는 남성 운전자 수의 5분의1정도이다.
② 여성 운전자가 남성 운전자보다 교통법규를 잘 모른다.

③ 여성 운전자가 남성 운전자에 비해 사고를 덜 낸다.

④ 남성 운전자는 여성 운전자를 함부로 대하지 않는다.

3. 이 글의 빈칸에 들어갈 내용으로 가장 알맞은 것을 고르십시오.

① 여성이 남성보다 조금 앞서는 것으로 조사됐다

② 남성이 여성보다 조금 앞서는 것으로 조사됐다

③ 여성이 남성보다 크게 앞서는 것으로 조사됐다

④ 남성이 여성보다 크게 앞서는 것으로 조사됐다

<說明>

1. 文章的主旨是여성들이 안전운전을 하고도 무시를 당하는 것으로 분석。여성들이 안전운전을 하고도 무시를 당하는 것的意思就是억울(抑鬱)하다。正確答案是④。

2. 選項③，由於文章中說到교통법규 위반으로 사고를 낸 여성 운전자는 남성의 5분의 1 수준，因此該選項和文章一致。其他選項或與文章內容不符或文章中沒有提到。

3. 正如問題2所說的，女性的交通事故發生率是男性的1/5，因此正確答案是選項④。

答案：1.④　2.③　3.④

2. 다음을 읽고 물음에 답하십시오.

요즘 공공시설이나 대중교통을 이용하게 되면 가끔 이해할 수 없는 모습들이 눈살을 찌푸리게 한다. 좌석버스를 탔는데 두 명이 앉아야 할 좌석에 혼자 앉아 있는 승객. 창가의 비어 있는 좌석에 앉으려 하면 언제나 그곳엔 짐들이 나를 주춤거리게 한다. 앉은 승객은 지그시 눈을 감고 모른 척, 자는 척, 알 수 없는 행동으로 위기를 모면한다. 할 수 없이 선 채로 목적지까지 갈밖에…… 두 좌석을 전세 놓은 듯한 태도는 어딘지 모르게 불편해 보인다. 주위 사람은 아랑곳하지 않고 떠들어대는 휴대폰. ⊙공공장소에서는 매너모드로라는 말이 무색해지는 순간이다. 술에 취해 몸을 가누지 못하면서 좌석에 그시누워 잠을 자는 사람, 친구와 얘기하면서 마치

제집 거실에 온 듯 목청껏 대화하는 사람, 나들이에 들떠 이리저리 뛰어다니는 아이들, 이를 (　　) 부모, 이들은 하나같이 남을 배려하는 마음이 부족한 것 같다. 가정에서 사회에서 어디서든 서로가 서로에 대한 배려가 있을 때 진정한 도시 문화는 건설될 것이다. 내가 남으로부터 배려 받을 때 그 모습은 바로 나의 모습이란 걸 알게 된다면 빠듯한 일상이 흐뭇해질 것 이다.

1. 이 글의 제목으로 가장 알맞은 것을 고르십시오.
   ① 공공시설을 제대로 이용하자.
   ② 조용히 대중교통을 이용하자.
   ③ 버스에서의 일그러진 우리의 모습.
   ④ 서로를 생각해 주는 마음을 가지자.
2. ㉠은 무슨 뜻입니까?
   ① 공공장소에서 매너를 잘 지키자
   ② 공공장소에서는 남을 먼저 생각하자
   ③ 공공장소에서는 아이들을 조용히 시키자
   ④ 공공장소에서는 휴대 전화를 진동으로 하자
3. 이 글의 빈칸에 들어갈 내용으로 가장 알맞은 것을 고르십시오.
   ① 피해서 다른 곳으로 가라고 하는
   ② 나무라면서 옆 사람의 눈치를 살피는
   ③ 저지하지 않고 대견스럽다는 듯 바라만 보는
   ④ 말리면서 조용히 자기들 옆으로 데려와 앉히는

<說明>

1. 短文的文章主旨不是要求我們要正確地使用公共設施，而是文章末尾的呼籲人們互相關心體諒。因此正確答案是④。
2. 매너모드(manner-mode)-指韓國手機的震動模式
3. 從括號前面的아이들,括號後的부모、이들은 하나같이中，可以得知아이들和부모做著相同的事情。在這裡，相同的事情是指남을 배려하는 마음이 부족한 행동。正確答案是選項③。

答案：1.④　2.④　3.③

3. 다음을 읽고 물음에 답하십시오.

> 며칠 전 석사 학위를 받았다. 눈발 날리는 날씨에도 교정은 축하해 주러 모인 사람들로 붐볐다. 많은 사람이 행복해하는 모습을 보며 웃음 지었지만, 한편으로는 최근 우리 사회를 우울하게 한 졸업식에서의 여러 추태를 떠올렸다. ㉠졸업식이 언젠가부터 방종과 일탈의 무대가 되고, 사진만 찍고 졸업식 행사는 외면하는 위악적인 무관심으로 얼룩지고 있는 것이 안타까웠다.
>
> 그러나 하나의 매듭을 짓고 또 다른 삶을 시작하는 나는 학위를 받고 떠나는 자리의 의미를 맘껏 사랑하고 싶었다. 석사모를 쓴 날, 나는 소장님과 연구원님, 근로학생과 함께 교정으로 나갔다. 졸업생들 사이에서 가족처럼 좋은 배경을 찾아다니며 사진을 찍었다. 그 아름답던 졸업식의 풍경과 느낌을 나는 평생 잊지 않고 사랑할 것이다.

1. 이 글의 제목으로 가장 알맞은 것을 고르십시오.
   ① 방종과 일탈의 무대가 되어 버린 졸업식
   ② 내가 생각하는 가장 이상적인 졸업식
   ③ 무관심의 대상이 되어 버린 졸업식
   ④ 영원한 추억으로 간직될 졸업식
2. ㉠과 같은 뜻을 고르십시오.
   ① 언젠가부터 졸업식이 의미 있는 축제의 장으로 탈바꿈한 것
   ② 언젠가부터 졸업식은 또 하나의 시작을 알리는 종소리인 것
   ③ 언젠가부터 졸업식의 행사와 의미가 왜곡되고 퇴색되는 것
   ④ 언젠가부터 졸업식은 거대한 행사에 비해 의미가 없는

<說明>
1. 短文的文章主旨是最後一句話。與此意思相同的是選項④。
2. 졸업식이 언젠가부터 방종과 일탈의 무대가 되고, 사진만 찍고 졸업식 행사는 외

면하는 위악적인 무관심으로 얼룩지고 있는 것=行事와 의미가 왜곡되고 퇴색되는 것=活動和意義被扭曲，失去了原來的色彩

答案：1.④　2.③

4. 다음을 읽고 물음에 답하십시오.

> 갑자기 오른쪽 눈이 보이질 않았다. 다음 날 병원에 갔더니 희귀한 병이라며 의사가 농담을 했다. "당신이 내성적인 성격이란 것은 잘 알고 있었지만 정말 대단하네요!" 이 병의 원인은 잘 알려지지 않았지만 스트레스가 무엇보다 큰 요인이며, 뚜렷한 치료법도 없고, 수술도 큰 효과가 없으며, 금방 낫기도 하지만 재발도 잦고 시력을 잃을 수도 있다고 했다. "어떻게 해야 돼요?" 내가 물었다. "어디 가서 누구랑 이야기를 좀 해요." "누구랑요?" "음……. 정신 분석가?" "뭐라고요?"
>
> 눈이 아파서 정신과를 찾는 일이야말로 멍청한 짓으로 느껴졌다. 기독교인인 나는 기도로 이 문제들을 해결해야 한다고 생각했다. 역시 기독교인인 내 친구 생각은 달랐다. "( )" 정신 분석가에게 갔다. 몇 달 후 내 눈은 다 나았다. 그래도 나는 정신 분석가를 계속 만났다. 학교에서는 결코 배울 수 없었던 것을 그에게서 배웠기 때문이다.

1. 이 글의 제목으로 가장 알맞은 것을 고르십시오.
   ① 스트레스는 눈병이 생기게 되는 원인 중 하나
   ② 기도로는 해결이 될 수 없는 희귀한 눈병
   ③ 또 다른 나를 알게 해 준 정신 치료
   ④ 희귀병 치료를 위한 마음가짐
2. 이 글의 내용과 같지 않은 것을 고르십시오.
   ① 이 병은 스트레스가 주요 발병 원인 중 하나이다.

② 이 병은 정신 분석가를 찾는 것이 유일한 치료 방법이다.

③ 이 병은 치료가 되고 난 뒤에도 다시 발병할 확률이 높다.

④ 이 병은 수술로도 치료가 가능하지만 권하고 싶은 방법이 아니다.

3. 이 글의 빈칸에 들어갈 내용으로 가장 알맞은 것을 고르십시오.

① 나 같으면 계속 기도로 치료를 하겠다.

② 좋은 의사도 기도의 응답일 수 있잖아?

③ 정신과 의사가 어떻게 눈병을 치료하니?

④ 기도를 하다 보면 좋은 의사를 만나게 될 거야.

<說明>

1. 治療眼疾並不是文章主旨，為了治療眼疾而接受精神治療，令人意外地給病人帶來了很多幫助，所以 정신 치료才是文章的文章主旨。因此正確答案是③。

2. 選項②，由於文中説到 뚜렷한 치료법도 없고，因此選項和短文不符。其他選項都與短文內容一致。

3. 括號裡應該填入朋友説的話。朋友的立場從 내 친구 생각은 달랐다 中可以得知，與作者的想法不同。作者的想法是 기도로 이 문제들을 해결해야 한다고 생각，選項②和③與此不同。但是括號後有 정신 분석가에게 갔다，因此正確答案是選項②。

答案：1. ③　2. ②　3. ②

5. 다음을 읽고 물음에 답하십시오.

> 　　옛날 동광사 옆에 조금 가면 형무소가 있고, 그 인근에 배 처사가 세 들어 살고 있었다. 역전 지게꾼인 배 처사는 병든 아내, 일곱 자녀와 방 한 칸에서 살고 있는 극빈자였다. 집주인 할아버지는 아주 부자여서 집이 몇 채나 있고 논밭도 많은 사람이었다. 그런데 집주인의 눈에는 찢어지게 가난한 배 처사의 얼굴이 항상 (　　). 그래서 잘 살펴보니 배 처사의 입에서는 늘 감사합니다 하는 소리가 나오는 거였다. 부인의 신음소리에도 감사합니다였고, 문지방에 머리를 찧어도 감사합니다였다. 그래서 뭐가 그리 감사하냐?고 물었더니, 배 처사는 아, 그것은 신기할 게 하나도 없습니다. 아

내가 죽지 않고 살아 있다는 것이 얼마나 감사합니까. 만약 죽어버리면 저 아이들이 어미 없는 아이들이 될 것 아닙니까? 그러니 감사하지요. 머리 찢는 것도 감사하지요. 잘못하면 머리가 깨져서 죽을 수도 있는데 머리 구조가 잘 되어 있어 혹이 난 정도에서 끝나 주었으니 너무 감사한 일이지요 하는 것이었다. 크게 깨달은 집 주인은 아들 같은 나이지만 스승으로 여기겠네라면서 배 처사에게 보은의 뜻으로 집 한 채와 논을 그냥 주었고, 이후 배 처사는 아이들과 아주 잘 살았다.

1. 이 글의 제목으로 가장 알맞은 것을 고르십시오.
   ① 찢어지게 가난한 배 처사
   ② 억세게 운 좋은 배 처사
   ③ 뜻밖에 횡재한 배 처사
   ④ 없어도 부자인 배 처사

2. 이 글의 내용과 같지 않은 것을 고르십시오.
   ① 배 처사의 식구는 단칸방에 모두 모여 살았다.
   ② 집주인은 배 처사의 행동을 처음엔 이해하지 못했다.
   ③ 집주인은 배 처사의 딱한 사정을 돕느라 집과 논을 줬다.
   ④ 배 처사는 모든 일에 항상 긍정적인 마음을 가지고 있었다.

3. 이 글의 빈칸에 들어갈 내용으로 가장 알맞은 것을 고르십시오.
   ① 걱정 하나 없이 보여서 아주 대견스러웠다
   ② 수심에 가득 찬 것이 보기에 너무 불쌍했다
   ③ 평화로워 보이는 게 너무 궁금하게 여겨졌다
   ④ 부자가 되겠다는 욕심으로 찬 게 한심해 보였다

<說明>

1. 短文敘述了雖然沒有錢，但是心靈富有的裴隱士的故事。選項④中없어도 부자인 배 처사省略了돈和마음，即돈은 없어도 마음은 부자인 배 처사。正確答案是選項④。

2. 選項③和文中배 처사에게 보은(報恩)의 뜻으로 집 한 채와 논을 그냥 주었고的內容不同。사정을 돕느라並不是給的。

3. 從括號前的文脈和文中的뭐가 그리 감사하냐?고 물었더니，可以得出正確答案是③。

答案：1.④　2.③　3.③

6. 다음을 읽고 물음에 답하십시오.

> 거친 음식이란 곧 예로부터 먹어오던 음식이다. 자연 속에서 자라난 채소나 산나물, 도정하지 않은 현미와 보리, 잡곡, 각종 장류 등이다. 반대로 가공 식품은 부드러운 음식에 속한다. 겉껍질을 완전히 벗겨낸 흰쌀이나 흰 밀가루에 각종 식품첨가물을 넣어 만든 음식이다. 씹기에 편하고 소화도 금세 되지만, 비만을 비롯해 당뇨와 고혈압, 고지혈증, 암 등 각종 성인병의 원인으로 꼽힌다. 곡물을 도정하지 않은 상태로 먹어야 하는 이유는 도정 과정에서 벗겨지는 씨눈과 껍질층에 대부분의 무기질과 비타민, 식이섬유가 들어 있기 때문이다. 현미나 통밀가루 등에 풍부한 비타민 B1은 식욕 감퇴와 우울증을 예방하며, 식이섬유는 변비를 없애주고 콜레스테롤 함량을 낮추는 역할을 한다.

1. 이 글의 제목으로 가장 알맞은 것을 고르십시오.
   ① 거친 음식과 부드러운 음식의 영양 차이
   ② 거친 음식이 인체에 미치는 영향
   ③ 거친 음식을 먹어야 하는 이유
   ④ 거친 음식의 역사와 유래
2. 이 글의 내용과 같지 않은 것을 고르십시오.
   ① 곡물의 껍질에 많은 영양소가 들어있다.
   ② 식이섬유가 식욕 감퇴와 우울증 예방에 좋다.
   ③ 부드러운 음식이 먹기도 편하고 소화도 잘 된다.
   ④ 거친 음식은 부드러운 음식보다 영양이 더 많다.

<說明>
1. 短文的主要內容是거친 음식。부드러운 음식只是為了說明거친 음식。文章主旨是곡물을 도정하지 않은 상태로 먹어야 하는 이유는 ~ 때문이다。與此具有相同意思的是選項③。
2. 選項②，由於文中說到비타민 B1은 식욕 감퇴와 우울증을 예방，因此該選項和文章不符。

答案：1. ③　2. ②

7. 다음을 읽고 물음에 답하십시오.

> 　　기상청에 따르면 올봄 우리나라의 평균 기온은 평년(6~14도)보다 높아 따뜻하고 강수량은 평년(190~513㎜)에 비해 많을 것으로 예상된다. 고비 사막 등 황사 발원지의 겨울철 기온이 평년보다 1~5도 낮았고 눈으로 덮인 곳이 많아 황사 발원 가능성은 낮은 것으로 기상청은 내다봤다. 3월의 기온은 평년(-1~10도)보다 높고 강수량은 평년(34~127㎜)보다 많을 것으로 예상됐다. 북고남저형의 기압배치가 형성돼 3월 상순과 중순에 1~2 차례 많은 비가 오고, 동해안 지방에서는 북동기류의 영향으로 비가 자주 내리며, 중부 산간지방에는 눈이 오는 곳이 있을 것이라고 기상청은 말했다. 3월 하순에는 이동성고기압의 영향으로 기온이 평년보다 높으며 남쪽을 지나는 기압골의 영향으로 남부지방에는 많은 비가 예상되나 전반적인 강수량은 평년과 비슷할 것으로 예보됐다.

1. 이 글의 제목으로 가장 알맞은 것을 고르십시오.
　① 3월 기상 예보
　② 봄철 기상 예보
　③ 3월 기상의 특징
　④ 봄철 기상의 특징
2. 이 글의 내용과 같지 않은 것을 고르십시오.
　① 올봄은 황사가 찾아오지 않을 것이다.
　② 3월에 눈이 내리는 곳도 있을 것이다.
　③ 3월은 평년보다 따뜻하고 비도 많이 올 것이다.
　④ 올봄은 예년보다 따뜻하고 비도 많이 올 것이다.

<說明>

1. 文章是關於기상 예보的內容。題目到底是봄철預報，還是3月預報，要仔細讀文章。文章從第三句話以後都是3月的氣象。因此正確答案是3月 기상 예보。文章中沒有關於기상 특징的內容。

2. 文中說황사 발원 가능성은 낮은 것，不是選項中說的황사가 찾아오지 않을 것。正確答案是①。

答案：1.①　2.①

8. 다음을 읽고 물음에 답하십시오.

　　다섯 개의 달 전설을 간직한 강릉의 대표적 정월대보름 행사인 망월제는 시민의 새해 소망과 풍요를 기원하는 도시 속의 민속축제로 각종 민속놀이와 공연, 망월 제례, 시민 한마당 등 풍성한 행사가 펼쳐진다. 경포에는 하늘과 바다, 호수, 술잔, 그리고 ㉠임의 눈동자에 비친 달 등 모두 5개의 달이 뜨는 곳으로 유명하다. 특히 올해 행사는 강릉 시민의 건강을 기원하는 의미의 풍등과 풍선 날리기 등 관련 이벤트를 다양하게 개최, ㉡시민들의 동참을 이끌어 낼 방침이다. 윷놀이와 연날리기, 널뛰기, 굴렁쇠, 망우리 돌리기, 달집에 소원 글쓰기, 신수 보기를 비롯해 사물놀이, 지신밟기, 관노가면극 등 다양한 놀이와 공연에 이어 망월 제례, 달집태우기, 소지 올리기, 다리 밟기, 금산 용물 달기 등의 제례와 한마당 행사가 풍성하다. 주최 측은 깡통으로 망우리를 만들고 소원을 쓸 수 있는 종이 등을 준비할 예정이다.

1. 이 글의 제목으로 가장 알맞은 것을 고르십시오.
　① 시민의 건강을 기원하는 강릉 망월제
　② 도시 속의 민속 축제. 강릉 망월제
　③ 다섯 개의 달 전설을 간직한 강릉
　④ 망월제 준비로 바쁜 강릉시

341

2. ㉠은 어디를 가리키고 있습니까?

　　① 내가 사랑하고 아끼는 사람의 눈

　　② 내가 마주보고 있는 사람의 눈

　　③ 내가 사랑하고 아끼는 사람의 마음

　　④ 내가 마주보고 있는 사람의 마음

3. ㉡과 같은 뜻을 고르십시오.

　　① 시민들의 적극적인 참여를 유도할 계획이다

　　② 시민들의 동참으로 행사가 성공적일 것이다

　　③ 시민들의 참여가 건강에 도움이 될 것이다

　　④ 시민들의 동참으로 인한 효과가 클 것이다

＜說明＞

1. 文章的主要內容是對江陵舉行的正月十五慶典——망월제的介紹和指南。因此選項②作為題目最合適。

2. 月夜兩人對飲時，會出現五個月亮：天上一個、海上（江陵是臨海的海濱城市）一個、湖水中一個、杯中一個，相對著的人的眼中一個。正確答案是②。

3. 동참을 이끌어 낼 방침(引導大家都參加的方針)=참여를 유도할 계획(引導參與的計劃)

【參考】江陵市是韓國江原道的一個城市。以韓國人每年一次的端午慶典聞名。

答案：1. ②　2. ②　3. ①

9. 다음을 읽고 물음에 답하십시오.

> 앞으로 통합 이용증 하나로 전국의 공공도서관을 이용할 수 있게 될 전망이다. 국립중앙도서관은 23일 신년기자간담회에서 이용증 하나로 전국의 공공도서관에서 도서를 대출하고 반납할 수 있는 통합대출서비스를 오는 10월부터 2개 지역에서 시범적으로 운영한다고 밝혔다.
>
> 현재 공공도서관을 이용할 때 도서 대출과 반납은 이용증을 발급받은 도서관에서만 가능하다. 국립중앙도서관은 앞으로 전국의 700여개 공공도서관을 순차적으로 이 서비스에 참여시켜 내후년부터는 통합 이용증 하나만으로 전국 도서관을 이용할 수 있도록 할 계획이다.

(　　) 올해부터 섬마을이나 산간벽지에서도 국립중앙도서관 디지털 콘텐츠를 무료로 자유롭게 볼 수 있게 된다. 연말까지 작은 도서관 1천여 개를 선정해 디지털 정보 이용에 따른 저작권료를 국립중앙도서관이 전액 지원한다.

1. 이 글의 제목으로 가장 알맞은 것을 고르십시오.
　① 국립중앙도서관. 통합대출서비스 시범적 운영 준비
　② 국립중앙도서관이 새롭게 관리하는 공공도서관
　③ 통합대출서비스를 계획 중인 국립중앙도서관
　④ 우리 곁으로 한발 더 다가온 공공도서관
2. 이 글의 내용과 같지 않은 것을 고르십시오.
　① 통합대출서비스는 내후년부터 전국에 확대 실시된다.
　② 현재 이용증은 한 곳의 도서관에서만 이용할 수 있다.
　③ 10월부터 전국의 공공도서관에서 통합 이용증을 발급한다.
　④ 섬마을이나 산간벽지의 주민들도 도서관 이용이 편리해 진다.
3. 이 글의 빈칸에 들어갈 내용으로 가장 알맞은 것을 고르십시오.
　① 일괄적으로
　② 아울러
　③ 하지만
　④ 역시

<說明>

1. 短文的主要內容是介紹未來更加便捷的公共圖書館。因此正確答案是④。우리 곁으로 한발 더 다가온=더욱 이용이 편리한

2. 選項③，由於文中說到10월부터 2개 지역에서 시범적으로 운영，因此該選項和文章不符。其他選項都與文章內容一致。

3. 第二段是關於통합대출서비스의 확대 실시，第三段是關於섬마을이나 산간벽지의 주민들의 도서관 이용。兩個段落是不同的內容，因此應填아울러/그리고等連詞。

答案：1.④　2.③　3.②

10. 다음을 읽고 물음에 답하십시오.

> 돈을 찍어내는 한국조폐공사가 5만 원권 발행의 최대 피해자로 전락하는 아이러니가 연출됐다. 고액권 발행으로 전체 지폐 발행량이 크게 줄고, 10만 원권 수표의 수요도 급감했기 때문이다. 조폐공사는 (　　) 해외 전자여권 수주 등 신사업 개척은 물론 국내 첫 금화 발행까지 검토하는 등 비상경영 체제에 돌입했다.
>
> 22일 조폐공사에 따르면 지난해 6월부터 5만 원권이 발행되면서 연간 10억 장 수준을 유지하던 지폐 발행량이 절반인 5억 장으로 급감했다. 지폐 못지않게 주요 수입원이던 수표 발행도 30% 가까이 감소했다. 5만 원권 유통으로 지폐의 90% 이상을 차지하는 1만 원권 발행이 크게 줄었고, 10만 원권 자기앞수표도 대거 대체되면서 발행 수수료 수입이 크게 감소했기 때문이다.
>
> 이에 따라 공사는 재작년 50여억 원의 순이익을 냈으나 작년에는 간신히 적자를 면했다고 밝혔다. 전용학 조폐공사 사장은 "지난 외환위기 때도 지폐 발행량이 줄어 경영위기를 겪은 적이 있지만 이번에는 당시보다 더 심각하다"며 "만약 10만 원권까지 발행된다면 수입이 70% 이상 줄어 막대한 적자를 볼 것 같다"고 말했다.

1. 이 글의 제목으로 가장 알맞은 것을 고르십시오.
   ① 돈 찍어 내는 회사가 여권도 찍는다(?)
   ② 5만 원권이 다른 돈을 다 말린다(?)
   ③ 돈 찍어 내는 회사에 돈이 없다(?)
   ④ 시중에 만 원권이 사라진다(?)

2. 이 글의 내용과 같은 것을 고르십시오.

　① 국내 첫 금화는 조폐공사에서 발행했다.

　② 조폐공사는 새로운 사업을 구상 중이다.

　③ 5만 원권이 조폐공사를 먹여 살리고 있다.

　④ 조폐공사는 수표의 발행을 검토하고 있다.

3. 이 글의 빈칸에 들어갈 내용으로 가장 알맞은 것을 고르십시오.

　① 세계화에 눈을 돌리기 시작하면서

　② 앞으로도 경영난이 심화될 것으로 보고

　③ 지폐 발행으로 생긴 이익금을 가지고

　④ 사업성이 낮은 지폐 발행을 중단하면서

<說明>

1. 短文的主要內容是造幣公司的經營狀況惡化。在我們的意識當中，造幣公司經營
   狀況惡化是不可理解的。但是與表面上看到的不同，造幣公司也會出現經營狀況
   惡化的情況。與此具有相同意思的是選項③。

2. 選項②，由於文中說到해외 전자여권 수주 등 신사업 개척은 물론 국내 첫 금화
   발행까지 검토하는 등，因此該選項和文章一致。

3. 括號中所要填的內容從括號前的內容和括號後的비상경영 체제에 돌입했다當
   中，可以猜測出正確答案，即緊急經營體制是在公司處境艱難的時候使用的經營
   體制，因此正確答案是②。

【參考】한국조폐공사(韓國造幣公社)是韓國印刷發行貨幣的機構。現在發行的韓
國紙幣有1,000元、5,000元、10,000、50,000元等。目前有發行100,000元面值紙幣
的計劃。

答案：1.③　2.②　3.②

綜合練習 -2

다음을 읽고 물음에 답하십시오. <13회 고급 기출문제>

그럼에도 불구하고 조선 시대 후기로 내려올수록 상업의 발달과 함께 양반이 시장에서 물건을 팔다가 혼이 났다는 기록이 많이 나온다. 예를 들면 서울에 사는 어떤 양반은 시장에서 몰래 한약 재료를 팔다가 시장 사람들에게 적발되어 비난을 받기도 하였다. 이는 당시에 사회적 신분을 지키기 힘들 정도로 경제적으로 어려워진 양반들이 많아졌음을 뜻한다. 한편 상업의 발달로 부자가 된 상인들은 자신들의 신분을 인정받기 위해 돈을 주고 양반을 사려고 했다. 이처럼 조선 후기 상인 계급의 성장은 신분 질서를 더욱 혼란스럽게 만들었다.

1. 이 글의 중심 내용으로 가장 알맞은 것을 고르십시오.
   ① 한약을 시장에서 거래할 수 없었다.
   ② 상업 발달은 신분 질서의 혼란을 불러왔다.
   ③ 경제의 발달로 양반들이 돈을 많이 벌었다.
   ④ 돈이 많은 상인들은 양반으로 인정을 받았다.

2. 이 글의 바로 앞부분에 올 내용으로 알맞은 것을 고르십시오.
　① 조선 시대 신분 질서의 엄격함
　② 조선 시대 시장의 다양한 기능
　③ 조선 시대 양반들의 권위 의식
　④ 조선 시대 양반들의 경제적 어려움

<說明>

1. 文章的最後一句話是文章主旨，屬於尾括式。與此具有相同意思的是選項②。

2. 文章的開頭有그럼에도 불구하고這樣的話，因此文章前應該是與此相反的內容。文中第一句話的意思是做了與自己身份不相符的事情而受到指責。與此相反的內容是選項①。

答案：1. ② 2. ①

다음을 읽고 물음에 답하십시오.

　　그렇다면 감옥과 학교의 가장 큰 차이점은 무엇일까? 학생들에게는 미안한 얘기지만, 그것은 바로 감옥에는 체벌이 금지되어 있으며 두발 규제도 없다는 것이다. 교육을 위해서 학생들에게 시행하는 것을 왜 죄수들에게는 하지 않는 것일까? 그 이유는 간단하다. 죄수들은 사기죄부터 살인죄까지 다양한 죄를 지었지만 다행하게도 학생은 아니기 때문이다. 이 나라는 죄수도 인간이며 인권이라는 것을 가지고 있다고 인정할 정도로 문명화가 된 것이다. 놀라운 얘기인가? 교도소 곳곳마다 국가인권위 진정함이 걸려 있고 방마다 수용자 권리 구제에 대한 안내문이 붙어 있다. 사실 이 나라의 교도소 재소자 인권 보장은 일반인의 상상보다는 훨씬 앞서 있다.

1. 이 글의 앞에 올 내용으로 가장 알맞은 것을 고르십시오.
　① 죄수들에 대한 인권 실태
　② 감옥과 학교의 차이점
　③ 두발을 규제하는 학교
　④ 감옥과 학교의 공통점

2. 이 글과 내용이 다른 것을 고르십시오.
　① 재소자들에게 체벌은 하지 않는다.
　② 재소자의 인권은 생각보다 많이 낫다.
　③ 학교에서는 교육을 목적으로 체벌을 한다.
　④ 재소자들의 위생을 위해 머리를 못 기르게 한다.

〈說明〉

1. 文章的第一句話中說到 그렇다면 감옥과 학교의 가장 큰 차이점은 무엇일까?，因此文章之前應該指出了 감옥과 학교의 차이점，然後文中再繼續論述가장 큰 차이점，這樣在文脈上才通順。正確答案是②。

2. 選項④，由於文章中說到 감옥에는 두발 규제도 없다，因此該選項和文章不符。머리를 못 기르게 한다 不能留頭髮=두발(頭髮) 규제(規制)短髮制度，其他選項都與文章內容一致。

答案：1. ②　2. ④

다음을 읽고 물음에 답하십시오. <8회 6급 기출문제>

입은 음식을 먹는 일 이상으로 말을 하는 일을 주임무로 삼는다. 경상도 말로 이야기를 의미하는 이바구는 입에 기원을 두고 있고, 입을 열다, 입을 떼다, 입을 다물다, 입이 더럽다, 입이 걸다, 입담이 좋다, 입심이 세다, 입이 싸다, 입에 오르내리다, (㉠) 등도 모두 말하기라는 입의 기능을 나타내는 말이다.

말의 어원은 입, 그 가운데에서도 혀에 있다고 한다. "혓바닥을 조심하라."는 우리 속담이나 "세치의 혓바닥이 다섯 자 몸을 좌우한다."는 중국 속담에서 혀가 곧 말의 의미로 쓰임을 본다.

입이 무거워야 점잖은 사람으로 대우 받던 옛날과는 달리 현대인들은 자기표현에 능숙하다. 말하자면 입이 가벼워야 인정받는 시대라고나 할까. 자기표현이 중요하다는 뜻에서 "(ⓒ)"라고도 하고, "말 한 마디로 천 냥 빚을 갚는다."고도 했다. 무언가 말하고 싶을 때, 입이 간지럽다고 하고, 심지어 입 고프다고 투정하는 사람도 있다.

1. 이 글의 중심 소재는 무엇입니까? 알맞은 것을 고르십시오.
   ① 말의 어원
   ② 말의 기능
   ③ 입에 관한 속담
   ④ 입과 말의 관련성
2. ㉠에 들어갈 예시로 적절하지 않은 것을 고르십시오.
   ① 입방아 찧다
   ② 입씨름 하다
   ③ 입이 삐죽하다
   ④ 입버릇이 고약하다
3. ㉡에 들어갈 알맞은 속담을 고르십시오.
   ① 혀 안에 도끼 들었다.
   ② 발 없는 말이 천리 간다.
   ③ 낮말을 새가 듣고 밤 말은 쥐가 듣는다.
   ④ 고기는 씹어야 맛이고 말은 해야 맛이다.

<說明>
1. 文章由3個段落組成。第一段的內容是입의 기능 중에 말하는 것도 있다，第二段的內容是말의 어원이 입 안의 혀에 있다。從這兩段可知文章的主要內容是嘴和說話之間的關係。第三段的內容是예전과 달라진 자기표현의 중요성，這也是입和말的統一。正確答案是④。

2. 選項①、②、④都是關於語言的慣用語，選項③是關於嘴的模樣及行為的慣用語，因此與其他選項不同。請參考如下慣用語：
입방아(를) 찧다-說長道短，說東道西 例句 사람들은 들려오는 그의 소문에 대해 입방아를 찧고 다녔다. 人們對他的消息說長道短。
입씨름 하다-打舌仗，打嘴仗 例句 입씨름이 벌어지다.-展開舌戰
입버릇-口頭語，說話的習慣 例句 입버릇이 좋지 않다.-嘴壞，說話刻薄
입이 삐죽하다-由於生氣或不滿而鬧情緒噘嘴 例句 비가 와서 소풍을 가지 못하자 동생은 입이 삐죽해서 종일 누워만 있다.-剛說了下雨不能去郊遊，弟弟就鬧情緒躺了一天。
3. 填入括號中俗語的應該是文章中자기표현이 중요하다는 뜻的意思。因此正確答案是④。請參考如下慣用語：
혀 안에 도끼 들었다=혀 밑에 죽을 말 있다-說錯話會遭致災禍，因此說話要小心的意思，相當於中文的「禍從口出」。
발 없는 말이 천리 간다.-意思是話雖然沒有腳，但是卻可以瞬間傳千里，因此說話之前要三思。
낮말을 새가 듣고 밤 말은 쥐가 듣는다.-①即使沒有人聽見，也要注意說話；②即使是再秘密的事情，也有被拆穿的一天，相當於中文的「隔牆有耳」。
고기는 씹어야 맛이고 말은 해야 맛이다.-肉越嚼越夠味，話越說越出味道。

答案：1. ④　2. ③　3. ④

다음을 읽고 물음에 답하십시오.

사실 가공하지 않은 자연 상태의 거친 음식이 좋다는 것은 누구나 아는 상식에 속한다. 하지만 막상 식탁에 올리려면 손이 많이 가고, 또 익숙하지 않은 사람들은 먹기도 힘들다. 특히 아이들은 씹기 편한 가공식품을 좋아한다. 사실 아이의 식성은 상당 부분 부모의 책임이기도 하다. 자칫 소아비만으로 이어질 수 있는 아이의 잘못된 식습관은 가족 모두의 노력으로 바로잡을 수 있다. 몸에 좋은 채소는 가능한 한 예쁘게 요리하는 것이 포인트다. 동물 모양 등으로 예쁘게 썰어 샐러드를 만들거나 아예 잘게 썰어 소스나 수프로 만들 수도 있다. 당근이나 피망, 콩으로 빵을 만들어 먹이면 자연스럽게 채소의 맛에 익숙해져 거부감 없이 먹을 수 있게 된다. 단 너무 무른 채소는 아이가 좋아하지 않으므로 조리할 때 주의해야 한다.

1. 이 글의 중심 내용으로 가장 알맞은 것을 고르십시오.
   ① 부모들이 아이의 올바를 식습관을 길러 줘야 한다.
   ② 가공하지 않은 자연 상태의 거친 음식이 좋다.
   ③ 너무 무른 채소는 조리할 때 주의해야 한다.
   ④ 아이들은 씹기 편한 가공식품을 좋아한다.
2. 이 글의 바로 앞부분에 올 내용으로 알맞은 것을 고르십시오.
   ① 거친 음식에 대한 부담감
   ② 거침 음식의 불편함
   ③ 거친 음식의 종류
   ④ 거친 음식의 영양

<說明>

1. 文章的主旨是中間部分的아이의 식성은 부모의 책임이기도 하다. 아이의 잘못된 식습관은 가족 노력으로 바로잡을 수 있다. 與此具有相同意思的是選項①。由於第二句話中用하지만轉移了話題的重點，那麼可能更強調句子後的內容，因此選項②不足以作為答案。

2. 從文章的第一句話可以猜測出文章前的內容。由於第一句話說到거친 음식이 좋다는 것은 누구나 아는 상식，因此文章前應該是關於거친 음식이 좋다는 것的內容。正確答案是④。

答案：1.①　2.④

다음을 읽고 물음에 답하십시오. <10회 고급 기출문제>

　　우리는 왜 책을 읽을까? 지식을 넓히기 위해서, 무료함을 달래기 위해서, 경쟁에서 이기기 위해서, 감동을 위해서……자세히 들여다보면 저마다 책을 고르는 동기가 이렇듯 조금씩은 다 다르게 마련이다. 그런데 많은 사람들이 책을 집어 드는 또 한 가지 이유는 소위 유명 스타나 지도자 등과 같은 명사와 관련된 것이다.

　　(㉠)을 찾게 되는 까닭도 명사들이 살아온 일생을 통해 그들의 삶을 직접 느껴보기 위함일 것이다. 명사들은 이와 같이 자신과 관련된 책을 베스트셀러로 만들기도 하지만 때로는 (㉡). 지난 5월 중순 갑자기 대형 서점에는 미국인 심리학자 하워드 가드너의 열정과 기질을 찾는 독자들이 크게 늘었다. 그 이유는 한 신문과의 인터뷰에서 새서울 그룹 이명숙 회장이 요즘 그 책을 읽고 있다고 말했기 때문이다.

1. ㉠에 들어갈 것으로 알맞은 것은?
　① 시나 소설
　② 전기나 자서전
　③ 수필이나 감상문
　④ 설명문이나 논설문

2. ⓛ에 들어갈 내용으로 알맞은 것은 무엇입니까?
　① 자신들에 관한 이야기로 책을 읽게 만든다
　② 명사들의 삶을 그 책만으로 이해하기는 부족하다
　③ 명사가 아닌 일반인들의 삶을 책으로 만든 경우도 많이 있다
　④ 명사들이 읽었다는 사실만으로도 사람들이 그 책을 읽게 만든다

 <說明>

1. 從⑦的명사(名士)들이 살아온 일생을 통해 그들의 삶을 직접 느껴보기 위함일 것
　이다可以猜測出來，即전기(傳記)나 자서전(自敍傳)。
2. 從文章最後的部分이명숙 회장이 요즘 그 책을 읽고 있다고 말했기 때문中可以猜
　測出填入ⓛ的內容。正確答案是選項④。

答案：1.②　2.④

다음을 읽고 물음에 답하십시오.

> 　　잠을 자지 않고 영화를 오래 보는 영화 오래 보기 대회에서 한국 신기록이 수립됐다.
>
> 　　주최 측인 CJ는 제2회 영화 오래 보기 대회에서 최영미(28 · 여), 안은숙(27 · 여), 박진규(24), 김호준(24) 씨가 70시간 51분 18초의 한국 신기록을 세우며 공동 우승했다고 밝혔다. 지난해 기록은 68시간 7분이었다. 우승자들에겐 상금 100만 원과 노트북 1대씩이 수여된다. CJ와 LG엑스노트가 공동 주최하고, 한국 기록원이 후원한 이번 행사는 지난 23일 낮 12시27분에 시작했고, 26일 오전 11시17분까지 계속됐다. 대회 기간에는 한국 영화 선전을 기원하는 의미에서 애자 똥파리 워낭소리 등 지난해 개봉한 한국영화 34편이 상영

됐다. CJ 측은 "참가자들의 건강을 고려해 대회 시작 70시간이 지나는 시점에 상영된 영화 내 사랑 콩깍지가 끝남과 동시에 (㉠)"고 밝혔다. 공동 우승자 중 한 명인 김호준 씨는 "한국 영화에 좋은 작품이 많다는 사실을 깨닫는 계기가 됐다"고 소감을 밝혔다. 영화 오래보기 대회 참가자들은 영화 한 편이 끝나면 10분, 두 편이 끝나면 15분을 쉴 수 있다. 관람 중 5초 이상 눈을 감은 참가자는 탈락한다.

1. 이 글에서 언급하지 않은 것을 고르십시오.
　① 행사의 규칙
　② 행사의 결과
　③ 행사의 목적
　④ 행사의 규모

2. ㉠에 들어갈 알맞은 말을 고르십시오.
　① 금년에 개봉된 다른 두 편의 한국 영화를 더 상영했다
　② 4명의 공동 우승을 승인하고 대회 종료를 선언했다
　③ 한국 신기록의 수립을 알리면서 대회를 계속했다
　④ 우승자가 많아 추첨으로 우승자를 가렸다

3. 이 글의 내용과 다른 것을 고르십시오.
　① 기록이 작년보다 2시간 이상 단축되었다.
　② 참가자의 건강 때문에 행사를 중간에서 끝냈다.
　③ 이 대회에서 상영된 영화는 모두 한국 영화이다.
　④ 영화를 한 편씩 다 볼 때마다 휴식시간이 주어진다.

<說明>
1. 選項①的內容出現在文章的最後部分。從文章的한국 신기록이 수립됐다、공동 우승했다고 밝혔다等內容中可以得知選項②。從文章的한국 영화 선전을 기원하는 의미可以得知選項③。文章中沒有提到選項④的內容。

2. 從㉠前的 참가자들의 건강을 고려해中可以猜測出填入括號的內容。選項②是考慮到參加者的健康所採取的措施。選項④在文脈上不通順，並且文中有공동 우승자這樣的話，因此該選項和文章內容不符。

3. 由於今年的紀錄是70시간 51분 18초，前年的紀錄是68시간 7분，因此기록이 두 시간 이상 늘어났다。不是選項①中說的단축(短縮)。其餘的例子都與文章內容一致。

答案：1. ④   2. ②   3. ①

다음을 읽고 물음에 답하십시오. <7회 6급 기출문제>

(가) 그런데 하루의 시작을 해 뜰 때로 정해야 하는가, 해 질 때로 정해아 하는가? 원시 시대부터 해가 뜨면서 일이 시작되었기 때문에 전자를 택하는 사람이 많을 것이다. 그러나 또한 해가 지면 일이 끝나며, 끝이 난다는 것은 새로운 시작을 의미하므로 후자를 택하는 사람도 있을 것이다.

(나) 따라서 정오나 자정은 일 년 내내 대체로 일정하므로 정오나 자정을 하루의 시작으로 삼으면 좋다. 정오를 하루의 시작으로 정하면 사람들이 한창 활동하고 있는 대낮에 날짜가 바뀌게 되는 단점이 있으나 자정을 하루의 시작으로 정하면 이와 같은 불편이 없다. 1925년부터는 밤에 일하는 천문학자들조차도 다른 보통 사람들처럼 자정을 하루의 시작으로 채택하게 되었다.

(다) 현대에 와서는 하루의 시작이 해 뜰 때나 해 질 때가 아니다. 해 뜰 때부터 다음 해 뜰 때까지의 시간은 낮이 점점 짧아지는 반 년 동안은 24

시간보다 조금 더 길고, 낮이 점점 길어지는 다음 반 년 간은 24시간보다 조금 짧다. 일출과 일몰은 반대 방향으로 일어난다. 즉, 서로 접근하거나 서로 멀어진다.

(라) 예를 들어 고대 이집트에서는 해 뜰 때를, 유태인들은 해 질 때를 각각 하루의 시작으로 삼았다. 유태인들의 관습은 오늘날까지도 계속되어 우리는 축제일의 전야제를 다음 날 아침에 시작되는 원래의 날보다 더 즐기기도 한다.

1. 이 글을 순서대로 맞게 배열한 것을 고르십시오.
   ① (가) – (나) – (다) – (라)
   ② (가) – (라) – (다) – (나)
   ③ (다) – (나) – (가) – (라)
   ④ (다) – (라) – (가) – (나)

2. 밑줄 친 부분이 가리키는 말을 쓰십시오.
   (   )

3. 현대인이 하루의 시작을 자정으로 채택한 이유를 두 가지 쓰십시오.
   (1) (   )
   (2) (   )

 <說明>

1. 這是排列段落順序的問題。這是中級考試中出現過的問題，在此再次溫習一下。解決這類問題的要領是：先找出第一句來。接下來仔細觀察連接句子或段落的連接詞及具有連接意義的單字或句子，從而找出文章的脈絡。當文章的脈絡很難掌握的時候，就按照選項中所給的順序閱讀，然後選擇讀起來最自然、最通順的一項，這也是一個不錯的方法。從選項來看，(가)或 (다)可能是文章的第一段。在這裡(가)中有連接詞그런데，作為第一段顯得有些奇怪。由於(다)的第一句話현대에 와서는 하루의 시작이 해 뜰 때나 해 질 때가 아니다中的해 뜰 때나 해 질 때很可能是文章前面已經提及到的內容，因此放在第一段的話並不通順。雖然兩個段落的連接不是很自然，但並不是說句子中有그런데就不能作為文章的開頭，因此把(가)作為第一段。(나)中有連接詞따라서，因此(나)段落是在下結論，應該放

在文章末尾。綜上所述，選項②是正確答案。

2. 文中전자(前者)指해 뜰 때，후자(後者)指해 질 때。

3. 從文章(나)中的자정은 일 년 내내 대체로 일정하므로 자정을 하루의 시작으로 삼으면 좋다和정오를 하루의 시작으로 정하면 사람들이 활동하고 있는 대낮에 날짜가 바뀌게 되는 단점이 있으나 자정을 하루의 시작으로 정하면 이와 같은 불편이 없다可以得知，現代人的一天從午夜開始的理由。概括這兩個句子即可。

다음을 읽고 물음에 답하십시오.

> 나그네가 길을 가다가 어느 가난한 집 문을 두드려 며칠간 묵을 것을 청하였다. 집 주인은 나그네에게 며칠간 묵고 가라고 하였다. 나그네가 며칠간 묵다 보니 양식이 제법 들어가자 집주인은 나그네에게 언제 떠나겠느냐고 넌지시 물었고, 나그네는 미안한 마음에서 언제 떠나겠다고 하였다. 나그네가 떠나기로 한 날 아침에 비가 <u>부슬부슬</u> 내렸다. 나그네는 며칠 더 머무르고 싶다는 뜻으로 집 주인에게 이슬(있을)비가 내린다고 하였고, 집 주인은 나그네가 떠나기를 바라는 마음에서 가랑(가라는)비가 내린다고 하였다.

1. 밑줄 친 부분을 바꿔 쓴 것 중 어울리지 않는 것은 무엇입니까?
   ① 가만히
   ② 조용히
   ③ 슬며시
   ④ 스르르

2. 이 글의 중심 내용으로 가장 적절한 것은 무엇입니까?
   ① 사람은 자기에게 유리한 쪽으로 해석을 한다.
   ② 주인은 손님을 쫓아내는 몰인정한 사람이다.
   ③ 손님은 공짜를 좋아하는 몰염치한 사람이다.
   ④ 인정이 메마르는 각박한 세상이 되었다.

<說明>

1. 選項①、②、③相似。選項④意思不同。스르르- (副詞) 唰唰唰地

2. 在文章的後半部，손님把雨解釋成이슬비，主人把雨解釋成가랑비。因此選項①是正確答案。

答案：1. ④　2. ①

다음을 읽고 물음에 답하십시오. <12회 고급 기출문제>

　　집 주인은 집에 귀한 손님이 오면 자기가 수염의 맨 위를 어루만지고, 웬만한 손님이 오면 수염의 중간을, 그리고 대단치 않은 손님이 오면 수염의 맨 끝을 어루만져서 이를 신호로 쓰기로 아내와 약속했다.

　　어느 날 손님이 왔다. 주인은 아내가 볼 수 있도록 수염의 맨 끝을 매만졌다. 술상은 물론 대단치 않게 준비되어 나왔다. 술도 겨우 석 잔을 따르고 나더니 주인은,

　　"내가 집 형편이 넉넉지 못해서 술도 안주도 부족하니 매우 미안하오." 하면서 돌려보냈다.

　　이렇게 얼마를 지냈는데 그 마을에 사는 친구가 찾아왔다. 주인은 역시 수염 끝을 만지작거렸다. 그러나 이러한 주인의 수작을 눈치 챈 그는, "<u>여보게, 오늘은 윗수염을 좀 만지지 그래.</u>" 하고 말했다. 주인은 이 말을 듣고 몹시 부끄러워했다.

---

1. 이 글에서 밑줄 친 부분이 의미하는 것은 무엇입니까?

① 이제부터는 진정한 친구로 생각하겠다

② 나를 아내에게 정중히 소개하길 바란다

③ 나를 귀한 손님으로 대접해 주면 좋겠다

④ 아내가 신호를 잘 볼 수 있게 해야 한다

2. 이 글의 중심 내용으로 가장 적절한 것은 무엇입니까?

　　① 누구든지 평등하게 대해야 한다.

　　② 부부는 마음을 합하여 협동해야 한다.

　　③ 다른 사람의 말에 귀를 기울여야 한다.

　　④ 손님이 왔을 때 조심해야 할 것이 많다.

 <說明>

1. 畫線部分的意義從주인의 수작을 눈치 챈 그中可以猜測出來。주인의 수작出現在文章的第一段中，是在諷刺主人對客人的差別對待。故畫線部分是表現了客人對主人捻著小鬍子漫不經心地接待自己的不滿。

2. 文章以講故事的形式展開，因此應該從故事當中（整體內容中）來找文章主旨。正確答案是①。

答案：1. ③　2. ①

다음을 읽고 물음에 답하십시오.

　　베트남 호치민시에 살고 있는 한 남성이 로또복권에 당첨돼 화제다. 특히 이 남성은 투병 중인 아내와 최빈곤층 생활을 하고 있었다는 사실이 밝혀져 더욱 주목 받고 있다.

　　베트남 현지 신문 '탄 니엔'은 "빈곤에 허덕이던 97세 남성이 지난 23일, 4억6000만 원의 로또에 당첨됐다. 그는 테트(베트남의 명절)에 당국으로부터 원조 받은 6,400원으로 로또티켓을 구입한 것으로 확인됐다"고 전했다. 베트남의 1인당 연간소득은 약 1000달러 정도로, 이 남성이 받은 당첨금은 매우 큰돈이다. 따라서 그의 나이와 주변환경을 고려, 베트남 당국이 나서 로또당첨금을 관리해 주고 있는 것으로 알려졌다.

　　이처럼 뜻밖의 기회로 신분 상승한 베트남 남성처럼, 세계 곳곳의 많은 사람들이 기적과 같은 행운을 얻기 위해 로또를 구입하고 있다. 하지만 그들의 바람과는 달리 (㉠). 국내에서 로또 1등에 당첨될 가능성은 천둥, 번개가 치며 비 오는 날에 벼락을 16번 맞을 확률보다 더 낮다. 로또 1등 당첨자에게 천운을 타고 났다, 신의 손 등의 수식어가 붙는 이유가 여기에 있다.

1. 필자가 이 글을 쓴 이유를 고르십시오.
　① 로또 1등 당첨은 대단한 일임을 말하려고
　② 로또 1등의 당첨에 대한 꿈을 꾸지 말라고
　③ 로또 복권에 당첨된 베트남 남성을 소개하려고
　④ 누구나 노력하면 로또 1등 당첨이 가능함을 알리려고

2. ㉠에 들어갈 알맞은 말을 고르십시오.
　① 로또에 당첨될 확률은 사실상 극히 희박하기만 하다
　② 로또에 당첨되는 일은 철저한 수학적 계산이 필요하다
　③ 로또에 당첨이 되면 순식간에 한 사람의 운명이 뒤바뀐다
　④ 전날 밤에 무슨 꿈을 꾸었는지가 로또 당첨을 좌지우지한다

3. 이 글과 내용이 같은 것을 고르십시오.
　① 로또에 당첨된 이 남자는 지금 당첨금을 가지고 있지 않다.
　② 로또 1등에 당첨될 확률은 번개를 16번 맞을 확률이다.
　③ 베트남 당국은 매월 극빈층에게 경제적 지원을 한다.
　④ 로또 1등 당첨자들은 모두 당국이 관리를 하고 있다.

 <說明>

1. 第一、二段是為了敘述第三段而舉的例子。因此選項③不足以作為答案。第三段的主要內容同選項①相同，並且是作者的寫作動機。

2. 該句中有連詞하지만，因此這句話應該與前面的話意思相反。同時參考括號後的內容，選項①最為合適。

3. 選項①，由於文章中說到 베트남 당국이 나서 로또당첨금을 관리해 주고 있는 것，因此該選項和文章一致。其餘選項都與文章內容不符。特別是文章中並沒有選項④中的 당첨자 모두를 관리的內容。

答案：1. ① 2. ① 3. ①

다음을 읽고 물음에 답하십시오. <8회 6급 기출문제>

성탄제

어두운 방 안엔

바알간 숯불이 피고,

외로이 늙으신 할머니가

애처로이 잦아드는 어린 목숨을 지키고 계시었다.

이윽고 눈 속을

아버지가 약을 가지고 돌아오시었다.

아, 아버지가 눈을 헤치고 따 오신

㉠그 붉은 산수유 열매 –.

나는 한 마리 어린 짐승,

젊은 아버지의 서느런 옷자락에

열로 상기한 볼을 말없이 부비는 것이었다.

이따금 뒷문을 눈이 치고 있었다.

그 날 밤이 어쩌면 성탄제의 밤이었을지도 모른다.

어느 새 나도

그 때의 아버지만큼 나이를 먹었다.

옛 것이란 거의 찾아볼 길 없는

성탄제 가까운 도시에는

이제 ㉡반가운 그 옛날의 것이 내리는데

서러운 서른 살 나의 이마에

불현듯 아버지의 서느런 옷자락을 느끼는 것은,

눈 속에 따오신 산수유 붉은 알알이

아직도 내 혈액 속에 녹아 흐르는 까닭일까.

※ 성탄제-성탄절, 크리스마스

산수유-산수유나무의 열매로 붉은 빛을 띠며 해

열제 등의 약재로 쓰임

1. ㉠이 시 속에서 의미하는 것을 고르십시오.
　① 아름다운 자연 환경
　② 어린 시절에 대한 그리움
　③ 자식의 아버지에 대한 사랑
　④ 자식을 위하는 아버지의 사랑

2. ㉡이 가리키는 대상을 찾아 쓰십시오.
　(　　　　　　　　　　)

3. 이 시를 이해한 내용으로 적합하지 않은 것을 고르십시오.
　① 시인은 아버지를 그리워하고 있다.
　② 시인은 지금 산간 마을에 살고 있다.
　③ 시인은 이미 서른 살의 어른이 되어 있다.
　④ 시인은 과거 어린 시절의 일을 회상하고 있다.

<說明>

1. 從㉠前面的아버지가 약을 가지고 돌아오시었다和아버지가 눈을 헤치고 따 오신
中可知약和 산수유 열매都是為兒子準備的。因此正確答案是④。

2. 從㉡後的내리는 데中可以得知㉡指的是눈。

3. 文章中的불현듯 아버지의 서느런 옷자락을 느끼는 것은是對選項①的比喻。서
러운 서른 살 나의 이마에是選項③的內容。그 날 밤이 어쩌면 성탄제의 밤이었
을지도 모른다是對選項④的比喻。但是文章中沒有選項②的內容。

答案：1. ④　2. 눈　3. ②

다음을 읽고 물음에 답하십시오.

　　공학을 전공한 저널리스트인 저자 크리스토퍼 스타이너는 1갤런(3.78ℓ)당 석유 가격이 2달러씩 오를 때마다 일반인들의 삶이 어떻게 변하게 될 지 화학·건축·토목의 변화를 바탕으로 구체적으로 예측했다. 책은 유가가 4달러일 때 사람들의 모습부터 시작해 20달러일 때의 모습까지 2달러씩 변화하는 모습을 그리는 식으로 구성됐다. 저자는 6달러 시대 때 SUV(각종 스포츠 활동이나 여가 활동을 즐기는데 적합한 차량)가 몰락하고, 8달러 시대에는 항공기 운항이 사라져 하늘이 텅 비게 된다고 말한다. 하지만 석유종말이 최악의 상황만 불러오는 것은 아니다. 책에 따르면 멈춰 설 항공기와 자동차는 철도망이 대신하고 대형 유통업체가 몰락하는 대신 사람들은 지역에서 생산된 농산물을 소비한다. 석유가 없다고 여행하지 못하는 것도 아니고, 생필품을 공급받지 못하는 게 아니라는 것이다.

1. 본문의 내용과 가장 뜻이 가까운 속담을 아래에서 고르십시오.
　① 귀신도 빌면 소원을 들어준다.
　② 이가 없으면 잇몸으로 산다.
　③ 개똥도 약에 쓰려면 없다.
　④ 배보다 배꼽이 더 크다.

2. 본문에 나온 책의 제목으로 가장 잘 어울리는 것을 고르십시오.
　① 유가가 오르면서 없어지는 것들
　② 유가의 변화가 삶에 미치는 영향
　③ 최악의 상황은 아닌 석유 종말 시대
　④ 석유 종말 시대를 대비한 에너지 절약

 <說明>

1. 瞭解了文章석유종말이 최악의 상황만 불러오는 것은 아니다的後半部分，就可以得知答案了。請參考下面的俗語：
　귀신도 빌면 소원을 들어준다.-比喻無論是誰，都會原諒向自己祈求的人。
　개똥도 약에 쓰려면 없다.-比喻平時很常見的東西在需要的時候卻很難找。
　배보다 배꼽이 더 크다.-比喻事情違背道理或原則。

2. 從文章的前半部可以得知文章的整體內容，即1갤런당 석유 가격이 2달러씩 오를 때마다 삶이 어떻게 변하게 될 지 예측했다。意思相同的是選項②。

答案：1.②　2.②

다음을 읽고 물음에 답하십시오. <15회 고급 기출문제>

밥은 주인이다. 아무리 반찬이 많다고 해도 그것은 밥상이다. 밥이 주인이라면 반찬은 손님이다. 밥은 반찬을 들여 새로운 맛을 만들어 낸다. 제 맛을 주장하지 않으면서 다른 반찬들의 맛을 살린다. 반찬 하나하나의 맛을 차별화시키면서 동시에 (　　). 매운 음식을 먹었어도 밥이 들어가면 입은 언제든지 새 음식을 맛볼 수 있게 된다. 밥은 모든 음식에 제 맛 제 표정을 찾아주면서 또 그 맛들을 합친다. 반찬은 밥의 텅 빈 맛 때문에, 그리고 밥은 반찬의 맵고 짠 자극적인 맛 때문에 서로의 맛을 상승시키는 것이다. 이처럼 밥과 반찬이 만들어 내는 맛은 손님과 주인이 함께 어울리는 어우러짐의 맛이다.

1. 이 글의 빈칸에 들어갈 내용으로 가장 적절한 것을 고르십시오.
   ① 분열시킨다
   ② 융합시킨다
   ③ 발휘시킨다
   ④ 대응시킨다
2. 이 글의 내용과 같은 것을 고르십시오.
   ① 반찬을 먹더라도 밥의 맛은 변하지 않는다.
   ② 밥이 싱겁기 때문에 반찬은 조금 짜고 맵다.
   ③ 밥이 있기에 각 반찬 맛을 다 느낄 수 있다.
   ④ 반찬을 먹어야 밥의 진정한 맛을 알 수 있다.

<說明>
1. 在括號後面部分提到了밥은 모든 음식에 제 맛 제 표정을 찾아주면서(=자별화시키면서) 또(=동시에) 그 맛들을 합친다(=융합시킨다)。

2. 選項③，由於文中說到밥은 모든 음식에 제 맛 제 표정을 찾아주면서，因此該選項和文章一致。選項①，由於文章中說到밥은 반찬을 들어 새로운 맛을 만들어 낸다，因此該選項和文章不符。文章中沒有關於選項②和選項④的内容。

答案：1. ②　2. ③

다음을 읽고 물음에 답하십시오.

　　중국의 차는 물체가 아닌, 살아 움직이는 거대한 유기체다. 신농 황제가 처음 차를 마시기 시작한 이후 현재까지 차 자체의 본질은 변하지 않았지만 차의 맛과 향, 형태는 세월에 따라 다양하게 변하고 있다. 과거의 차와 현재의 차는 다르다. 땅덩이가 큰 중국은 건조한 지역, 고온다습한 지역에서 차를 만드는 방식이 각각 다르다. 하물며 같은 차를 만드는 공장에서도 그때그때의 날씨나 상황에 따라 제조 공정에서 미세한 차이가 난다. 이처럼 끊임없이 변화하는 중국차 제조 공정의 비밀을 밝히기 위해 저자는 6년 동안 중국 전 지역을 돌아다녔다. 차를 생산하는 중국 10개의 성을 중심으로 차의 재배・생산 현장을 답사했다. 치밀한 조사와 분석 아래 중국차와 그 문화를 기록했다. 중국 차 문화의 현재 모습을 짚어주고 미래의 중국 차 산업이 나아갈 방향을 예견했다. 이를 통해 한국의 차 문화산업도 나아갈 방향을 정립할 수 있을 것이라 기대했다.

1. 이 글의 종류는 무엇입니까?
   ① 기행문
   ② 독후감
   ③ 머리말
   ④ 보고서
2. 이 글에서 필자가 한 일이 아닌 것을 고르십시오.
   ① 6년 동안 중국을 답사했다.
   ② 중국의 차 문화를 기록했다.
   ③ 중국차 산업의 미래를 예측했다.
   ④ 한국의 차 산업 방향을 지정했다.
3. 이 글의 내용과 같은 것을 고르십시오.
   ① 중국차 제조 공정의 비밀을 밝혔다.
   ② 차의 맛과 향은 한국의 차가 더 좋다.
   ③ 같은 공장에서도 차 맛의 차이가 있다.
   ④ 고온다습한 지역에서 만든 차가 맛있다.

 <說明>
1. 從文章的中間部分저자는 ～可以得知文章的類型。這是作者對文章的內容的概括，因此應該屬於머리말或맺음말。
2. 選項④，由於文中說到한국의 차 문화산업도 나아갈 방향을 정립할 수 있을 것이라 기대，因此該選項和文章不符。
3. 如文中중국차 제조 공정의 비밀을 밝히기 위해所說，是為了公開秘密而努力，並不是選項①中所說的밝혔다。文章中沒有提到選項②和選項④的內容。選項

③，由於文章中說到제조 공정에서 미세한 차이가 난다，因此該選項和文章一致。

答案：1. ③　2. ④　3. ③

다음을 읽고 물음에 답하십시오. <9회 5급 기출문제>

> 아름다운 언어 환경을 만드는 데는 언론 매체의 캠페인 같은 것이 필요하다. 그러나 그보다 더 중요한 것은 (㉠). 우리가 알고 있는 (㉡)는 속담과 같이 가정에서 어려서부터 써 온 언어 습관은 일생 동안 언어생활에 영향을 끼친다고 한다. 또한 학교에서의 언어생활 또한 아름다워야 할 것은 두말할 필요가 없다.

1. ㉠에 들어갈 말로 알맞은 것을 고르십시오.
   ① 스스로 언어 정화에 참여하도록 해야 한다.
   ② 어떤 문제점이 있는지 원인을 밝히는 것이다.
   ③ 가정과 학교의 언어 환경을 정화하는 일이다.
   ④ 어른들의 모범적인 언어 순화가 앞서야 한다.
2. ㉡에 들어갈 속담으로 알맞은 것을 고르십시오.
   ① 세 살 버릇 여든까지 간다.
   ② 말 한 마디로 천냥 빚을 갚는다.
   ③ 가는 말이 고와야 오는 말이 곱다.
   ④ 낮말은 새가 듣고 밤말은 쥐가 듣는다.

<說明>
1. 從㉠後的部分可以得出正確答案。㉠之後是가정에서 ~和학교에서의 ~兩句話。
   因此㉠是對這兩句話的概括，這兩句話是對㉠的補充。
2. 從㉡後的어려서부터 ~中可以猜測出填入㉡處的俗語。正確答案是①。

答案：1. ③　2. ①

다음을 읽고 물음에 답하십시오. <16회 고급 기출문제>

　한국 최초의 만화는 1909년에 발표된 이도영의 시사만화로 알려져 있다. 해방 이후 한국 전쟁을 거치며 만화는 고달픈 현실에 지친 서민들에게 소박한 웃음을 선사해 주었다. 1960년대 이후에는 사전 검열제로 암흑기가 왔지만 1980년대 들어 만화 잡지가 출현하면서 (　　)가 찾아왔고 『아기공룡 둘리』와 같은 인기작들이 쏟아졌다.

　2000년대 들어 만화책의 수요가 급격히 줄어들었지만 만화는 오히려 전성기를 맞이하게 된다. 만화가들이 컴퓨터를 이용해 그린 만화를 인터넷에 연재했고 독자들은 보다 쉽게 만화들을 접할 수 있게 되었다. 접근이 용이해지자 독자 수가 폭발적으로 증가했고 만화의 인기도 치솟았다. 강풀의 『순정만화』는 인터넷에서 크게 인기를 얻어 영화로도 제작되기에 이르렀다. 만화가 영화나 드라마 등 다른 문화 장르의 원작이 되는 위치에까지 오른 것이다.

1. 이 글의 빈칸에 들어갈 내용으로 가장 알맞은 것을 고르십시오.
　① 공백기
　② 중흥기
　③ 태동기

④ 과도기

2. 이 글의 내용과 같은 것을 고르십시오.

　① 2000년대에 만화책이 많이 출판되었다.

　② 독자들이 직접 만화를 그려 인터넷에 연재했다.

　③『순정만화』는 드라마로 제작되어 인기를 끌었다.

　④ 만화의 전성기는 인터넷의 발달과 함께 찾아왔다.

 <說明>

1. 從括號前的암흑기和括號後的인기작들이 쏟아졌다中可以找到填入括號的詞。與此相符的內容是②和④。但是文章的前半部說到만화는 ~ 웃음을 선사해 주었다，意思是漫畫曾經很受歡迎，因此과도기錯誤。正確答案是②。

2. 概括文章的第二段內容就是選項④。選項①，由於文中說到2000년대 들어 만화책의 수요가 급격히 줄어들었지만，因此該選項和文章不符。選項②，由於文中說到만화가들이 컴퓨터를 이용해 그린 만화를 인터넷에 연재했고，因此該選項和文章不符。選項③，由於文中說到『순정만화』는 영화로도 제작되기에 이르렀다，因此該選項和文章不符。

答案：1.② 2.④

다음을 읽고 물음에 답하십시오.

진실의 입은 로마의 최고 오래된 베스타의 신전 옆에 있는 산타마리아 인 코스메딘 교회의 입구에 붙어있다. 원래 로마시대에는 배수구로 사용되었다고 하나 확인된 바 없다. 중세 때부터 이것은 정치적으로 이용되어 사람을 심문할 때 이용되었다. 심문을 받는 사람의 손을 입 안에 넣고 진실을 말하지 않으면 손이 잘릴 것을 서약하게 한 데서 진실의 입이라는 이름이 붙게 된 것으로 전해진다. 만약 진실을 말하더라도 심문자의 마음에 들지 않으면 무조건 손을 자르도록 미리 명령이 내려져 있었다. 진실의 입이 있는 보카델라베리타 광장의 보카는 입, 베리타는 진실을 뜻하는 것으로 미루어 볼 때 광장 이름도 진실의 입에서 유래한 것임을 알 수 있다. 많은 관광객들이 사진을 찍고 가는데, 대부분 원반의 입에 손을 넣고 찍는 동일한 포즈를 취하는 것을 볼 수 있다.

1. 이 글에서 알 수 없는 것을 고르십시오.
   ① 전설의 입의 유래
   ② 전설의 입의 위치
   ③ 전설의 입의 용도
   ④ 전설의 입의 어원
2. 이 글의 내용과 다른 것을 고르십시오.
   ① 전설의 입은 지금 관광지로 변해 있다.
   ② 전설의 입은 배수구로 사용되었을 수도 있다.
   ③ 전설의 입은 진실을 말하는 자를 정확히 가려주었다.
   ④ 전설의 입으로 심문하는 게 공정하지 않을 수도 있다.

 <說明>

1. 從文章的前半部可以找到選項①、②、③的內容。文章中沒有關於選項④的內容。
2. 選項①，由於文中說到많은 관광객들이 사진을 찍고 가는데，因此該選項和文章一致。選項②，由於文中說到배수구로 사용되었다고 하나 확인된 바 없다，因此該選項和文章一致。選項③，由於文中說到만약 진실을 말하더라도～미리 명령이 내려져 있었다，因此該選項和文章不符。

答案：1. ④　2. ③

다음을 읽고 물음에 답하십시오. <7회 6급 기출문제>

　　잠시 안 보이던 건우가 어디서 다섯 홉짜리 정종을 한 병 들고 왔다. 이마에 땀이 맺힌 걸 보면 필시 뛰어온 게 틀림없다. 아마 ㉠어머니가 시킨 일이려니 싶었다.

　　나는 미안스런 생각으로 건우 어머니가 따라 주는 술잔을 받았다. 손이 작아 보였다. 유달리 자그마한 손이 궂은일에 거칠어 있는 것이 ㉡보기에 더욱 안타까울 정도였다.

　　기어이 저녁까지 대접하겠다고 부엌으로 가 버린 뒤, 나는 건우를 앞에 두고 잔을 들면서, 그녀의 인사범절에 새삼 생각되는 바가 있었다. 나는 학생 생활기록부에서 가졌던 선입견을 버렸다. 모든 것을 다시 보았다. 농삿집치고는 유난히도 말끔한 마루, 먼지를 뒤집어쓰고 있지 않은 장독대, 울타리 너머로 보이는 키 큰 꽃들……. 그 어느 것 하나에도 ㉢그녀의 손이 안 간 곳이 없으리라 싶었다. 이러한 집 안팎 광경을 통해서 나는 건우 어머니가 꽤 부지런하고 친절한 여성이라는 것을 금방 짐작할 수가 있었다. 젊음이 한창인 열아홉부터 억세게 혼자서 살아 왔다는 것과, 어려운 가운데서도 외아들 건우를 나룻배를 태워가면서까지 먼 우리 학교에 보내고 있다는 사실, 그리고 농촌 아이라고는 믿어지지 않을 만큼 ②건우의 옷차림이 항시 깨끗했다는 사실 등이 당연하게 느껴지기도 했다. 얼핏 보아서는 어리숙한 여인 같기도 하지만 유난히 두드러진 듯한 이마라든가 건우처럼 짙은 눈썹 같은 데서 그녀의 심상치 않은 의지랄까 정열 같은 것을 읽을 수가 있었다.

1. 이 글에서 나는 건우와 어떤 관계에 있는지 쓰십시오.
   (　　　　　　　)

2. 건우 어머니에 대한 설명으로 알맞은 것을 고르십시오.
   ① 형식과 겉치레를 중요하게 생각하는 여인
   ② 남편에게 순종하면서 어려움 없이 산 여인
   ③ 가정 형편은 어렵지만 깔끔하고 근면한 여인
   ④ 세상 물정을 잘 모르는 순박하고 연약한 여인

3. ㉠ ~ ㉣ 중 가장 객관적인 진술을 고르십시오.
   ① ㉠
   ② ㉡
   ③ ㉢
   ④ ㉣

<說明>

1. 從文中的 나는 학생 생활기록부에서 가졌던 선입견을 버렸다 和 우리 학교에 보내고 있다는 사실 中可得知正確答案。在文章中 나는 선생님，건우는 학생。

2. 從文中的 어려운 가운데서도 和 부지런하고 친절한 여성 中可得知正確答案。正確答案是③。

3. 從 ~싶었다 中可以看出㉠是主觀的。從 보기에 더욱 안타까울 中可以看出㉡是主觀的。從 ~싶었다 中可以看出㉢是主觀的。正確答案是④。

答案：1. 선생님과 학생　2. ③　3. ④

다음을 읽고 물음에 답하십시오.

요즘 깨끗하고 맑은 눈을 찾아보기 힘들다고 한
다. (㉠) 햇빛, 매연, 먼지, 공해 등과 같은 환경 영
향을 받고 있을 뿐만 아니라 장시간 컴퓨터 사용
으로 눈이 편안한 날이 별로 없기 때문이다. (㉡)
이런 질환은 나이가 많을수록 빈도가 높고 크기도
커지며 점점 각막으로 자라 들어가는 특성이 있
다. (㉢) 또 충혈을 자주 일으켜 눈이 지지분해 보
이고 외관상 좋지 않으며, 시력 저하까지 일으킬
수 있다. (㉣)

1. ㉠ ~ ㉣ 중 다음 문장이 들어갈 곳으로 알맞은 것을 고르십시오.

특히 눈이 토끼처럼 자주 빨갛게 충혈 되고 흰
자위가 누렇게 변하는 환자가 늘고 있다.

2. 밑줄 친 부분과 관계없는 것을 고르십시오.
   ① 노인들에게 많다.
   ② 눈이 나빠질 수 있다.
   ③ 충혈을 자주 일으킨다.
   ④ 눈동자가 누렇게 변한다.

<說明>
1. 所給的句子相當於文中이런 질환的內容。因此應該插入㉡處。
2. 從所給的句子中可以看出，不是選項④中的눈동자 누렇게 변한다而是흰자위누
   렇게 변한다。

答案：1. ②　2. ④

다음을 읽고 물음에 답하십시오. <11회 고급 기출문제>

> 미디어는 단순히 매스 미디어에 국한하지 않으며, 훨씬 넓은 의미에서 인간이 고안한 도구나 기술까지 포함하는 개념이다. 인간의 신체 및 감각 기관의 기능을 확장하는 것은 모두 미디어라고 할 수 있다. 따라서 차량은 (㉠)의 확장이며, 문자는 (㉡)의 확장이며, 의복은 (㉢)의 확장이며, 전자 회로는 중추 신경의 확장이다. 왜냐 하면 새로운 발명이나 기술은 인체의 기능을 확장하는 기능을 하기 때문이다. 이러한 의미의 미디어는 그 자체가 메시지라고 할 수 있다.

1. 위의 ㉠, ㉡, ㉢에 순서대로 들어갈 가장 적합한 것을 고르십시오.
   ① 청각, 손, 미각
   ② 다리, 촉각, 얼굴
   ③ 후각, 눈, 미각
   ④ 다리, 시각, 피부
2. 위 글의 내용으로 보아 미디어에 포함되지 않는 것을 고르십시오.
   ① 물
   ② 신문
   ③ 전기
   ④ 도로

<說明>
1. 차량相當於人的발，因此是選項中的다리。透過看문자可以了解意思，可以代替시각。衣服發揮피부的作用，因此相當於피부。正確答案是選項④。
2. 選項中的②、③、④都相當於文章中인간이 고안한 도구나 기술。①是自然界中存在的東西。因此正確答案是①。

答案：1. ④　2. ①

다음을 읽고 물음에 답하십시오.

봄, 여름, 가을, 겨울 두루 사시를 두고 자연이 우리에게 내리는 혜택에는 제한이 없다. 그러나 그 중에도 그 혜택을 풍성히 아낌없이 내리는 시절은 봄과 여름이요, 그 중에도 그 혜택을 가장 아름답게 나타내는 것은 봄, 봄 가운데도 만산에 녹엽이 싹트는 이 때일 것이다. 눈을 들어 하늘을 우러러보고 먼 산을 바라보라. 어린애의 웃음같이 깨끗하고 명랑한 5월의 하늘, 나날이 푸르러 가는 이 산 저 산, 나날이 새로운 경이를 가져오는 이 언덕 저 언덕, 그리고 하늘을 달리고 녹음을 스쳐 오는 맑고 향기로운 바람……. 우리가 비록 빈한하여 가진 것이 없다 할지라도, 우리는 이러한 때 모든 것을 가진 듯하고, 우리의 마음이 비록 가난하여 바라는 바, 기대하는 바가 없다 할지라도, 하늘을 달리어 녹음을 스쳐 오는 바람은 다음 순간에라도 곧 모든 것을 가져올 듯하지 아니한가?

1. 이 글의 제목으로 가장 알맞은 것을 고르십시오.
   ① 봄에 대한 예찬
   ② 사계절의 아름다움
   ③ 정신적인 여유를 가지자
   ④ 자연이 우리에게 주는 선물

2. 밑줄 친 부분이 가리키지 않는 것을 고르십시오.
　① 우리의 마음이 가난할 때
　② 깨끗한 5월의 하늘을 볼 때
　③ 나날이 푸르러 가는 산을 볼 때
　④ 녹음을 스쳐서 오는 바람을 맞이할 때

　<說明>
1. 本文是李揚河(1904~1963.　2. 4)的隨筆《신록예찬(新綠禮讚)》中的一部分。
　文章敘述了봄(特히 5월)的아름다움和봄이우리에게주는혜택(惠澤)的內容。
　因此選項①作為題目最合適。
2. 畫線部分是指五月的春天，指代畫線部分前面的內容。畫線部分前面的內容中沒
　有關於選項①的內容。正確選項是①。

答案：1. ①　2. ①

다음을 읽고 물음에 답하십시오. <7회 5급 기출문제>

　(가) ㉠까치밥만 해도 그렇다. 가을에 감을 딸 때에는 나무마다 몇 개씩을 꼭 남겨 두도록 하였다. 까치 같은 새들도 좀 먹어야 할 게 아니냐는 것이었다.

　(나) 배나 사과를 딸 때에도 벌레 먹은 것이거나 ㉡시원찮은 것 등은 그냥 놓아두게 하였고, 고욤이나 대추도 반드시 그 일부는 남겨 두었다. 특히, 밤을 떨 때에는 절대로 다 떨지 못하게 하였다. 그것은 떨어진 밤을 줍거나 남아 있는 밤을 떠는 동네 아이들이나 다람쥐 같은 짐승을 생각하는 배려에서였던 것이다.

　(다) ㉢농작물을 수확할 때에도 이러한 배려는 마찬가지였다. 감자나 고구마를 캘 경우에 ㉣작은

것은 흙 속에 그냥 놓아두었다. 그것은 마을 어린

이들의 이삭줍기나 땅 속의 벌레를 생각하는 마음

에서였음을 훨씬 뒤에야 깨달을 수 있었다.

1. 이 글의 중심어를 글 (나)에서 찾아 한 단어로 쓰십시오.
   (   )
2. ㉠ ~ ㉣ 중 성격이 다른 하나를 고르십시오.
   ① ㉠
   ② ㉡
   ③ ㉢
   ④ ㉣

<說明>

1. 文章中(나)段落的主題句是동네 아이들이나 다람쥐 같은 짐승을 생각하는 배려
   에서였던 것이다。這個句子的中心單字（中心語）是배려。

2. 까치밥是指冬天在採摘柿子的時候留幾個給喜鵲之類的鳥作為食物。㉡中的시원
   찮은 것是指不能保全完整的東西（如文中的例子：벌레 먹은 것），也是為了動
   物所做的事。㉣中的작은 것是文章中的벌레를 생각하는 마음，也是為了動物所
   做的事。但㉢卻是為了人類所做的行動。正確答案是③。

答案：1. 배려   2. ③

다음을 읽고 물음에 답하십시오.

　　몇 년째 행정안전부는 새 주소 사업을 추진하

고 있다. 현재 주소에서 리(裡)와 동(洞)을 삭제

하고 길 이름 주소를 쓰게 된다. 그런데 이 사업

을 추진하는 과정에서 몇 가지 문제점이 드러나

고 있다. 첫째, 관(官)의 일방주도로 홍보가 부족

해 일반 시민의 인식이 부족하다. 새 주소가 부여

된 지 벌써 몇 년째이지만, 그런 게 있는지도 모

르고 잘 쓰이지도 않고 있다. 둘째, 주소가 오히려 복잡해지는 경우가 생긴다. 시가지나 번화가에는 ○○길 등의 이름이 붙지만, 모든 골목마다 이름을 붙일 수가 없어 외곽 지역에서는 대로에 기초해 ○○로(路) ○○○○번(番) 길 식의 이름이 붙는다. 그런데 이 ○○○○번 길의 숫자가 네 자리까지 가는 경우가 많다. 기존의 ○○리(동) ○○○번지 대신 ○○로 ○○○○번 길 ○○○처럼 예닐곱 자리의 숫자를 외워야 한다. 셋째, 계속되는 정비 사업으로 길 이름 주소가 자주 바뀐다. 예컨대 필자가 사는 동네는 계묵길 이름이 부여돼 몇 년째 사용해 왔다. 이게 또 술이홀로 ○○○○번 길로 바뀐다우가 많다. 결국 (　　) 시민의 불편과 혼란 외에도 국가적인 낭비를 초래한다. 많은 표지판이 교체될 것이고, 세금 낭비로 이어질 뿐이다.

1. 필자가 이 글을 쓴 이유를 고르십시오.
   ① 길의 이름을 바꿀 때는 되도록 간단하게 바꾸라고
   ② 새로운 사업을 할 때는 충분한 검토가 필요하다고
   ③ 길의 이름을 이왕 바꾸려면 멋있는 이름으로 지으라고
   ④ 새로운 사업을 하기 위해서는 먼저 시범 실시를 하라고
2. 새 주소 사업의 문제점이 아닌 것을 고르십시오.
   ① 시민들이 잘 모르고 있다.
   ② 주소가 복잡해질 수 있다.
   ③ 길 이름 주소가 자주 바뀐다.

④ 길 이름 숫자가 4자리로 통일된다.

3. 빈칸에 들어갈 내용으로 알맞지 않는 것을 고르십시오.

① 길 이름이 자주 바뀌는 상태에서 새 주소 사업은

② 여러 가지로 문제점이 많은 이 새 주소 사업은

③ 충분한 홍보와 의견수렴 없는 새 주소 사업은

④ 시민들이 잘 모르고 있는 새 주소 사업은

 <說明>

1. 作者的寫作動機包含在文章的第二句話和最後兩句話。與此具有相同意思的是選項②。

2. 文章當中對새 주소 사업의 문제점分三方面進行說明。選項①是第一個理由，選項②是第二個理由，選項③是第三個理由。文章中沒有提到選項④的內容。

3. 含有括號的句子前說了결국，這說明該句子是對某一內容的概括。但是從整體來看，在句子的安排上（從有括號的句子的位置來看）這可能是對第三個問題下的結論，也可能是對文章整體（全部三個問題）下的結論。選項①是對第三個問題下的結論，選項②和③是對文章整體（全部三個問題）下的結論。選項④是對第一個問題下的結論。因此選項④是正確答案。

答案：1.②　2.④　3.④

다음을 읽고 물음에 답하십시오. <7회 6급 기출문제>

　　게임과 게임 산업에 대한 관심이 높아지고 있는 요즘, 기자는 게임 산업 연합회 회장을 만나 보았다. 그는 게임 산업의 발전을 위해서는 ㉠선택과 집중의 원칙 아래 유망 분야를 지원하고 ㉡게임에 대한 부정적인 인식을 해소하기 위해 업계와 정부가 함께 노력해야 한다고 강조했다.

　　-게임 산업이 온라인 분야에만 지나치게 발달해 있다는 지적에 대해 어떻게 생각하십니까?

　　게임 산업은 앞으로 우리나라를 이끌어 갈 수 있는 유망 산업입니다. 만화나 애니메이션은 일본의 상대가 되지 않지만 게임은 가능성이 많습니다. 많은 분야 가운데 특히 온라인 게임은 경쟁력이 있는 만큼 이 부분에 역량을 집중할 필요가 있어요. 다른 분야를 무시하자는 게 아니라 경쟁력 있는 것을 먼저 튼튼히 키울 필요가 있다는 말이지요.

–청소년은 물론이고 주부, 중•장년층에까지 게임 중독 증세가 나타나는 등 부작용이 심각하다는 의견이 있습니다.

협회는 건전한 게임 문화 정착을 위해 정기적으로 세미나를 개최하고 있습니다. 자녀들이 게임하는 것을 무조건 막는 것은 바람직하지 않다고 생각합니다. 집에서 안 하면 PC방에 가서라도 하니까요. 중독이 되지 않도록 부모가 관심을 갖고 지도해야 합니다.

1. 인터뷰 내용을 참고할 때 ㉠을 가장 잘 설명한 것을 고르십시오.
① 사업이 사회와 대중에게 선택되기 위해서는 집중적인 노력과 투자가 요구된다.
② 국민들이 선택한 것에 대해 정부와 업계가 같이 노력해서 발전시킬 수 있도록 한다.
③ 여러 업체 중 진정으로 발전할 수 있는 업체를 선별하는 데 정성과 노력을 기울인다.
④ 여러 분야 중에서 가능성 있는 분야를 골라 적극적으로 투자하고 육성하려는 노력을 기울인다.

2. ㉡과 관련하여 이 글에서 다루고 있는 것을 쓰십시오.
(　　　　　　　　　　　　)

<說明>

1. 文章是以採訪的方式寫成的報導。採訪中有兩個問題，㉠是第一個問題，㉡是第二個問題。概括第一個問題的回答中特別是~以後的部分就是選項④。
2. 從第二個問題和其回答中可得知答案是게임 중독。

答案：1.④　2. 게임 중독

다음을 읽고 물음에 답하십시오.

> 최근 한 조사에 따르면 1970년 이후 38년 동안 우리나라 학원 수가 무려 50배나 늘어났다고 한다. 1970년 1421개였던 학원 수가 1990년 2만 9000개, 2000년 5만8000개, 2010년 7만213개로 기하급수적으로 증가했다는 것. 정식으로 등록되지 않은 개인 과외까지 포함한다면 훨씬 많을 것으로 예상된다. 사교육 열풍으로 학생 1명당 서너 개의 학원을 다니는 것은 기본이 된지 오래다. <u>이는 높은 교육비 지출로 이어져 부모들의 허리를 휘청하게 만든다.</u> (　　), 아이들의 학원비 때문에 일자리를 구하는 엄마들도 쉽게 찾아볼 수 있다. 이에 부모들은 "이런 일이 정상이 아닌 것은 잘 알지만, 옆집 아이들이 학원에 가는 것을 보면 우리 아이가 뒤처질까 하는 막연한 우려 때문에 학원에 보낸다"는 말들을 한다.

1. 이 글의 빈칸에 들어갈 내용으로 가장 적절한 것을 고르십시오.
   ① 사교육 시장이 날이 갈수록 비대해지는 바람에
   ② 이와 같은 현실에 자성하자는 목소리가 곳곳에서 나와
   ③ 많게는 가계 수입의 절반 이상이 사교육비로 지출되고

④ 사교육에 밀려 공교육이 무너지는 현실을 안타까워하는

2. 이 글 뒤에 이어질 내용으로 가장 적당한 것을 고르십시오.
　① 지난 38년간의 학원 수 변화 추이
　② 사교육 열풍을 없앨 수 있는 방법
　③ 사교육 시장이 커져야 하는 이유
　④ 사교육이 생겨난 원인과 그 유래

3. 밑줄 친 부분이 가리키지 않는 것을 고르십시오.
　① 아이들이 사교육 현장으로 내몰리게 된 것
　② 부모가 학원비 때문에 일자리를 구하는 것
　③ 사교육 시장이 기하급수적으로 증가한 것
　④ 아이들이 서너 개 학원을 다니게 된 것

<說明>

1. 瞭解了括號的前後句就可以得出正確答案。正確答案是③。

2. 文章的最後一句話說到父母們이런 일이 정상이 아닌 것은 잘 알지만，那麼在文章脈絡上就是要把不正常的變為正常的。在這裡是指在所謂정상(正常)，即這種課外教育的熱潮冷卻下來之後，父母和孩子都回到了正常的家庭生活和校園生活中的意思。因此正確答案是②。

3. 劃線部分指代劃線部分前面的內容。也就是文章中的1명당 서너 개의 학원을 다니는 것은 기본(=아이들이 사교육 현장으로 내몰리게 된 것)和아이들의 학원비 때문에 일자리를 구하는 엄마。所以選項①、②、④都符合。正確答案是選項③。

答案：1.③　2.②　3.③

다음을 읽고 물음에 답하십시오. <10회 고급 기출문제>

　　다른 사람의 말에 귀를 기울이는 것은 예절의 기본이다. (㉠) 사람들 간의 모든 불화는 상대방의 말을 귀담아 듣지 않는 데서 시작한다고 해도 과언이 아니다. (㉡) 상대가 말하는 동안 내가 계속 말을 하면 상대방의 주장을 파악하기 어렵게 되기 때문이다. 이 때문에 자연은 늘 자신의 목소리는 낮추고 상대의 소리는 크게 듣도록 생물을

진화시켜 왔다. 가을이면 시끄럽게 울어 대는 귀뚜라미는 앞다리에 귀가 있다. (ⓒ) 앞다리를 비벼서 소리를 내는 귀뚜라미에게는 자신의 울음소리가 엄청난 소음일 것이다. 만일 귀뚜라미가 이로 인해 외부의 소리를 듣지 못한다면 결국 멸종의 위기에 처하게 될지도 모른다. 그런데 흥미롭게도 귀뚜라미는 이 문제를 자신의 소리에 대해 귀를 닫는 방식으로 해결한다. (ⓔ) 사람 역시 마찬가지다. 이미 우리의 뇌는 다른 사람의 소리를 경청하기 위한 만반의 준비를 하고 있다. 만일 이러한 기능에 이상이 생겨 상대방이 말할 때 오히려 귀를 닫아버리고 자신의 세계에만 집중한다면 정보가 사라진 일종의 자폐 상태가 되고 말 것이다.

1. ㉠ ~ ㉣ 중 다음 문장이 들어갈 곳으로 알맞은 것을 고르십시오.

① ㉠
② ㉡
③ ㉢
④ ㉣

> 이것은 생존을 위한 오랜 경험의 결과일 것이다.

2. 이 글의 중심 생각은 무엇인지 고르십시오.

① 다른 사람들의 말에 귀를 기울이자.
② 무계획적인 개발로 훼손된 자연을 보호하자.
③ 다른 사람에게도 그들만의 세계가 있음을 인정하자.
④ 주변의 다양한 소리에서 의미 있는 정보를 찾도록 노력하자.

<說明>

1. 所給句中說到오랜 경험의 결과，在這前面應該是關於오랜 경험的內容。文中與此相關的內容是㉣前的部分。即舉蟋蟀為例說明오랜 경험。

2. 文章屬於兩括式結構。概括文章的第一句話和最後一句話就是選項①。

答案：1. ④　2. ①

다음을 읽고 물음에 답하십시오.

춘곤증은 피로를 특징으로 하는 신체의 일시적 환경 부적응증이다. 보통 1~3주가 지나면 없어진다. 겨울 동안 (㉠) 인체가 따뜻한 봄날에 적응하는 과정에서 나타나는 변화 중 하나다. 춘곤증을 이기기 위해서는 규칙적인 생활이 기본이다. 각종 영양소를 충분히 섭취하고 과음이나 지나친 흡연을 피해야 한다. 졸린다고 커피를 자주 마시거나 스트레스를 풀겠다며 과음을 하게 되면 피로도가 더욱 심해질 수 있다. 오전 중에 업무가 많은 직장인들은 아침식사를 통해 뇌가 필요로 하는 영양소를 공급해 주고 점심식사 때 과식을 피하는 것이 좋다. 맨손체조나 가벼운 스트레칭, 산책 등으로 긴장된 근육을 풀어주는 것도 도움이 된다. 음식은 비타민을 많이 함유하고 있는 것이 좋다. 봄철에는 신진대사가 왕성해지며 비타민 소모량이 겨울철에 비해 3~5배나 증가하므로 채소와 신선한 과일을 많이 섭취할 수 있도록 식단을 짜 피로회복과 면역력을 높여줘야 한다.

1. 이 글의 제목으로 가장 알맞은 것을 고르십시오.
　① 춘곤증을 이기는 요령
　② 춘곤증에 좋은 음식
　③ 춘곤증과 스트레스
　④ 춘곤증의 특징
2. ㉠에 들어갈 말로 적절한 것을 고르십시오.
　① 젖혀놓았던
　② 둘러놓았던
　③ 구부렸던
　④ 움츠렸던
3. 이 글의 내용과 일치하지않은 것을 고르십시오.
　① 춘곤증에는 아침을 되도록 먹는 것이 좋다.
　② 비타민이 많은 과일과 야채들이 춘곤증에 좋다.
　③ 커피를 마시는 것은 춘곤증에 전혀 도움이 안 된다.
　④ 춘곤증은 봄 한때에 나타나는 신체의 부적응증이다.

<説明>

1. 整個文章都是敘述戰勝春睏症的辦法。因此選項①作為題目最合適。
2. 젖혀놓다-翻出來、找出來
　둘러놓다-捆好、紮好
　구부리다-使彎曲、屈身
　움츠리다-緊縮、縮成一團
3. 文章中說到커피를 자주 마시거나，意思是喝咖啡對預防春睏症有幫助，但是喝多了反而會起反效果。因此選項③和文章內容不符。

答案：1. ①　2. ④　3. ③

다음을 읽고 물음에 답하십시오. <9회 5급 기출문제>

작품은 그저 전시되기 위해 거기에 있는 것이 아니라 우리와 의사소통을 하기 위해서 있는 것이다. 최근에는 관람객들이 직접 만져 보거나 작동하는 것을 전제로 만들어진 작품들도 상당수 등장하고 있다. 뚜껑을 열어 보거나, 단추를 누르거나 작품 속을 통과해야 하는데도 그냥 지나쳐 버려 작품을 이해할 기회를 놓쳐서는 안 되겠다. 아직도 (㉠)라는 표지가 우리를 심리적으로 가로막는 경우가 많지만, 현대 미술은 결코 우리에게 자신을 솔직하게 드러내는 법이 없다는 사실을 기억해 두자.

1. ㉠에 들어갈 알맞은 말을 고르십시오.
   ① 사진을 찍지 마시오
   ② 작품에 손대지 마시오
   ③ 실내에서 떠들지 마시오
   ④ 음식물을 들고 들어가지 마시오
2. 이 글의 내용과 일치하지 않는 것을 고르십시오.
   ① 관람객이 작품을 좀 더 적극적으로 이해하도록 해야 한다.
   ② 관람하는 전시에서 최근에는 체험하는 전시가 많아지고 있다.
   ③ 현대 미술은 단순한 관람만으로는 작품을 완전히 이해하기 힘들다.
   ④ 작가와의 의사소통을 위해 작품을 철저하게 해부하면서 감상해야 한다.

 <說明>

1. 從㉠前的직접 만져 보거나 작동하는 것을 전제로 만들어진 작품和其後的뚜껑을 열어 보거나, 단추를 누르거나 작품 속을 통과해야 하는데도中可以猜測出正確答案。與此具有相同意思的是選項②。
2. 文中沒有同選項④中的작품을 철저하게 해부(分解)相似的內容。正確答案是④。

答案：1.②　2.④

다음을 읽고 물음에 답하십시오. <7회 5급 기출문제>

유구한 역사와 전통에 빛나는 우리 대한 국민은 3.1 운동으로 건립된 대한민국 임시정부의 법통과 불의에 항거한 4.19 민주 이념을 계승하고,

… 중략 …

안으로는 국민생활의 균등한 향상을 기하고 밖으로는 항구적인 세계평화와 인류공영에 이바지함으로써 우리들과 우리들의 자손의 안전과 자유와 행복을 영원히 확보할 것을 다짐하면서 1948년 7월 12일에 제정되고 8차에 걸쳐 개정된 <u>이 법</u>을 이제 국회의 의결을 거쳐 국민투표에 의하여 개정한다.

1. 밑줄 친 이 법은 무엇입니까?
   ① 헌법
   ② 저작권법
   ③ 국제법
   ④ 특허법
2. 다음 중 이 글에 나타나 있지 않은 것을 고르십시오.
   ① 이념적 기반
   ② 대내적 목적
   ③ 대외적 목적
   ④ 법의 효력 범위
3. 이 법을 수정할 때는 누가 최종적인 결정자가 됩니까? 한 단어로 쓰십시오.
   (   )

<說明>
1. 文中的이 법就是文中提到的法律。從임시정부의 법통、국민투표等句子中可以得知指代的是헌법(憲法)。
2. 選項①，從文章中的~ 이념을 계승하고可以得知。選項②，從文章中的안으로는 ~當中可以得知。選項③，從文章中的밖으로는 ~可以得知。文章中沒有關於選項④的內容。
3. 文章中說到국민투표에 의하여 개정한다，因此擁有修訂法律最終決定權的是국민。

答案：1. ①　2. ④　3. 국민―

다음을 읽고 물음에 답하십시오.

> 하지만 미국여행을 계획하고는 싶은데 어디서부터 손대야 할지 막막하다. 가까운 나라도 아니고 여행 기간이나 활동 반경도 심히 고민스럽다. 최근 유행하는 미국여행은 미 서부지역으로 떠나는 단기패키지(10일 전후) 형태와 미국 친지 방문과 함께 근교 지역으로의 개별 여행이 주로 이루고 있다. 이에 CJ 월디스는 미 동부 여행 및 미 서부를 아우르는 상품을 선보이며, 미국 단체배낭 전문으로 입지를 굳힐 목적이다. 그 중에서도 4월30일~5월9일, 10일간 이뤄지는 여행이 각광받고 있다. 보스턴 3박→뉴욕 3박→필라델피아(반나절)→워싱턴 2박 일정은 단체배낭으로써는 거의 찾아보기 힘든 일정. 지금까지 서부 중심의 미국여행에서 탈피한 새로운 시도라고 할 수 있다. 여기에 미국 단체배낭 전문가(알짜배기 미국 저자)가 직접 안내함으로 인해 (　　).

1. 이 글의 앞에 올 내용으로 알맞은 것을 고르십시오.
   ① 미국여행에 필요한 경비
   ② 미국여행을 가고 싶은 마음
   ③ 미국여행 때 주의해야 할 점
   ④ 미국여행 시 참고해야 할 사항
2. 빈칸에 들어갈 내용으로 알맞은 것을 고르십시오.
   ① 미국 전역에 대해 샅샅이 살펴 볼 기회를 잡도록 하자

② 뜻 깊은 여행이 될 것이 틀림없으니 참고하도록 하자

③ 새로운 여행상품이 더 많이 출시될 것으로 보인다

④ 여행 경비가 많이 올라갈 것이 자명한 사실이다

<說明>

1. 文章第一句話有連詞하지만，因此文章之前應該是與第一句話相反的内容。正確答案是②。

2. 這是一篇宣傳美國旅遊路線的文章。括號前説到미국 단체배낭 전문가가 직접 안내함으로 인해，據此推斷，該廣告是在宣傳這次美國之旅應該比想像的還要好。正確答案是②。

答案：1.②　2.②

다음을 읽고 물음에 답하십시오. <11회 고급 기출문제>

우리가 과학에 대해 요구하는 것과 철학에 대해 기대하는 바는 같을 수 없다. 여러 분야의 과학을 배움으로써 우리는 많은 지식과 정보를 입수하게 되고 보다 유식하고 박학하게 될 수 있다. 그러나 철학을 배운다고 해서 우리가 그렇게 되는 것은 아니다. 철학에 대해 ㉠이러한 것들을 기대한다는 것은 철학에 대한 오해에서 기인하는 것이다. 철학은 우리를 유식하게 하지 않고 지혜롭게 만든다고 한다. 그래서 옛날 사람들은 철학을 지혜에 대한 사랑이라고 불렀던 것이다. 철학은 우리를 전문인이나 지식인으로 만들지 않고 양식 있는 지성인이 되게 한다. 따라서 철학을 배움으로써 우리는 현명하고 올바르게 판단을 내리게 되며, 이는 결국 인간다운 삶의 기본 터전을 닦는 일이라고 할 것이다.

1. 밑줄 친 ㉠이 가리키는 것은 무엇입니까?
　　① 우리의 사고가 보다 분석적이 되는 것
　　② 우리를 보다 양식 있는 지성인으로 만드는 것
　　③ 인간다운 삶의 기본 터전을 닦도록 만드는 것
　　④ 보다 많은 정보와 지식을 얻어 박학하게 되는 것
2. 이 글의 중심 내용은 무엇입니까?
　　① 철학의 가치와 역할
　　② 과학과 철학의 역사
　　③ 철학의 정보 수집 기능
　　④ 과학과 철학의 공통점과 차이점

<說明>

1. 提示語所指示的內容通常在提示語之前。特殊的情況下也可能在提示語之後。本文中提示語所指的是提示語前的과학에 대해 요구하는 것，即文中的유식하고 박학。正確答案是④。

2. 文章中出現了과학和철학的內容，但主要是關於철학的內容。文章屬於尾括式。在末尾用連詞따라서得出結論。與最後一句話具有相同意思的是選項①。

答案：1. ④　2. ①

다음을 읽고 물음에 답하십시오.

　　음주는 대부분 술에 대한 사회적 제재가 풀리는 새내기 대학생 때부터 본격적으로 삶 한가운데로 들어온다. 이 시기에 주로 술기운을 빌려 한 과격한 행동은 좌중을 즐겁게 하거나 축제 분위기를 고조시키기도 하지만 지나친 음주의 경우에는 우리 몸에 심각한 악영향을 미친다. 한두 잔의 술은 긴장을 풀리게 하고 기분을 상승시키는 효과가 있다. 이는 알코올이 우리 몸속에 있는 마약성분인 엔도르핀 역할을 하기 때문이다. 이것이 바로 우리 뇌의 쾌감조절중추를 자극해 흥분시키는 것이다. 하지만 이러한 엔도르핀이 무조건 많이 분비

되는 것이 좋은 것만은 아니다. 술자리가 잦아지
면 그만큼 엔도르핀의 분비도 점점 둔화되어 초기
에 느끼던 들뜬 기분이 사라지게 된다. 이로 인해
술을 마시지 않을 때 오히려 초조감을 일으키는
신경전달물질이 분비돼 불면증, 기억상실 등을 겪
기도 한다.

1. 이 글 이후에 이어질 내용으로 가장 적당한 것을 고르십시오.
   ① 술은 마시기에 따라 몸에 이롭기도 하고 해롭기도 하다.
   ② 술에 대해 잘못 알고 있는 상식을 바로 잡아야 한다.
   ③ 대학생 때부터 음주를 자제하는 노력이 필요하다.
   ④ 술은 건강에 나쁜 것이니 안 마시는 것이 좋다.

2. 이 글의 중심 내용으로 알맞은 것은 무엇입니까?
   ① 지나친 음주는 오히려 건강을 망친다.
   ② 술을 마시지 않으면 초조감을 일으킨다.
   ③ 몸속에 엔도르핀이라는 마약성분이 있다.
   ④ 음주는 대학생 때부터 본격적으로 시작한다.

 <說明>

1. 文章先說到大學時代開始正式的飲酒，並對酒的好處和壞處進行了說明。那麼應
   該繼續描述學生掌握飲酒的優缺點、大學時代要養成良好的飲酒習慣。故正確答
   案是③。

2. 文中지나친 음주의 경우에는 우리 몸에 심각한 악영향을 미친다是文章主旨。因
   此正確答案是①。

   答案：1.③　2.①

다음을 읽고 물음에 답하십시오. <12회 고급 기출문제>

　　살다 보면 되는 일도 있고 안 되는 일도 있지만,
대부분의 사람들은 안 되는 일이 더 많다고 느낀
다. 슈퍼마켓에서 줄을 서면 꼭 다른 줄이 먼저 줄

어들고, 중요한 회의가 있는 날엔 옷에 커피를 쏟거나 버스를 놓쳐 지각하기 일쑤다. 한마디로 잘 될 수도 있는 일이 나의 경우에는 항상 잘못 된다는 이 머피의 법칙을 심리학자들은 선택적 기억으로 설명한다. 우리들의 일상은 갖가지 사건과 경험들로 가득 채워져 있지만, 대부분 스쳐 지나가는 경험으로서 일일이 머릿속에 기억되지는 않는다. 그러나 일이 잘 안 풀린 경우나 아주 재수가 없다고 느끼는 일들은 매우 또렷하게 기억에 남는다. 결국 (　　　).

1. 이 글에서 제시되지 않은 것은 무엇입니까?
　① 머피의 법칙의 개념
　② 머피의 법칙에 대한 논쟁
　③ 머피의 법칙을 느끼는 예
　④ 머피의 법칙을 느끼는 이유

2. 위의 빈칸에 들어갈 내용으로 가장 알맞은 것은 무엇입니까?
　① 아주 기뻤던 일은 기억에 남지 않는다
　② 운이 없었던 일이 더 많은 것처럼 기억된다
　③ 일이 잘 풀린 것도 운이 없었던 것으로 기억한다
　④ 무의식 속에 갖가지 사건과 경험들을 기억하게 된다

<說明>

1. 文章中的잘 될 수도 있는 일이 나의 경우에는 항상 잘못 된다相當於選項①。슈퍼마켓에서 줄을 서면 꼭 다른 줄이 먼저 줄어들고相當於選項③中的一部分。일이 잘 안 풀린 경우나 ~ 기억에 남는다相當於選項④。文章中沒有關於選項②的內容。

2. 括號前有副詞결국，因此括號中應該填對前面內容的概括。概括括號前的內容，與選項②相符。

【參考】 머피의 법칙=Murphy's law

答案：1. ②　2. ②

다음을 읽고 물음에 답하십시오.

음력 1월15일은 정월 대보름이다. 오곡밥과 나물을 먹고 부럼 깨기, 귀밝이술 마시기, 쥐불놀이, 더위팔기, 연날리기 등 각종 세시풍속도 다양하게 즐기는 명절이다. 이들 풍습 하나하나에는 우환 없이 무병장수를 바라는 조상들의 바람과 지혜가 숨어 있다. 우선, 오곡밥과 나물은 기나긴 겨울을 지나며 먹을거리가 거의 떨어져가던 시기에 각종 비타민과 필수영양분 보충에 더 없이 좋은 음식이 아닐 수 없다. 요즘과 달리 위생환경이 나쁘던 과거에는 가족 모두 피부질환 없이 한 해를 보내는 것 또한 큰 소망이었을 것이다. 이러한 바람이 부럼 깨기로 이어졌고 의학적 타당성도 갖추고 있다. 견과류의 섭취가 피부뿐 아니라 각종 성인병 예방에도 효과적이라는 것은 상식이다. 연날리기는 갖가지 모양의 연을 하늘 높이 띄우는 놀이다. 연을 띄울 때 송액, 또는 송액영복이라는 글자를 써서 높이 띄워 실을 끊어 날려 보낸다. 그 해의 재난과 재앙을 물리친다 해 일부러 연줄을 끊어 날리기도 했다.

1. 이 글에서 설명하지 않은 것을 고르십시오.
   ① 오곡밥을 먹는 이유

　　② 연날리기를 하는 의미

　　③ 부름 깨기를 하는 요령

　　④ 부럼 깨기의 의학적 근거

2. 이 글의 제목으로 알맞은 것을 고르십시오.

　　① 정월 대보름의 기원과 유래

　　② 정월 대보름의 세시풍속

　　③ 무병장수를 기원한 조상

　　④ 조상들의 바람과 지혜

3. 이 글의 내용과 다른 것을 고르십시오.

　　① 피부병에 안 걸리기 위해 부름을 깼다.

　　② 영양 보충을 위해 오곡밥을 먹었다.

　　③ 액운을 물리치기 위해 연을 날렸다.

　　④ 성인병 예방을 위해 나물을 먹었다.

 <說明>

1. 文章當中비타민과 필수영양분 보충相當於選項①。재난과 재앙을 물리친다 해相當於選項②。의학적 타당성도 갖추고 있다/성인병 예방에도 효과적相當於選項④。文章中沒有關於選項③的內容。

2. 文章的前半部是文章主旨。文中對正月十五的各種風俗習慣進行了說明，對這些習慣的概括說明即文章的前半部分。與此部分具有相同意思的選項是②。

3. 文章當中說到豆芽要和五穀飯一起吃。那麼吃豆芽的理由應該和吃五穀飯的理由相同。文章中說到오곡밥과 나물은 비타민과 필수영양분 보충에 좋은 음식，因此選項④與文章內容不符。

答案：1.③　2.②　3.④

다음을 읽고 물음에 답하십시오. <11회 고급 기출문제>

　　요즘처럼 교통과 통신 수단이 발달하기 전에는 말을 타고 전국을 달려서 소식을 전달하였다. 그 말을 파발마라고 하였는데 한국의 지명에 있는 구파발이나 말죽거리라는 이름도 모두 여기에서 유래한 것이다. 옛날에는 보통 수도를 중심으로 파발마가 달려서 하루에 갈 수 있는 거리마다 역을 세워 두었으며 이것을 역참이라고 하였다. 한 역참과 다른 역참 사이의 거리인 약 40㎞를 한참이라고 하였는데 여기에서 오늘의 한참이라는 말이 생겼다. 한참이란 말은 본래 역참과 역참 사이의 거리가 멀기 때문에 그 사이를 오가는 시간이 오래 걸린다는 뜻으로 쓰던 말이니 (㉠)의 언어가 (㉡)의 언어로 의미 변화를 가져온 셈이다.

1. 이 글에서 제시되지 않은 내용은 무엇입니까?
   ① 한참의 의미
   ② 구파발의 유래
   ③ 역참 제도의 장점
   ④ 과거의 통신 수단
2. ㉠과 ㉡에 들어갈 말로 알맞은 것은 무엇입니까?
   ① ㉠ - 주관적 개념, ㉡ - 객관적 개념
   ② ㉠ - 시간적 개념, ㉡ - 공간적 개념
   ③ ㉠ - 객관적 개념, ㉡ - 주관적 개념
   ④ ㉠ - 공간적 개념, ㉡ - 시간적 개념

<說明>
1. 文章當中的 한 역참과 다른 역참 사이의 ~相當於選項①。구파발 이름도 여기에서 유래한 것相當於選項②。통신 수단이 발달하기 전에는 말을 타고 소식을 전달하였다相當於選項④。文章中沒有關於選項③的內容。
2. ㉠的前面出現了 한참은 역참과 역참 사이의 거리(空間概念)가 멀기 때문에 그 사이를 오가는 시간이 오래 걸린다는 뜻(時間概念)。嚴格來說，雖然前面使用了공간적 개념和시간적 개념這兩個概念，但是沒有了驛站，공간적인 개념也隨之消失，只使用시간적 개념。選項④與此內容相符。

答案：1. ③　2. ④

다음을 읽고 물음에 답하십시오.

25일 오후 광주 남구 대촌동 광주콩종합센터에서 열린 전통 장 담그는 날 행사에서 다문화 가정주부 20여 명이 장 담그는 법을 배웠다. 이들은 정경숙 압촌영농조합 총무의 지도를 받아 국산 콩으로 만든 전통 메주와, 3년 이상 묵힌 국산 소금으로 된장과 간장을 담컸다. 이들이 담근 15㎏의 된장과 5ℓ의 간장은 오는 7월때 받을 수 있다. 행사는 오후 2시부터 개회식, 전통 장 담그기, 다과회 순서로 진행됐으며, 농악패의 지신밟기 등 부대행사도 열렸다. 나이다닛(21. 여. 캄보디아)씨는"한국의 전통문화를 배우고 <u>같은 처지의 친구들도</u> 만날 수 있어 좋았다"고 말했다.

1. 이 글의 내용과 같은 것을 고르십시오.
　① 이들이 담근 간장은 당장 먹을 수 있다.
　② 이 행사에 전통놀이도 포함되었다.
　③ 이 행사는 매년 열리는 행사이다.
　④ 장 담그는 법은 지방마다 다르다.
2. 밑줄 친 부분은 누구를 가리킵니까?
　① 한국에서 일하는 외국인
　② 한국으로 시집 온 외국인
　③ 한국으로 유학 온 외국인
　④ 한국에 있는 모든 외국인

 <說明>
1. 從文中的농악패의 지신밟기(傳統遊戲) 등 부대행사도 열렸다當中可以猜測出正

確答案。

2. 從文中的다문화 가정주부可以猜測出正確答案。畫線的같은 처지의 친구即다문화 가정주부。 所謂的다문화(多文化)是指嫁到韓國的世界各國女性都帶有自己本國的文化，因此叫做다문화。

答案：1.② 2.②

다음을 읽고 물음에 답하십시오. <13회 고급 기출문제>

출산율의 하락과 평균 수명의 연장으로 인해 노인 인구는 증가하고 노동 인구는 감소하고 있다. 이와 같은 고령화의 문제는 증가된 노인 인구가 개인과 국가의 부담이 된다는 것이다. 이를 해결하기 위해서는 오랜 기간 동안 국가와 개인이 함께 노력해야 한다. 국가가 해야 할 가장 중요한 일은 지속적으로 노인들에게 고용 기회를 제공하는 것이다. 또한 선진국처럼 은퇴 후 자식의 도움을 받지 않고도 살 수 있도록 기존의 연금 제도를 보완해야 한다. 한편 (   ).

1. 이 글의 빈칸에 들어갈 내용으로 가장 알맞은 것을 고르십시오.
   ① 개인의 복지 향상을 위해 연금 혜택을 확대하는 것이 좋다
   ② 국가의 노력만으로 고령화 문제를 해결하는 것은 불가능하다
   ③ 개인은 고용 상태를 유지함으로써 꾸준하게 소득을 올려야 한다
   ④ 국가는 육아 시설 확충 등 출산율을 증가시키는 정책을 시행해야 한다
2. 이 글의 내용과 같은 것을 고르십시오.
   ① 노동 인구와 노인 인구는 비례 관계이다.
   ② 고령화 문제에는 총체적인 대책이 필요하다.
   ③ 연금 제도를 보완하면 자식들의 부담이 커진다.
   ④ 국가가 문제 해결에 앞장서면 개인도 노력할 것이다.

<說明>

1. 括號前有連詞한편，因此括號中應該填與括號前面的句子內容並列或轉折的內容。括號前是關於국가가 해야 할 일。因為文章中的기존의 연금 제도를 보완並不是個人能夠做到的事情。因此括號中填入개인이 해야 할 일的話在文章脈絡上最通順。正確答案是③。

2. 選項②，由於文中提到이를 해결하기 위해서는 오랜 기간 동안 국가와 개인이 함께 노력해야 한다，因此該選項和文章一致。오랜 기간 동안 국가와 개인이 함께 노력即總體的인 대책。正確答案是②。

答案：1. ③ 2. ②

다음을 읽고 물음에 답하십시오.

백과사전은 웰빙(Well being)에 대하여 육체적·정신적 건강의 조화를 통해 행복하고 아름다운 삶을 추구하는 삶의 유형이나 문화를 통틀어 일컫는 개념이라고 설명하고 있다. 웰빙은 사람을 황홀하게 하는 힘이 있다. 맛있는 음식을 먹어도 그렇고, 꼭 입고 싶었던 옷을 입어도 그렇다. 가보고 싶은 곳을 여행하며 멋들어진 풍광을 보아도 사람은 황홀하다. 보다 쉽게 설명해서 의식주나 문화를 통틀어 하고 싶은 희망사항과 건강이 만나는 접점이 바로 웰빙이 아닐까 생각된다. 하지만 이러한 웰빙은 인간을 생기 넘치게 하는 힘이나 범위가 한정적이고, 그 지속성도 한계가 있다. 꿈은 다르다. 꿈을 가지고 사는 사람은 3%에 불과하다고 한다. 하버드 대학의 통계란다. 대부분, 즉 ( ). 하루하루 타성적으로 살아가는 인간에게 삶은 자주 지루하고 고달플 수밖에 없고,

생기 또한 없다. 그러나 이런 그에게 미래에 궁극적으로 이루어내고 싶은 간절한 꿈이 찾아든다면, 우선 그의 삶에 생기가 넘쳐흐르고, 세포는 활발한 운동을 시작할 것이다. 이보다 더 사람을 황홀하게 하는 것이 세상에 있을까. 97%의 사람들이여, 자신의 잠재 속에 꼭꼭 숨은 꿈을 찾아내자.

1. 필자가 이 글을 쓴 이유를 고르십시오.
   ① 웰빙의 사전적 의미와 그 참뜻을 전달하려고
   ② 꿈이 없이 살아가는 사람들을 보면 한심해서
   ③ 웰빙보다 꿈이 있는 삶이 낫다는 걸 말하려고
   ④ 우리가 살고 있는 최종 목표가 웰빙이기 때문에
2. 이 글의 내용과 다른 것을 고르십시오.
   ① 웰빙은 제한적으로 인간을 행복하게 해 준다.
   ② 잘 먹고 잘 입고 잘사는 것이 바로 웰빙이다.
   ③ 꿈이 없는 생활은 힘들고 피곤한 생활이다.
   ④ 대부분은 꿈을 갖고 싶어도 가질 수 없다.
3. 빈칸에 들어갈 내용으로 알맞은 것을 고르십시오.
   ① 97%의 사람들이 꿈을 간직하지 않은 채 살아간다는 이야기다.
   ② 나머지 97%의 사람들이 꿈이 없이 웰빙만 추구한다는 말이다.
   ③ 나머지 97%의 사람들은 오로지 웰빙에만 의지한다는 이야기다.
   ④ 97%의 사람들이 꿈을 가지기 위해서 여전히 노력한다는 말이다.

<說明>
1. 文章中間部分說到웰빙은 범위가 한정적이고, 지속성도 한계가 있다，並在末尾部分敘述了作者想要表達的主張。與此具有相同意思的選項是③。
2. 問題1已經說明了選項①與文章內容一致。選項②，由於文章中說到의식주나 ~ 웰빙이 아닐까 생각，因此該選項和文章一致。選項③，由於文章中說到하루하루 타성적으로 ~ 지루하고 고달플 수밖에 없다，因此該選項和文章一致。
3. 括號前說到대부분, 즉。那麼填入括號的內容就是對括號前面的話進行的整理，是相同的內容。正確答案是①。

答案：1. ③　2. ④　3. ①

다음을 읽고 물음에 답하십시오.

　　한국인의 밥상에서 가장 큰 문제는 원거리를 이동한 먹을거리가 밥상 위 대부분을 차지하고 있는 것. 우리나라는 식량 자급률이 25~27%에 그치고 있다. 전 세계적으로도 가장 낮은 수준이다. (㉠) 또 밥상에 오르는 식재료 중에서 쌀을 제외한 거의 모든 먹을거리가 중국, 미국, 호주, 남아메리카 등에서 짧게는 수백 킬로미터, 길게는 수만 킬로미터를 건너온 것들이다. (㉡) 그리고 식품의 질과 안전을 담보할 수 없다. 이를 극복하려면 국내에서 생산한 먹을거리를 해당 지역에서 소비하는 운동이나 농민 장터가 열려야 한다. (㉢) 미국과 캐나다에서는 1970년대부터 지역의 농민들이 매주 한두 차례씩 지역의 시민을 직접 만나서 먹을거리를 판매하는 농민 장터가 계속되고, 독일에서는 도시 곳곳의 공터를 텃밭으로 활용해 자신이 먹을거리를 직접 농사짓는 공공 텃밭이 유행처럼 번지고 있다. 영국 런던에서는 5년 내에 런던의 학교 급식, 공공 급식, 레스토랑에 쓰이는 식재료를 외곽 50킬로미터 이내에서 생산된 것으로 바꾸는 정책을 추진 중이다. (㉣)

1. 이 글의 제목으로 가장 알맞은 것을 고르십시오.
　 ① 세계화 시대에 식품의 국경은 없어졌다.
　 ② 우리나라의 식량 자급률이 세계 최저다.
　 ③ 선진국의 식재료 관리 방법을 배우자.
　 ④ 식재료는 이동 거리가 짧아야 좋다.

2. 다음의 문장이 들어갈 곳 중 가장 알맞은 곳을 고르십시오.
　 식재료가 원거리 이동을 하려면 각종 화학 처리가 불가피하다.
　 ① ㉠
　 ② ㉡
　 ③ ㉢
　 ④ ㉣

3. 이 글과 같은 내용을 고르십시오.
　 ① 여러 선진국에서는 이미 식재료의 수입을 금하고 있다.
　 ② 식재료는 이동 거리가 길면 여러모로 안 좋은 게 많다.
　 ③ 쌀의 자급률이 25~27%이므로 빨리 개선해야 한다.
　 ④ 농민 장터가 열리면 도시인이 농촌으로 가야 한다.

＜說明＞

1. 文章關於이를 극복하려면 ~的內容是文章主旨。與此具有相同意思的選項 是④。

2. ㉡後的句子和所給句子都是關於長途運輸的食品，並且㉡後的句子中有連詞그리 고，因此所給句子放在其前最為合適。

3. 所給的句子和㉡後的句子都相當於選項②。

【參考】表示食品運送距離的單字叫做푸드 마일리지(Food mileage)。

　　　　　　　　　　　　　　　　　　答案：1. ④　2. ②　3. ②

다음을 읽고 물음에 답하십시오. <14회 고급 기출문제>

위인전은 어린이에게 가장 영향력 있는 자료 중 하나이다. 어린이들은 위인전을 읽으며 쉽게 위인과의 동일시를 경험하며 위인을 모방하고 싶어 하기 때문이다. 그렇게 볼 때, 태어날 때부터 보통 사람들과는 다른 위인들은 많은 어린이들에게 (　　)을 줄 우려가 있다. 그들은 대부분 훌륭한 부모 밑에서 빼어난 용모와 영리함을 갖추고 태어나 아주 어려운 일도 손쉽게 성취하기 때문이다. 평범하게 태어났거나, 자라면서 타고난 능력을 발휘할 기회를 얻지 못한 보통 어린이들이, 자신과는 전혀 다른 삶을 산 위인들의 이야기를 읽는다면 큰 상처를 받을 수도 있다. 이제는 이런 아이들을 위해 평범한 사람들이 성공하는 위인전도 만들어야 할 때인 것 같다.

1. 이 글의 빈칸에 들어갈 내용으로 알맞지 않은 것을 고르십시오.
　① 혐오감
　② 열등감
　③ 무력감
　④ 좌절감
2. 이 글의 내용과 같은 것을 고르십시오.
　① 위인전의 영향력이 예전에 비해 크게 감소되었다.
　② 평범한 아이들이 주인공인 위인전이 출판될 예정이다.
　③ 위인은 타고난 능력을 발휘해 어려운 문제를 해결한다.
　④ 아이들은 위기를 극복하고 성공하는 위인전을 좋아한다.

 <說明>

1. 填入括號的單字從평범하게 태어났거나 ~ 산 위인들의 이야기를 읽는다면 큰 상처를 받을 수도 있다當中可以猜測出來。選項②、③、④都是孩子們的感受。

2. 文章中그들은 대부분 ~ 아주 어려운 일도 손쉽게 성취하기 때문이다的그들是指위인。因此選項③與文章內容一致。其他選項或與文章內容不符或文章中沒有提到。

答案：1. ①　2. ③

다음을 읽고 물음에 답하십시오.

착하다라는 말은 여러 의미로 쓰인다. 본래의 쓰임은 성품이나 기질이 선(善)함을 표현한다. 친구끼리 수다를 떨 때, "지난 주 소개팅 어땠어?"라는 물음에 "사람은 착하더라"고 답한다면 통상 외모와 성격에서 그다지 튀지 않는 사람이었다는 뜻으로 서로 해석한다. 착한 어린이라고 담임 선생님이 칭찬한다면, 분명 선생님 말씀을 잘 듣는다는 뜻이 들어있을 것이고 같은 맥락에서 볼 때 착한 며느리는 시부모님 말씀을, 또 착한 아들은 부모님 말씀을 귀담아 듣는다는 표현일 것이다. (㉠). 착한 몸매, 착한 가격처럼, 성품이 선한 사람이나 가축 앞에만 주로 붙던 형용사가 무생물 앞에도 자주 붙는다. 착한 몸매나 착한 가격이 과연 무얼까 따져보니 결국 몸매가 좋아서 보는 눈이 즐겁다는, 가격이 합리적이어서 돈 내는 사람이 기분 좋다는 뜻이다. 최근 나는 한 음식 관련 인터뷰에서 요즘 가장 이슈가 되는, 올 한해 가장 화두가 될 음식은 무엇이냐는 질문에 주저 없이 착한 맛을 가진 음식이라 답했다.

1. 이 글의 뒤에 이어질 내용은 무엇입니까?
   ① 착하다의 어원

② 착하다의 여러 의미

③ 착한 맛에 대한 설명

④ 착한 맛에 대한 반대말

2. ㉠에 들어갈 말로 알맞은 것은 무엇입니까?

　① 착하다는 의미가 요즘은 바뀌어 버렸다

　② 착하다에 대한 논란이 계속 이어지고 있다

　③ 요즘은 착하다의 의미가 하나 더하는 것 같다

　④ 착하다는 말을 요즘은 엉뚱하게 사용하고 있다

3. 이 글의 내용과 같은 것을 고르십시오.

　① 단어에 대한 쓰임새가 바뀌는 것은 바람직하지 않다.

　② 세월이 흐름에 따라 단어의 의미가 추가되기도 한다.

　③ 우리는 사전에 나와 있는 단어의 의미만 알면 된다.

　④ 생물과 무생물에 사용되는 단어를 구별해야 한다.

＜說明＞

1. 文章中有關於착한 가격和착한 몸매的說明，卻沒有關於착한 맛的說明。文章的末尾提到了착한 맛，但是並沒有說明其內容。因此文章後繼續敘述關於착한 맛的內容最為合適。

2. 文章中對착하다的內容進行了另一種解釋。從文章的脈絡來看雖然對착하다進行了其他的解釋，但這也是肯定的態度，並不是選項①中所說的改變了意思而是對其意思的補充。文章中沒有選項②中논란的內容，也沒有選項④中엉뚱하게的氛圍，文章中沒有否定性的內容。正確答案是③。

3. 問題2已經進行了說明。文章中沒有否定性的敘述。正確答案是②。

答案：1.③　2.③　3.②

다음을 읽고 물음에 답하십시오.

　　　울산시는 최근 버리는 동물이 많아지고 있으며, 이 가운데 35% 정도를 안락사시킨다고 26일 밝혔다. 시에 따르면 지난해 개와 고양이 등 시민이 버린 동물은 2천615마리로 재작년의 2천290마리보다 325마리 증가했다. 버리는 동물이 늘어나는 것은 경기침체의 영향으로 시는 분석했다. 버리는 동물의 숫자는 주택가가 많은 남구가 1천114마리로 가장 많았으며, 버리는 동물의 종류는 개가 전체의 70%를 차지했다. 버린 동물은 시가 위탁한 31개 동물병원에서 보호하다가 이 가운데 1천405마리(53.7%)는 다른 사람에게 분양하고 912마리(34.9%)는 안락사시켰다. 시는 버리는 동물을 줄이기 위해 동물등록제 시행을 적극 검토하겠다고 밝혔다.

1. 이 글과 다른 내용을 고르십시오.
   ① 주택가는 남구에 많이 몰려 있다.
   ② 버려진 동물을 죽이는 경우도 있다.
   ③ 버려진 동물의 절반 이상은 다른 이에게 준다.
   ④ 동물 등록제를 하면 동물을 버리지 않을 것이다.
2. 이 글의 중심 내용은 무엇입니까?
   ① 경기침체로 애완동물을 유기하는 사례가 늘고 있다.
   ② 울산시는 동물등록제 시행을 적극 검토할 예정이다.
   ③ 버리는 동물 중에 개가 제일 많은 비율을 차지한다.
   ④ 버려진 동물은 다른 사람에게 주거나 안락사시킨다.

<說明>
1. 選項④，由於文中提到버리는 동물을 줄이기 위해，因此該選項和文章不一致。
   其他選項都與文章內容一致。
2. 文章的前半部是文章主旨，後半部不是文章主旨而是補充說明的內容。

答案：1. ④　2. ①

詞彙和文法

第1課

눈이 높다-①眼光高。②眼力好。

눈높이가 다르다/눈이 다르다-觀察事物的標準不同。

눈높이를 맞추다-符合某一水準。

눈높이 학습-符合學生的水準的學習，主要用於補習學校的廣告上。

삽-①挖地掘土的意思的延伸。②用在表示數量的詞後，用鍬來盛土或沙子等來計算其分量的單位。

삽 한 자루-一把鍬，자루是數鍬時的單位。

첫 삽을 뜨다/들다-建設或某種事情的初次開始，奠基，破土。

삽질-名詞。삽질하다是自動詞，表示用鍬挖地或鏟土。

삽질하다-新名詞，用於表示自己努力做的事其實只是沒用的事。

청신호/파란불-比喻某事今後有發展的好的徵兆。

적신호/빨간불-比喻告知處於危險情況的各種預兆。

전망이 밝다-看好，前途光明。

전망이 어둡다-前景暗淡，希望渺茫。

전망이 없다-沒有前景，沒有前途，沒有希望。

때(가) 이르다-時機尚早，時機提前。

때(가) 늦다-時機晚了。

때(가) 아니다-時機不對，不是時候。

때를 기다리다-等待時機，等待機會。

때를 놓치다-錯過了時機，錯過機會。

때가 왔다-時機到了，機會來了。

때가 있다-有時機，有機會。

갈 길이 멀다-今後要走的路或要達成的目標很遠或很長。

길(을) 뚫다-找出路，找門路。

길을 재촉하다-趕路。

길이 늦다 =길이 더디다-出發後到達目的地的時間晚了。

길(이) 닿다-為了做某事而建立關係。

갈 길(이) 바쁘다-因為某事必須儘快到達目的地。

第2課

자기소개서-自我介紹書，自我推薦信。

지원자-申請人。

채용-錄用，錄取。

여부-與否，能否。

가치관-價值觀。

동기-動機。

논리-邏輯，理論。

구성-構成，結構。

요소-要素。

~을/를 통하여/통해-透過……。

벙어리-啞巴。

하인-下人，僕人，奴僕。

본시-原來，本來。

땅딸보-矮胖子，矮冬瓜。

고개-後頸，後脖頸。

빼다-伸長。

대강이-「頭」的俗稱。

얽다-麻(臉)，臉上長出凹陷的天花疤痕。

~으니: 連接語尾，事先陳述某一事實，接下來陳述或說明與此相關的其他事實。

할부-分期付款。

카드사(Card社)-信用卡公司。

-表示前面所說內容的情形或事情的種類。

정하다-指定，訂。

반품-退貨，退換。

대금-錢。

계좌-계정계좌、예금 계좌的縮略語。

추후-事後，以後。

정산-結算，精確計算。

~에 의한/의하면/의하여-依據/根據……。

산행-爬山。

완벽-完善，完美。

초보자-初學者，新手，生手。

동행-同行。

대처-對付，應付，應對。

무엇보다-比……都。

~아야/어야/여야 하다-表示一定要那樣做的應當性。

편의-方便。
구청(區廳)-區公所。
방침-方針。
부과-課賦。
장애인-殘障人士。
~에 한해/한하여/한정하여/한해서만/대해서만-限
定/限……。

第3課

지방-脂肪。
경향-傾向。
섭취-攝取，攝入。
유발-誘發，引發。
유지-維持，保持。
거칠다-粗糙。
원활-順暢，協調，圓滑。
두루-一一地。
체험-體驗，經歷。
두뇌-頭腦。
일러 주다-告知，告訴。
지침서-指南，導引。
역할-作用，功能。
제조업-製造業。
불구하다-不顧，不管。
유물-遺物。
간주-看作，當作。
경쟁력-競爭力。
강화-強化。
본능-本能。
자극-刺激。
형성-形成。
능력-能力。
심각하다-嚴重。
위협-威脅。
실시-實施。
흡연율-吸煙率。
드러나다-顯露，顯現。
유해성-有害的。
~율(律)-接尾詞，用在沒有收音或以ㄴ收音的名詞
後面，表示「規律、法則」的意思。
~률(律)-接尾詞，用在除ㄴ以外的有收音的名詞後
面，表示「規律、法則」的意思。
~율(率)-接尾詞，用在沒有收音或以ㄴ收音的名詞
後面，表示「比率」的意思。
~률(率)-接尾詞，用在除ㄴ以外的有收音的名詞後
面，表示「比率」的意思。

第4課

용기-勇氣。

대인 관계-人際關係。
배려-照顧，關懷。
거스르다-抗拒。
승(勝)-승(勝)-雙贏。
탓-主要用於否定和不好的情況，歸究。
덕분-托福-主要用在肯定和好的情況。
영상물-影像物，泛指影片、CD。
양식-明智，良識。
보편적-普遍。
의식-意識。
자발적-自動自發的，自願的。
집단적-集體的。
반응-反應。
~로서/으로서-是表示地位、身份或者資格的格助詞。
~로써/으로써-①表示物體的材料或原料的格助詞。
②表示做某種事情的手段或工具的格助詞。③表示計
算時間時算上表示界限的格助詞。
분수-分寸，深淺。
불평-不滿，牢騷。
등성이-脊梁，山脊。
엿보다-偷看，窺視，覬覦。
처지-處境。
지배-支配。
풍속-風俗。
비추다-按照，參照，比照。
질서-秩序。
불가결-不可缺少，不可或缺。
강요-強制，強迫。
조절-調節。
한계-界限，限度。
고려-考慮。
쫓아가다-追，追趕，追上去。
펼쳐지다-展開，展現。
절경-絕景，佳景。
뒤꿈치-腳後跟。
보폭-步幅，步伐大小，步伐。

第5課

무예-武藝。
균등-均等，平均。
관절-關節。
유연하다-柔軟。
겨루다-較量，鬥，交鋒。
기법-技法，手段，技巧。
원근법-遠近畫法。
바탕-底質，基底。
재현-再現。
각광-注目。
암-癌症。

407

극복－克服。
인식－認識，認知。
예방－預防。
중점－重點。
助詞~만큼－用在體言後面。表示與前文具有相同程度或限度的格助詞。
依存名詞 만큼－①主要用在語尾－은，－는，－을之後，表示與前文具有相當的數量或程度。②主要用在語尾－은，－는，－던之後，表示後面內容的原因或根據。
회갑－花甲，六十歲。
경사－喜事。
잔치－筵席。
대개－大體上，大致上。
진갑－花甲第二年生日，進甲日。
접하다－交往。
원천－源泉，根源。
집중－集中。
처하다－處於。
단축－縮短。
~야말로/이야말로－表示強調和確認的補助詞。

第6課

배터리(battery)－電池。
잇따르다－跟隨。
실정－實情。
더욱이－更，更加，尤其。
마련－準備，置辦。
관련－相關。
반도체－半導體。
전류－電流。
오히려－反而。
향상－提高，向上。
발상－設想，想法。
전환－轉換。
축－軸。
지구력－耐力。
뇌장애－腦部障礙。
질환－疾病，疾患。
취약－脆弱。
주목－注目，注視，重視。
끌다－吸引。
반면－反面，另一方面。
애쓰다－用心，精心。
탱크(tank)－坦克。
씨름－摔角。
치원－幼稚園。
당뇨－糖尿。
포도당－葡萄糖。

흡수되다－吸收。
면역력－免疫力。
고혈압－高血壓。
심장병－心臟病。
합병증－併發症。
더불다－一起，伴隨。
바람직하다－正確，正直。

第7課

겁내다－膽怯，畏懼，害怕。
배다－上手。
자세－姿勢。
익히다－使成熟，使熟練。
꾸준하다－堅持不懈，孜孜不倦。
토굴－地洞。
잠결－似睡非睡。
무덤－墳墓。
해골－骷髏。
끔찍하다－心驚，起雞皮疙瘩。
문득－驀然。
깨닫다－明白，領悟。
자본주의－資本主義。
수요와 공급－需求和供給（供需）。
상황－狀況，情況。
요인－要因，重要原因。
배달－投遞，遞送。
맺다－締結，結成。
설치－設置安裝。
전시－展示。
해체－解體。
막대하다－莫大，巨大。
사옥－（公司）房屋，（公司）建築物。
영구적－永久的，長久的。
~ 채－依存名詞。以－은/는 채로這種形式使用，表示繼續保持已有的狀態。
티눈－雞眼。
박히다－釘上，嵌有。
치우치다－傾斜，偏斜。
부위－部位。
말썽－紛爭，是非。
방어벽－壁壘。

第8課

적용－適用。
인공호흡기－人工呼吸器。
예상－料想，預想，預料。
야기－引起，導致，惹。
뇌사－大腦死亡，腦死。
소생－甦醒，復甦。

곤경-困境。

주식-股份，股票。

안목-目光，眼光，鑑別能力。

규율-紀律。

급급하다-岌岌，迫在眉睫。

등락-漲落。

저지르다-做錯，闖禍，造成。

일확천금-一獲千金。

고수-高手。

명심-銘心，銘記，牢記。

조선조-朝鮮時代。

문인-文人。

붓-毛筆。

먹-墨。

대조-對比，對照。

관찰-觀察，觀測，測試。

초상화-肖像畫。

이미지(image)-形象。

중시-重視，看重。

압도-壓倒。

적절하다-恰當，正好。

통상적-通常，普通。

내지-乃至，到，至。

언론-言論。

외면하다-無視，不理睬。

대세론-大勢論。

엄연히-儼然，分明。

유기농-有機農作物。

고단하다-疲倦，勞累。

第9課

열풍-熱風，……熱。

거세다-猛烈，暴烈，強烈。

치중-著重，偏重，以……爲主。

창의성-創新，創意。

뻔하다-明顯，顯而易見。

당국-當局。

포함-包含，含有。

급격하다-急劇，劇烈。

이해 집단-利害相關集團。

충돌-衝突，相碰，相撞。

보수와 진보-保守和進步。

세력-勢力。

제도적 장치-制度性機制，體制性機制。

갈팡질팡 -侷促不安，慌裡慌張，茫然無頭緒。

형성-形成。

개선-改善。

계기-契機。

유아기-幼兒期。

모유-母乳。

체질-體質。

세포 분열-細胞分裂。

농도-濃度。

과다-過大，過多。

소아 비만-小兒肥胖。

국민건강증진법-國民健康促進法。

개정-改正。

지방자치단체-地方自治團體。

논란-非難，責難。

반발-不聽從，不接受，叛逆。

만만하다-滿滿，十足，足夠。

내뿜다-噴出，噴吐。

폐암-肺癌。

들이마시다-吸入，喝進。

소득-所得。

양극화-兩極分化。

절망감-絕望感。

극단적-極端，極端化。

대책-對策，辦法。

공평하다-公平。

第10課

합리화-合理化，產業合理化。

해고-解雇，解聘。

고작-充其量，最多。

빈둥거리다-游手好閒，無所事事。

구성원-成員。

노사-勞資。

파업-罷工。

철회-撤回，撤銷。

회견-會見，會晤。

혁신 -革新。

감축-削減，裁剪，縮減。

부여-賦予，附有。

확고하다-堅定。

표명-表明。

희박하다-稀薄。

사랑에 빠지다-陷入愛河。

불길-火焰。

쿵쾅거리다-轟隆隆地響。

분비-分泌。

열정적-熱情的。

공해-公害。

네온사인(neon sign)-霓虹燈。

생태계-生態環境。

경계-境界。

희미하다-朦朧，模糊。

매미-蟬。

동영상－視訊。
누리다－享受。
비결－秘訣。
드러내다－露出，顯露。
욕구－欲望，欲求。
충족－富足，殷實。
매체－媒介，媒體。
제약－制約。

第11課
삼다－娶（媳婦）。
소동－騷動，騷亂。
중구난방－眾口鑠金。
쏘다니다－逛來逛去，亂跑。
단단히－狠狠地。
유혹－誘惑。
추억－回憶。
상심－傷心。
냉정－冷漠，冷靜。
실행－實行。
청국장－豆瓣醬，清麴醬。
항암－抗癌。
독특하다－獨特。
꺼리다－忌諱，不喜歡。
발효－發酵。
볏짚－稻草。
잡균－雜菌，非培養細菌。
반나절－半晌，好半天。
기준－標準。
전형－典型。
손꼽히다－數一數二。
치다－認定或假設。
공통점－共同點。
번역－翻譯。
행위－行爲。
어휘－詞彙。
정서－情緒。
시어－詩裡的語言。
순리－理所當然的道理。
기존－現有，現存。
양계장－養雞場。
모색－摸索。
토종닭－土雞，家雞，放山雞。
핵심－核心，要害。
틀－架，框架。
사례－事例。
보완－補充，彌補。

第12課
몸매－身材。
아스팔트(asphalt)－瀝青，柏油。
시멘트(cement)－水泥。
밑창－鞋底。
생략－省略，簡化。
충격－衝擊。
뒤틀리다－彆扭，不舒服。
척추－脊椎。
끼치다－影響，麻煩。
덜다－減少。
양반－兩班，貴族。
덧입다－再加衣服，套上（衣服）。
본질적－本質的，實質的。
박탈감－剝奪感。
마땅하다－應該。
추구－追求。
겸양－謙讓。
통용－通用。
격차－級差，懸殊差距。
극심하다－極度，極其。
업적－業績。
침묵－沉默。
박멸－撲滅，消滅。
서문－序言，序。
모이－(鳥或飛禽的）食餌，飼料。
재앙－災殃，災禍。
벌레－蟲，蟲子。
살충제－殺蟲劑。
유복하다－富裕，殷實。
병약하다－弱不禁風，體弱多病。
찰흙－黏土。
실물－實物。
몰입하다－沉浸，投入（地）。
스케치(sketch)－寫生，速寫。
들판－田野，原野。
상징－象徵。
흥얼거리다－哼歌。
반영－反映。
편중－偏重。
소외－疏遠，排斥。
단절－斷絕。
부추기다－煽動，唆使。
호응－呼應，響應。
폐해－弊端。
초월－超越。

國家圖書館出版品預行編目資料

TOPIK韓語測驗：高級閱讀／金載英，趙春會，
李浩編著. ーー版.ーー臺北市：文字復興，
2013.05
　　面；　公分.
ISBN 978-957-11-7057-2（平裝）
1.韓語　2.能力測驗
803.289　　　　　　　　　　102004887

WA15 TOPIK：08

TOPIK韓語測驗：高級閱讀

發 行 人 ─ 楊榮川

總 編 輯 ─ 王翠華

編　　著 ─ 金載英　趙春會　李浩

責任編輯 ─ 朱曉蘋

封面設計 ─ 童安安

原出版者 ─ 外語教學與研究出版社有限責任公司

出 版 者 ─ 文字復興有限公司

地　　址：106台北市大安區和平東路二段339號4樓

電　　話：(02)2705-5066　　傳　　真：(02)2706-6100

網　　址：http://www.wunan.com.tw

電子郵件：wunan@wunan.com.tw

劃撥帳號：19628053

戶　　名：文字復興有限公司

台中市駐區辦公室/台中市中區中山路6號

電　　話：(04)2223-0891　　傳　　真：(04)2223-3549

高雄市駐區辦公室/高雄市新興區中山一路290號

電　　話：(07)2358-702　　傳　　真：(07)2350-236

法律顧問　元貞聯合法律事務所　張澤平律師

出版日期　2013年5月一版一刷

定　　價　新臺幣480元